TÚNELES 4
AL LÍMITE

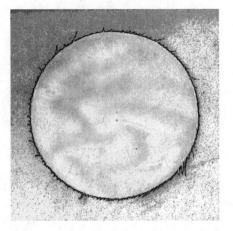

Roderick Gordon – Brian Williams

Túneles 4
AL LÍMITE

Traducción de Adolfo Muñoz

PUCK

Argentina – Chile – Colombia – España
Estados Unidos – México – Perú – Uruguay – Venezuela

Título original: *Closer*
Editor original: Chicken House
Traducción: Adolfo Muñoz

Original English language edition first published in 2010
under the title *Closer* by The Chicken House,
2 Palmer Street, Frome, Somerset, BA11 1DS
United Kingdom

ISBN: 978-84-96886-25-4
E-ISBN: 978-84-9944-066-8
Depósito Legal: NA-1.399-2011

Fotocomposición: A.P.G. Estudi Gràfic, S.L.
Impreso por Rodesa S.A. – Polígono Industrial San Miguel
Parcelas E7-E8 – 31132 Villatuerta (Navarra)

Impreso en España – *Printed in Spain*

Nota del editor inglés

¡Adoro este mundo subterráneo! Pero ¿la verdad se encuentra ahora más cerca, o más lejos? Esto es genial. Y me muero de ganas de ver la película de *Túneles*, ¿tú no?

Barry Cunningham, editor
The Chicken House

Danzamos en corro y creemos saber,
pero el Secreto está ahí en medio, y sabe.

Robert Frost, «El Secreto está», 1942

Nunca me has visto,
no lo esperabas, ya me entiendes.
Simplemente no te puedes explicar.
No te puedes explicar
ni yo puedo explicar este dolor.

Maniobras orquestales en la oscuridad,
«Traiciono a mis amigos»

Am Tag aller Summierung, tragen Sie Ihren Körper vorwärts
auf dem Wrack Ihrer Tage. Für Sie seien nicht, was Sie waren,
aber was Sie anstrebten.*

Libro de las catástrofes alemán,
autor(es) desconocido(s), siglo XVII

---

* «El día en que todos sean llamados, adelantarás tu cuerpo sobre los restos
de tus días. Y no será lo que fuiste, sino lo que aspiraste a ser.» *(N. del T.)*

PRIMERA PARTE

Revelaciones

1

Olas de fuego, rojo en el blanco. El pelo se quema, la piel se encoje. Un impetuoso vendaval lanza su alarido y en ese instante desaparece todo el oxígeno del lugar. A continuación, el agua estalla con la zambullida en la charca de Rebecca Dos, que arrastra a su hermana tras ella. Aturdido, apenas consciente, el cuerpo de Rebecca Uno está lacio como una muñeca de trapo. Ni siquiera el agua helada consigue despertarla.

Se sumergen bajo la superficie, por debajo del intenso calor.

Rebecca Dos le pone a su hermana la mano en la boca y la nariz, intentando taparlas. A continuación hace un esfuerzo por pensar. «Sesenta segundos es lo máximo que podré aguantar —se dice cuando empiezan a dolerle los pulmones—. ¿Y ahora qué?»

Observa el furioso infierno que se agita por encima de su cabeza, las olas de rojo carmesí refractadas en las olas de agua. Prendida por las cargas de Elliott, la reseca vegetación resulta engullida por una tormenta de fuego y termina obstruyendo la superficie de la charca con espesas cenizas de color negro. Y para empeorar aún más las cosas, Elliott, esa cerda mestiza, está allí, vigilando y aguardando, dispuesta a matarlas en el instante en que se dejen ver. ¿Cómo lo sabe Rebecca Dos? Pues porque eso es lo que haría ella en su lugar.

No, no pueden volver a subir. No, si quieren contarlo. Hurga en el bolsillo de la camisa y saca de él una esfera luminosa de repuesto. Pierde en ello varios segundos, pero es completamente necesario ver por dónde va.

Tiene que decidirse pronto... Ya..., antes de que no sea posible decidir nada.

A falta de otra posibilidad mejor, decide hundirse más, arrastrando a su hermana bajo aquella luz turbia. Comprueba que Rebecca Uno está sangrando por la herida que tiene en el estómago: el rastro de sangre dibuja tras ella remolinos de cinta roja.

«Cincuenta segundos.»

Se marea: es el primer efecto de la falta de aire.

Entre el tumulto de burbujas y la presión del agua en los oídos, Rebecca Dos oye los gritos de su hermana. La falta de aire ha logrado despertar a la muchacha, que pronuncia palabras confusas, aterrorizadas. Forcejea débilmente, pero Rebecca Dos le clava los dedos en el brazo, y entonces la hermana parece comprender y vuelve a relajar el cuerpo, permitiendo que la transporte por el agua.

«Cuarenta segundos.»

Resistiéndose al impulso de abrir la boca para respirar, Rebecca Dos sigue hundiéndose en el agua. El halo de luz proyectado por la esfera luminosa muestra una superficie vertical cubierta de algas. Un banco de peces diminutos avanza como dardos disparados a la vez. Sus escamas, de un azul metálico, brillan a la luz de la esfera con infinidad de colores.

«Treinta segundos.»

Entonces Rebecca Dos ve una abertura escondida en la penumbra. En el momento en que mueve las piernas para impulsar hacia ella su propio cuerpo y el de su hermana, su mente retrocede a otra época de su vida: a las clases de natación que había tomado en Highfield.

«Veinte segundos.»

Ve que se trata de un canal. «Hay una posibilidad —se atreve a pensar, concibiendo esperanzas—. Una posibilidad remota.» El pecho le arde. No podrá aguantar mucho más, pero sigue nadando, penetrando en el canal, observando a su alrededor al tiempo que avanza.

Diez segundos.

Está desorientada. Ya no sabe a ciencia cierta dónde es arriba ni dónde es abajo. Entonces ve el reflejo: unos metros más allá, una especie de espejo devuelve una imagen insegura y temblorosa. Con las fuerzas que aún le quedan, empuja hacia allá su cuerpo y el de su hermana.

Las cabezas de las hermanas atraviesan la superficie del agua y penetran en la bolsa de aire encerrada en la parte superior del canal.

Rebecca Dos infla sus convulsos pulmones, que agradecen que no se trate de metano ni de un compuesto de ningún otro gas dañino. En cuanto sus toses y jadeos empiezan a ceder, se vuelve para ver cómo se encuentra su hermana. La cabeza de la muchacha herida está fuera del agua, pero cuelga hacia delante, inanimada.

—¡Vamos, despierta! —le grita Rebecca Dos, agitándola.

Nada.

Entonces desliza los brazos en torno a las costillas de la muchacha y aprieta varias veces con fuerza.

Nada todavía.

Le pellizca la nariz para taponársela y le aplica el beso de la vida.

—¡Eso es, respira! —le grita Rebecca Dos, y su voz retumba en el espacio cerrado, al tiempo que su hermana emite un leve gorjeo y vomita agua. Entonces llena de aire los pulmones, pero eso le hace atragantarse nuevamente y, presa de pánico, empieza a retorcerse.

—Calma, calma... —le dice Rebecca Dos—. Ya ha pasado todo.

Al cabo de un rato, Rebecca Uno se calma y su respiración, aunque superficial, se va volviendo regular. Se agarra el estómago, bajo el agua: es evidente que la herida le duele terriblemente. El rostro se le ha quedado blanco como el de un cadáver.

—¿No te irás a desmayar otra vez? —pregunta Rebecca Dos mirándola con preocupación.

Rebecca Uno no responde. Las dos muchachas se miran la una a la otra, sabiéndose a salvo, al menos de momento. Comprendiendo que han sobrevivido.

—Voy a echar un vistazo —dice Rebecca Dos.

Rebecca Uno mira sin ver. Entonces hace un enorme esfuerzo para hablar, pero sólo consigue formar una pe con los labios.

—¿Por qué...? —completa Rebecca Dos, articulando las palabras que intenta pronunciar su hermana—. Mira encima de ti —dice, haciendo que se fije en aquello a lo que se había agarrado de manera instintiva: son varios cables del grosor de una culebra, que están fijados al techo del canal: viejos cables eléctricos enrollados unos con otros, con el revestimiento desprendido, y el interior visible pero recubierto de una viscosidad herrumbrosa—. Nos encontramos en una especie de excavación. Podría haber otra salida.

Rebecca Uno asiente exhausta y cierra los ojos, aferrándose débilmente a su conciencia recién recobrada.

2

Tras pasar más de dos días sobre las aguas del río subterráneo, Chester enfiló la lancha hacia el largo muelle.

—¡Usa la luz! ¡A ver qué hay ahí! —le gritó a Martha por encima del ruido del motor.

Martha levantó la esfera luminosa, dirigiendo su luz a las oscuras estructuras de la parte de detrás del muelle. Al ralentizar la marcha y arrimar la lancha a la orilla, Chester vislumbró los edificios y la grúa. Desde luego, aquel puerto era mucho más grande que ninguno de los que habían encontrado a lo largo de la ruta, en los que habían parado para repostar y descansar un par de horas. A Chester le dio un vuelco el corazón al pensar que podían haber llegado al final del viaje.

La lancha golpeó de lado contra el muro, y Chester apagó el motor. Martha se agarró a uno de los bolardos y ató la amarra a él. A continuación volvió a enfocar la luz, y Chester descubrió un arco grande que se destacaba en la pintura blanca. Recordó que Will le había dicho que había una entrada al muelle tapiada, una entrada lo bastante grande para que pasara un camión. Tenía que ser aquélla.

Aunque estaba empapado y aterido de frío, lo embargó una alegría sin límites.

«¡Lo he conseguido! ¡Lo he conseguido, hostia!», gritó para sus adentros mientras salían de la barca a tierra firme, pero no pronunció una palabra.

«¡He vuelto a la Superficie!»

Pero pese al hecho de estar ya prácticamente en casa, su situación distaba de ser el paraíso.

Miró a Martha y la vio avanzar pesadamente por el muelle, con andares de pato. Aquella mujer rechoncha, envuelta en varias capas de ropa sucísima, lanzaba gruñidos como un jabalí a punto de atacar. Eso no era nada nuevo (su comportamiento resultaba siempre bastante imprevisible), pero en aquel momento ella giró bruscamente la cabeza hacia la oscuridad y lanzó una maldición, como si hubiera visto a alguien allí. Sólo que no había nadie.

Chester lamentó que Will no estuviera con él. Will o cualquiera de los demás. Pero la suerte había querido que se quedara con aquella mujer. Martha volvió a gruñir, esta vez aún más fuerte, y a continuación bostezó, abriendo tanto la boca que Chester pudo verle las sucias muelas. Comprendía que tenía que estar agotada del viaje, y también que la fuerza de la gravedad en su intensidad normal no hacía sino agravar las cosas. Incluso él sentía que algo tiraba hacia abajo de su cuerpo, así que era lógico que resultara mucho peor en el caso de Martha, que llevaba años sin experimentar nada parecido.

Y también comprendía lo extraño que aquel momento tenía que resultarle:

Criada en la Colonia, Martha no había pisado nunca la superficie de la Tierra, y estaba a punto de ver el sol por vez primera en toda su vida. Desde luego, su vida no había sido un lecho de rosas: ella y su marido habían sido desterrados por los styx a las Profundidades, a ocho mil metros por debajo de la Colonia. Allí se habían convertido en parte de la errante y descontrolada tropa de los renegados, que era tan fácil que se mataran unos a otros como que sucumbieran a los peligros de aquella tierra oscura. Por increíble que pareciera, estando en las Profundidades ella había dado a luz a

16

un niño, Nathaniel; en tanto que su marido había intentado matarlos a ambos arrojándolos por el borde del Poro.

Aunque habían sobrevivido a la caída, Nathaniel había muerto años después a causa de unas fiebres, tras lo cual Martha había tenido que arreglárselas sola. Durante más de dos años, había vivido totalmente apartada de cualquier otro ser humano. Parapetándose en una vieja cabaña, había sobrevivido tendiendo trampas para alimentarse de las extrañas criaturas que abundaban por allí.

Cuando Will, Chester y Elliott, que estaba malherida, llegaron a aquel lugar, ella no tardó nada en encariñarse de los chicos, como si fueran sustitutos del hijo amado y perdido. De hecho, aquel cariño resultó tan fuerte que había preferido que muriera Elliott antes de poner en riesgo a los chicos: les había ocultado el hecho de que existía un surtido de modernas medicinas en un submarino que había resultado succionado por otro de los poros. Pero cuando Will descubrió la verdad, ella se hizo perdonar llevándolos allí a él y a Chester, y salvando de ese modo la vida de Elliott. Y los muchachos habían terminado perdonándole el engaño.

Pero aquello ya quedaba atrás. Y ahora Chester no tenía ni la más leve idea de qué iba a hacer a continuación. En la Superficie tendría que cargar con Martha, además de con la eterna amenaza de los styx, que lo perseguirían dondequiera que se dirigiera. No tenía adónde ir y no tenía a nadie que le pudiera ayudar, salvo Drake. Drake era su única esperanza, su único salvavidas.

«¡Por favor, Drake, por favor, aparece por aquí!», exclamaba Chester para sus adentros mientras caminaba por las oscuras suciedades del muelle, deseando que su amigo se materializara allí mismo. Chester sintió impulsos de ponerse a gritar su nombre, pero no lo hizo, porque sin duda Martha se lo tomaría mal si se enteraba de que había tratado de contactar con él. Sabía lo posesiva y sobreprotectora que era ella, y lo último que le apetecía en aquellos momentos era ver que empezaba uno de sus duraderos enfados. Además, no tenía modo de saber si Drake habría recibido el mensaje que había dejado para él en el servidor telefónico. Ni siquiera sabía si seguiría con vida.

Sin hablar en ningún momento, Chester y Martha siguieron las instrucciones que les había dado Will y sacaron la lancha del agua. Estaban tan poco habituados a la fuerza normal de la gravedad que enseguida se encontraron sin aliento de puro agotados. No obstante, entre gruñidos y maldiciones de Martha, consiguieron arrastrar la lancha hasta uno de los edificios vacíos, donde la dejaron bien asentada.

Inclinado con las manos en las rodillas para recobrar las fuerzas, Chester comprendió que lo único que deseaba era ir a Londres para volver a ver a sus padres. No importaban los riesgos que tuviera que correr. Tal vez ellos pudieran arreglar aquel terrible embrollo. Tal vez pudieran esconderlo en alguna parte. No le importaba: el caso es que tenía que verlos para decirles que se encontraba bien.

☠

Rebecca Dos regresó nadando velozmente. Sintió alivio al comprobar que su hermana seguía con los dedos aferrados a los cables eléctricos. Rebecca Uno había logrado mantenerse sobre la superficie del agua, pero las fuerzas la abandonaban. Apoyaba la cabeza sobre el brazo levantado, con los ojos firmemente cerrados. A Rebecca Dos le costó varios segundos despertarla. Era completamente necesario llegar a algún lugar seco y caliente antes de que se derrumbara del todo.

—Inhala todo el aire que puedas. Te voy a sacar de aquí —le dijo Rebecca Dos—. Ahí arriba hay un sitio.

—¿Qué sitio? —farfulló lánguidamente Rebecca Uno.

—He seguido una vía estrecha por el fondo del túnel —respondió Rebecca Dos mirando un instante al agua, que les llegaba a ambas justo por debajo de la barbilla—. Llegué a una sección que no está inundada. Es más grande que esta bolsa de ai...

—Vamos —interrumpió Rebecca Uno. Respiró hondo y se soltó de los cables que tenía encima de la cabeza.

Rebecca Dos llevó a su hermana a remolque hasta que llegaron al lugar que acababa de mencionarle. Colocada boca arriba, Rebecca Uno se dejaba llevar, y Rebecca Dos tiraba de ella como un socorrista.

Antes de que transcurriera mucho tiempo, llegaron a una parte menos profunda, en la que se hacía pie y por tanto se podía caminar, aunque Rebecca Dos se veía obligada a ayudar en cada paso a su hermana. Avanzaron entre tropiezos y salpicaduras hasta llegar por fin a tierra seca.

Rebecca Dos vio que las vías proseguían túnel arriba, pero por muchas ganas que tuviera de averiguar adónde llevaban, antes que nada tenía que atender a su hermana. La tumbó en el suelo y a continuación, con mucho cuidado, le quitó la camisa para examinar la herida. Tenía un pequeño orificio a un lado del estómago, justo por encima de la cadera. Aunque la herida no parecía tan seria a primera vista, manaba de ella un alarmante flujo de sangre que teñía el empapado vientre de la muchacha con una transparente película roja.

—¿Qué tal pinta tiene? —preguntó Rebecca Uno.

—Te voy a colocar de lado —le advirtió Rebecca Dos, y a continuación levantó con cuidado a su hermana para examinarle la espalda—. Justo lo que me imaginaba —dijo en voz muy baja al encontrar el orificio por el que había salido la bala.

—¿Qué tal pinta tiene? —repitió Rebecca Uno apretando los dientes—. Dímelo.

—Podría ser peor. La mala noticia es que estás perdiendo un montón de sangre. La buena es que la bala penetró al lado del estómago, por la parte carnosa...

—¿Qué quieres decir con eso de «parte carnosa»? ¿Me estás llamando gorda? —refunfuñó Rebecca Uno, indignada pese a la debilidad en que se encontraba.

—Siempre has sido una vanidosa, ¿verdad? Déjame terminar —dijo Rebecca Dos, volviendo a colocar a su hermana boca arriba—. La bala te ha atravesado de un lado a otro, así que al menos no tendré que sacártela. Pero tengo que contener la hemorragia. Y ya sabes lo que eso significa...

—Sí —murmuró Rebecca Uno. De repente se puso como loca de la ira, y al cerrar los puños se clavó las uñas de los delgados dedos—: ¡No me puedo creer que ese alfeñique me hiciera esto! ¡Me ha disparado! ¡Will me ha disparado! —dijo echando chispas—. ¿Cómo ha podido atreverse?

—Tranquilízate —dijo Rebecca Dos quitándose la camisa. Mordió con los dientes en el dobladillo hasta que pudo rasgar una tira de tela. Después rasgó varias más.

Rebecca Uno seguía despotricando:

—Su mayor equivocación ha sido no acabar conmigo. Tendría que haber terminado la tarea mientras tenía la posibilidad de hacerlo, porque ahora iré por él. Y me voy a asegurar de que sufre este mismo dolor, pero un millón de veces más fuerte.

—No te quepa la menor duda —dijo Rebecca Dos, mostrándose conforme, mientras ataba dos de las tiras y doblaba el resto para formar compresas.

—A ese pequeño cerdo le haré sangrar y lo mutilaré, pero muy despacio..., muy despacio, durante días... No, durante semanas —dijo Rebecca Uno, casi delirando de furia—. ¡Y nos ha robado el Dominion! Tiene que pagar por...

—Recuperaremos el Dominion. Pero ahora cierra la boca, por favor. Tienes que ahorrar fuerzas —dijo Rebecca Dos—.

20

Te voy a poner compresas en las heridas, y después las vendaré muy apretadas.

Rebecca Uno se puso tensa mientras su hermana colocaba las compresas de tela en los dos orificios de la bala. A continuación, su hermana le pasó la tira de tela alrededor de la cintura y apretó con fuerza. Los terribles gritos de dolor de la styx resonaron en la oscuridad del túnel.

—Date prisa, cielo —apremiaba Martha a Chester, que estaba intentando decidir qué se iba a llevar con él. El chico no respondió, pero para sus adentros estaba a punto de estallar:

«¡Déjame en paz!, ¿quieres?»

Martha era una especie de tía metomentodo, que lo mimaba todo el tiempo y lo contemplaba con ojitos de cordero degollado. Además, no había parado de sudar copiosamente desde que sacaron la lancha del agua, y a Chester no le cabía duda de que emanaba de ella un hedor acre.

—No tiene ningún sentido que perdamos el tiempo aquí, cariño —dijo Martha tiñendo su voz de una dulzura empalagosa.

No lo soportaba más. No podía seguir aguantando aquella manera de estar encima de él. Siempre la tenía un poco demasiado cerca, y eso le resultaba muy incómodo. Agarró al azar unas cuantas cosas, y las metió en la mochila encima del saco de dormir. Entonces la cerró.

—Listo —anunció, echándose a propósito la mochila sobre el hombro con tal ímpetu que obligó a Martha a retroceder un paso para evitar recibir un porrazo. Entonces empezó a caminar a toda pastilla por el muelle, alejándose de ella.

Pero Martha no tardó más que unos segundos en situarse otra vez a su espalda, como un perro vagabundo.

—¿Dónde está, entonces? —preguntó Martha de repente, mientras Chester trataba de recordar las instrucciones de Will.

El chico observó que a Martha le empezaba a costar trabajo respirar, como si estuviera molesta con él o con la situación en que se encontraba. A Chester le irritaba su comportamiento agobiante, pero con mucha frecuencia se revelaba otro lado de Martha: sin apenas aviso, se enfadaba y se volvía muy desagradable. En aquellas ocasiones, Chester se asustaba de verdad.

—No lo sé —respondió él lo más educadamente que pudo—, pero si Will nos dijo que estaba aquí, tendremos que encontrarlo por alguna parte.

Estaban mirando entre los edificios de una sola planta, que eran descarnadas estructuras de hormigón, todas ellas carentes de cristales en las ventanas. No se sabía para qué habían servido aquellos edificios, la única marca que tenían eran unos números pintados con pintura blanca sirviéndose de plantilla. Había algo en ellos que le producía escalofríos a Chester. Se preguntó si en algún momento del pasado se habrían alojado allí soldados, viviendo en la oscuridad y el aislamiento. Pero el caso era que ahora los edificios no contenían otra cosa que escombros y restos de metal retorcido.

Mientras Martha empezaba a resoplar, lo cual era el preludio de otro enfado, la luz que llevaba Chester incidió en la abertura que había estado buscando.

—¡Ajá! ¡Aquí está! —anunció rápidamente, esperando que eso acallaría a la mujer. Miraron ambos el pasaje que había abierto Will quitando unos cuantos bloques de cemento.

—Sí —dijo Martha sin dar muestras de emoción.

Chester tuvo la sensación de que estaba decepcionada. Alzando la ballesta, como si temiera problemas, pasó la primera. El chico no la siguió inmediatamente, y antes de hacerlo movió la cabeza hacia los lados, en señal de negación. Por otro lado, se dio cuenta de que tenía los pies hundidos en un agua apestosa, y que el hedor se hacía más intenso a medida que, al desplazarse, agitaban el agua.

—¡Qué asco! —exclamó frunciendo el ceño, pero consolándose al pensar que al menos así ya no tenía que soportar el olor de Martha. Distinguió algunas tablas de madera medio sumergidas en el agua y después varios bidones de petróleo oxidados. Uno de ellos estaba vacío y flotaba, tumbado. El agua, al agitarse, golpeaba contra la pared del bidón y producía un hueco sonido metálico, como una campana que sonara a lo lejos en el mar.

Pero se oía otra cosa, un golpeteo constante. Chester distinguió una lata de Coca-Cola Light que chocaba contra el bidón. La miró y se quedó paralizado ante sus marcas rojas y plateadas, tan limpias, claras y modernas. Eso le animó. No cabía duda de que la lata de Coca-Cola pertenecía a la Superficie, y para él representaba algo de su propio mundo. Chester se preguntó si la habría tirado allí Will, al volver con el doctor Burrows a aquel puerto subterráneo, justo antes del viaje de regreso al refugio antiatómico. Le gustó la idea de que aquel objeto tuviera algo que ver con su amigo.

Martha notó que Chester se paraba a observar la lata y le gruñó para que avanzara: a ella la lata no le decía nada. Atravesaron una puerta y entraron en una estancia cuyas paredes estaban recubiertas de taquillas. En una pequeña habitación adyacente, exactamente donde había dicho Will que estaría, encontraron la escalera que les permitiría salvar la escasa distancia que les separaba de la superficie. Martha comprobó el estado de algunos de los peldaños que se hundían en la pared de hormigón. A continuación, moviéndose con lentitud, empezó a subir.

«¿De verdad voy a salir a la superficie? ¡No me lo puedo creer!», pensó Chester, siguiendo a Martha en dirección a la luz. Aunque se protegía los ojos, el brillo del cielo fue más de lo que podía resistir, y salió por la trampilla con dificultad, completamente cegado. Cayó a cuatro patas y se arrastró de aquel modo hasta un grupo de zarzas, entre las cuales ya se había instalado Martha. Permanecieron los dos allí ocultos mientras, poco a poco, los ojos de Chester se adaptaban a la luz diurna. En realidad, el día no era ni siquiera luminoso: habían salido bien avanzada la tarde de un día sombrío en el que el cielo estaba cubierto de nubes.

—Pues ya hemos llegado, cielo —dijo Martha, por decir algo.

Aquél era el gran instante, el instante en que regresaba al hogar después de su estancia en las profundidades de la Tierra, después de pasar allí más meses de los que podía recordar y después de todo cuanto había tenido que soportar. Pero estaba siendo muy decepcionante. Y eso, por no cargar las tintas.

—El hogar de los malvados Seres de la Superficie —añadió Martha, en tono desdeñoso. Chester observaba mientras ella se envolvía la cabeza con una bufanda mugrienta, dejando tan sólo una rendija para los ojos. Cuando ella intentó mirarlo, el chico comprendió que a Martha le iba a costar un buen tiempo acostumbrarse a la luz.

Le acudió una idea a la mente:

«¡La podría dejar aquí!»

¿Y si echaba a correr? Mientras los ojos de Martha siguieran sin adaptarse, no conseguiría alcanzarlo. «Ésta es la mía», se dijo, en tanto ella aspiraba con toda la capacidad de sus pulmones. Los mocos le sonaron como una trompeta y entonces levantó una parte de la bufanda y empezó a sonarse primero un agujero de la nariz y después el otro, exactamente igual que si tratara de extraer del tubo el último resto de pasta de dientes.

Chester recordó el instante en que él, Will y Cal habían

llegado a la estación de los Mineros, en las Profundidades, y él había hecho algo más o menos igual de desagradable. O al menos lo había sido para Will. Eso le hizo pensar en su amigo y en todo lo bueno y malo que habían pasado juntos, y comprendió que no podría volver a enfadarse con él nunca más. No tenía ni idea de si Will habría sobrevivido al saltar en pos de su padre al poro que habían llamado Jean la Fumadora. Ni de si habría sobrevivido Elliott, ya que había elegido seguir el mismo camino.

Chester se estremeció.

Se habían tirado todos, y tal vez estuvieran muertos y no volviera a verlos nunca.

O tal vez estuvieran continuando la gran aventura en que se habían embarcado Will y él, en el sótano de la casa de los Burrows, aquel día en que habían empezado a bajar por el túnel. Chester se dio cuenta de que acababa de referirse a aquello, dentro de su mente, como una «aventura» y sintió pena de estársela perdiendo en aquellos momentos.

Pensó en ellos tres haciendo cosas extraordinarias... Will, el doctor Burrows, y Elliott... Elliott... Elliott... Se la representó con tal claridad que parecía que la tuviera delante, tal como estaba en el momento en que se había bebido el jugo del ojo del lobo... Vio la sonrisa pícara y burlona con la que se había vuelto en aquel momento hacia él y le había invitado a probarlo. Chester no sentía sino admiración por ella. Si habían sobrevivido había sido gracias a sus increíbles habilidades. Pero, por encima de todo, era aquella sonrisa lo que persistía en su mente, embargándole con una extraña sensación de exclusión y pérdida.

Lanzó un suspiro, pensando que se suponía que en la Superficie iba a encontrarse mejor. Ya había experimentado más encuentros con la muerte de los que solían corresponder a varias vidas enteras... En la Superficie tendría que estar más seguro.

Al menos, eso era lo que intentaba decirse Chester mientras Martha lograba sacarse el último moco de las narices y se limpiaba el dedo en la chaqueta, que ya estaba bastante asquerosa.

«Por favor...», pensó Chester.

¿O sea que la cosa era así? ¿Había elegido entre Elliott y... aquella vieja repulsiva?

—Sí, ya estamos aquí —le respondió por fin a Martha, apartando la vista de ella—. Hemos llegado a la superficie, efectivamente.

La luz se iba apagando rápidamente al avanzar la tarde y a Martha le iba resultando más fácil ver. Desde donde se ocultaban, podían distinguir varios edificios de aspecto muy funcional y cuadriculado.

Y así, al cabo de varias horas y ya bajo la protección de la oscuridad, decidieron salir de entre las zarzas. Anduvieron con mucho cuidado entre los edificios abandonados del antiguo campo de aviación. Will le había explicado a Chester que estaba en Norfolk, a unos doscientos kilómetros de Londres.

Cruzaron lo que parecía un viejo patio de armas, un lugar misterioso e inquietante en el que crecía la hierba por entre las grietas de la superficie de asfalto. Al pasar detrás de un camión que tenía las puertas traseras abiertas, Chester le echó un vistazo. Por su aspecto, pensó que pertenecería a algún tipo de albañiles u obreros. Y comprobó que no se equivocaba al respecto al ver andamiajes en uno de los edificios Evidentemente, algo había ocurrido allí desde que estuvieron Will y el señor Burrows: habían empezado alguna obra. Después, a lo lejos, distinguió una caseta prefabricada de las que se utilizan en las obras. De las ventanas salía luz, y había un Land Rover aparcado al lado. Will le había avisado de que había guardias de seguridad que patrullaban el campo de aviación. Aquélla tenía que ser su base. Chester distinguió el sonido de risas y voces potentes que llevaba el viento.

—Podríamos pedirles ayuda —sugirió él.

—No —repuso Martha.

No se molestó en discutir con ella, pero cuando se alejaron de la caseta prefabricada, Martha lo agarró de repente:

—¡No vamos a pedirles ayuda a los paganos! ¡Jamás! —exclamó, sacudiéndolo—. ¡Los Seres de la Superficie son malvados!

—Vale..., bueno, bueno —aceptó él casi sin voz, totalmente desconcertado por aquella reacción. Entonces, con la misma rapidez, su furia desapareció y en mitad de su cara regordeta apareció una halagadora sonrisa. Chester no sabía cuál de las dos actitudes detestaba más. Pero a partir de entonces iba a tener mucho más cuidado con lo que decía.

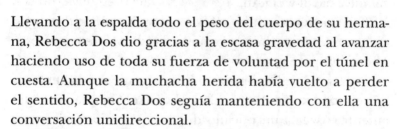

Llevando a la espalda todo el peso del cuerpo de su hermana, Rebecca Dos dio gracias a la escasa gravedad al avanzar haciendo uso de toda su fuerza de voluntad por el túnel en cuesta. Aunque la muchacha herida había vuelto a perder el sentido, Rebecca Dos seguía manteniendo con ella una conversación unidireccional.

—Encontraremos una solución, ya lo verás. Vas a ponerte bien —dijo. En realidad, estaba muy preocupada por el estado de su hermana. Aquel vendaje de urgencia parecía haber cumplido su misión y había contenido bastante la hemorragia, pero Rebecca Uno ya había perdido mucha sangre antes de que se lo pusiera. No le daba buena impresión.

Sin embargo, Rebecca Dos no perdía la esperanza, y llevaba su carga humana kilómetro tras kilómetro, hollando el polvo entre los herrumbrosos raíles de la vía. Aunque pasó por delante de otros túneles más pequeños, se mantuvo en la vía del túnel principal, esperando llegar finalmente a la boca de la mina.

Le alegró encontrar piezas de maquinaria vieja, más restos de la civilización que había sido responsable de aquellas obras subterráneas. No se paró a examinar aquellas cosas, que parecían bombas y generadores. Aunque de diseño algo anticuado, dio por hecho que se trataba de variaciones de tecnología de la Superficie utilizadas en minería de profundidad. De vez en cuando encontraba también algún pico, alguna pala y cascos abandonados por el camino.

Su prioridad absoluta era salir a algún espacio abierto, en parte porque ella misma empezaba a sentirse mal a causa de la falta de agua y comida. Pero además quería cambiarle a su hermana aquel vendaje provisional y ponerle lo antes posible algo más efectivo. Rebecca Dos echó una maldición al recordar las vendas de soldado que habían quedado en la chaqueta que se había visto obligada a abandonar durante el ataque de Will y Elliott.

Tras varios kilómetros más sin otra compañía que el constante ruido de sus botas, empezó a ser consciente de otro ruido:

—¿Has oído eso? —preguntó, sin esperar que su hermana le respondiera. Se detuvo para escuchar. Aunque era intermitente, parecía un quejido distante. Volvió a ponerse en marcha y, cuando por fin la vía dobló una esquina, sintió que le daba el aire en el rostro. Era aire fresco. Embargada de esperanza, reanudó el paso.

El aullido se hizo más fuerte y también la brisa, hasta que distinguió un resplandor lejano al final del túnel.

—Luz diurna..., eso es lo que parece —dijo. Entonces, al seguir la vía por una parte del túnel aún más empinada, apareció el origen de la luz.

La vía continuaba, pero a lo largo de una pared del túnel, donde uno hubiera esperado encontrar roca viva, había una luz cegadora. No daba la impresión de ser una luz artificial. Pero después de pasar tantas horas a la oscuridad, sin otra luz que el leve resplandor verdoso que arrojaba su esfera, le resultaba difícil mirarla directamente.

—Te voy a dejar aquí un segundo —le dijo a su hermana, y la posó con cuidado en el suelo.

A continuación, protegiéndose los ojos con el brazo, avanzó hacia la luz. El viento soplaba con tal intensidad que le costaba avanzar.

Se propuso esperar pacientemente hasta que sus ojos pudieran soportar el resplandor y, al cabo de un rato, ya no tuvo necesidad de hacer pantalla con el brazo. A través de la irregular abertura, distinguió un cielo blanco. Combinado con el viento, la sensación que producía era la de que se encontraba en un punto muy alto, cercano a las nubes, si hubiera habido nubes.

«¿Así que... todo este tiempo... he estado subiendo por el interior de una montaña?», se preguntó.

Se encogió de hombros y se acercó a la salida.

Lanzó un grito de asombro.

—¡Tienes que ver esto! ¡Te va a encantar! —le gritó Rebecca Dos a su hermana inconsciente.

A sus pies, a lo lejos, había una ciudad, con un río que la atravesaba por en medio. Al seguir el curso del río con los ojos, vio que llegaba a una zona de agua que se extendía hasta donde alcanzaba la vista.

—¿El mar? —se preguntó.

Sin embargo, era la ciudad lo que realmente la sobrecogía. No sólo era de inmenso tamaño, sino que los edificios que contenía también parecían enormes. Incluso a aquella gran distancia, era posible distinguir a simple vista lo que parecía un arco enorme, no muy diferente del Arco de Triunfo de París, con amplias avenidas que irradiaban de él. Aunque aquel arco era con diferencia el edificio más considerable, había muchos otros, todos de proporciones clásicas y dispuestos en manzanas regulares. Al alejarse del centro de la ciudad, se distinguían extensas zonas de edificios más pequeños que supuso que serían casas.

Y, desde luego, no se trataba de ninguna ciudad desierta y fantasmal.

Si forzaba la vista, podía distinguir algo que parecían vehículos, que se desplazaban por las calles y la avenida, pero que a la distancia que se encontraba parecían más pequeños que pulgas.

Oyó el ruido constante de un motor y vio un helicóptero que sobrevolaba la ciudad. Era diferente de cualquier helicóptero que hubiera visto en la Superficie, con rotores a cada lado del fuselaje, en vez de a cada extremo.

«¿Qué será eso?», se preguntó.

Volvió a fijarse en el mar que aparecía al otro lado de la ciudad. Si se protegía los ojos, para tapar la zona en que el brillo de la luz borraba la superficie del agua, se distinguían todo tipo de barcos y pequeñas embarcaciones.

Pero lo que le produjo una impresión más intensa fue el aura de orden y fuerza que emanaba aquella enorme metrópoli. Movió la cabeza de arriba abajo en gesto de aprobación.

—Mi lugar ideal —dijo.

3

Pese al cansancio, Chester y Martha caminaron toda la noche, atravesando pesadamente incontables campos y evitando cualquier carretera o edificio abandonado. Martha se mostró inflexible en que ella debía ir al frente, aunque estaba claro que no podía tener la más ligera idea de adónde iba. Tampoco la tenía Chester, y por eso decidió seguirla por el momento, puesto que no tenía un plan mejor. Al menos no tenía ningún plan que la incluyera a ella.

Al caminar, iba pensando en Drake, y tomó la decisión de intentar dejarle otro mensaje. Si no obtenía respuesta, haría de tripas corazón y llamaría a sus padres. Pero para hacer una llamada, la que fuera, necesitaba un teléfono, y estaba dispuesto a esperar la oportunidad de hacerse con uno. Sabía muy bien que Martha haría todo lo que pudiera para impedirle hablar con «malvados Seres de la Superficie», así que tendría que zafarse de ella. Esa decisión le daba fuerzas para seguir caminando: más que ninguna otra cosa en el mundo, lo que deseaba era separarse de aquella mujer.

Cuando los primeros indicios de luz mancharon el cielo, se detuvieron en un claro, en el medio de una pequeña zona arbolada y rodeada de prados. El trino de los pájaros estaba tan sólo comenzando con el alba, y Chester no podía creerse lo abundantes y escandalosos que podían resultar aquellos pájaros. Se movían y cantaban por todas partes. Eso contrastaba fuertemente con el medio subterráneo al que ya se había acostumbrado, en el que los animales se ocultaban, a menos que quisieran comerte, pues de lo contrario podrías comértelos tú a ellos.

Y, desde luego, tampoco había visto nunca tal profusión de pájaros en Highfield. «Soy niño de ciudad», pensó Chester, habituándose a aquel alboroto, pero enseguida lo puso en duda. Su vida en Highfield parecía muy lejana, y en realidad ya no sabía qué demonios era él.

Sin quedarse quieta un instante, Martha arrancaba ramas al borde del claro y las usaba para montar un par de refugios, uno a cada lado de un fresno talado. Esos dos refugios estaban demasiado cerca uno del otro para el gusto de Chester, pero él no tenía allí ni voz ni voto. Además, estaba sumamente cansado y se moría de ganas de tumbarse a dormir. Martha y él habían cogido sendos sacos de dormir de la intendencia del refugio antiatómico, y Chester estaba sacando el suyo de la mochila cuando oyó un bufido.

—¿Has sido tú? —preguntó cansado, sin molestarse en levantar la mirada.

—¡Silencio! —ordenó Martha en voz baja.

—¿Qué has dicho? —replicó Chester.

En cuclillas, la mujer se acercó a él andando como los cangrejos. El chico se acabada de volver para ver a qué se refería Martha, cuando ella lo derribó al suelo.

—Silencio. No te muevas. Silencio —repetía ella, mientras caía encima de él y le tapaba la boca con una mano.

Iluminado por el resplandor de la esfera luminosa, el rostro de Martha se hallaba a pocos centímetros del suyo. Chester se vio obligado a mirar de cerca los pelitos rojos y rizados que le salían de la barbilla.

—¡No! —gritó él, logrando quitársela de encima. Entonces se encontraron uno al lado del otro, en el suelo, pero ella seguía negándose a soltarlo. Él gritaba y ella continuaba intentando contener con las manos sus gritos.

Chester trataba de alejarla de su cara, y ambos jadeaban por el esfuerzo, mientras se insultaban el uno al otro. Se sorprendió de la fuerza que tenía Martha. Los forcejeos derivaron en un intercambio de bofetadas, al tiempo que giraban sobre el suelo del bosque, aplastando bajo ellos ramas y restos de hojas.

—¡Para ya! —gritó él.

Tenía el puño cerrado y el brazo preparado para lanzarle un puñetazo, cuando el pánico cedió durante una fracción de segundo. Recordó entonces las severas palabras de su padre:

«Jamás le pegues a una dama.»

Chester dudó:

—¿Una dama? —murmuró, preguntándose si se podía emplear aquella palabra para referirse a Martha.

Pero tenía que hacer algo para detener aquellos ridículos forcejeos.

Le lanzó el golpe y le dio en la mandíbula. El golpe le giró hacia un lado la cabeza, y Martha lo soltó de inmediato. Entonces Chester se dio toda la prisa que pudo en zafarse completamente de ella y ponerse en pie.

—¿Qué demonios te ocurre? —le gritó desde el borde del claro, temiendo que ella volviera a acercársele. Le costaba trabajo respirar y aún más pronunciar las palabras—: ¿Es que te has vuelto completamente loca?

Ella empezó a acercársele gateando, pero a continuación se incorporó y se quedó de rodillas. No parecía enfadada con él. Lo que mostraban sus ojos mientras se sujetaba la mandíbula con la mano era una expresión aterrorizada. Levantó la vista hacia la copa de los árboles que rodeaban el claro del bosque.

—¿No has oído eso? —susurró en un tono de voz apremiante.

—¿El qué? —preguntó Chester, dispuesto a echar a correr si ella se seguía acercando.

—Ese ruido —respondió Martha.

Chester guardó silencio un momento.

—Sólo oigo los pájaros. Millones de asquerosos pájaros —respondió entonces—. Nada más.

—Eso no era un pájaro —dijo ella, tan asustada que casi no le salían las palabras. Seguía mirando hacia lo alto, observando el cielo gris entre los árboles—. Era un relámpago. Oí cómo batía las alas. Uno de ellos nos ha seguido hasta aquí. Hacen esas cosas. Ya te conté que había tenido uno detrás de mí en las Profundidades. Cuando se fijan en ti, ya no te sueltan...

—¿Un relámpago? ¡Eso es una tontería! —interrumpió Chester—. Lo que has oído habrá sido un gorrión o una paloma. Aquí no hay relámpagos, maldita idiota.

Ya estaba harto de aquellas ridiculeces. Los relámpagos eran unos depredadores con aspecto de enormes polillas y un incomparable apetito de carne, especialmente de carne humana. Aunque hubieran constituido una de las peores amenazas en los niveles más profundos de la Tierra, donde vivía Martha, no se podía creer que ninguno de ellos los hubiera perseguido hasta llegar a la superficie.

—¡No piensas con la cabeza! —le gritó.

Ella se acariciaba la barbilla, allí donde él le había golpeado:

—Sólo intentaba salvarte, Chester —dijo con voz suave—. Intentaba protegerte, para que, si descendía en picado, me llevara a mí, no a ti.

El muchacho no supo qué pensar. Lamentaba haberle pegado: si era cierto que ella creía que estaba a punto de atacarles un relámpago, entonces podía entender por qué había actuado del modo en que lo había hecho, y debería sentirse agradecido. Pero ¿cómo iba a ser un relámpago?

Sin embargo, no había duda de que Martha estaba convencida de que era eso lo que había oído. Su rostro volvía a tener mal aspecto, un aspecto demacrado, como embargado por la angustia. Y al observarla, Chester vio que se comportaba de manera muy rara. Lanzaba la mirada de un lado a otro continuamente, como si viera cosas en lo alto de los árboles.

Martha se puso en pie y se dedicó a terminar de montar los refugios. A continuación, empezó a preparar algo de comida. Cuando estuvo lista, Chester la aceptó sin pronunciar palabra: estaba demasiado hambriento y cansado como para discutir. Mientras comían en silencio, le daba vueltas a lo ocurrido. Con relámpago o sin él, decidió que no quería seguir con ella ni un instante más de lo necesario. En cuanto pudiera, tenía que hacerlo.

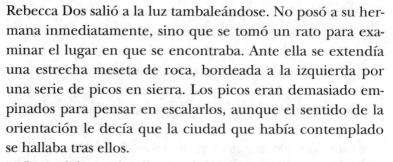

Rebecca Dos salió a la luz tambaleándose. No posó a su hermana inmediatamente, sino que se tomó un rato para examinar el lugar en que se encontraba. Ante ella se extendía una estrecha meseta de roca, bordeada a la izquierda por una serie de picos en sierra. Los picos eran demasiado empinados para pensar en escalarlos, aunque el sentido de la orientación le decía que la ciudad que había contemplado se hallaba tras ellos.

Justo delante de ella, la vía proseguía varios cientos de metros, hasta terminar en una especie de edificio de poca altura. Tras él, salía un camino de tierra. Se preguntó si aquel camino bajaría a la ciudad.

Cuando se volvió hacia la derecha, el viento le echó el largo pelo sobre la cara.

—He ascendido una montaña, vale —murmuró, mirando por encima de las copas de los gigantescos árboles, que se extendían hasta el lejano horizonte—. Ahora nos encontramos en una especie de cresta sobre la selva —le explicó a su hermana desvanecida, a la que sujetaba en sus brazos.

Rebecca Dos no estaba demasiado sorprendida. Desde que viera la espectacular vista de la metrópoli, no había dejado de ascender, y ya entonces se hallaba a una altura considerable.

—Se trata de seguir el camino, supongo —dijo suspirando, sintiendo en la piel el calor abrasador. Continuaba bajando hacia el edificio por la leve inclinación de la vía. La meseta estaba completamente expuesta al sol, y no había en ella ni rastro de vegetación—. Tendré que buscarte una sombra —le dijo a su hermana.

Rebecca Uno profirió un débil gemido.

El edificio era muy sencillo, construido con madera descolorida por el sol y chapas de un metal que se deshacía. Pero al menos les sirvió de refugio contra el calor. Tras posar en el suelo a su hermana, Rebecca Dos empezó a explorarlo. En un rincón había unas vagonetas. Se acercó a la primera y cogió un puñado del material que todavía tenía en su interior.

—Minería —dijo, dejando caer piedrecitas de la palma de la mano. No había duda de que en otro tiempo aquellas vagonetas se habían empleado para extraer las riquezas de la montaña.

Examinó rápidamente el resto del edificio, pero no había allí nada que le pudiera servir. Al acercarse a la puerta de la parte de atrás del edificio, derribó con el pie algunas botellas de cerveza vacías.

—Me conformaría con un poco de agua —murmuró mientras las botellas dejaban de correr por el suelo de cemento.

Volvió a salir al exterior. Allí descubrió un viejo camión de tres toneladas. Alrededor de los cubos de las ruedas, la goma estaba hecha jirones. Tocó la insignia del abollado radiador del vehículo: aunque se hallaba en mal estado, estaba esmaltada y parecía un anticuado cohete espacial. Debajo figuraba un nombre.

—¿«BLIT...»? —leyó en voz alta, pero el resto de las letras había desaparecido. Junto al camión había cuatro grandes depósitos de combustible de más de mil litros cada uno—: Gasolina —decidió al aplicar la nariz.

Siguió el camino de tierra con los ojos, hasta donde trazaba una curva, un poco más allá.

—Ahí tenemos nuestro camino de bajada —dijo. Tenía razón: evidentemente, se trataba del único modo de subir y bajar la montaña, ya fuera en camión o a pie.

Por encima del rugido del viento, oyó que la llamaba su hermana. Las dos estaban deshidratadas y tenían una necesidad urgente de beber, pero, aún más urgentemente, Rebecca Uno necesitaba atención médica. De no recibirla, su hermana no se llamaba a engaño: sería una gran suerte si sobrevivía a aquella terrible experiencia.

Rebecca Dos se estaba volviendo hacia ella cuando vio algo con el rabillo del ojo. Se quedó completamente inmóvil.

Una bengala ascendía por encima de los árboles, en trayectoria vertical. Trazando una delgada línea de color carmesí, dividió el blanco perfecto del cielo en dos partes iguales, como el bisturí del cirujano al hacer la primera incisión en la piel juvenil.

No era sólo que aquello fuera un signo de vida. No era ninguna bengala vieja, y el color revestía la máxima importancia para la muchacha styx.

—¡Sí! —dijo, curvando sus resecos labios en una sonrisa—. Tres..., dos... —contó los segundos con impaciencia, casi incapaz de respirar a causa de la emoción.

—¡Uno! —gritó.

Mientras la bengala recorría su trayecto, la línea que describía se trasformó del rojo al negro. A un negro purísimo. Entonces, en silenciosa explosión, brotó en un instante para convertirse en una nube esférica. La nube se dispersó rápidamente, sin dejar traza de haberse hallado allí nunca.

—¡Rojo y negro! —exclamó ella, juntando las manos—. Bendito sea el POE. —Se refería al Protocolo Operativo Estándar de los limitadores, porque lo que acababa de ver era una de sus señales.

Sonrió de oreja a oreja.

Allí en la selva, en algún lugar, debía de haber al menos uno de aquellos soldados magníficamente entrenados y llenos de recursos, que tenía que estar tratando de enviar señales a otros styx presentes en la zona. Los limitadores operaban normalmente con perfil cero, y no pensarían jamás en revelar su presencia, salvo en las circunstancias más excepcionales. Y aquello era ciertamente una situación excepcional. Rebecca Dos albergaba pocas dudas de que la señal iba dirigida a ella y a su hermana.

Tenía que responder de algún modo a aquella señal. Tenía que indicarles su situación. Buscó desesperadamente, hasta que sus ojos fueron a parar a los depósitos de combustible.

—Eso es —dijo. La decisión dio fuerza a su voz.

Valía la pena intentarlo. Al observar el horizonte, vio un par de columnas de humo blanco que se alzaban sobre la selva desde fuegos corrientes, pero estaban muy lejos. Si conseguía encender su propio fuego, valdría como respuesta.

Pero entonces cayó en la cuenta de que no llevaba con ella nada, tan sólo lo puesto. Aunque quedara en los depósitos bastante combustible, ¿cómo iba a encenderlo?

—¡Piensa, piensa, piensa! —dijo a gritos. Al levantar la vista al sol, le vino una idea—: ¡Cristal! ¡Las botellas! —exclamó.

Entró corriendo en el edificio.

—Tienes que quedarte en algún lugar más seguro —le

dijo a su hermana, llevándola a toda prisa por la vía hacia la entrada de la mina. Regresó sola al edificio y cogió una de las botellas de cerveza que había derribado antes. Saliendo con ella al exterior, empezó a inspeccionar los depósitos de combustible.

El único modo de acceder al combustible del interior de los depósitos era por la tapa de alimentación que tenía cada uno de ellos. Ayudándose con un palo, se subió al primer depósito, que crujió y a duras penas aguantó el peso de ella. El óxido se había comido el metal, y pudo ver el interior. Todo el combustible se había evaporado hacía tiempo: no le servía de nada. Echó una maldición.

Saltó el metro que la separaba del siguiente depósito. Éste parecía encontrarse en mejores condiciones, y no sonó a hueco al pisar sobre él. Intentó girar la tapa del orificio de alimentación, pero no cedía.

—¡Vamos! —gritó. Era esencial no perder tiempo: tenía que responder a la señal lo antes posible. Golpeó la tapa con el palo para aflojarla y después volvió a intentar abrirla, pero sólo al cabo de muchos esfuerzos empezó a ceder. Al quitar la tapa, se oyó un silbido, producido por la presión del interior del depósito. El olor de los vapores le hizo arrugar la nariz.

—Perfecto —dijo antes de introducir el palo en el depósito y volver a sacarlo. El palo estaba empapado en combustible: se alegró de comprobar que el depósito estaba prácticamente lleno. Sumergió el palo repetidas veces, dejando que la gasolina se derramara alrededor de la abertura. A continuación, bajó de un salto.

Una vez en el suelo, rompió la botella contra una piedra y eligió un trozo, concretamente el culo de la botella. Lo limpió frotándolo contra la camisa. Entonces se puso de rodillas con el palo. Buscó la posición del trozo de cristal, enfocando los rayos del sol al palo, que seguía empapado de gasolina.

Los rayos del sol tenían tal fuerza que, concentrados por el culo de la botella, prendieron la gasolina en cuestión de segundos. Rebecca Dos se puso en pie de un salto y, asegurándose de que su improvisada antorcha ardía adecuadamente, se preparó. No podía fallar el tiro, tenía que darle a la parte de arriba del depósito. Apuntó y lanzó el palo en llamas. Entonces se dio la vuelta y corrió lo más aprisa que pudo.

Sólo había logrado recorrer veinte metros cuando el combustible ascendió como la gaseosa de una botella. Una milésima de segundo después, se producía una explosión ensordecedora que arrancó toda la parte superior del depósito, que ascendió por el cielo. La onda expansiva derribó a Rebecca al suelo. Sintió en la nuca el calor abrasador, pero siguió avanzando. Se prendieron los otros dos tanques que estaban al lado. Ambos explotaron casi simultáneamente, corriendo una cortina de llamas sobre el camión y el edificio.

Cuando llegó donde había dejado a su hermana, a la entrada de la mina, el camión y el edificio estaban envueltos en llamas y el humo empezaba a ascender a los cielos. Era un denso humo negro, que se distinguiría bien de los humos de las hogueras de la selva.

Rebecca Uno se había despertado con el ruido de las explosiones.

—¿Qué es eso? —preguntó, tratando de mirar el incendio.

—Refuerzos —respondió Rebecca Dos.

—¿Eh...? —murmuró su hermana.

—Los nuestros saben que estamos aquí y nos han enviado ayuda —le explicó Rebecca Dos, riéndose—. ¡Son limitadores!

Los limitadores que habían trepado a los altos árboles de la selva para actuar de vigías, vieron el humo que salía de la lejana cresta de la montaña. El humo se elevaba en el horizonte como un oscuro moratón del cielo y era imposible que dejaran de verlo con sus potentes prismáticos. Los tres vigías no gritaron para avisar a sus compañeros, sino que señalaron hacia el origen del humo, mirando durante varios segundos para asegurarse completamente. Aunque no se podía saber con seguridad quién había originado el fuego, la cantidad de humo parecía aumentar, como si el incendio estuviera tan sólo en sus principios.

Los vigías intercambiaron señas y descendieron rápidamente al suelo, donde les aguardaba el resto del escuadrón. No pronunciaron una palabra mientras desataban los perros de presa de los bordes del claro, ni después, cuando los cincuenta fuertes limitadores se pusieron en marcha para atravesar los prados en dirección a la montaña.

Hasta entonces no habían tenido ninguna pista. Los perros no habían podido encontrar el rastro de las gemelas por ninguna parte de la selva. Pero ahora habían visto aquella señal de respuesta y la seguirían hasta llegar al origen del incendio, en la montaña. Y más allá, si era necesario.

Nada los detendría.

Si hubiera habido alguien allí, mirándolos, podría haber confundido a aquel grupo de hombres y perros que corrían por los prados a gran velocidad con una espesa sombra proyectada sobre el suelo.

La sombra de una negra nube de tormenta.

4

—¿Dónde está esa maldita ciudad? —rezongaba Rebecca Dos.

Comprendiendo que no podía quedarse esperando hasta que llegara la ayuda, había empezado a bajar la montaña. Calculaba que había recorrido al menos unos cinco kilómetros por el camino de tierra que corría por el fondo de un desfiladero de paredes verticales. Esas paredes tapaban desde hacía rato todo atisbo de la selva y, lo que era más importante, le impedían ver cuánto le quedaba todavía por descender, o cuánto le quedaba para llegar a la ciudad. Y la combinación del implacable calor y el peso de su hermana le iba agotando las fuerzas.

Estaba pensando en la imperiosa necesidad que tenían de encontrar agua, cuando vio que el camino se nivelaba e incluso ascendía ligeramente.

—¡No aguanto más! —exclamó.

Aquello le tocó la fibra sensible a Rebecca Uno, que tan pronto estaba consciente como inconsciente.

—Will... —dijo con voz ronca—. Le voy a partir el cuello. Lo voy a matar.

—Eso está bien. Hay que pensar en cosas agradables —la animó Rebecca Dos. Aunque los vendajes que le había hecho habían contenido en gran medida la hemorragia de su hermana, no la habían frenado totalmente—. Ya queda poco.

La cosa va muy bien —le mintió Rebecca Dos, notando la pegajosa humedad que le empapaba su propia camisa.

El camino describió una serie de curvas muy cerradas, pero Rebecca Dos se alegró de comprobar que volvía a descender. Entonces, tan sólo unos minutos después, el camino salió de aquel desfiladero, y ella pudo disfrutar de una amplia vista de la zona circundante.

Se paró de repente. El sudor le caía en los ojos.

—¡Mira eso!

Había llegado al pie de la montaña, pero no era eso lo único que le alegraba.

Ante ella tenía una carretera: una carretera de verdad. Corría a lo largo de una pared tan alta que nadie hubiera podido escalarla, sobre la cual había una maraña de alambre de espino. Y Rebecca Dos había vislumbrado algo mucho más importante aún: al otro lado de la pared, había una fila de enormes chimeneas industriales, muy cuadradas y regulares, que seguían durante mucho trecho.

—¡Tienes que ver esto! —le dijo a su hermana—. ¡Ya estamos llegando!

Con un gemido, Rebecca Uno levantó la mirada por encima del pecho de su hermana e hizo todo lo posible por fijar la vista.

—Civilización... —susurró.

—Sí, pero ¿de qué civilización se trata? —preguntó Rebecca Dos, que seguía sobrecogida con el tamaño de las chimeneas.

—No te preocupes... y date prisa, por favor —le rogó su hermana—. Me encuentro fatal.

—Lo siento —dijo Rebecca Dos, empezando a caminar por la carretera. La superficie no era de brea, que bajo aquel incesante sol hubiera estado pegajosa o completamente derretida, sino de un hormigón de color claro. Con su aspecto de cal, resultaba completamente lisa y perfecta. Tal vez se tratara de alguna carretera de acceso sin importancia, de las que bordean las zonas industriales, pero se habían tomado el trabajo muy en serio. A los que la habían hecho, les gustaban las cosas bien hechas.

Rebecca Dos empezó a distinguir más chimeneas en la distancia, y unos veinte minutos después vio aparecer un nuevo complejo industrial. El sol se reflejaba en bulbosas estructuras de acero inoxidable, entre las que había esbeltas columnas y una intrincada disposición de tuberías, igualmente de acero inoxidable muy brillante. Alrededor de la instalación había múltiples válvulas de las que salían bocanadas de vapor o de gas blanco, que silbaban con tanta fuerza como si se estuvieran quejando de tener que trabajar con aquel opresivo calor.

Capaz ahora de moverse más rápido por la segura superficie, Rebecca vio que la pared terminaba justo antes de llegar a aquel nuevo complejo. Al llegar a la esquina, vio que a la izquierda salía una carretera mucho más ancha. Era una especie de calzada de doble sentido, con palmeras que crecían en la mediana.

El aire por encima de la caliza superficie de la carretera era tan caluroso que daba la sensación de ser una brillante piscina de mercurio. Por más que se esforzó Rebecca Dos, no logró ver a nadie, tan sólo lo que parecía un vehículo solitario aparcado a escasa distancia. Se dirigió hacia él rápidamente, comprobando que la carretera estaba limpia y libre de basura, y que la mediana estaba bien cuidada. Eso, y el hecho de que la planta industrial pareciera hallarse en actividad, significaba que no tardaría mucho en encontrarse con gente. Y esa gente podría ayudar a su hermana.

—Es un coche —dijo Rebecca Dos al llegar junto a él—. Pero ¿de qué clase?

Posando a su hermana con cuidado en el pavimento, empezó a inspeccionarlo.

—Se parece a un Escarabajo —reflexionó, aunque era más grande y más bajo que ningún Volkswagen que hubiera visto nunca en la Superficie. Y los neumáticos eran mucho más gruesos. Estaba pintado de color plateado, y aunque la carrocería no tenía nada oxidado, tampoco parecía muy nueva. Poniéndose la mano en la frente para protegerse del sol, miró por las ventanillas de cristal coloreado e intentó ver el interior: era muy poco sofisticado, con un salpicadero de metal pintado sobre el que estaban montados los usuales indicadores, el velocímetro entre ellos. Probó a abrir la puerta del conductor, pero estaba cerrada con llave, y al pasar por delante del vehículo se paró ante el capó—. Es un Volkswagen —dijo al examinar la insignia cromada. Pero nunca había visto ese modelo.

Oyó un estruendo y se volvió para mirar la carretera hacia delante. A través de las reverberaciones que provocaba el calor, vislumbró un vehículo grande, tal vez un camión, que cambiaba de marcha y salía al cruce.

—Vamos, muchacha —dijo cargando a su hermana, que murmuraba algo ininteligible. Rebecca Uno tenía la cara tan blanca como el papel, salvo por las ojeras—. Ya llegamos. Sólo hasta ahí —le dijo Rebecca Dos, implorando, al llegar al final de la carretera, encontrar ayuda. Y sin tardanza.

Muy despacio, Chester se deslizó fuera del saco de dormir. Aunque había salido el sol, no tenía ni idea de qué hora podía ser. Al mirar por entre las ramas de su refugio, vio la postura que adoptaba Martha para dormir dentro de su saco. Su contorno recordaba el de un montón de ropa tirada allí para echar a lavar, lo cual no estaba muy lejos del concepto que Chester tenía de ella. La vigiló durante unos minutos en busca de cualquier atisbo de movimiento.

«La vaca loca sigue durmiendo. Es el momento de pirarse», se dijo al final, recordando con meridiana claridad cómo se le había echado encima con la disculpa de que había un relámpago a punto de atacar. Eso había sido la gota que colmaba el vaso y no estaba dispuesto a quedarse esperando otras muestras de su demencial comportamiento.

«En realidad, no estoy en deuda con ella», decidió, y poniendo el máximo cuidado en no hacer nada de ruido, terminó de salir del saco. «No me necesita: puede cuidar de sí misma.»

Chester volvió a asegurarse de que Martha estaba dormida. Su plan era sencillo: volvería a su casa de Londres, aunque tuviera que hacer a pie todo el recorrido. Y como no tenía dinero, no tenía más alternativa que caminar, a menos que hiciera autostop. O a menos que se presentara ante la policía, cosa que no podía hacer, pues Will le había advertido que los styx tenían agentes por todas partes. El futuro parecía gris e incierto, pero cualquier cosa sería mejor que seguir con aquella loca.

Se notó rígidas las articulaciones en el momento de ponerse la mochila y salir a cuatro patas por el bosque. Hizo una mueca al notar que las hojas secas crujían bajo su peso.

Se encontraba ya a unos metros de distancia de los refugios, cuando decidió echar una última mirada para asegurarse de que ella no rebullía.

—¿Has dormido bien? —le preguntó Martha con voz alegre.

Al darse la vuelta, se le resbalaron las manos y casi se cae de bruces.

Ella estaba a la sombra de las ramas de un saúco. En el suelo, a su lado, había montones de plumas que se llevaba la leve brisa y tres pájaros desplumados puestos en fila. Como una niña obscenamente grande que jugara con una muñeca macabra, Martha estaba sentada, con las piernas abiertas, ocupándose de un cuarto pájaro. Por el tamaño, a Chester le pareció que podía tratarse de una paloma torcaz.

—Eh..., sí —respondió él casi sin voz, viéndola arrancar las últimas plumas del flácido cuerpo.

—Estos animalitos de la Superficie son un poco tontos y se dejan atrapar —dijo sin darle mucha importancia a la cosa y colocando la paloma con el resto—. Y he encontrado champiñones —añadió, señalando un pequeño montón junto a los pájaros.

Prendió fuego y empezó a cocinar las aves en él. Chester vio que no le costaba mucho esfuerzo adaptarse a su nuevo entorno. Y se preguntó si habría comprendido que había intentado abandonarla.

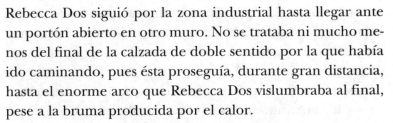

Rebecca Dos siguió por la zona industrial hasta llegar ante un portón abierto en otro muro. No se trataba ni mucho menos del final de la calzada de doble sentido por la que había ido caminando, pues ésta proseguía, durante gran distancia, hasta el enorme arco que Rebecca Dos vislumbraba al final, pese a la bruma producida por el calor.

Entró por el portón.

Se oyó un trueno, y en ese momento comenzó a llover. Oyó el golpeteo de las gotas al caer en el ardiente pavimento. Su hermana empezó a mover la cabeza.

—Qué agradable —susurró Rebecca Uno al notar las gotas en la cara. Abría y cerraba la boca repetidamente como si intentara beberse el agua que caía.

Pero Rebecca Dos apenas era consciente de la lluvia, pese a que no tardó en convertirse en un fuerte chaparrón. Permaneció en el portón, anonadada por lo que veía al otro lado.

Filas de casas.

Coches en la distancia.

Gente.

—¡Santo Dios! —exclamó para sí.

Habría podido tratarse de cualquier ciudad europea. La arquitectura no era exactamente moderna, pero las filas de casas adosadas y las tiendas que había a cada lado estaban limpias y bien conservadas. Introdujo a su hermana por el portón abierto, mirando a su alrededor desde el centro de la amplia avenida. De algún lado salía una voz de cantante de ópera. Era una voz floja, estridente, como de música reproducida por algún aparato eléctrico, y a Rebecca Dos le pareció que podía identificar el punto exacto del que provenía: una ventana abierta un poco más allá.

—No necesitan luces —se dijo, comprendiendo que las farolas eran innecesarias en aquel mundo permanentemente diurno.

Se dirigió hacia el edificio más cercano. Por su aspecto suponía que sería algún tipo de oficinas, con las persianas bajadas en todas las ventanas. Junto a la puerta había una chapa de cobre grabada, en la que había un nombre y algo escrito:

—«Schmidts» —leyó—. «Zahnärzte. Nach Verabredung.»

—Alemán..., un dentista —susurró Rebecca Uno, entreabriendo un ojo—. Para arreglarme los dientes rotos.

Rebecca Dos estaba a punto de responder cuando se volvió para ver a alguien. Una mujer seguida por dos niños acababa de salir del inmueble que estaba junto a la consulta del dentista. Al bajar los peldaños de la calle, trató de cubrir a los niños con el paraguas. Llevaba una blusa de color crema, una falda gris hasta la pantorrilla y, en la cabeza, un sombrero de ala ancha. Daba la impresión de haber salido de un noticiario cinematográfico de hacía cincuenta años. «No se puede decir que vaya a la última», pensó Rebecca Dos. Los niños no tenían más de seis o siete años, e iban vestidos igual, con chaqueta beis y pantalones a juego.

—Eh..., hola —dijo Rebecca Dos tratando de resultar agradable—. Necesito que me ayude.

La mujer se volvió. Por un momento se quedó con la boca abierta, horrorizada, mirándolas. Entonces lanzó un grito y dejó caer el paraguas, que una repentina ráfaga de viento se llevó calle abajo. Agarrando a los niños de la mano, salió corriendo, tirando de ellos con tal fuerza que casi los llevaba volando. Seguía gritando, alarmada, pero los niños intentaban mirar hacia atrás, con los ojos completamente abiertos de asombro.

—Me parece que no vamos vestidas para la ocasión —comentó Rebecca Dos, comprendiendo que su aspecto debía de resultar desconcertante. Tenían la cara sucia y la ropa quemada, rasgada y llena de barro y sangre.

—¿Qué ocurre? ¿No vas a encontrar quien me ayude? —preguntó Rebecca Uno con debilidad, mientras su hermana se sentaba en el peldaño del inmueble que la señora acababa de abandonar.

—Ten paciencia —respondió Rebecca Dos. Se aseguró de que su hermana quedaba bien apoyada contra la barandilla que había al lado de la escalera y fue hasta el bordillo de la acera. Observó cómo corría el agua por la orilla y penetraba en las alcantarillas—. No tendremos que esperar mucho para que nos presten atención —añadió, apartándose de la cara el pelo empapado.

Y, efectivamente, no habían pasado ni treinta segundos cuando las sirenas empezaron a sonar en la ciudad, con un pitido bajo que resonaba por entre los edificios. Una pequeña multitud se había congregado en un rincón para contemplar a las gemelas, pero se aseguraban bien de mantenerse a distancia.

Un vehículo llegó metiendo ruido por la calle mojada y derrapó al frenar. Era un camión militar, y al abrirse las puertas de atrás, descendió un pelotón de soldados, con los rifles preparados. Rebecca Dos calculó que serían unos veinte. Un soldado joven saltó de la cabina del camión y se acercó a ella apuntándola con una pistola.

—*Wer sind Sie?* —le gritó a Rebecca.

—Quiere saber quién eres —murmuró Rebecca Uno—. Parece que está alterado.

—Sí, lo sé. Hablo alemán igual que tú —respondió con energía.

—*Wer sind Sie?* —volvió a preguntar el soldado, esta vez enfatizando cada palabra con un movimiento del brazo.

Rebecca se volvió de cara al soldado que se imaginó que sería el oficial al mando. Se fijó en su uniforme color arena, que se iba oscureciendo al empaparse de agua.

—*Meine Schwester braucht einen Artz!* —dijo en un alemán perfecto.

—Sí..., necesito un médico —murmuró Rebecca Uno.

El soldado se quedó sorprendido ante la petición de Rebecca Dos, pero en lugar de responder dio una orden y el pelotón se alineó detrás de él, apuntando a las chicas con los rifles. Entonces, guiados por él, empezaron a avanzar lentamente.

Se vio un relámpago cegador, seguido por el trueno.

Entonces, de repente, los soldados se detuvieron.

Rebecca Dos se dio cuenta de que había dejado de oírse aquella metálica música de ópera de la calle.

Y si el soldado parecía alterado ya antes, en aquel momento pudo ver el miedo reflejado en su rostro. Y en el de todos los soldados.

Un miedo auténtico, desenfrenado.

—*Einen Artz* —repitió ella, preguntándose qué era lo que producía en ellos semejante efecto. Oyó un gruñido y se volvió para mirar la calle a su espalda. Al avanzar, fue casi como si los hombres se materializaran allí mismo, en medio del aguacero. Su camuflaje marrón pardo se fundía perfectamente en el agua, haciendo que parecieran sombras humanas en movimiento.

—Impecable sincronización —comentó Rebecca Dos en el preciso instante en que se detenía la brigada de limitadores. Eran cuarenta, colocados en todo lo ancho de la calle, apuntando con sus rifles a los soldados alemanes. Puestos a intervalos regulares a lo largo de la fila, los que llevaban los perros de presa se esforzaban por sujetarlos. Los perros bramaban de un modo que no parecía de este mundo, con aullidos graves que vibraban en sus gargantas, mientras las fauces, recogidas para mostrar los feroces colmillos, temblaban de ansia.

Pero el joven soldado y sus hombres no miraban a los perros, sino que estaban paralizados por los rostros letales de los limitadores, cuyos ojos resultaban tan negros que parecían vacíos.

No hubo movimiento de ninguno de los dos lados. Salvo por las gotas de lluvia que caían con fuerza, la escena parecía congelada.

Rebecca Dos caminó hacia el centro de la carretera y se detuvo en medio de las dos filas.

—*Offizier?* —preguntó al soldado alemán. Se mostraba tan tranquila y relajada como si le estuviera preguntando a un policía de la Superficie por una dirección.

Él apartó la mirada de los limitadores y, fijándose en la delgada muchacha con la ropa hecha jirones, asintió con la cabeza.

—*Ich...* —empezó a decir ella.

—Hablo su idioma perfectamente —le interrumpió él, mostrando tan sólo un poco de acento.

—Bien, entonces necesito... —prosiguió ella.

—Diga a esos soldados que se retiren —volvió a interrumpir él.

Rebecca Dos no le respondió, cruzando los brazos justo enfrente del oficial.

—Eso no va a ocurrir —dijo con firmeza—. No tiene usted ni idea de lo que tiene enfrente. Estos soldados son limitadores. Harán cualquier cosa que yo les pida. Y aunque es muy posible que no los vea, hay un destacamento de tiradores distribuido por los tejados. Si a usted o a sus hombres se les pasara por la cabeza disparar...

No se molestó en acabar la frase, consciente del ligero temblor de la mano que le apuntaba al pecho con una pistola.

—Voy a llamar a dos hombres —dijo ella—. Uno es un médico para mi hermana, que se está muriendo por la herida que tiene en el estómago. Eso no es un acto de agresión, así que dígales a sus hombres que no disparen.

El hombre dudó y miró a Rebecca Uno, que estaba tendida contra la barandilla, donde la había dejado su hermana. Con su pelo rubio y sus ojos azul claro, el oficial alemán parecía la imagen misma de la salud; la piel del rostro y de los brazos, descubiertos por las mangas arremangadas, estaba bronceada.

—De acuerdo —accedió, y entonces se dirigió a sus hombres para ordenarles que no dispararan.

—Gracias —dijo amablemente Rebecca Dos, y levantó la mano al tiempo que pronunciaba unas palabras en lengua styx.

Dos limitadores se salieron de la fila. El primero fue directo hacia Rebecca Uno y la levantó de la escalera para poder atenderla. El segundo se detuvo al lado de Rebecca Dos, a unos pasos de distancia, y se quedó allí esperando. Era un general, el mayor y de rango más elevado de todos los limitadores que se encontraban allí. Tenía las sienes blancas y una cicatriz en forma de ese en la mejilla.

Rebecca no le dirigió la mirada, sino que volvió a hablar con el oficial alemán:

—Dígame, ¿cómo se llama esta ciudad?

—Nueva Germania —respondió el alemán, deslizando los ojos hacia el Limitador General.

—¿Y en qué año llegaron ustedes aquí? —preguntó.

Frunció el ceño antes de responder:

—El último de nosotros se estableció aquí en... en... *neunzehn... ähm... vierzig...* —y terminó callándose, buscando las palabras.

Le ayudó uno de los soldados de su pelotón:

—En el año 1944 —le indicó.

—Antes del fin de la guerra. Me lo estaba imaginando —comentó Rebecca Dos—. Lo sabemos todo sobre esas expediciones del Tercer Reich a los polos para investigar la teoría de la Tierra Hueca. Pero no sabíamos que les hubiera servido de nada.

—Nosotros no somos del Tercer Reich —dijo categóricamente el oficial alemán, mostrándose ofendido pese a la situación en que se encontraba.

Rebecca Dos prosiguió sin hacer caso:

—Bueno, quienesquiera que sean, supongo que dispondrán de una radio o de algún medio de comunicación en ese camión. Y si usted y sus hombres quieren salir con vida de este punto muerto, le recomiendo que hablen con el oficial al mando. Pregúntenle si tiene algún conocimiento de... —Sólo entonces se dirigió al Limitador General, que estaba en posición de descanso, con el rifle preparado—. Apéndice sesenta y seis de Unternehmen Seelöwe: Operación León Marino. Era el proyecto nazi para la invasión de Inglaterra, redactado entre 1938 y 1940.

El oficial alemán no respondió. Tenía la mirada clavada en el largo rifle del Limitador General, con su mira de visión nocturna.

—¿Significa algo para usted el nombre del Gran Almirante Erich Raeder? —le preguntó el Limitador General.

—Sí —confirmó el oficial alemán.

—¿Y hay alguien de su personal en esta ciudad o alguien que conozca que tenga acceso a los documentos de sus operaciones en aquel entonces?

El oficial alemán se secó el agua del rostro, como para ocultar el hecho de que aquello era más de lo que podía asimilar.

—Escúcheme atentamente, esto es importante —prorrumpió el Limitador General, hablando al oficial alemán como si se tratara de un subordinado—. Consulte con sus superiores sobre el apéndice sesenta y seis del plan de invasión, en el que aparecerán de manera destacada referencias a «Mefistófeles».

—Somos nosotros: Mefistófeles era el nombre secreto para referirse a nosotros, los styx —aclaró Rebecca Dos—. Secciones styx de Inglaterra y Alemania estaban trabajando con ustedes. Ya ven, entonces éramos aliados de Alemania, y ahora lo somos de ustedes.

El Limitador General apuntó con su mano enguantada al camión:

—¡Vamos, hombre, dese prisa! Encuentre a alguien que tenga información sobre la Operación León Marino y el apéndice sesenta y seis.

—Tenemos que resolver esta situación antes de que mueran sin necesidad usted y sus hombres —dijo Rebecca Dos. Lanzó una mirada a su hermana, a la que habían colocado tumbada sobre una manta que el médico limitador había extendido en la acera mojada. Ya le había puesto el gotero de plasma en el brazo herido, pero Rebecca Dos sabía que sería necesario llevarla a un hospital—. Es de vital importancia que se dé usted prisa. Por la vida de mi hermana.

El oficial alemán asintió comprensivo, y volvió a hablar con sus hombres antes de correr hacia el camión.

Rebecca Dos sonrió antes de intercambiar unas palabras con el Limitador General.

—Siempre es agradable recuperar a los viejos amigos, ¿verdad?

Chester no llevaba mucho tiempo dormido cuando lo despertaron unos violentos retortijones. Al principio eligió permanecer donde estaba, diciéndose que ya se le pasarían. Pero no se le pasaron. El dolor fue empeorando poco a poco hasta que se vio obligado a salir a rastras de su refugio y correr hasta los árboles, entre los cuales vació el estómago. Y no paró de vomitar hasta que no le quedó nada en él, pero las horribles arcadas prosiguieron hasta que la garganta se le quedó en carne viva.

Cuando por fin volvió a su refugio tambaleándose, pálido y sudoroso, Martha lo estaba esperando.

—¿Tienes mala la barriguita? Yo también. ¿Quieres tomar algo a ver si se te pone bien? —propuso. Sin esperar a que Chester respondiera, continuó—: Prepararé un té. Te sentará bien.

Sentado con Martha en torno al fuego, Chester hacía esfuerzos por sorber su té tibio cuando se repitieron los retortijones. Salió corriendo, pero esta vez además de los vómitos experimentó una espantosa diarrea.

Cuando volvió, casi sin fuerzas para hablar, Martha seguía ante el fuego.

—Me encuentro fatal —le dijo.

—Échate a dormir un poco. Seguramente no es más que algún germen —respondió ella—. Mucho descanso y líquido caliente y te pondrás como nuevo.

En total le costó casi dos días enteros superarlo. Olvidó todos sus proyectos de huida, pues en el estado en que se encontraba no hubiera podido llegar muy lejos. Fluctuando entre sueños febriles y delirios, le costaba depender completamente de Martha, pero no tenía alternativa. Cuando por fin pudo retener algún sólido y empezó a recuperar fuerzas, se dispusieron a reemprender su caminata sin rumbo.

—Martha, no podemos seguir mareando la perdiz de este modo. ¿Qué vamos a hacer? —preguntó Chester—. Y ya estoy harto de comer esas palomas que cazas. De hecho, creo que es eso lo que me sienta mal.

—No siempre se puede elegir —repuso ella—. Y también a mí me sentaron mal.

Chester la miró con recelo. Pese a lo que decía de que se había encontrado igual de mal que él, no la había visto salir corriendo para esconderse entre los árboles, ni quejarse una sola vez de dolores en el estómago. Pero también era cierto que los últimos días no había estado en condiciones de fijarse en nada.

Al anochecer reemprendieron el camino, pero Chester seguía débil y no fue capaz de seguir andando la noche entera. Y por eso, tras entrar en otro bosque unas horas antes del alba, acamparon. Y no se lo podía creer cuando, menos de media hora después de haber comido, le empezó a gorjear el estómago y regresaron los retortijones. Esta vez fue aún peor, y Martha tuvo que ayudarle a alejarse del fuego y meterse entre unos árboles, donde pudo encontrar un poco de privacidad en sus violentas convulsiones.

Durante los días siguientes, ella se vio obligada incluso a darle de comer, porque a él le temblaban tanto las manos que no podía apañárselas por sí mismo. Perdió la noción del tiempo y se fue aletargando a causa de la falta de nutrición, hasta que Martha lo despertó una noche como loca, farfullando algo de que tenían que ponerse en marcha. Él intentó conocer el motivo, pero ella no explicó nada. Entonces Chester se preguntó si no habría vuelto a oír a su imaginario relámpago.

Sin embargo, se dio cuenta de que se había recuperado lo

suficiente como para caminar un par de horas. Anduvieron por las orillas de los campos bajo la llovizna, hasta llegar a un granero destartalado. Aunque faltaban tejas del techo y el interior estaba lleno de máquinas y herramientas agrícolas oxidadas, Martha consiguió despejar un rincón para los dos. Al menos allí estaban al abrigo de los elementos y tenían la oportunidad de secarse.

Además de su persistente enfermedad, Chester ya estaba harto de estar todo el tiempo empapado: las piernas le dolían al rozar contra las perneras del pantalón y la piel entre los dedos de los pies había adquirido un alarmante tono blanco y se le desprendía nada más pellizcarla. Tanto Martha como él necesitaban cambiarse urgentemente de ropa y darse un buen baño. Chester se daba cuenta de que los últimos días Martha no parecía oler tanto: tal vez su propio olor corporal tapaba el de ella.

Sentado a su lado, cada uno metido dentro de su saco de dormir en un rincón del granero, Chester comprendió que ya no podía más.

—Ya no aguanto esto —le dijo, con la mirada perdida y agarrando el saco de dormir alrededor del cuello con sus manos sucias—. Nunca me había sentido tan enfermo, y me temo que pueda empeorar. Martha, hasta aquí hemos llegado. —Se calló para procurar que no se le cayeran las lágrimas. Decía la verdad cuando aseguraba que ya no podía seguir así—. ¿Y si resulta que tengo algo realmente serio y necesito ver a un médico? ¿Me dejarás que vaya a uno? Y, por otro lado, no estamos yendo a ninguna parte, ¿a que no? No tenemos nada que se parezca a un plan. —De hecho, Chester albergaba la sospecha de que iban viajando en círculo, aunque no tuviera modo de comprobarlo.

Ella se quedó un momento en silencio, después asintió con la cabeza. Al levantar la mirada hacia el techo desvencijado, el tic del ojo se le empezó a manifestar a lo loco.

—Mañana —le dijo ella—. Ya veremos mañana.

Chester no tenía ni idea de lo que significaba eso, pero después de pasar el día en el granero salieron cuando comenzaba una noche apacible. Por una vez no llovía, y eso animó al chico. Empezó a parecerle que tenían que estar cerca de la costa: el aire olía de manera muy definida, y de vez en cuando daba vueltas sobre sus cabezas, graznando, alguna gaviota. Eso le recordó nítidamente las vacaciones en la playa con su familia, lo que le hizo pensar en que necesitaba separarse de Martha y regresar con sus padres.

Caminaban bajo un cielo nocturno blanco como el cristal más impoluto. Chester iba contemplando la cumbre de una colina y los miles de estrellas que colgaban sobre ella como un tapiz brillante y magnífico, cuando, de improviso, chocó contra un seto. Había perdido a Martha de vista, y no la volvió a ver hasta que una mano le agarró el brazo y tiró de él a través del seto.

Avanzó unos pasos tambaleándose antes de recuperar el equilibrio. Entonces le impresionó el cambio. Todo cuanto había visto durante semanas eran interminables campos de cultivos y hierba, pero en aquel momento se encontraba sobre un césped muy cuidado. Resultaba totalmente liso bajo los pies y la luz de la luna le proporcionaba el aspecto de una alfombra de fieltro oscuro. Observó a su alrededor y vio los arriates de flores y plantas cultivadas. Martha le indicó entre dientes que la siguiera, y avanzaron los dos sigilosamente por la orilla del jardín, dejando atrás un invernadero y después un cobertizo grande, delante del cual había sillas de madera y una mesa. Martha cambió de dirección y se dirigió hacia el centro del jardín y Chester se encontró caminando entre dos filas de coníferas, al final de las cuales había una pequeña puerta. Al atravesarla, agachándose para pasar bajo las ramas de un sauce llorón, los ojos de Chester se encontraron la oscura silueta de un edificio.

—Es una casita de campo —susurró él, parándose al otro lado del sauce. Estaba bien cuidada, aunque no parecía habitada. No había luces encendidas y las cortinas estaban descorridas en todas las ventanas. Al caminar por el lateral de la casita hacia la parte de delante, encontraron un pequeño pórtico delante de la puerta, con un rosal trepador que crecía en él, y una entrada de grava para los coches, pero sin ningún vehículo.

Chester no intentó disuadir a Martha cuando le dijo que se proponía entrar. La casita estaba aislada, y no había señales de ningún tipo de alarma contra ladrones en el edificio. Se dirigieron a la parte de atrás de la casita, donde Martha rompió un cristal de una de las ventanas de guillotina y, abriendo el pasador, la levantó. Al entrar tras ella, Chester se sintió un poco incómodo por lo que estaban haciendo, pero ya había tenido suficiente vida a la intemperie para mucho tiempo. Y, de manera inconsciente o no, los efectos de la gravedad normal de la Tierra seguían pasándoles factura, en especial a Martha. Necesitaban un lugar en el que pudieran descansar de verdad.

Al descubrir que en la cocina había un frigorífico y una despensa bien surtida, Chester declinó el ofrecimiento de Martha de prepararle algo de comer. Se abrió una lata de alubias que se comió frías. En el piso de arriba contempló con ansia las camas hechas, con sábanas blancas bien planchadas. A continuación, tras lograr encender el calentador, se dio una ducha.

No podía creerse que el agua le doliera al desprender de su piel la mugre acumulada durante tantos meses. Después, cuando su piel se acostumbró a la limpieza y empezó a sentirse cómodo, permaneció bajo el torrente de agua, disfrutando su calidez. Empezó a relajarse, sintiendo que no sólo se le iba la suciedad, sino también los problemas. En cuanto se secó, asaltó el armario de uno de los dormitorios y cogió unos vaqueros y una camiseta que no le quedaban mal. Se descubrió mirando fijamente al interior de un cajón que había en la parte de abajo del armario.

«Calcetines: no son más que unos simples calcetines», se dijo a sí mismo con una risita. Sin embargo, se sentó en la cama para ponerse un par limpio. Después se colocó las botas y movió dentro de ellas los dedos de los pies, con una amplia sonrisa en la cara. Ya se sentía mucho mejor. Se sentía capaz de enfrentarse a lo que fuera.

—¡Sí, calcetines limpios! —proclamó poniéndose en pie.

Regresó al piso inferior y, buscando a Martha para decirle que iba a echarse una siesta en una de las camas, entró en el salón de estar. Se paró en seco al ver un teléfono a un lado.

Ahí estaba: la oportunidad que había estado esperando.

Podía volver a llamar a Drake, o incluso a sus padres. Pensó en ellos. Tenía que decirles que estaba vivo y que se encontraba bien. Llevaba meses sin hablar con ellos, desde aquella noche aciaga en que Will y él se habían metido por el túnel que salía de debajo de la casa de los Burrows.

Conteniendo la respiración, Chester cogió el auricular y esperó a escuchar el tono de marcado. Apenas podía contener la emoción al empezar a marcar el número de su casa. No podía esperar a hablar con sus padres. «Hola, papá; hola, mamá», ensayó en voz baja, rogando que no hubieran salido de casa o, lo que sería aún peor, que no se hubieran mudado.

«¡No!», se regañó a sí mismo.

Sé positivo.

Solo había conseguido marcar unos cuantos dígitos cuando el teléfono se le cayó de la mano y perdió la conciencia a causa del golpe que recibió en la parte de atrás de la cabeza.

5

Drake abrió los ojos de repente y al instante se levantó de la cama y se puso en pie.

Se encontraba en una habitación oscura y completamente desconocida. Por muy acostumbrado que estuviera a despertarse en un lugar diferente cada mañana, no conseguía comprender cómo había llegado hasta allí. El aire en la habitación era limpio y fresco: se dio cuenta de que sonaba el aire acondicionado.

Le dolían los huesos de la cabeza. Se llevó la mano a la frente y retrocedió, tambaleándose, hasta la cama. En ese momento se dio cuenta de que, aunque estaba completamente vestido, no llevaba zapatos ni calcetines. Y bajo las plantas de los pies tenía algo cuyo suntuoso tacto recordaba una gruesa moqueta.

—Dios mío..., ¿dónde estoy?

Aquello no se parecía en nada a los inmuebles o locales abandonados en que solía dormir.

Recorriendo a tientas el lateral de la cama, chocó con una mesita de noche y derribó la lámpara al suelo. Se puso de rodillas para encontrar la lámpara, y después el interruptor para encenderla. Cuando la luz le dio en la cara, lanzó un gruñido y cerró los ojos.

Will y Elliott se habrían quedado muy sorprendidos si lo hubieran visto así: aquél no era el Drake que ellos conocían.

Tenía la cara hinchada, barba de una semana y amplias ojeras oscuras bajo los ojos cansados. El pelo, normalmente muy corto, había ido creciendo libremente. Estaba aplastado a un lado de la cabeza, sobre el que había dormido.

Con la lámpara aún en la mano, encontró el borde de la cama y se echó sobre él. Se pasó la lengua por el interior de la boca reseca, reconociendo amargos restos de alcohol.

—¿Vodka? —se preguntó con voz ronca, casi con arcadas—. ¿Qué estuve haciendo? —se respondió con otra pregunta, mientras intentaba recapitular lo ocurrido la noche anterior. Tenía el vago recuerdo de que había entrado en un bar, posiblemente en el barrio del Soho, con el firme propósito de beberse el bar entero. Eso tenía sentido. La cabeza estaba a punto de estallarle.

Pero el dolor que le producía la resaca no era nada comparado con la sensación de vacío que lo embargaba, de vacío vital.

Por primera vez en mucho tiempo, se encontraba completamente perdido. No tenía meta, no tenía ningún plan en el que trabajar. Hacía años que lo había reclutado una organización clandestina cuyo propósito era luchar contra una raza de hombres, los styx, que vivían ocultos bajo Londres, en una ciudad subterránea llamada la Colonia. Pero la influencia de los styx llegaba mucho más allá de la Colonia, y sus malvados propósitos invadían la sociedad de la Superficie como si se extendieran por el suelo las raíces de un hongo venenoso. Los styx llevaban siglos tramando desestabilizar el orden en la Superficie y debilitarlo lo suficiente para poder un día tomar las riendas.

El último intento de Drake contra ellos había concluido en un desastre, una derrota absoluta. Su plan había consistido en hacer salir a uno de los styx más importantes, fingiendo que poseía la única ampolla del mortal virus del Dominion, y atraparlo. La entrega del virus iba a efectuarse en los terrenos comunales de Highfield, con la señora Burrows, la madre de Will, al frente para darle credibilidad. Pero, lejos de ser engañados por el plan, los styx habían tomado la delantera, y habían puesto fuera de combate a Drake, a Leatherman, su mano derecha, y al resto de sus pistoleros, con una especie de aparato subsónico.

Drake dudaba sinceramente de que Leatherman o cualquiera de los otros hubiera sobrevivido: los styx eran brutales y despiadados al tratar con aquellos que se les enfrentaban. Y también había sido baja en la operación la señora Burrows: sólo cabía pensar que también estaría muerta. Por lo que sabía, él era el único superviviente, y eso sólo gracias a una ayuda de procedencia completamente inesperada.

—Necesito beber algo —murmuró, tratando de quitarse esas ideas de la mente. No le parecía que mereciera seguir vivo. La terrible pérdida de toda aquella gente, de la que sentía que el responsable era él y solo él, lo superaba. Pasándose la lengua por los labios, posó la lámpara en la cama y se fue arrastrando los pies hacia la ventana de la desconocida habitación.

—¿Qué demonios...? —se preguntó al abrir las persianas. Arrugó los ojos: al inundar la habitación, la luz del día intensificó el dolor de cabeza. Y se quedó completamente desconcertado al contemplar la vista del otro lado de la ventana. Desde una altura de tres o cuatro pisos, estaba viendo el río Támesis. A lo lejos, el sol brillaba sobre el antiguo puerto londinense de Canary Wharf.

Se giró para examinar la habitación. Era espaciosa, y las paredes de color escarlata estaban adornadas con elaborados marcos dorados dentro de los cuales había viejos grabados militares, la mayor parte de soldados de la guerra de Crimea. Y además de la cama de matrimonio, había una mesa de escritorio y un ropero, todo de madera oscura que podía ser caoba. Le daba la impresión de estar en la habitación de un hotel, y una de las caras.

—He muerto y he llegado al Hilton —murmuró para sí, preguntándose si habría un minibar escondido en algún rincón del cuarto. Necesitaba beber algo para anestesiarse, para interrumpir las continuas recriminaciones que se hacía a sí mismo por haberle fallado a tanta gente. Miró la puerta cerrada, pero no se acercó a ella, sino que se volvió hacia la ventana y apoyó la frente en el frío cristal. Con un hondo suspiro, sus ojos inyectados en sangre siguieron el recorrido de una lancha de la policía que se dirigía río arriba, hacia donde tenía que hallarse el puente de la Torre.

Llamaron a la puerta.

Drake se puso derecho.

Se abrió la puerta y entró en la habitación, con un vaso en la mano, el que había sido su salvador en Highfield. Le había dicho a Drake que era un antiguo limitador, uno de los soldados del regimiento de élite styx, que tenían fama de poseer una crueldad sin límites.

Era extraño ver a uno de aquellos asesinos delgados, nervudos y despiadados completamente fuera de contexto y vestido con chaqueta deportiva gris de cuadros, pantalones de franela y zapatos de color marrón. Pese al estado en que se hallaba, Drake logró sonreír.

—¡Ah, mi styx personal! —dijo, antes de hacer un gesto con la mano para indicar la habitación—. Has conseguido un sitio realmente guay.

La voz del limitador era nasal, y su manera de hablar resultaba elegante y algo pasada de moda:

—Sí, tengo varias casas alrededor de Londres, pero prefiero pasar los días aquí.

Drake volvió a girarse hacia la ventana.

—Estoy seguro de que las otras no tienen esta vista. —Se quedó callado durante un segundo, antes de volverse hacia el limitador—. Entonces, ya comprendo cómo he venido a parar aquí: anoche me sacaste de ese bar. ¿Te crees que eres mi ángel de la guardia o algo así? —El limitador no respondió y se limitó a pasarle el vaso a Drake, que acercó a él la nariz—: ¿Zumo de naranja a palo seco? —preguntó con una fugaz mirada de decepción, antes de echar un trago—. Pero está rico, de todas formas —dijo cuando el líquido entró en contacto con sus maltrechas papilas gustativas.

—Está recién exprimido —explicó el limitador.

Masajeándose el caballete de la nariz, Drake intentó poner orden en su cabeza:

—Sé que te sientes en deuda conmigo porque cuidé de Elliott, pero... realmente... ya estamos en paz. Me salvaste el pellejo en aquellos terrenos comunales. Hiciste tu parte, y estamos en paz.

El limitador asintió con la cabeza:

—Sí, te estoy agradecido por la ayuda que le prestaste a mi hija. Ella sola no habría durado mucho. Las Profundidades son un lugar peligroso, lo sé prefectamente por las visitas que hice —dijo, sentándose al borde de la cama—. Pero... —iba a decir algo, pero se calló.

—Pero ¿qué? —preguntó Drake con la voz ronca. Perdía la paciencia porque el dolor de cabeza seguía aporreándole el cráneo.

—Si no te recuperas, Drake, los míos te atraparán. Te anularán —dijo el limitador en un tono neutro, apagando la lámpara que Drake había dejado en la cama, como para dar énfasis a sus palabras.

Drake se aclaró la garganta con incomodidad.

—No tengo por costumbre ponerme así..., como anoche. Eso fue excepcional.

—Me parece que últimamente estás experimentando muchas excepciones —dijo el limitador en voz muy baja—. Sabes que cuando el camarero se negó a servirte, te pusiste a insultarlo. Le gritaste, le llamaste styx. Te oyeron todos los que estaban allí.

Drake hizo una mueca, pero después se puso a la defensiva:

—Lo que yo haga con mi tiempo es asunto mío. Si yo quiero... —dijo, pero después se calló, preguntándose por qué hacía el esfuerzo de explicarse ante aquel hombre—. Vamos a ver, ¿por qué haces todo esto? No lo entiendo.

—Es por Elliott. Dijiste que está en algún lugar del Poro. Necesito tu ayuda para rescatarla y asegurarme de que está a salvo. A cambio, te ayudaré. Y justo ahora, pienso que te vendría bien un poco de ayuda.

Drake examinó el rostro macilento, y encontró sus penetrantes pupilas negras. Aquél era el rostro del enemigo al que había combatido durante tantos años con uñas y dientes, y en aquel momento se encontraba a unos metros de él, sorbiendo su zumo de naranja recién exprimido. Más aún: aquel hombre le pedía ayuda. Aquello era difícil de creer. Drake se rió con sequedad.

—¿Y por qué diablos tendría que confiar en ti? Me parece que ésta es otra de vuestras retorcidas traiciones. Me exprimiréis hasta el final y me tiraréis en cuanto me hayáis sacado todo el jugo —dijo negando con la cabeza—. Ya no me la jugáis más.

—No, ya te lo he dicho. Yo ya no soy parte de lo que ellos hacen. Fingí mi muerte para escapar de todo eso —respondió el limitador.

—Bueno, pues ¡bravo! Descansa en paz —respondió Drake sarcásticamente—. Así que has hecho novillos en la clase de homicidio megalómano. Lo siento, pero aunque me estuvieras diciendo la verdad, ¿qué demostraría eso? ¿Que eres un traidor y no se puede confiar en ti?

—La respuesta es Elliott —dijo el limitador, con un tono de frialdad que dejaba claro que le molestaba lo que Drake acababa de decir—. En cuanto tuve una hija con una colona, quedé marcado. A los ojos de mi gente, había muerto.

—¿En serio?

—Hasta donde llegan los libros de historia, nosotros hemos sido una raza aparte. Incluso antes del Imperio romano ya estábamos introducidos entre las clases gobernantes para influir en los acontecimientos a nuestro favor —dijo el limitador, deslizando las manos al interior de sus bolsillos.

Tal vez hubiera sido en otro tiempo un miembro de la élite asesina de los styx, pero ahora tenía un vago aspecto de profesor: el aire de un académico que estuviera exponiendo los resultados de su última investigación.

—Tal vez no seas consciente de ello, pero nosotros no nos hemos ocultado siempre en lugares como la Colonia. En diversas épocas, nos hemos extendido por los continentes, sin juntarnos nunca en número tal que resultáramos llamativos, jamás en guetos, porque entonces podríamos haber sido señalados con el dedo y perseguidos. Pero, aunque estuviéramos a la vista, la norma ha sido que no nos podíamos mezclar: no tenemos hijos con los demás. Tal como sentencia el *Libro de las catástrofes:* «La pureza es santidad».

—¿Adónde quieres ir a parar? —interrumpió Drake.

—El mestizaje da lugar a lo que llamamos «disolución», que quiere decir que se borran los contornos. Y eso es justamente lo que hice yo. Yo rompí una de las reglas más sagradas. Si nos hubieran descubierto a mí y a Molly, la madre de Elliott, nos habrían linchado, ya fuera una multitud de colonos o los styx. Y, por supuesto, lo mismo vale para Elliott, porque ella es mestiza. Molly tuvo que fingir que estaba enferma para ocultar su embarazo, y la familia se hizo cargo de Elliott en cuanto nació. Pero al crecer, se fue haciendo evidente que era distinta.

Drake asintió con la cabeza y el limitador prosiguió:

—La verdad es que, si Elliott no hubiera huido a las Profundidades, habría sido sólo cuestión de tiempo que se die-

ran cuenta de lo que era: la sangre styx corre por sus venas.
—Los ojos del limitador estaban puestos en la ventana, observando un avión a reacción que pasaba por encima de los edificios—. Tenía que irse. A lo largo de los años, ha habido un cierto número de casos de niños concebidos entre los colonos y los míos. Los llaman «desaguados», ya sabes.

—¿Por qué «desaguados»? —preguntó Drake—. No lo había oído nunca.

—Porque lo más normal es que los echen a los canales de desagüe, debajo de la Caverna Meridional. Entonces, ¿qué me dices? —El limitador miraba en aquel momento a Drake, aguardando una respuesta—. ¿Vamos a cooperar..., a trabajar juntos?

—Tengo que decirle, señor limitador, que estoy retirado —respondió Drake con voz forzada. Abatió los hombros y de pronto mostró un aspecto de enorme cansancio—. Todo cuanto he intentado ha sido reducido a llamas por los tuyos. Y estás perdiendo el tiempo si tratas de pescarme para uno de vuestros complicados juegos de cuello blanco.

—Eso depende de a qué juego te refieras —dijo el styx—. Piensa en lo que podrías hacer con un limitador al lado. Con alguien que conoce los secretos de los styx, con uno de ellos.

Una pequeña sonrisa se dibujó en el rostro de Drake, como si no se tomara en serio nada de todo aquello.

—Entonces, ¿me quieres decir que te unirías a la lucha contra tu propia raza? —sugirió—. ¿Me ayudarías a destruirlos?

El limitador se levantó de la cama e hizo un pequeño movimiento con el pie sobre la espesa moqueta:

—No. El hecho de que esté en contra de la dirección que ha tomado mi gente no significa que yo le desee ningún mal. No aceptaré ninguna acción letal contra los styx. Y tampoco la permitiré contra los colonos, Molly incluida.

—No, por supuesto que no —gruñó Drake para sí—. ¿Por quién me tomas?

El limitador siguió, sin hacerle caso:

—No te tengo que explicar que los que están en la jerarquía styx, incluyendo las gemelas que llamas Rebecca, han adelantado la agenda, pero nosotros pensamos que se trata de un enfoque torpe e innecesario.

—¿Nosotros...? —preguntó Drake.

—Pertenezco a un grupo de styx que no estamos de acuerdo con las iniciativas más extremas en contra de los Seres de la Superficie, tales como la liberación de reactivos biológicos del tipo del virus del Dominion. Creemos que los Seres de la Superficie acarrearán su propia destrucción, sin necesidad de que nosotros intervengamos. Entonces los styx tendremos el camino despejado para actuar.

—¿O sea que calculáis que nos mataremos nosotros mismos sin ayuda vuestra? —comentó Drake—. Y si estáis tan en desacuerdo con los mandamases, ¿por qué no lo decís claramente?

El limitador miró a Drake con expresión muy elocuente.

—No he dicho nada —dijo Drake entre dientes.

El limitador levantó el brazo y cerró el puño:

—Tanto tú como yo queremos detener estas iniciativas, así que, por raro que parezca, nuestros objetivos coinciden. Podríamos trabajar juntos para desbaratarlas.

Al reflexionar sobre la propuesta del limitador, la luz regresó poco a poco a los apagados ojos de Drake. Se pasó la mano por el pelo, intentando aplastarlo, y después miró al limitador y movió lentamente la cabeza en signo de afirmación.

—Vale —decidió—, mentiría si dijera que no me interesa. Explícame más.

—Primero ve a asearte. Será más fácil que te lo muestre, simplemente —dijo el limitador dirigiéndose hacia la puerta.

En cuanto se encontró solo en la habitación, Drake se metió en el cuarto de baño, donde se lavó y afeitó. Se bebió de un trago varios vasos de agua y se miró al espejo al tiempo que posaba el vaso en el lavabo. Examinó durante varios segundos su reflejo. «Ya vale: es hora de volver al ruedo —se dijo antes de regresar a la habitación para buscar sus botas. Cuando estuvo listo, salió por la puerta y, al final de un breve pasillo, llegó a otro cuarto mucho más grande. Por una enorme claraboya situada en el centro del techo, se filtraba la luz diurna sobre lo que, a primera vista, parecía una mesa de billar. Pero en vez de la llana superficie de paño verde que Drake habría esperado encontrar, la mesa entera estaba ocupada por la maqueta de un valle salpicado con varios ejércitos de diminutos soldados dispuestos en intrincadas formaciones. El limitador había estado rectificando la posición de algunos soldados en un extremo, pero en aquel momento se hallaba un poco apartado de la mesa.

Los ojos de Drake recorrieron rápidamente la escena, repasando los diversos ejércitos cuyos uniformes de colores brillantes destacaban contra los verdes prados del paisaje.

—Sí..., ahí tenemos a los británicos y los holandeses en la escarpadura del monte Saint-Jean —dijo, dando unos pasos de lado por el borde del tablero—, y aquí tenemos a los prusianos. —Avanzó un poco más alrededor de la mesa, antes de detenerse—. Y en estas pendientes de aquí..., esta infantería de uniforme azul tiene que ser el ejército francés. Esto es la víspera de la batalla de Waterloo, en junio de 1815, ¿no es así?

Si el limitador se quedó impresionado por la rapidez con que Drake había identificado la batalla de la que se trataba, no dio muestras de ello:

—Correcto —se limitó a decir.

Drake seguía estudiando la maqueta:

—Eres un experto en la materia, ¿verdad? Pero ¿por qué

tiene un styx tanto interés en algo que ocurrió aquí, en la Superficie, hace casi doscientos años?

—Parte de nuestra preparación en la Fortaleza consistía en familiarizarse con las distintas tácticas militares de la Superficie a lo largo de los siglos —respondió el limitador—. Y la batalla de Waterloo fue siempre una de mis favoritas.

Drake asintió:

—Mía también, porque el resultado dependía de muchas partes en acción. Fue necesaria la conjunción de muchos factores para que Napoleón, la mayor mente militar de su tiempo, por fin encontrara la horma de su zapato. Fue como si finalmente se moviera contra él la mano del destino.

—¿La mano del destino? —repitió el limitador antes de negar con la cabeza—. Discrepo de eso. La jugada maestra de Wellington fue ganarse el apoyo de los holandeses y los prusianos al organizar el ataque. Eso fue lo más importante. La suerte o el destino, como tú lo llamas, no tuvieron nada que ver. Wellington era un genio militar: hizo lo que quiso con Napoleón.

Drake se volvió para mirarlo:

—Entonces, ¿la victoria de la Séptima Coalición se debió a las dotes de Wellington como general o como político?

—¿Qué diferencia hay? —respondió el limitador.

Drake frunció el ceño, como si algo en la maqueta de la batalla no acabara de encajar.

—Veo aquí a Napoleón —dijo señalando una pieza flanqueada por sus generales—. Pero ¿dónde está Wellington? —Dando unos pasos alrededor de la mesa, empezó a examinar con mayor detenimiento a las fuerzas británicas—. No lo veo por ningún lado.

—Eso es porque lo estoy retocando —explicó el limitador, yéndose hacia un escritorio con tapa que había pegado a la pared, del que cogió una figurita—. Aún no estoy contento del todo con él.

—¿Puedo...? —preguntó Drake, tendiendo la mano.

—Desde luego. —El limitador le entregó la figurita.

—El Duque de Hierro —dijo Drake examinando la figurita, que aparecía escribiendo sobre un mapa. Levantó el soldado a la luz, fijándose en su larga casaca azul y el fajín rojo alrededor de la cintura—. Dices que no estás contento con él..., pero este detalle me deja sin habla —elogió al limitador, antes de mirar al escritorio en que había estado reposando la figurita. Había en él botecitos de pintura, pinceles en un bote, una lupa grande y cierta cantidad de soldados a medio acabar—. ¿No me digas que pintas tú mismo las figuritas? ¿Has hecho todos los soldados de la batalla?

—Un pasatiempo... —explicó el limitador.

—No, es mucho más que eso: es un trabajo amoroso —declaró Drake—. ¿Te importa si yo mismo...? —preguntó, inclinándose sobre la mesa, donde estaba situado el ejército británico.

—Por favor... —respondió el limitador.

—Así está mejor. Ahora está en su sitio —dijo Drake, colocando cuidadosamente a Wellington ante una pequeña tienda de campaña, con otros generales británicos.

Entonces echó una mirada al resto de la habitación. Había en ella estanterías de libros y una fila de vitrinas donde se exponían cascos del ejército inglés en Waterloo, la guerra de Crimea y otras batallas del siglo XIX, con penachos e insignias de bronce. Al apartar la vista de allí, vio que el styx lo miraba con mucha atención, y encontró sus ojos impenetrables.

—¿Hay algo que me quieras preguntar? —adivinó el styx.

Había mil preguntas que Drake quería hacerle, pero decidió no bombardearlo con todas a la vez:

—Sí, hay algo... Tú sabes mi nombre, pero ¿y el tuyo? Ya sé que los styx no tienen nombres... Bueno, por lo menos no tienen nombres que pueda pronunciar un Ser de la Superficie —dijo Drake un poco violento.

El limitador pensó en ello un instante:

—El firmante del contrato de arrendamiento de este almacén es Edward James Green —respondió—. Tengo otras identidades, como...

—No, ese nombre vale —le atajó Drake—. Edward... James... Green. —Se restregó la frente, pensando—. Te llamaré... Eddie... Eddie el styx. —La idea de dirigirse a uno de aquellos feroces soldados, aunque estuviera retirado, con un nombre que en la Superficie era tan familiar le parecía tan absurda que no pudo reprimir una risita.

—Como quieras —respondió el recién bautizado styx, sin comprender qué era lo que le hacía tanta gracia.

Se dirigieron al extremo de la habitación, a un banco con monitores conectados a cámaras, que transmitía escenas de aquella misma calle y algunas otras vistas que Drake no reconoció de inmediato: parecían del interior de túneles de ladrillo. Eddie notó el interés de Drake.

—Son las alcantarillas de debajo de este edificio. Por si acaso. Toda precaución es poca —explicó.

—Desde luego, y más con los styx —confirmó Drake.

Al final de un pequeño pasillo había una fuerte puerta de acero. La cruzaron, y bajaban por una escalera de hierro forjado cuando Drake se detuvo.

—¿Qué es este sitio? —preguntó. El contraste con el suntuoso apartamento que acababan de dejar no podía resultar más llamativo.

Desde su elevada posición, Drake contemplaba lo que parecía un almacén, un espacio de unos cien metros de largo por la mitad de ancho. Las altas ventanas estaban tan sucias que apenas entraba por ellas nada de luz, pero la poca que entraba mostraba que el suelo estaba salpicado de máquinas. Cuando Drake descendió la distancia que le quedaba y pudo observar las máquinas al alcance de la mano, el estado en que se encontraban le hizo sospechar que llevaban décadas sin utilizarse.

—Esto era una fábrica victoriana de envasado, un negocio familiar —explicó Eddie—. Cuando sus competidores le arrebataron su cuota de mercado, la familia se limitó a cerrar el almacén. Sencillamente, cerraron toda la planta y sellaron las puertas de la fábrica. Dejaron que todo se pudriera.

—Y tú lo alquilaste y después construiste un apartamento en la parte de arriba —dijo Drake, levantando la vista hacia el suelo del apartamento. Al pasar los dedos por una cinta transportadora, en las yemas se le quedaron trocitos de goma.

Eddie lo guió hacia abajo, a una nave, a cuyo lado había algunas máquinas envueltas con lonas podridas.

—¿Qué es eso de ahí? ¿Motocicletas?

—Sí, las utilizo para moverme —explicó Eddie—. Pero lo que quería enseñarte está por aquí. —Cerca de un rincón del almacén, se detuvo ante un viejo torno, recubierto de polvo de óxido anaranjado—. Esto es lo primero que hay que hacer para que no nos ocurra nada —le dijo a Drake al tiempo que apretaba un mugriento botón rojo en el panel de control.

Entonces siguió por detrás del torno hasta una pequeña estructura que se encontraba en el mismo rincón del edificio. Estaba formada por andamiajes y cubierta con láminas de polietileno. Apartó las planchas a un lado para mostrar una puerta de metal que había en el suelo, en un marco de cemento.

A Drake le pareció evidente que aquello era un añadido reciente, ya que la superficie de la puerta no presentaba ningún signo de corrosión y el cemento de alrededor no tenía manchas de humedad. Eddie se inclinó para abrir la tapa de un pequeño teclado, al lado de la puerta. Empezó a introducir una clave, y a mitad se detuvo para decir:

—Si no se introduce la clave con total exactitud, el lugar entero volará por los aires.

—Eres de mi estilo —comentó Drake mientras Eddie introducía las últimas cifras y la pesada puerta abría de golpe una rendija. Entonces tiró para abrirla completamente y Drake lo siguió, pegado a él, al descender un breve tramo de escalera.

—Me parece que esto te va a gustar —dijo el hombre delgado.

6

—Os estoy diciendo que era un avión —insistía el doctor Burrows.

—Bueno, yo no oí nada —repuso Will, alejándose un poco más de las copas de los enormes árboles para echar un vistazo al brillante cielo blanco—. ¿Oíste algo tú? —le preguntó a Elliott, que, como él, estaba observando el cielo. Ella negó con la cabeza.

—Bueno, ahora no sirve de nada mirar —rezongó el doctor—. Se marchó volando hacia el este.

Will se volvió hacia su padre.

—¿Y te parece que era qué?

—Ya te lo he dicho: un Stuka. Un bombardero alemán de la Segunda Guerra Mundial.

El chico frunció el ceño:

—¿Estás seguro?

—Por supuesto que sí —respondió Burrows.

—Papá, ¿no te quedarías dormido trabajando en la pirámide y lo soñarías todo? Porque has estado al sol lo menos...

—¡No me trates con condescendencia, Will! —protestó el hombre—. No estoy cansado, ni me ha dado ninguna insolación. Conozco mis límites y sé lo que digo. Vi un Stuka, claro como el día, volando a menos de un kilómetro de distancia.

Will se encogió de hombros. Allí donde estaban, en aquel «mundo dentro del mundo» en el centro del planeta, completo con su propio sol que nunca se ponía, no le sorprendía ya nada.

Además, el hecho de que la baja gravedad hiciera que él, Elliott y el doctor Burrows tuvieran una fuerza casi sobrehumana y pudieran saltar a alturas increíbles y levantar pesos fenomenales lo predisponía a creerse cualquier cosa. La mayor parte de la tierra de aquel mundo aparentemente virgen estaba cubierta por una selva amazónica, con árboles tan altos como rascacielos y praderas en las que pastaban manadas de animales comestibles. Will había visto quaggas, una especie bastante curiosa entre caballo y cebra, extinguida hacía más de cien años en el mundo exterior, y hacía nada más que unos días su padre y él se habían tropezado con la res más grande que hubiera visto nunca. «¡Uros!», había proclamado el doctor, antes de proceder a contarle cómo había muerto la última de aquellas magníficas criaturas en Polonia, en el siglo XVII. Pero, aún más sorprendente que esto, había también macairodos, si es que había que fiarse de los ojos de Elliott.

Sin embargo, todos aquellos animales prehistóricos no eran nada comparado con lo que ahora el padre de Will afirmaba haber visto. El chico tomó aire y se rascó la cabeza.

—Pero, papá, ¿un Stuka? ¿Estás seguro? ¿Qué aspecto tenía? ¿Tenía símbolos o algún tipo de camuflaje? —preguntó.

—Estaba demasiado lejos para ver esos detalles —respondió Burrows—. Lo que no comprendo es cómo ha llegado a este mundo, ni qué pinta en él. Y hay que pensar en lo que su presencia implica, además: ese avión es tan sólo la punta de un curioso iceberg.

—¿Un iceberg? —preguntó Elliott. Toda su vida había transcurrido bajo tierra, y la palabra para ella no significaba nada.

—Sí, la punta de un iceberg —repitió el doctor Burrows, sin pararse a explicárselo—. Tiene que haber una pista para que el avión pueda despegar y aterrizar, combustible para que funcione e ingenieros para revisarlo y mantenerlo en condiciones de volar: un montón de gente además del piloto.

—¿Ingenieros? —farfulló Will.

—Por supuesto, hijo. ¡El Stuka es una aeronave con sesenta años de antigüedad! Cualquier avión necesita un mantenimiento continuo, y más uno de esa época.

—O sea que es de la Segunda Guerra Mundial —dijo Will, un poco aturdido, tratando de comprender lo que oía—. Del ejército alemán...

—Sí, la Luftwaffe los empleó como bombarderos de corto alcance y... —replicó el adulto, pero no terminó la frase. Se había quedado obnubilado, pensando en diferentes y múltiples explicaciones.

—No suena muy bien —dijo Will, con un escalofrío que se contradecía con el calor tropical del lugar en que se hallaban.

—No, no suena muy bien —acertó a admitir el doctor Burrows.

—Entonces, ¿qué hacemos? —preguntó el chico—. ¿Nos vamos a otro lado? ¿Dejamos este lugar?

Elliott se aclaró la garganta, y tanto Will como su padre la miraron.

—¿Por qué tendríamos que irnos? —preguntó ella—. Yo ya me he acostumbrado a esta parte de la selva y, además, tenemos aquí nuestro refugio. —Miró por encima del hombro la construcción que había hecho en las ramas inferiores de uno de los árboles gigantes. Will abrió la boca para comentar algo, pero ella prosiguió—: Ya sabíamos que podíamos no ser los únicos que estábamos aquí. ¿Qué me decís de las tres calaveras sobre las estacas, junto a la pirámide? Tienen tiempo, pero no tanto. ¿Y el cobertizo que volamos, Will, cuando nos encargamos de las Rebeccas y del limitador? Alguien tuvo que hacerlo.

Will asintió moviendo la cabeza lentamente, recordando el cobertizo fabricado con hierro corrugado, del cual no había quedado nada tras las explosiones de Elliott y el fuego que devastó toda la zona a continuación.

Elliott le dirigió a Will y después al doctor Burrows una mirada reflexiva.

—Si hay más gente por aquí abajo, entonces sólo será cuestión de tiempo que nos tropecemos con ellos.

—¿Y...? —concedió el doctor.

—Y ¿cuál es la alternativa? —planteó Elliott—. ¿Nos adentramos más en la selva?

—No, aquí queda mucho que hacer —dijo Burrows con firmeza, volviéndose hacia la pirámide—. Apenas estoy empezando.

Elliott no quería callarse:

—¿...O regresamos por el cinturón de cristal e intentamos ascender por Jean la Fumadora hasta las Profundidades, para poder salir al mundo exterior? ¿Qué posibilidades tenemos de llegar a la Superficie? Y, aunque lo lográramos, ¿qué nos esperaría allí?

—Los styx —susurró Will.

El doctor Burrows se cruzó de brazos y levantó la barbilla en gesto de firmeza. No había ninguna necesidad de preguntarle qué pensaba: estaba claro que no tenía intención de marcharse.

—O sea que nos quedamos —resolvió Elliott, levantando las cejas con cara de estar pensando «¿a santo de qué ha venido tanto follón?»—. Pero tenemos que tomar precauciones: no nos metamos por selvas inexploradas y tengamos siempre un ojo abierto. Incluso podríamos empezar a hacer turnos de guardia si percibimos más señales de que alguien anda cerca. Y también habría que tener cuidado con los fuegos que encendemos. —Frunció el ceño como si se le acabara de ocurrir algo—: Tal vez, por si acaso algún día nos vemos obligados a marcharnos, yo podría preparar un refugio en otra parte y almacenar en él algo de comida...

—Ésa es una idea excelente —dijo el doctor Burrows. Por el tono de su voz, Will sabía que su padre estaba encantado de dejarle hacer a Elliott lo que quisiera, mientras ella le dejara en paz a él para seguir trabajando.

Apareció *Bartleby* caminando muy tieso, como si acabara de despertarse. Will vio que llevaba una oreja doblada al revés, y que tenía hojas pegadas a su piel sin pelo: estaba claro que había encontrado un buen sitio para echarse una siesta, pero que las voces que estaban dando lo habían despertado. Se quedó al lado de Elliott, moviendo la cabeza para afinar el oído, antes de olfatear dos veces el aire, como si intentara comprender por qué los humanos se habían puesto tan serios. Debido al tamaño del animal, Elliott no tenía que agacharse para alcanzar la noble cabeza sin pelo, que empezó a acariciar con la mente puesta en otra cosa.

—Y yo seguiré investigando los alrededores con *Bartleby*. Así, si se acerca alguien con malas intenciones, podremos avisar con tiempo.

—Con malas intenciones —repitió Will en voz baja—. Supongo que eso está bien. Quiero decir que, si tenemos cuidado..., ¿cómo nos van a encontrar?

Drake se adelantó mientras Eddie cerraba la puerta tras de sí. Al fondo de la escalera había un sótano grande que parecía tener las mismas dimensiones que la fábrica de arriba. A su alrededor, las paredes estaban cubiertas de unas bóvedas construidas en sucio ladrillo amarillo. Entrecerró los ojos intentando ver el final del sótano, donde había una zona iluminada. Al dirigirse hacia ella, Drake veía bancos y armarios de taquilla. Pero antes de llegar al final, sus ojos se posaron en otra cosa.

En uno de aquellos nichos, al lado del sótano, había una mesa. En cada una de sus cuatro esquinas, montadas sobre sendas columnas de latón, había unas estrellas que emitían una suave luz verdosa. La luz era similar a la de las esferas luminosas que se veían por todas partes en la Colonia, sólo que mucho más delicada. Drake ya había visto antes aquellas estrellas: los styx las empleaban en las iglesias y santuarios. Sin decir nada, se acercó poco a poco a la mesa para ver qué había en ella.

El título del volumen encuadernado en piel resaltaba en letras de oro. Drake ni siquiera necesitaba leerlo para saber de qué se trataba: lo conocía ya muy bien.

—El *Libro de las catástrofes* —musitó dejando traslucir un fuerte sentimiento de rechazo. El desprecio le hizo mover la cabeza en señal de negación.

Eddie no decía nada.

Para Drake, aquel libro simbolizaba todo lo que había de podrido en los styx y en su régimen demagógico. Aquel libro supuraba una doctrina que había sometido a los colonos a siglos de algo muy parecido a la cárcel, a una vida de servidumbre en su ciudad subterránea, con la promesa de que un día futuro la superficie de la Tierra volvería a ser suya. Una enorme mayoría de aquellas personas sometidas seguía las enseñanzas de aquel libro sin cuestionárselo, creyendo sin reservas que los styx eran sus guardianes espirituales. La realidad era que el dogma religioso tan completamente aceptado por los colonos no era más que un medio de tenerlos controlados. Un mecanismo para asegurarse su ciega y total obediencia.

Cuando Drake habló por fin, lo hizo con tal vehemencia que no se sabía si estaba haciendo una pregunta.

—Tú has rechazado las maneras de los styx, pero ¿todavía guardas esto, el cáliz del veneno?

—Lo guardo porque me lo dio la persona que vosotros, los Seres de la Superficie, llamaríais mi padre. Era un limitador, como yo, pero, como es normal en nuestra sociedad, yo apenas lo conocí. Se pasó la vida haciendo cumplir las leyes del libro.

—Las mentiras del libro —le espetó Drake.

—Eso depende de cómo lo interpretes —repuso Eddie—. Si crees que los Seres de la Superficie provocarán un día su propia destrucción y que nosotros y los colonos estaremos ahí para recoger los restos y repoblar la Tierra, entonces seremos los salvadores del planeta y de la humanidad.

—Los styx... ¿salvadores? —preguntó Drake, moviendo la cabeza hacia los lados.

Eddie lanzó un suspiro.

—No te he traído aquí para debatir sobre mis convicciones. Antes de juzgarme, ¿por qué no echas un vistazo a lo que te quiero enseñar?

Drake lo siguió hasta el final del sótano. La primera cosa en la que puso los ojos fue una fila de uniformes que colgaban de perchas. Reconoció los peculiares uniformes de combate de color gris y verde de los soldados de la División, y a su lado un par de los gabanes de rayas marrones que llevaban los limitadores.

—La galería de los bribones —comentó Drake, y a continuación vio máscaras de gas y un traje entero de coprolita—. ¿Qué hace aquí? ¿Otro recuerdo? —preguntó, pero ya le había llamado la atención otra cosa que estaba en uno de los bancos.

—¡Un aparato de Luz Oscura! —exclamó Drake, avanzando un paso hacia él. Aquello recordaba un flexo viejo de escritorio, con una bombilla de color morado oscuro dentro de una pantalla, al final de un soporte flexible. Al tocar la pequeña caja con discos indicadores que estaba conectada a la base de la lámpara, asintió para sí con la cabeza. Los styx empleaban aquellas Luces Oscuras para interrogar y lavar el cerebro de sus prisioneros y Drake se emocionó ante la posibilidad de abrir una cosa de aquellas para ver cómo funcionaba.

Entonces, en el suelo, al lado del banco, vio un objeto rectangular del tamaño de una lavadora, pero montado sobre cuatro ruedas.

—¿Esto es...? —empezó a preguntar, adivinando que se trataba de una versión más grande del aparato subsónico que los styx habían utilizado contra él y sus hombres en los terrenos comunales de Highfield.

—Un prototipo inicial —respondió Eddie—. Como ves, es menos compacto que el modelo actual.

Drake se agachó delante de él. El aparato de los terrenos comunales estaba disimulado con paneles de tela de color pardo, aparte de que él se había encontrado demasiado lejos para ver bien los detalles. El ejemplar que tenía ante él carecía de aquella cubierta, y en sus lados, en los que no había nada de particular, se distinguían unas zonas cóncavas, de color plata brillante.

—Entonces, ¿es una especie de generador de ondas de alta potencia? —se figuró.

Eddie asintió con la cabeza.

—¿Y emite frecuencias muy bajas elegidas para perturbar el funcionamiento del cerebro? —aventuró Drake.

—Sí, expuesto de manera muy simplificada —confirmó Eddie—. Es un subproducto de la tecnología de la Luz Oscura, en el que se emplea sólo el elemento sónico. Produce una gama de frecuencias que van oscilando y que es capaz de hacer perder el conocimiento a la mayor parte de los seres vivos.

—La verdad es que me gustaría desmontarlo... y averiguar

cómo funciona exactamente —dijo Drake, levantando un instante la vista hacia la Luz Oscura.

—Es todo tuyo —respondió Eddie.

—Tendré que ir a buscar algunas cosas de mi equipo de pruebas... —no terminó la frase, pues algo le acababa de llamar mucho la atención. Se puso de pie y se acercó a un estante que colgaba de la pared. Mostró su aprecio con un sonido gutural al ver la variedad de modernas armas de la Superficie que había allí. Y después se le iluminó la cara al descubrir algo que estaba al final del estante—. ¡Eh, esto está fuera de lugar aquí! ¡Es un rifle styx con una de mis mirillas! —dijo, acercándose al rifle, que tenía montada una gruesa mira de bronce bruñido—. Ya sabes que los tuyos me raptaron para...

—... Para trabajar en nuestras mirillas de visión nocturna —terminó Eddie por él.

—Sí, combiné una esfera luminosa con cierta electrónica de refuerzo. No hace falta ser un genio para eso —dijo Drake, pasando los dedos por todo lo largo de la mirilla—. Tú sabes que si patentara el diseño de la esfera luminosa aquí en la Superficie, ya fuera como fuente de luz o de energía, haría una tremenda fortuna.

—Y morirías en cuanto salieras de la oficina de patentes —dijo Eddie con rotundidad—. Pero ésa es tu especialidad, ¿no? La electrónica...

—Sí, ésa es la rama en que me especialicé. En concreto la optoelectrónica, aunque ahora me parece como si eso hubiera sido en otra vida diferente —respondió Drake—, hace un millón de años...

El rostro de Eddie se mostraba inexpresivo, pero inclinó ligeramente la cabeza en un gesto que Drake interpretó como de desconcierto.

—Eso era lo que buscábamos de ti: tu especialidad —dijo Eddie—. Pero, aparte de eso, tú también querías ser raptado, ¿no?

—Ése era el plan, sí. De ese modo, mientras estaba en la Colonia, podría reunir información sobre cómo operaban los styx. Ya ves que ése era el problema. Es casi imposible infiltrarse en la Colonia porque es una sociedad hermética, así que cualquier forastero salta a la vista. Pero mientras yo estaba bajo tierra, los tuyos diezmaron a los míos, y terminé en las Profundidades —respondió Drake antes de tomar aire.

»Bueno, ya vale de hablar de mí. Dime, Eddie, ¿cómo han llegado a tus manos todas estas cosas? —preguntó Drake, que no quería hablar más. Aún no sabía si podía de verdad confiar en aquel hombre, y no quería que le hiciera hablar sobre el funcionamiento de los suyos en el pasado. Todo lo que le ofrecía el antiguo limitador parecía demasiado bueno para ser verdad, y no estaba dispuesto a arrojar toda la prudencia por la borda.

—No saben que existe nada de esto. Yo estaba en la Superficie, en una operación, pero cuando me mandaron destruir todo esto, no lo hice. Lo guardé todo aquí —respondió Eddie.

—Un chico previsor —comentó Drake con una risita, examinando la prodigiosa exposición de cosas. Había aparatos de tecnología styx que no había visto nunca, y se moría de impaciencia por empezar a examinarlos. Se acercó a un banco próximo y empezó a hojear los planos que había allí. Se sobresaltó al comprender de qué iba el primero de ellos—: «Esquema del sistema de circulación de aire en la Caverna Meridional» —leyó, levantando una esquina para ver qué había debajo del plano—. Y aquí tenemos un plano de los Laboratorios, planta por planta —susurró, intentando no revelar la emoción que lo embargaba. Frunciendo el ceño, miró al limitador—. Una pregunta..., ¿cómo pagas el alquiler de este sitio? Este almacén no puede ser barato, y además dices que tienes otras propiedades...

Los tacones de Eddie retumbaron en las losas del suelo cuando se enderezó para alcanzar un armario alto y abrir con cuidado el cajón superior. Su contenido estaba cubierto por un trozo cuadrado de terciopelo, que levantó por un lado.

Drake se acercó para descubrir cientos de piedrecitas brillantes.

—¡Diamantes! —observó.

—Un recuerdo de mis viajes por las Profundidades —le informó Eddie.

—Pero esos brillos están muy lejos de los ejemplares bastos que se encuentran por allí —dijo Drake.

—Cuento con un hombre en Hatton Garden que me los talla y pule, y después los vende cuando necesito fondos. No me hace preguntas. Coge los que quieras, si necesitas. Yo tengo más de los que me harán falta nunca. —Eddie cubrió las gemas con el terciopelo, pero dejó el cajón abierto—. Voy a comprobar los monitores de arriba, pero tú te puedes quedar aquí, si quieres.

—¿Te atreves a hacer eso? —preguntó Drake—. ¿Te atreves a dejarme aquí solo?

Eddie no respondió, sino que metió la mano en el bolsillo y dejó caer en el banco un par de llaves.

—Son del almacén y del apartamento. —Entonces sacó un bolígrafo—. Necesitarás también el código para salir de aquí y volver a la parte de arriba. —Empezó a escribir una clave de números en la esquina del plano que tanto le había interesado a Drake—. Pero ten cuidado: si te equivocas, el sistema saltará y...

—No te molestes. Memoricé la clave mientras tú la introducías —le dijo Drake.

Eddie empezó a irse.

—Lo suponía —dijo sin volver la cabeza.

7

Will trepaba detrás de Elliott por las enredaderas del precipicio. Ya llevaban una buena distancia, y aunque de vez en cuando se les resbalaban las manos cuando se soltaban las hojas, no se preocupaban demasiado. Ya tenían asimilada la vida en un entorno de baja gravedad, y sabían que si se caían, el resultado no sería tan terrible como si eso ocurriera en la Superficie.

—Ya hemos llegado —anunció Elliott, y dio la impresión de que desaparecía entre las enredaderas. Will fue detrás de ella, abriéndose camino a través de los gruesos tallos.

Observó con detenimiento el espacio en que se hallaba, que tenía unos diez metros de anchura y varias veces eso de longitud. Una luz verdosa se filtraba por entre las enredaderas de la entrada. El aire era fresco.

—¿Cómo demonios has encontrado esto? ¡Es una cueva! —exclamó.

—Otra vez has vuelto a hacerlo, exponer lo evidente —dijo ella fingiendo en broma que estaba muy harta.

Will lanzó un suspiro.

—Pasas tanto tiempo con mi padre, que estás empezando a hablar como él.

Elliott sonrió y él respondió con otra sonrisa; a continuación, se acercó a inspeccionar un montón de fruta que había visto que había en la parte de atrás de la cueva. Evidentemente, Elliott había empezado a almacenar comida en prevención de una emergencia.

—Has trabajado mucho —comentó—. Veo que también has traído algo de carne —dijo mirando el codillo que ella había colgado del techo.

—Sí, y espero que las hormigas no lo encuentren ahí arriba —dijo.

—Lo tienes crudo: las hormigas están por todas partes —observó Will. Su padre las llamaba hormigas siafu o safari, y constituían una molestia permanente. En cuanto descubrían dónde se guardaba la comida, aquellas hormigas formaban unas caravanas rojas de varios centímetros de grosor que eran perfectamente capaces de devorar la mayor parte de la carne de una gacela joven o de un pequeño mamífero en una sola noche.

—Lo único que falta es asegurarse de que tenemos agua suficiente —explicó Elliott mientras Will se acercaba a unos montones de pieles de animales y de palos que ella había introducido en la cueva—. Y preparar unas camas con todo eso —añadió.

—Sabes que puedo ayudarte —se ofreció Will, impresionado ante todo lo que ella había hecho ya.

Elliott negó con la cabeza, mirando al suelo.

—No, no te preocupes. Sé que el doctor no te deja tiempo para nada más.

Había un leve tonillo de tristeza en su voz. Pese a lo difícil que le resultaba entender a Elliott, esta vez Will lo captó de inmediato.

En multitud de ocasiones él se había debatido entre trabajar con su padre o quedarse con Elliott, pero el tiránico doctor Burrows siempre salía victorioso. Y cada vez que Will veía alejarse a Elliott, dejándolo a él proseguir con los dibujos de los relieves de la pirámide o limpiando la porquería de algún chisme de importancia secundaria, se la quedaba mirando fijamente y sentía pena por no irse con ella. Eran oportunidades, momentos, días que no volverían a presentarse nunca, y a veces notaba que toda la impaciencia y la frustración que sentía por dentro estaban a punto de estallar. Pero nunca decía nada y se ponía a trabajar en serio en lo que su padre le mandaba, furioso consigo mismo y lamentando su suerte.

—Tu padre siempre tiene mucho trabajo —añadió Elliott mirándolo un instante.

—Sí —respondió él con voz triste. Pero entonces Will hizo un esfuerzo por alegrar el ambiente. No pensaba dejar que su padre estropeara también el poco tiempo que pasaban juntos—. Este lugar será un escondite perfecto si llegamos a necesitarlo. Eres genial.

Elliott cogió una piel de animal enrollada que se había caído de encima del montón y la volvió a colocar en su sitio.

—Gracias. Y no te olvides de utilizar el mismo camino para ir y venir a este lugar. Si no lo haces, dejarás un rastro que podrían olfatear.

—Me lo imaginaba: por eso vinimos por el arroyo —dijo Will, levantando un pie y plantándolo en la roca, lo que hizo un ruido de chapoteo—. Pero ¿no necesitaríamos alejarnos un poco más del campamento base? —dijo pensando en alto, al acercarse a la entrada. Apartando las enredaderas para observar la vista allá abajo, observó con atención el arroyo poco profundo que pasaba por debajo del precipicio—. Aquí estamos algo cerca —dijo frunciendo el ceño—. Y, de todas maneras, ¿no me dijiste que teníamos mucho camino por delante? Pues hemos recorrido muy poca distancia.

Elliott se acercó a él en la boca de la cueva.

—Puede incluso que resulte estar demasiado alejado si necesitamos llegar hasta aquí a toda prisa. Y en cuanto a tu segunda pregunta, todavía queda mucho por hacer.

—¿No hemos terminado? —preguntó Will, dirigiéndole una rápida mirada inquisitiva.

—No —respondió ella—. Tengo que preguntarte algo, Will.

Él se volvió para mirarla de frente.

—¿De qué se trata?

—Después de lo de las gemelas, ¿no te ha llamado nada la atención? —le preguntó Elliott.

Will se quedó callado un momento.

—Para decirte la verdad, he intentado olvidarlo todo. Fue demasiado horrible —respondió al cabo de un rato. Comenzó a juguetear con el subfusil Sten que llevaba colgado al hombro, con una mirada de preocupación.

—Está bien —dijo ella, poniéndole la mano en el brazo para que dejara de moverlo—. No me refiero a lo que hicimos, no necesitas pensar en eso. Pero ¿nunca te has preguntado cómo llegaron hasta aquí los tres styx? Lo que quiero decir es: ¿qué probabilidades hay de que saltaran del submarino y se fueran flotando igual que hicimos nosotros? —Dio un golpecito en el cañón del Sten—. Y ¿cómo podían impulsarse a través del cinturón de gravedad cero? Por lo que sabemos, no llevaban armas de fuego con ellas.

Will arrugó la frente.

—Qué narices, tienes toda la razón. No se me había ocurrido pensar en eso, Elliott. ¿Cómo pudieron llegar hasta aquí?

—En marcha —dijo ella, y su manera de decirlo recordó mucho a la de Drake. Se volvió con agilidad y empezó a salir de espaldas por la boca de la cueva, y después a descender por las enredaderas.

Una vez abajo, Will caminó por el arroyo hasta la orilla. Cuando salió del agua para recoger la mochila de donde la había dejado, metida en unos arbustos, *Bartleby* asomó de repente la cabeza por entre ellos. Tenía los carrillos inflados, como un trompetista a punto de extraerle a su instrumento la nota más potente del mundo.

—¡No! Le sale una cola de la boca —apenas acertó a decir Will—. ¡Y se mueve!

—Ha encontrado una rata de campo —dijo Elliott, con admiración—. Es un cazador nato.

Will levantó una ceja.

—Sí, en eso tienes toda la razón: es un cazador. Exponiendo lo evidente...

—¡Vamos, cállate! —dijo ella riéndose, y le empujó suavemente con el hombro antes de ponerse a caminar. Will sonrió para sí, disfrutando el instante.

No abandonaron el arroyo durante varios kilómetros. Elliott y el gato iban delante de Will. Cuando el agua les pasaba ya de la cintura y *Bartleby* apenas conseguía mantener el hocico por encima de la superficie, se salieron. Una vez fuera, Elliott no los adentró de nuevo en la selva, sino que los condujo por la orilla del arroyo, que estaba cubierta de una espesa capa de plantas gimnospermas. Para entonces el caudal de agua había crecido tanto que Will pensó que se merecía el nombre de río. Elliott los hizo detenerse varias veces, levantando el puño en el aire. Entonces se agachaba y utilizaba la mira del rifle para examinar los alrededores, dirigiendo una especial atención a la orilla opuesta. En una de esas ocasiones, Will se acercó a ella con sigilo.

—¿Qué pasa? ¿Por qué te paras cada poco?

—Tengo un presentimiento —susurró ella, sin dejar de mirar la otra orilla—. Como si hubiera alguien ahí.

—Yo no veo a nadie —dijo Will.

—Es como si... como si los árboles nos vigilaran —repuso ella en voz todavía muy baja.

Will se quedó perplejo:

—¿Los árboles?

Elliott asintió.

—Ya sé que parece una locura. Pero ya he tenido antes esta sensación..., en otras partes de la selva.

Se quedaron callados, escrutando el otro lado del río. La orilla estaba cubierta de plantas gimnospermas de varios metros de altura, tras las cuales daba comienzo la selva, con sus árboles gigantescos. Era allí, entre los árboles, a donde Elliott dirigía la mira del rifle. Y Will también se dio cuenta de que de vez en cuando observaba a *Bartleby* para comprobar si él notaba algo. Sin embargo, el gato parecía exclusivamente interesado en las muchas libélulas de color verde irisado que pululaban por allí, y jugaba a cazarlas con sus grandes zarpas cuando pasaban volando a su lado. Eso le daba a Will cierta tranquilidad, pues pensaba que si *Bartleby* actuaba así, no había de qué preocuparse. Pero por otro lado sabía que no había que menospreciar el instinto de Elliott.

—¿No podría ser tan sólo algún animal que nos estuviera observando? —sugirió—. Aparte de esas viejas calaveras en la base de la pirámide y del aeroplano que mi padre asegura que vio, no creo que haya nadie más por aquí cerca. Quiero decir que no hemos visto indicios de nadie en nuestra parte de la selva, ¿no?

Elliott no respondió, pero tenía el cuerpo tenso y todos sus sentidos concentrados.

—No es nada —dijo por fin, volviendo a ponerse en movimiento.

Un poco más allá, Will oyó un ruido lejano. Miró al cielo para ver si estaría a punto de caer sobre ellos alguna de aquellas tormentas repentinas y furiosas. Aunque el cielo lucía su habitual color blanco transparente y no había ni una nube a la vista, el ruido se iba haciendo más fuerte. Y era un ruido continuo, lo que le indicaba a Will que no podían ser truenos, como había supuesto al principio. Sólo encontró explicación a aquel ruido cuando doblaron un meandro en el río y se encontraron ante un elevado precipicio por el que el torrente de agua caía en picado a una laguna que había abajo, coronada de espuma.

—Esto es lo que yo llamo una cascada como Dios manda —comentó Will, mirando hacia lo alto del precipicio, de unos doscientos o trescientos metros de altura. Vio que de la laguna nacían dos ríos: el que les había llevado hasta allí y otro que corría en dirección opuesta.

Al avanzar hacia la laguna, Will y Elliott salieron de la espesura de gimnospermas a un pisoteado barrizal. El muchacho comprendió que el suelo estaba tan batido porque la laguna tenía que ser un abrevadero para toda la vida salvaje de los alrededores. Empezó a buscar rastros que tuvieran interés, pero Elliott no se detuvo, sino que los condujo directamente hacia un lado de la cascada. Will no pudo imaginar qué era lo que pretendía hasta que la vio subir a una cornisa de roca que parecía meterse por detrás de la propia cascada. Caminaron con cuidado por aquella cornisa. A un lado tenían la cortina de agua, y al otro, una pared vertical de piedra. Unos segundos después, entraron en una caverna completamente oculta tras la cascada, donde el agua rociaba el ambiente con profusión.

—¡Qué alucinante! —exclamó Will, embelesado con la interminable cascada de agua. La luz del sol penetraba la cascada intermitentemente, moteándolo a él con dibujos siempre cambiantes. De no ser por el ruido atronador, el efecto habría resultado hipnótico.

—¿Cómo lo haces para encontrar estos sitios? —le gritó Will secándose la humedad de la cara. Al apartar la mirada de la cascada, vio que Elliott estaba al final de la caverna, situada al pie de unos escalones tallados en la roca.

Atrapado por la curiosidad, fue hacia ella. Cuando los

ojos se le adaptaron a la penumbra, pudo distinguir el arco por encima de la escalera. A continuación vio que había un símbolo tallado en la clave del arco: tres barras que se abrían ligeramente hacia fuera. Era el mismo símbolo del colgante que le había dado el tío Tam y que llevaba al cuello en aquel mismo instante. Y aquel símbolo era la marca dejada por los antiguos, como los llamaba su padre, las personas que habían peregrinado originalmente desde las Profundidades a aquel mundo interior.

Embargado por la emoción, se desprendió de la mochila y sacó la lámpara styx. Cuando subieron la escalera y entraron en el pasadizo que había tras ella, Will iluminó con la lámpara a su alrededor para inspeccionar la roca, que mostraba inconfundibles señales de haber sido tallada a mano. Al avanzar más por el pasadizo, el ruido del agua disminuyó, de manera que podían hablar sin necesidad de elevar la voz.

—¿O sea que las gemelas vinieron por aquí? —preguntó Will.

Elliott asintió con la cabeza.

—Debieron de encontrar el otro extremo de este túnel después de dejar el submarino. Por aquí llegarían sin todo ese... —Se interrumpió para agitar los brazos en el aire—. Sin todo ese flota-flota que tuvimos que pasar nosotros.

—¿Flota-flota? —repitió Will, aunque su mente estaba recorriendo a toda velocidad todas las implicaciones de aquel descubrimiento—. O sea que éste es el camino de vuelta —dijo—. Pero ¿cómo lo encontraste? Estamos a muchos kilómetros de la pirámide.

—Después de que les tendiéramos la emboscada, seguí las huellas de los styx hasta aquí. No habría cumplido con mi cometido si no hubiera comprobado por dónde habían ido.

Will seguía con el ceño fruncido.

—O sea que hace semanas que lo sabes, pero no me habías dicho nada...

Su voz apenas se podía oír cuando ella se volvió y empezó a regresar hacia el arco.

—Tenía miedo —dijo.

—¿Qué has dicho? ¿Que tenías miedo? —le preguntó Will, acudiendo tras ella—. ¿Por qué?

Elliott se detuvo de repente.

—Pensé que si os lo contaba a tu padre y a ti decidiríais volver a casa. Y yo no quiero dejar este mundo. No tengo ningún otro lugar al que ir. Además, me encanta estar aquí cont... —Se quedó sin voz cuando la lámpara de Will enfocó el suelo, junto a sus pies.

—¡Aquí! ¡Vuelve a enfocar aquí! —le mandó con impaciencia, mientras se ponía en cuclillas—: ¡Aprisa! —le dijo con una voz teñida de pánico.

Ella señalaba tres piedras que estaban perfectamente colocadas en fila.

Will se preocupó inmediatamente.

—¿Qué es?

Elliott le quitó la lámpara y pasó el halo de luz por el arco y la pequeña escalera. En un segundo encontró lo que buscaba en la cornisa de detrás de la cascada. Otras tres piedras estaban colocadas en la base de la pared.

—¡Me lo temía! ¡Mira! —gritó.

—¿Que mire qué? —preguntó Will.

Elliott movió la cabeza hacia los lados.

—Así actúan los limitadores. Así es como marcan el camino para otros soldados. Es de libro.

—Pero seguramente las gemelas y el primer limitador pudieron dejar el... —intentó sugerir Will.

—¡De eso nada! Examiné este lugar palmo a palmo cuando lo encontré. Lo examiné detenidamente, y también los alrededores. No se me habría pasado por alto una cosa así.

—Se descolgó el rifle del hombro y lo amartilló—. Will, sabes lo que significa esto, ¿no?

El chico no tenía ningún deseo de oír lo que ella estaba a punto de decir.

—Esto significa que hay más limitadores en este mundo, aquí con nosotros. La cosa no ha acabado.

Con una bandeja en las manos, Eddie se acercó al final del sótano, donde estaba trabajando Drake. Subido a un taburete, Drake había ordenado cuidadosamente las partes de la Luz Oscura que había ido sacando. Tras pasarse la mañana evaluando las cosas que Eddie había reunido en el sótano, Drake había concentrado toda su atención en el instrumento de interrogatorios de los styx. Se había ido a buscar el equipo de pruebas y lo había empleado para examinar cada uno de los componentes conforme los extraía del aparato. Hasta entonces, aquella tarea le había llevado la mayor parte de la tarde.

—Pensé que tendrías hambre —dijo Eddie al posar la bandeja sobre el banco.

—Sí..., gracias —farfulló Drake.

—¿Avanzas?

—Con pasos lentos, pero seguros —respondió, secándose la frente—. Éste es un chisme muy curioso. No había visto nunca componentes como éstos. —Se estiró para coger con la mano, al otro lado del banco, un pequeño cilindro de metal de extremos redondeados—. Hay cuatro de éstos en la base de la Luz Oscura. ¿Tienes idea de para qué pueden servir?

—No, mi trabajo consistía en aplicar la Luz Oscura a ciertas personas, nada más —explicó Eddie—. ¿Alguna vez te lo hicieron a ti?

Pero Drake no respondió, pues estaba demasiado absorto en los cilindros para pensar en nada más.

—Cuando paso una carga a través de ellos, estos tubos ionizadores emiten diferentes longitudes de onda. El espectro de cada tubo es increíblemente estrecho, increíblemente específico. Cuando todos los tubos funcionan a la vez, la combinación de los cuatro espectros es única, y creo que podría inventar algo para detectarlos.

—¿Con qué finalidad? —preguntó Eddie.

—Siempre y cuando eso ocurra en la superficie de la tierra, podría saber cuándo y dónde se está utilizando una Luz Oscura. —Posó el tubo de metal y estiró el cuerpo y los brazos.

Eddie no hizo ademán de irse, sino que se quedó rondando alrededor del banco. Drake le lanzó una mirada.

—Me parece que me quieres preguntar algo.

—Sí, sobre Elliott. Me dijiste que había un camino para bajar desde las Profundidades y me gustaría saber más. Saber cómo vamos a hacerlo.

—Desde luego. Ya hablaremos de eso después —dijo Drake sin darle importancia.

Se deslizó del taburete y se acercó a un banco contiguo.

—Eddie, explícame esto. He visto una caja llena de ellos. —Levantó un puñado de ampollas cogiéndolas por sus cuerdas. Eran idénticas a las dos que las gemelas le habían dado a Will, sólo que los tapones plateados no estaban pintados.

—Son receptáculos para agentes víricos —respondió Eddie—. El líquido claro que ves dentro es un compuesto manufacturado por los científicos. Lo llaman «estabilizador»: sirve para mantener vivo al virus, aun cuando esté alejado del organismo huésped.

—Sí, cuando no entendíamos cómo lo habían logrado, el análisis mostró algo así —dijo Drake, dirigiéndose rápidamente hacia algunas de las cosas que había colocado al final del banco—. ¿Y esto? —preguntó indicando un grupo de botellas de varios centímetros de alto, con sello en el tapón. Dentro de cada una de ellas había una cosa pequeña suspendida en líquido amarillo—. No soy zoólogo, pero me parece que esto son caracoles. ¿Por qué están aquí? —preguntó Drake.

—Son caracoles: caracoles contaminantes. Su hábitat natural es la vegetación que rodea el perímetro de la Ciudad Eterna. Entré a menudo en la ciudad, patrullando con la división. Y en un par de ocasiones estuvimos allí en misiones de apoyo, protegiendo a grupos de científicos. Ya ves, ellos recogen los caracoles por las variedades de virus que albergan.

—¿Me estás contando que aquí está la fuente original del virus del Dominion? ¿Son portadores? —preguntó Drake con avidez.

—No precisamente estos caracoles, porque llevan demasiado tiempo muertos. Pero sí, los especímenes recientes portan muchos virus distintos, y los científicos los recogen para preparar cepas más letales. Una vez que logran aislar los virus, los modifican en el laboratorio para conseguir agentes más efectivos.

Drake asintió con la cabeza.

—Bien empaquetados y listos para soltarlos sobre nosotros, los Seres de la Superficie... ¿Adivino?

—Adivinas —confirmó Eddie—. Los científicos los convierten en armas patógenas.

Drake examinaba con evidente emoción la botella que tenía en la mano.

—O sea que estos tipejos..., estos caracoles contaminantes... son los culpables. —Se le iluminaron los ojos en el momento de concebir una idea—. Y si los extermináramos, hasta el último de ellos, los styx perderían su mina de patógenos...

Eddie asintió, pero con escepticismo.

—La Ciudad Eterna es un lugar realmente grande. Sería una labor imposible erradicarlos todos.

—No, imposible no —repuso Drake—. No si conocemos a un bioquímico de primera loco por los pesticidas.

Emitiendo gemidos lastimeros, Chester tiraba de las cuerdas que le rodeaban las muñecas y estiraba los dedos en un intento de hacer que la sangre le fluyera a las manos. Y volvía a tener calambres en las piernas, debido a lo muy apretados que tenía los tobillos. Se quedó un rato callado, sin saber si quería llorar o reemprender sus insultos contra Martha. Eligió esto último: al menos insultarla le hacía sentirse un poco mejor.

—¡Está completamente loca, eres una vieja vaca loca! —Gritaba a pleno pulmón—. ¡Ya me has tenido aquí unas cuantas semanas! ¡Déjame salir!

En aquel reducido espacio, los gritos le resonaban en los oídos. Aguardó a ver si había respuesta, pero no oyó absolutamente nada.

—¡Dios mío! —dijo lloriqueando, mirando la luz que se filtraba por las rendijas de la puerta del armario estrecho y completamente oscuro de debajo de la escalera en que lo había encerrado Martha.

«Harry Potter, ahora entiendo lo que tuviste que pasar», se dijo.

Lo invadían los recuerdos de cómo había sido su vida hasta no hacía tanto tiempo..., cuando pasaba las horas con sus padres..., inmerso en la lectura de sus libros favoritos, disfrutando de su maravillosa casa, jugando con la PlayStation... Todo un mundo carente de miedos, agradable y predecible.

El último año había recorrido tanto trecho, completando

un viaje de muchos cientos, si no miles, de kilómetros hacia las más remotas entrañas de la Tierra, sólo para que al volver a la superficie sucediera aquello. Recordó el momento en que Martha y él habían salido del refugio antiatómico en la lancha. Pese a sus recelos sobre ella, estaba entonces lleno de esperanza y optimismo.

«¿Por qué había ido todo tan espantosamente?»

Quería despertar de aquella pesadilla.

«¿Por qué? ¿Por qué? ¿Por qué?»

Pero no se trataba de ninguna pesadilla.

«¿Qué he hecho yo para merecer esto?»

Todo era real.

«¿No me liberará nadie?»

Se echó a llorar de pura frustración.

En cuanto el doctor Burrows, Will y Elliott se tiraron por Jean la Fumadora, él tendría que haber adivinado cómo iban a resultar las cosas. Había habido un marcado cambio en el comportamiento de Martha. Casi de inmediato ella había empezado a actuar de modo muy extraño, siguiéndolo a todas partes como un globo reventón, dándole mimos e insistiéndole para que se comiera la comida que ella preparaba con un estilo muy poco higiénico. Y, lo peor de todo, estaba todo el tiempo intentando tocarlo, con un cariño maternal monstruosamente exagerado.

—La abuelita psicópata —murmuró Chester para sí, temblando al recordarlo. Oyó un vago sonido de pies arrastrados al otro lado de la puerta y comprendió perfectamente que ella estaba allí, acechando.

Después de que lo hubiera sorprendido intentando llamar por teléfono y lo hubiera dejado sin sentido de un golpe, él había recuperado la conciencia ya dentro del armario. Allí era donde ella lo había encerrado, hacía ya no sabía cuántas semanas, y de donde sólo le permitía salir un rato cada día para que hiciera un poco de ejercicio. Incluso en aquellos momentos ella lo amenazaba con un cuchillo y lo mantenía con las manos atadas.

Para empezar, había intentado razonar con Martha, rogándole que lo desatara. Por toda respuesta, ella negaba con la cabeza.

—Es por tu bien —era todo cuanto decía una y otra vez. El tic nervioso que tenía en el ojo izquierdo había ido también a peor, como si le estuviera guiñando un ojo perpetuamente por alguna broma privada. Sólo que no había nada ni remotamente divertido en la situación en que se encontraba. La verdad era que estaba aterrorizado por aquella mujer, y estaba convencido de que era capaz de clavarle el cuchillo, cosa que haría también, sin duda, «por su bien».

Tendido en el apretado armario, prestaba oídos a cualquier pequeño ruido. Oyó otro movimiento al otro lado de la puerta. No había duda, pues, de que ella estaba allí, probablemente sentada en el suelo con las piernas abiertas, como hacía siempre. Se la imaginaba con la ballesta en el regazo mientras jugueteaba con su enorme cuchillo, como la tía loca de una vieja película de terror. Sólo que aquello no era una película, y era injusto. Lo único que Chester quería era volver a su casa. Todos sus sentimientos volvieron a brotar en su interior hasta que no pudo soportarlo más y comenzó a gritar a pleno pulmón. Aún gritando, se giró de tal forma que pudiera golpear la puerta con la cabeza, y lo empezó a hacer con tal fuerza que le dolía:

—¡Eh, Looney Tunes*, sé que estás ahí! ¡Sácame de aquí, vieja loca!

De repente, la puerta se abrió haciendo «clic» y Chester encontró delante de sus ojos un par de gruesos tobillos. Levantó la mirada: allí estaba ella, una señora bastante cargada

* LocoRoco. *(N. del T.)*

de kilos, con el pelo crespo, de un rojo encendido, envuelta en las acostumbradas gruesas capas de ropa sucia.

—Ya, ya, cariñín, no te pongas furioso —dijo, y los músculos del ojo empezaron a bailar su propio baile de San Vito.

Pero Chester estaba tan alterado que ya no se preocupaba por lo que pudiera pasar. Cuando ella se puso en cuclillas delante de él, empezó a gritar de nuevo, intentando pegarle en la rodilla con la cabeza.

—¡Quiero ver a mis padres! —chilló—. ¡Déjame ir a casa! ¡Te estás equivocando del todo!

—Qué niño tan tonto. No tienes necesidad de armar tanto jaleo. Ahora yo soy tu familia —dijo ella con tranquilidad y, cogiéndole la cabeza, la empujó hacia abajo y hacia dentro del armario—. Ahora Martha es la que cuida de ti, no unos malvados Seres de la Superficie.

Diciendo eso, sacó un trapo del polvo amarillo y se lo metió en la boca.

Al principio Chester pensó que pretendía ahogarlo, y se defenció con más empeño todavía. Pero apenas podía hacer nada: con las piernas y los brazos atados y el escaso espacio que había dentro del armario, apenas podía moverse. Y ella tenía más fuerza de lo que parecía.

—¡Aaajj! —gritó a través del trapo, agitando la cabeza en un intento de desprenderse de ella.

Sin previo aviso, le dio una brutal bofetada en un lado de la cara. Él gritó no por el dolor, sino por la impresión de lo sucedido. Se sentía completamente vulnerable.

—Pero qué niño más, más tonto —le dijo ella jadeando. Seguía apretándole el trapo en la boca para que no gritara—. Por aquí no hay nadie que pueda oírte, y deberías controlar los nervios. —Hablaba como si estuviera enseñando a comportarse a un cachorro revoltoso.

El forcejeo había dejado deshecho a Chester, y dejó de resistirse y de intentar gritar. En la calma que siguió, ella retiró el trapo del polvo. El chico observó entonces con creciente espanto cómo sacaba el cuchillo y lo blandía delante de él:

—Y si insistes en utilizar ese lenguaje, me veré obligada a cortarte la lengua. ¿A que no te gustaría que lo hiciera?

Chester cerró la boca con todas sus fuerzas y negó con la cabeza, haciendo un frenético sonido gutural para decir que obedecería. Por un instante ella entrecerró los ojos y adoptó una expresión en blanco, como si esperara recibir instrucciones de alguien. Pero no había nadie allí, aparte de ellos dos. Entonces volvió a animarse y dijo:

—Si sabes lo que te conviene, harás todo lo que te diga la buena de Martha.

Paralizado por el miedo, Chester siguió mirándola fijamente. Las lágrimas le corrían por las mejillas. Ella le apartó el pelo de la frente y después le acarició un lado de la cara con sus dedos cortos y sucios. No se atrevió a resistirse. Inclinando la cabeza hacia él, ella le sonrió como si no hubiera ocurrido nada, aunque el ojo le temblaba igual que si se le fuera a salir de la cuenca.

—Martha te cuidará. Martha estará contigo... por siempre jamás —dijo, secándole las lágrimas con el pulgar.

8

El médico tarareaba con la boca cerrada y ése era el único sonido que se oía en la sala, aparte del tictac del reloj de pared que había en un rincón. Se inclinó sobre la señora Burrows dirigiendo una luz hacia ella: una diminuta esfera luminosa engarzada en un tubo cromado con la que le apuntaba a uno de los ojos. Los ademanes del médico lo dejaban todo claro: no albergaba ninguna esperanza. Pero por un instante, mientras seguía moviendo la luz de un lado al otro, delante de su cara, dejó de tararear y dio la impresión de albergar un poco de optimismo.

—Sí..., ¿eso ha sido...? —susurró.

Pero tras continuar el examen durante unos segundos más, negó con la cabeza.

—Me pareció notar un parpadeo..., una reacción, pero creo que me engañé —decidió al fin, y soltó el párpado de la señora Burrows, que se volvió a cerrar. Entonces sacó una aguja y cogió el brazo de su paciente agarrándolo por la muñeca. Dándole la vuelta a la mano, clavó la aguja en la palma varias veces. Pasó entonces a las yemas de los dedos, donde repitió la operación, y cada vez que clavaba la aguja salía una gotita de sangre. No paraba de observar la cara de la señora Burrows, intentando descubrir cualquier respuesta a los estímulos—. Nada —refunfuñó, y terminó el ejercicio hundiendo la aguja en el dorso de la mano, donde la dejó clavada.

Eso le pareció un poco innecesario al segundo agente, que abrió la boca para decir algo, pero después se lo pensó mejor.

El médico hizo una mueca al tiempo que daba un paso atrás.

—Es lo que me esperaba: no hay ninguna señal de mejora.

El médico era un viejo arrugado de barba entrecana. Llevaba una levita negra sobre un chaleco que tenía casi el mismo color de la barba. Y su ropa presentaba varias manchas de salpicaduras, que muy bien podrían ser de sangre reseca. Empezó a chasquear la lengua mientras volvía a colocar en su maletín la luz, un termómetro y los martillos para comprobar los reflejos. Evidentemente, el examen había concluido.

Al lado del médico, el segundo agente se giró sin levantar los pies del suelo, cuya madera crujió bajo su peso nada insignificante. Había observado la actuación del médico sin comprender nada, como observaría un perro un truco de cartas.

—Pero ¿no se puede hacer nada por ella? —se atrevió a preguntar, observando el cuerpo inmóvil de la señora Burrows. La habitación, que había sido antes la sala de estar, había sido transformada para albergarla a ella, y habían puesto una cama en un rincón. A la mujer la habían colocado en una silla de mimbre, un viejo artilugio de tres ruedas.

El tictac del reloj de pared continuó mientras el médico se tomaba su tiempo para enrollar el estetoscopio y colocarlo en el maletín. Pero no dijo nada mientras lo cerraba, apretando los cierres, primero uno y después el otro. Cuando lo hubo hecho, se metió la mano en el bolsillo de la levita y adoptó la misma pose que si fuera a dirigirse a una audiencia de colegas.

—Pero ¿no se puede hacer nada por la paciente? —entonó, volviéndose hacia la señora Burrows. La saliva acumulada tras su labio inferior, ligeramente prominente, eligió ese preciso instante para desbordarse, y un largo hilillo espeso cayó desde la boca hasta el pecho—. Bueno, podemos asegurarnos de que la paciente está cómoda, y seguir dándole el compuesto de Pinkham dos veces al día —dijo el doctor, viendo cómo caía la saliva y se extendía por aquella blusa de algodón que le venía demasiado grande. El médico aspiró hondo al girar la cabeza hacia el segundo agente—: Si necesita más compuesto de Pinkham de la botica, le hago una receta.

—No, todavía nos quedan unos frascos —respondió el segundo agente.

—Muy bien. Y aquí tienen la factura de mis servicios. Paguen cuando puedan —dijo el médico, sacando una hoja de papel del bolsillo del chaleco y entregándosela al segundo agente.

Éste iba a mirar la factura, pero una tos repentina le hizo volverse hacia el vestíbulo, donde permanecían su madre y su hermana, escuchándolo todo. Allí, donde el médico no podía verlas, las dos se dirigieron a él mediante gestos frenéticos con los que le apremiaban a exponer la pregunta que él había evitado hasta aquel momento. Se aclaró la garganta.

—Doctor, esta mujer ha sobrevivido hasta ahora contra todas las probabilidades, ¿no? ¿No cree que con el tiempo podría llegar a mejorar un poco?

El doctor se acarició la barba, pensativo.

—Es un milagro que la paciente todavía siga entre nosotros, de eso puede estar seguro —respondió—. Pero no se pueden negar los hechos: aunque la paciente pueda respirar, no existe la más remota posibilidad de que recupere las funciones cognitivas. No da muestras de ningún tipo de respuesta refleja, nada en absoluto. Las pupilas no reaccionan.

—El médico apretó un ojo, como si le costara mucho lo que

estaba a punto de decir—: Me imagino que usted pensó que estaba haciendo un acto de caridad al traerla aquí. Pero tal vez hubiera sido más caritativo dejarla morir en paz después de los interrogatorios.

—No podía dejarla morir en el Calabozo —dijo el segundo agente—. Ya lo he hecho con muchos.

El médico asintió con tristeza.

—Pero a veces debemos dejar que la naturaleza siga su curso. Usted me dijo que su interrogatorio había sido uno de los más severos que ha presenciado nunca...

—Efectivamente —confirmó el segundo agente—. Emplearon nada menos que siete Luces Oscuras.

—Usted sabe mejor que nadie el daño que producen esos aparatos. Las Luces Oscuras se han cobrado un alto precio en esta mujer. Es como si..., ¿cómo lo diría yo? —El médico titubeó buscando una comparación adecuada, y después levantó el dedo índice con la satisfacción de haberla encontrado—. Es como si se hubieran extraído todos los guisantes de la vaina.

El segundo agente frunció el ceño, sin comprender.

—Sí —prosiguió el médico, muy satisfecho de sí mismo—. La paciente ha sido completamente vaciada, y ya no queda nada de ella..., nada más que la cáscara. Y los guisantes no volverán a crecer, ¿me entiende? No importa lo fuerte que fuera antes, no hay posibilidad de que regrese del lugar en que se encuentra ahora.

—No saldrán nuevos guisantes —dijo el segundo agente, comprendiendo lo que se le explicaba, y dirigió a la señora Burrows una mirada con sus ojos entristecidos—. Sí, tenía una voluntad fuerte, desde luego. Se resistió con todas sus energías —dijo, poniéndole la mano en el brazo al médico—. Pero, por favor, doctor, necesito su ayuda. Estoy desesperado. Si estuviera usted en mi lugar, ¿qué haría?

—Devolvérsela a los styx —respondió el médico bruscamente, retirando el brazo. Cogió el maletín y su sombrero de fieltro y se fue hacia el vestíbulo con excesiva prisa. Saludó a la anciana y a la joven con un gesto de la cabeza. Después, poniéndose el sombrero en la cabeza, dejó la casa lo más aprisa que le permitían las delgadas piernas, bajo la atenta mirada de las dos mujeres que merodeaban por el vestíbulo.

—Bueno, se ha ido como alma que lleva el diablo. Más deprisa no puede andar —comentó la anciana, cerrando tras él la puerta de la calle—. Piensa que la mujer ya es un fiambre.

El segundo agente había salido al vestíbulo.

—Mamá, ella... —empezó a responder, pero el gesto de su madre era tan poco agradable que se volvió hacia su hermana en busca de apoyo—. Eliza, yo sólo hago...

—¿Sólo haces qué...? —le cortó su hermana—. Él ha sido nuestro médico de cabecera desde el año de la polca. Incluso fue él quien nos trajo al mundo. Pero ahora sólo quiere lavarse las manos —dijo con claridad—. ¿Y puedes echárselo en cara? ¡Somos una vergüenza, por Cristo bendito! ¡Una vergüenza!

Oír a su hermana emplear palabras como aquéllas le sentó al segundo agente como una bofetada en el rostro. Dio un grito ahogado.

Pero Eliza no se arrepintió. Con sus ojos de color azul claro, la cara ancha y el pelo casi blanco sujeto en un moño detrás de la cabeza, tenía el aspecto típico de las mujeres de la Colonia. Y el segundo agente, con su cabeza escasamente poblada de pelo blanco muy corto, mandíbula prominente y cuerpo fornido, era un ejemplo igualmente típico del contingente masculino. De hecho, estaban enormemente orgullosos de sus orígenes, ya que descendían de «los fieles», los leales empleados a los que sir Gabriel Martineau había invitado a vivir en su nuevo reino bajo tierra, hacía casi trescientos años.

El segundo agente y su familia eran miembros altamente respetados de la comunidad y guardaban obediencia a los styx. Además, el trabajo de segundo agente en la comisaría de policía implicaba un trato con los styx casi diario, y él obedecía sus órdenes sin importar lo desagradables que fueran. Pero ahora su imprevisible actitud al ayudar a aquella mujer de la Superficie había puesto en peligro su prestigio y había marginado a los tres de la muy unida comunidad en que vivían.

—Eliza, el médico es un hombre muy ocupado —dijo el segundo agente—. Puede que tenga algo urgente que hacer, otra visita que atender...

—Claro, y en el monte las sardinas, tralará —repuso con sorna.

—Nos has metido a todos en un aprieto, ¿verdad que sí, hijo? —rezongó la anciana. Ella y Eliza avanzaron hacia el segundo agente, que hizo lo único que podía hacer: retroceder y meterse en la sala de estar—. Mírala, esa mujer de la Superficie nos está vaciando la despensa, y ni siquiera va a curarse. A mi edad no puedo ir limpiando detrás de ella, y hacerle comer todas esas cosas caras que traga sin parar. Y ahora nos toca apoquinar por otra factura más. ¿En qué estabas pensando, hijo?

Eliza se unió al ataque.

—Y las lenguas no descansan. La gente quiere saber qué es lo que te empujó a traerte a la casa de tu familia una pagana medio muerta, una malvada mujer de la Superficie de la que no sabemos nada de nada. ¡Eso me gustaría preguntarte a ti!

—Eliza... —trató de decir el segundo agente, pero su hermana aún no había acabado.

—Ayer, cuando iba a la compra, tanto la señora Cayzer como la señora Jempson me ignoraron completamente. Cruzaron la calle para no encontrarse conmigo —protestó muy indignada.

El segundo agente no tenía adónde retroceder, las dos mujeres le habían hecho recular hasta el asiento de la señora Burrows. Y se lanzaban a matar, como los perros tras una zorra herida.

—¿Quiénes te crees que somos, a ver? ¿Los santos patronos de los Seres de la Superficie enfermos? —le preguntó Eliza—. Porque lo que de verdad somos es... ¡el hazmerreír de la Caverna Meridional!

Acorralado, el segundo agente profirió un gemido de angustia. Se rascó el brevísimo cuello que soportaba su recia cabeza sobre sus hombros igualmente recios, pero no intentó ofrecer ningún tipo de explicación.

La anciana había visto la baba que caía a la blusa de la señora Burrows y pasó delante de su hijo. Sacando un pañuelo, empezó a secársela de modo rudo, acompasando sus duras palabras con los golpes de pañuelo.

—Y se dice en el mercado que los styx están fijándose en nosotros... a causa de lo que has hecho —dijo. Entonces, tirando el pañuelo sobre una mesita auxiliar, levantó la voz para gritar—: ¡Nos los has echado encima!

Se oyó un maullido en la puerta.

—*Colly* —dijo Eliza, volviéndose.

La gata había ido a investigar qué era todo aquel alboroto. Era una cazadora, un tipo de gata gigante exclusiva de la Colonia, criada por su habilidad en la caza de ratas. Lanzó a los tres humanos una mirada con sus grandes ojos cobrizos, olfateó de modo ostensible el rostro de la señora Burrows, y se acercó sigilosamente a la chimenea. Una vez allí, regodeándose al amor de las brasas, clavó las garras en la alfombrilla y se estiró placenteramente.

Cuando la anciana vio que la gata se echaba a dormir, apuntó a la puerta con su artrítico dedo:

—¡No, de eso nada, *Colly*! ¡Fuera!

—Déjala, mamá —dijo Eliza con suavidad, al tiempo que

sonaban las campanas del reloj de pared, sumándose a la tensión que había en la salita—. Aunque a nosotras nos hayan echado a la cocina, ¿por qué no vamos a dejar que ella disfrute del fuego, lo mismo que esta insensible mujer de la superficie?

Colly era sólo ligeramente más pequeña que *Bartleby*, el cazador que en esos momentos se encontraba en el centro de la tierra con Will y Elliott; pero se diferenciaba de él en que su piel sin pelo era de un negro muy puro.

Se puso cómoda al lado de la señora Burrows y se acurrucó con un bostezo de satisfacción.

—*Colly*—repitió la anciana, pero la gata siguió sin prestarle ni la más leve atención.

El reloj seguía sonando y el segundo agente aprovechó la distracción que *Colly* había producido.

—Mamá, déjala que se quede aquí. ¿Qué te parece si te preparo una taza de té? —se ofreció él, deslizando el brazo por los hombros caídos de su madre y empezando a llevársela—. Tantas emociones no le sientan bien a tu corazón.

Eliza se quedó atrás, en la salita, observando la postura comatosa de la señora Burrows. No podía comprender qué le había pasado a su hermano. Esas personas eran el enemigo, y aquella en particular había ocultado algo a los styx, por eso había recibido el tratamiento que había recibido. Eliza no era mala en absoluto, pero su amargura alcanzaba en aquellos momentos el punto en que resultaba incontenible.

Se inclinó hacia delante y le propinó a la señora Burrows una bofetada en la cara, una bofetada con toda la fuerza, que dejó una marca roja en la pálida piel de la mujer. Sonó tan fuerte que *Colly* se levantó de la sorpresa. Entonces Eliza chilló de pura frustración y salió de la salita hecha una furia.

Seguían dando voces en la cocina cuando, al otro lado del vestíbulo, sonó la última de las doce campanadas y la señora Burrows abrió los ojos.

—El fiambre revive —dijo en tono desafiante antes de desentumecer la mandíbula y tocarse la mejilla allí donde había recibido la bofetada—. Calma, calma, Eliza —dijo en voz baja, como reprendiendo a la mujer ausente. Al limpiarse la baba de los labios, recordó la aguja que aún tenía clavada en el dorso de la mano. Se rió un instante entre dientes, poniéndose la mano delante y separando los dedos mientras examinaba la aguja, que no se molestó en quitar de allí.

A continuación se palpó la mancha de humedad de la blusa:

—¿Has visto el numerito de la baba, *Colly*? —le dijo sonriendo a la gata, que la observaba con mucha atención—. Pensé que sería un detalle bonito.

El interrogatorio con las Luces Oscuras había causado daños enormes en el cerebro de la señora Burrows, y su cuerpo había estado a punto de dejar de funcionar. Si no había muerto, era porque su sistema nervioso seguía intacto. Afortunadamente, mantuvo en funcionamiento todos los órganos vitales, de manera que el corazón siguió latiendo y los pulmones propulsando aire. Y aunque se había encontrado en un estado catatónico y al borde de la muerte durante varias semanas, el segundo agente y su familia la habían cuidado, y gracias a la alimentación regular y a aquellos cuidados constantes, había conseguido unos días de prórroga, y en ese tiempo había empezado a ocurrir algo excepcional.

Semana a semana, los senderos neuronales de su cerebro, que se habían deteriorado en gran medida, habían comenzado a restablecerse y reconectarse, como un ordenador que

112

instalara un programa de recuperación de datos. Algunos pequeños rincones de los lóbulos frontales (la sede de la memoria y de la voluntad consciente) se habían embarcado en la descomunal tarea de reconstruir todo el resto de la materia gris.

Pero los senderos neuronales no se habían vuelto a conectar exactamente igual que lo estaban antes. La señora Burrows, versión 2, se encontró con que su visión se había visto afectada hasta el punto de que tan sólo podía distinguir entre la luz y la oscuridad. Sin embargo, como para compensar esta carencia, había encontrado algunos beneficios sorprendentes.

Había encontrado que tenía un dominio virtual sobre muchos aspectos de su cuerpo que no había tenido nunca. Aunque había notado cada uno de los pinchazos del doctor, podía aislar ese dolor y no mostrar reacción alguna. Pero eso era tan sólo una pequeña parte de lo que podía hacer: podía mermar todos sus procesos fisiológicos, incluido el ritmo cardiaco, hasta mantenerlos a un nivel tan bajo que apenas necesitaba respirar. Y a semejanza de esa característica, podía también elevar o disminuir su temperatura corporal, provocándose sudoraciones o que el aliento le saliera en nubes de vapor condensado. Se dijo a sí misma que era como si hubiera excedido los niveles de control que su profesor de yoga aseguraba que sólo podían alcanzar los yoguis más avanzados.

Pero había más. Había algo realmente inexplicable: al tiempo que su vista se volvía tan pobre, ella adquiría otra facultad. Si era a causa de un sentido del olfato muy reforzado, o porque se hubiera despertado en ella alguna destreza animal largo tiempo olvidada en las profundidades del cerebro, no lo sabía; pero el caso es que descubrió que contaba con algo muy semejante a un detector de personas: podía olerlas.

Podía distinguir entre personas conocidas y extraños, aunque sólo pasaran por la calle, fuera de la casa. Y podía saber de qué humor se hallaban, si enfadadas, tristes, aburridas o contentas. No importaba cuál fuera, ella podía detectar el espectro entero de una emoción humana. Un biólogo podría haber especulado que tal vez lo que había desarrollado era la capacidad de leer las feromonas que despide la gente, señales químicas que tienen un papel central en la vida de otras especies animales, pues las utilizan para la comunicación y en sus pautas de comportamiento. Pero la señora Burrows no era bióloga y no sabía nada de eso. Simplemente, estaba contenta de desarrollar aquel nuevo sentido que parecía hacerse más potente cada día. También estaba segura de que eso le sería útil para escapar de la Colonia. Y tal como iban las cosas en la casa del segundo agente, tal vez faltara muy poco para el día en que tuviera que hacerlo.

Así pues, en aquel momento no necesitaba oír la discusión que tenía lugar en la cocina para saber que seguía en su apogeo. Podía oler la exasperación y la frustración que irradiaban la madre y la hermana del segundo agente: eran tan fuertes que hizo un gesto de dolor. Y también podía sentir la indignación del segundo agente y la leve emanación de miedo que salía de él al intentar defenderse valerosamente contra aquel ataque verbal.

Levantándose de la silla de ruedas y estirando por turno brazos y piernas, la señora Burrows lanzó un suspiro.

—Ah, esto está mejor —dijo, y añadió—: Ven aquí, *Colly*.

Al instante, la cazadora acudió a su lado. La señora Burrows había pasado mucho tiempo con aquella gata, y daba la impresión de que *Colly* reconocía que aquellas habilidades únicas en un humano equivalían e incluso sobrepasaban las suyas. Pues el sentido del olfato de una cazadora estaba también increíblemente desarrollado. Tal vez fuera eso o tal vez otra cosa de un nivel más animal lo que había establecido lazos entre la mujer y la gata, pero el caso es que *Colly* hacía exactamente lo que la señora Burrows le decía.

Ésta alargó la mano hasta encontrar la gran cabeza de la gata.

—Vamos a dar un paseo por la salita. Me vendrá bien un poco de ejercicio —dijo.

Teniendo a *Colly* como guía, la señora Burrows caminó a su lado, evitando los muebles y hablando con ella todo el tiempo. Porque se había sentido muy sola, obligada a fingir que seguía en coma siempre que había algún colono cerca. Y, por supuesto, la gata no le podía contar a nadie los sorprendentes cambios que había experimentado la nueva inquilina de la casa.

9

Chester cambió de posición para aliviar el entumecimiento. Estaba seguro de que tenía que faltar ya poco para que Martha le llevara algo de comida y agua, aunque no sabía cuánto tiempo había pasado desde la última vez que ella abrió la puerta para echarle un vistazo, pues las horas pasan muy despacio cuando no hay nada que diferencie unas de otras, salvo los propios accesos de llanto y desesperación.

Aunque esta vez había ocurrido algo.

Había habido ruidos que no había podido identificar del todo: un crujido de grava fuera de la casa, como si se hubiera detenido un coche y después algunos golpes. Pero esos ruidos habían sido tan breves y habían llegado tan apagados a través de la puerta que no le daban mucha idea de lo que sucedía fuera de su diminuta prisión. Dio por hecho que su monstruosa secuestradora estaba probablemente dispuesta a hacer cualquier cosa que tuviera sentido en su retorcido mundo. Gimiendo a causa del hambre y la sed, apartó aquellos ruidos de su mente e intentó volver a dormirse.

Drake entró corriendo en el apartamento del almacén y se dirigió a toda prisa a su dormitorio. A los pocos segundos se hallaba de vuelta con una bolsa de deporte y una mochila. Eddie vio la urgencia con que se movía y se levantó de la silla.

Drake dio vuelta tanto al petate como a la mochila y volcó el contenido de ambos en el suelo. Entonces empezó a revisarlo todo para seleccionar lo que necesitaba.

—¿Ha ocurrido algo? —preguntó Eddie.

—Sí, tengo que ir a Norfolk. Acabo de marcar para oír los mensajes en el servidor, al que se accede por un número de la Superficie que le di a Elliott, para que pudiera contactar conmigo en caso de emergencia —explicó.

—¿Está en apuros? —se apresuró a preguntar Eddie.

—¿Elliott? No, el mensaje era de Chester, y no dice nada de ella —dijo Drake, volviendo a meter en la mochila parte de sus cosas—. No está muy claro, pero, por lo que puedo entender, debe de haber salido ya a la Superficie. —Negó con la cabeza, furioso contra sí mismo—. ¡Qué idiota! No he estado mirando el servidor de manera regular: el mensaje es de hace semanas. —Cogió una pistola y un par de cargadores y encajó uno de ellos en la pistola. Al amartillarla y metérsela en el pantalón, por la espalda, se detuvo para mirar a Eddie—. Espero que ese muchacho tenga el sentido común de esconderse por ahí y que no haya intentado volver a casa. Si ha ido a Highfield, tus amigos lo habrán atrapado.

—Pero sigue habiendo una posibilidad de que Elliott esté con él —razonó Eddie, poniéndose la chaqueta—. Así que voy contigo.

He aparcado a un par de manzanas —dijo Drake cuando salieron del almacén, mirando en dirección a donde había dejado su Range Rover.

—Mejor vamos en el mío —sugirió Eddie, caminando con paso decidido en dirección opuesta.

Por unos segundos Drake no hizo ademán de seguirlo, sino que se entretuvo ajustando las correas de la pesada mochila Bergen para llevarla de modo más cómodo. Cuando Eddie apretó el mando, vio, un poco más adelante, un destello en los indicadores de un Aston Martin completamente nuevo.

—Eso es estilo —dijo Drake al acercarse al coche, admirando el reluciente acabado en negro. Eddie abrió la puerta del conductor y le aguardó, pues parecía dudar—. Pero es un poco llamativo, ¿no? —añadió—. A menos que seas James Bond. Tal vez sería mejor llevar el Range Rover.

Eddie no respondió. Entonces Drake volvió a pensar.

—Bueno, vale, usaremos el tuyo, pero déjame conducir —dijo.

Se estaba haciendo de noche y el tráfico no representaba ningún problema cuando Drake salió rápidamente de Londres y enfiló hacia Norfolk. Cuando terminó el doble carril y la carretera se estrechó en un solo carril de cada sentido, no disminuyó la velocidad. Escucharon durante un rato las noticias en la radio, pero cuando acabaron, ninguno de los dos hombres dijo nada. El último resplandor del sol se apagaba, y se encontraron en medio de un paisaje nocturno sin luna. Se había levantado un fuerte viento, y de vez en cuando los faros brillaban en los ojos de algún ciervo rollizo que pastaba en la orilla.

Viendo un coche que llegaba en dirección opuesta, Drake puso las luces de cruce. Como esperaba, el otro conductor hizo lo mismo, pero cuando estaba casi a la altura de Drake volvió a dar las largas, tocando la bocina como un loco. Una lata de cerveza vacía pegó en un lateral del Aston.

—¡Estúpido idiota! —exclamó Drake, cegado por las luces.

Eddie dio bandazos en el asiento mientras Drake ejecutaba una perfecta combinación de giro y frenado para colocar el coche en sentido opuesto. El V8 bramó cuando pisó a fondo el acelerador y se lanzó en persecución del otro vehículo.

—¿Qué haces? —le preguntó Eddie con total tranquilidad.

—¡Alguien tiene que enseñarle una lección a ese imbécil! —exclamó Drake.

Alcanzó al coche y lo adelantó, y entonces se cruzó delante de él de tal modo que lo obligó a detenerse con una rueda fuera de la carretera.

—No creo que esto sea buena... —empezó a decir Eddie, pero Drake ya estaba saltando del coche. El otro conductor había salido de su vehículo y lo miraba de modo insolente, apoyado contra la puerta y dándole caladas a un cigarrillo. Tendría veintitantos años, llevaba el pelo largo y una camiseta negra sin mangas con un desvaído pentágono blanco en ella. En el asiento del pasajero, su novia sorbía una lata de sidra y se reía, algo chispa, al ver acercarse a Drake.

—¿Te crees que eres un madero o algo así? —le preguntó el muchacho con insolencia, cuando Drake se paró delante de él—. ¿Qué vas a hacer ahora?

Le tiró el cigarrillo a Drake, que se hizo a un lado para evitarlo. Cuando cayó al asfalto sacudiendo chispas, Drake lo apagó con la bota.

Otros dos chicos de edad parecida iban en la parte de atrás del coche, compitiendo uno con el otro en sus interminables gracias de borrachos, que eran salpicadas con risas toscas, como si un par de burros se rebuznaran el uno al otro. Drake les oyó decir: «Es de los hombres de Harrelson» y también: «Largo, pasma».

Entonces, cuando el conductor vio que el vehículo estacionado delante era el último modelo de Aston Martin, se irguió y un gesto de desprecio y resentimiento apareció en su cara.

—¡Capullo millonario! —le gritó—. Vuélvete a la ciudad, cerdo.

Usando todavía la puerta del coche como escudo, le lanzó a Drake un puñetazo a la cara.

En un abrir y cerrar de ojos, Drake había salvado la distancia entre el conductor y él y lo había cogido del brazo, retorciéndolo para que tuviera que darse la vuelta y empujándolo contra el coche. El muchacho intentó defenderse con el codo del brazo que le quedaba libre, pero Drake le estrelló la cabeza contra el techo del vehículo. El golpe hizo un ruido que Drake encontró satisfactorio, y la novia del conductor dejó de reírse y soltó un grito, seguido de un chillido penetrante. La lata de sidra se le cayó en el regazo.

—¡Eh, tío, no puedes hacer eso! —objetó el joven, que seguía sujeto por Drake—. ¡Esto es asalto con violencia!

Intentó de nuevo utilizar el brazo libre, esta vez para lanzar un puñetazo. Drake respondió golpeándole la cabeza contra el techo del coche aún más fuerte que la primera vez. Los otros pasajeros estaban completamente callados, intentando ver algo. Drake acercó la boca al oído del conductor y le habló en un susurro amenazador.

—¿Quieres más?

—Pero ¿que he hecho yo? —gimió el conductor.

—Tú sabes lo que has hecho, y a partir de ahora te voy a estar vigilando. Si pisas la raya, te mato —gruñó Drake. La cara ya pálida del joven se quedó aún más pálida—. Y ahora sal de aquí —le gritó, tirándolo contra el asiento.

Y vio salir el coche a una velocidad muy moderada.

Drake volvió al Aston Martin y se puso al volante, agarrándolo con tal fuerza que le sonaron los nudillos. Se quedó mirando al frente, fijamente, petrificado por lo que veía a través del parabrisas. Iluminadas por los faros, las ramas de los árboles eran azotadas por el viento y se movían frenéticamente.

Sentado en el coche, a su lado, Eddie no pudo dejar de notar que Drake temblaba de cólera y rompió el silencio aclarándose la garganta.

Drake siguió mirando al frente fijamente, y dijo con voz tensa:

—Vamos, suéltalo, Eddie. Dime que ha sido una idiotez lo que he hecho y que podrían ir a la policía. «Aston Martin involucrado en altercado de carretera» —dijo, como recitando el titular de un artículo en el periódico.

Eddie negó con la cabeza.

—No, eso no me preocupa. Iba a decir que tú y yo tenemos más en común de lo que admitirías.

—Y si dijera que no quiero saberlo, ¿eso evitaría que me explicaras por qué? —respondió Drake bruscamente.

Eddie siguió, sin hacerle caso.

—Los dos estamos sometidos a la misma fuerza: los dos tenemos dentro una ira increíble. Y esa ira está ahí siempre, devorándonos.

—Yo no te he visto perder los estribos nunca —le interrumpió Drake.

—Nos controlamos de manera distinta. O lo intentamos —dijo Eddie—. Y la paradoja es que eso nos destruye, y al mismo tiempo nos define, nos convierte en lo que somos. —Se calló un instante para encontrar las palabras adecuadas—. Es como si estuviéramos siempre en el filo de la navaja, siempre en movimiento, siempre luchando por algo, pero al mismo tiempo ese filo de la navaja fuera penetrando cada vez más hondo en nosotros. —Respiró—. Tú ya sabes por qué me he hecho yo así, pero tú no me has contado nada de ti. ¿Qué te ocurrió para que te volvieras así?

—Fuisteis vosotros —respondió Drake—: los styx.

Desde algún punto de la maleza, no muy lejos de ellos, un zorro elevó un grito casi humano, pero Drake siguió mirando fijamente al frente a través del parabrisas.

—Hace mucho tiempo —comenzó, antes de tragar saliva—, yo estudiaba en el Imperial College de Londres... Éramos tres; Fiona, Luke y yo, y no nos relacionábamos mucho con otros estudiantes. No nos quedaba tiempo que dedicarles, y por eso nos llamaban los *Wunderkinder*, los «niños prodigio» —dijo, cerrando un instante los ojos—. Vivíamos juntos, de alquiler, pero pasábamos casi todo el tiempo en la universidad, la facultad nos daba rienda suelta, nos dejaban hacer lo que quisiéramos, teníamos libre acceso a los laboratorios. No se metían en nuestros diversos proyectos de investigación, porque sabían que al final se beneficiarían de lo que hacíamos.

—¿En optoelectrónica? —preguntó Eddie.

—Ése era mi campo, sí. Luke era el matemático y Fiona la lince del *software*. Nos complementábamos perfectamente. Pero de los tres, el genio era Fiona: podía generar códigos como nadie. Y en segundo curso, diseñó un programa que asimilaba nuevos eventos y empleaba algoritmos únicos para analizarlos. En cuanto el mundo de los negocios y los servicios de seguridad se enteraron de lo que se traía entre manos, intentaron captarla. Querían el programa costara lo que costara, pero ella se resistió y siguió trabajando en el proyecto. Y en cuanto el programa hubo absorbido suficientes datos y masa crítica, funcionó incluso mejor de lo que ella se esperaba. Pero empezó a encontrar algo extraño..., algo anómalo. Empezó a detectar eventos que no acababan de encajar. Patrones de eventos que resultaban inconsistentes, incluso dentro de la teoría del paseo aleatorio. —Drake deslizó las manos hacia la parte inferior del volante—. Y supongo que ya te imaginarás por qué...

—Éramos nosotros: los styx. Esos eventos detectados serían nuestras intervenciones, ¿no?

—Lo has pillado —respondió Drake—. La última semana antes de la graduación, Fiona nos dijo adiós a Luke y a mí por la mañana y, como siempre hacía, se fue pedaleando hacia el laboratorio. Ésa fue la última vez que la vimos: nunca la encontraron, ni a ella ni a su bicicleta. Y nadie pudo explicar cómo desapareció con ella todo su trabajo, su portátil, los discos de seguridad que guardaba en su habitación y todo lo que había en la red de la universidad: todo aquello que estuviera vagamente relacionado con el programa desapareció sin dejar rastro. —Drake tragó saliva—. Entonces mi amigo sufrió una crisis nerviosa.

—¿Te refieres a Lukey? —dijo Eddie.

—Sí, era uno de esos muchachos increíblemente inteligentes, pero muy sensibles. Se desmoronó al desaparecer Fiona. Dejó la universidad y se volvió a vivir con su madre. En menos de un año se ahogó en alcohol y murió. —Sólo en ese momento Drake volvió el rostro hacia Eddie—: Según creo, tú estabas en el grupo represivo. Tal vez fueras uno de los limitadores que atraparon a Fiona.

Eddie negó, moviendo muy despacio la cabeza. Como de costumbre, su expresión no traslucía lo que estaba pensando.

—No, y no sé qué decir. Podría pedir perdón por las acciones de mi gente, pero eso no te serviría de nada, ¿verdad?

—De nada en absoluto —rezongó Drake, girando la llave de encendido. Y entonces dio la vuelta y retomó el rumbo original.

«La puerta de mi habitación está cerrada y mi bata cuelga en ella: es de color azul oscuro, y tan gruesa que cuando me la pongo parece como si llevara una alfombra, pero es muy calentita. Mamá me la compró antes de Navidad porque la vieja se me estaba quedando pequeña. —Chester movió ligeramente la cabeza—. Ahí, junto a la puerta... los pósteres de la pared... Sí, los veo... Todo está donde tiene que estar. Me los conozco de memoria porque a veces, cuando no logro dormir, me quedo echado en la cama y no hago más que mirarlos. La imagen del bosque con los pinos es mi favorita. Algunos están un poco torcidos en la pared porque los puse cuando era pequeño (la mayoría los tengo desde hace tanto tiempo que ni me acuerdo, y estoy pensando en cambiarlos). —Chester torció la cabeza un poco más—. Y, sí, ahí está el flexo que me regaló papá. Está pintado de naranja. Su padre se lo regaló a él, pero entonces era negro y estaba descascarillado, así que papá lo pintó de naranja cuando tenía más o menos mi edad. Veo dónde puso demasiada pintura, en la base, y se corrió un poco, pero no me molesta porque lo hizo papá, y me gusta la manera en que los muelles hacen quedarse la luz, da igual cómo la coloques. A veces, cuando tengo los ojos casi cerrados, me parece que la pantalla es como la cápsula del Apolo: una vez vi un programa en la tele sobre los alunizajes del Apolo. —Chester puso la cabeza completamente de lado, y sonrió—. Sí, y ahí están mis libros, con los diferentes colores de los lomos. Me encantan mis libros y no se los presto a nadie porque no quiero que me estropeen las tapas. La mayoría los he leído más de una vez. Me gusta tener las series completas, y siempre, siempre me aseguro de que están colocados en el orden corr...»

—Aquí tienes la comida, cielo —dijo Martha con voz empalagosa al abrir la puerta del armario. Chester fue arrancado repentinamente de su mundo ilusorio y se dio de bruces contra el auténtico. Para matar las largas horas en la oscuridad y escapar de la horrible situación en que se encontraba atrapado, pasaba cada vez más tiempo imaginando que se encontraba de nuevo en su casa de Highfield. Podía evocar con exactitud las diferentes partes de la casa, recordando hasta los más pequeños detalles. Además de disfrutar de su habitación, a menudo se paseaba por la escalera o salía al soleado jardín, donde lo encontraba todo perfecto y tal como debía estar.

—¿Quieres comer o no? —le preguntó Martha, pues él tardaba en responder.

Todavía bastante grogui, consiguió farfullar un «sí». Martha era una silueta recortada contra la luz titilante que había detrás. Lo primero que pensó Chester fue que ella debía de haber encontrado velas, pero en realidad había demasiado humo para que se tratara de velas: era más bien como si hubiera una hoguera encendida por allí cerca. Tuvo que hacer un esfuerzo para recordar que estaban en una casita de campo bastante elegante, pues la iluminación cambiante y las nubes de humo otorgaban al lugar un aspecto primitivo. Con el humo le llegaba también el olor de la carne quemada.

—Martha, por favor, ¿no puedo salir un rato? ¿No me puedes desatar, sólo mientras como? —le preguntó dócilmente—. Tengo las piernas completamente agarrotadas. Te prometo que te obedeceré en todo.

Ella lo miró con una sonrisa congelada en los labios. El ojo loco no paraba quieto un instante. Chester contuvo el aliento durante unos segundos. Entonces Martha volvió la cabeza para mirar detrás de ella.

—En este preciso momento, no... Estoy limpiando... Tengo que limpiar un poco —dijo, volviéndose hacia Chester—. Tómate la comida —le ordenó, y su voz adoptó un tono desagradable.

—Sí, sí, tengo mucha hambre, sí —dijo el chico enseguida, atropellando las palabras, porque no quería provocar otro de sus ataques de locura. Y no quería rehusar nada de comer, aunque estuviera preparado con los nada higiénicos métodos de Martha.

Ella le sujetó la cabeza mientras le daba de comer a la boca.

—Ñam —decía él, tragando la carne casi cruda—. Está

delicioso, gracias... —Pero no pudo decir más porque ella le metió otro pedazo en la boca.

—Muy bien —dijo ella al terminar, posándole la cabeza en el suelo—. Buen chico.

Dejó el plato y la cuchara en el suelo, a su lado, se limpió la mano en la falda, y gruñó al ponerse en pie.

Chester pensó con rapidez. Tenía que hacer algo. Tenía que intentar contactar con alguien de fuera de la casa. Pero ¿cómo?

Entonces tuvo una idea.

—Martha... —empezó.

El ojo loco se quedó entonces clavado en él, pero el chico no permitió que eso le distrajera.

—Martha, por favor, ¿me puedes dejar mi mochila?

El ojo loco se cerró un poco para observar a Chester con recelo.

—¿Por qué? —preguntó, moviendo apenas los labios. Entonces repitió la pregunta, esta vez de modo estridente.

—Eh..., estoy acostumbrado a apoyar en ella la cabeza... y tenerla así en el suelo es realmente incómodo —explicó Chester. Como ella no respondía, reunió fuerzas para lo que estaba a punto de decir a continuación—: Mamá... mamaíta. ¿Puedo, por favor...? ¿Por favor...? —le imploró.

Aquello produjo en la mujer un efecto inmediato.

—Bueno, pues sí, por supuesto —dijo, con voz casi normal—. Tú quédate aquí, mi niño, que yo iré a buscártela.

Se fue, caminando con torpeza, y Chester intentó salir del armario arrastrándose como un gusano lo suficiente para ver qué había fuera. Estaba convencido de que veía una auténtica hoguera en la sala de estar. No era en la chimenea, sino en medio del suelo. Y también había manchas oscuras por toda la alfombra de color beige del vestíbulo, como si hubieran arrastrado algo por ella. «¿Barro?», se preguntó.

Oyó que Martha volvía, y regresó rápidamente a su prisión.

—Muchas gracias, mamá —le dijo.

Ella le colocó la mochila bajo la cabeza y después se levantó para contemplarlo.

—Por ti cualquier cosa, mi niño del alma —le susurró antes de cerrarle la puerta.

Chester aguardó a que todo se quedara en silencio, y entonces, muy despacio, se colocó de costado y subió las manos por encima de la cabeza para poder hurgar en el interior de la mochila. Era difícil porque tenía las manos atadas, pero al cabo de un rato encontró lo que esperaba que siguiera allí.

—¡Ya lo tengo! —susurró, poniéndolo a la escasa luz que se filtraba por debajo de la puerta. Era un pequeño objeto de plástico del tamaño de una baraja de cartas, con un pequeño alambre en un extremo que hacía de antena. Se metió el objeto en la boca para sujetarlo mientras buscaba a tientas el interruptor. Lo accionó en cuanto lo encontró. Entonces devolvió rápidamente el objeto a la mochila, metiéndolo al fondo y asegurándose de que su ropa sucia quedaba encima.

Al volver a ponerse boca arriba, descansando la cabeza en la mochila, levantó las manos delante de él:

—Por favor, Dios, hasta ahora no te he pedido gran cosa, pero ahora sí que te pido algo: por favor, que alguien capte mi señal —imploró en tensos susurros—. ¡Por favor!

***

Después de pasar por una aldea que sólo tenía una pequeña oficina de correos que era a su vez tienda, Drake aminoró la marcha, buscando un sitio donde dejar el coche. Vio un camino que llevaba a una zona boscosa y se detuvo bajo los árboles, en un paraje en que las ramas ocultaban el Aston Martin.

—Seguiremos a pie desde aquí —le dijo a Eddie, y entonces, en el silencio de la noche, eligieron lo que se iban a llevar consigo. Eddie optó por un par de pistolas semiautomáticas, una de ellas con silenciador, como si esperara que hubiera problemas. Drake no tenía ni idea de por qué Eddie consideraba aquello necesario, pero no hizo preguntas.

Él se colocó su artilugio de visión nocturna, asegurándose de que la cinta quedaba bien puesta, cruzando la frente. Bajó su única lente sobre el ojo derecho antes de activar la conexión eléctrica en el cinturón. La imagen de la lente parpadeó exhibiendo una nieve anaranjada, pero se aclaró al cabo de un segundo, y obtuvo una visión de los alrededores no muy diferente a la que le hubiera proporcionado la luz del día.

Se puso la mochila en los hombros y empezó a caminar a través de la hierba húmeda, pensando en lo que podían encontrarse cuando llegaran al puerto subterráneo que había debajo del campo de aviación. La última vez que había estado allí fue para despedir a Will y al doctor Burrows, que iban a partir en la lancha. Se trataba de un viaje de cientos de kilómetros hasta el profundo refugio antiatómico. Y era allí desde donde le había llamado Chester cuando le dejó el mensaje. Aunque aquel mensaje tenía más de quince días, no era imposible que el muchacho siguiera oculto por algún lugar cercano, o incluso estuviera esperándolo en el mismo puerto.

Eddie y él seguían rastreando en paralelo el pequeño camino rural, y se metieron con sigilo por el borde de un campo de cebada.

A través del artilugio de visión nocturna, a Drake le recordaba la superficie llena de olas de un gran lago, pues el viento mecía el cereal. Pero apenas prestaba atención al paisaje, pues se iba preguntando quién habría acompañado a Chester en la lancha. Era un viaje río arriba en el que eran precisas dos personas: una que manejara el motor fueraborda y otra para repostar y hacer de piloto. Chester no había dado ninguna indicación en el mensaje, aunque, a juzgar por su tono de voz, parecía desesperado.

Empezó a caer una ligera llovizna mientras Drake y Eddie cruzaban la estrecha carretera y pasaban al arcén opuesto.

—Así es Norfolk —comentó Drake con una risita—. Lloviendo, siempre lloviendo: siempre llueve en este condado. —Aunque Eddie no ofreció ningún tipo de respuesta, Drake notó que no le gustaba que hablara en voz alta.

Después de una corta distancia, llegaron a una abertura en la valla que circundaba el campo de aviación y se metieron por ella. En la distancia, vieron una caseta prefabricada iluminada por dentro. Entonces pasaron por detrás de un grupo de casas de los años sesenta, colocadas en torno a una pequeña calle sin salida. Drake supuso que aquellos inmuebles habrían sido utilizados originalmente como vivienda por los soldados y sus familias. Pero ahora estaban deshabitados y en proceso de restauración, a juzgar por los materiales de construcción que se veían por allí.

Mientras se dirigían hacia uno de los edificios más grandes, Drake era consciente de que cada poco miraba para comprobar que su compañero seguía a su lado. Aunque hiciera años que el antiguo limitador había dejado de ser un soldado en activo, se movía con un sigilo absoluto. Era como si el sentido del oído de Drake fuera defectuoso: podía ver a Eddie pisando en una zona de helechos secos o abriéndose camino a través de la maleza, pero no hacía ni el más leve ruido. Pasaba exactamente igual con su hija, Elliott.

Penetraron un grupo de zarzas, y allí Drake quitó unas tablas podridas que tapaban la trampilla, revelando un hueco de unos dos metros cuadrados con paredes de hormigón. Se metieron en él y utilizaron los herrumbrosos peldaños que había a un lado para bajar hasta el fondo. Después avanzaron chapoteando por una sala llena de taquillas e inundada de aguas podridas lo bastante profundas para que se les metiera en las botas.

Drake abrió una puerta al final de la sala y ambos pasaron

rápidamente a un pasillo en el que flotaban bidones vacíos de petróleo y tablas llenas de moho. Entonces llegaron ante la pared de bloques de cemento que Will había roto para poder pasar.

Eddie sacó una de sus pistolas cuando él y Drake atravesaron el hueco en la pared. Ambos se pusieron en cuclillas, escuchando y examinando el puerto a cada lado. No parecía que hubiera nadie. Con una señal de la mano, Drake indicó a Eddie que fuera a comprobar un extremo del muelle, mientras él se encargaba del otro.

Drake encontró la lancha donde la habían dejado Martha y Chester tras sacarla del agua y, junto a ella, un petate y dos bolsos. Estaba mirando el contenido de uno de aquellos bolsos, en el que encontró botes del aerosol que le había dado a Will para ahuyentar a las arañas mono, algunas raciones militares de comida y un puñado de bengalas, cuando se dio cuenta de que Eddie estaba a su lado.

—No hay nadie —dijo el hombre, antes de observar por encima del hombro el río de aguas rápidas que corrían en la oscuridad—. ¿O sea que por aquí se baja adonde está Elliott?

En vez de responder al limitador, Drake levantó la bolsa de deporte para que pudiera verlo.

—No sé quiénes vendrían del refugio antiatómico, pero dejaron un montón de cosas aquí. Pero ¿dónde estará Chester? —planteó Drake.

—Habrá ido a algún lugar donde se encuentre seguro, probablemente —sugirió Eddie—. Tú pensabas que podría ir a Londres, así que puede que esté de camino hacia allí.

—Puede, pero sabrá que los tuyos lo estarán esperando para atraparlo en cuanto asome el morro. Y no tiene otro modo de contactar conmigo que los mensajes del servidor.

—Bueno, tú conoces al muchacho —añadió Eddie.

—Sí, pero también depende de quién esté con él. Si es

Will, entonces podrían haber decidido volver juntos a High-field. Si estuviera solo, Chester sería mucho más cauto. No, supongo que puede haberse escondido en cualquier lugar no lejos de aquí.

Eddie apuntó hacia arriba con uno de sus dedos blancos y delgados

—Entonces podríamos mirar por los edificios —sugirió—, y estar atentos a ver si encontramos huellas.

Drake asintió con la cabeza, con cara de preocupación.

—Pero si salió de aquí hace una o dos semanas, entonces el tiempo habrá borrado todas las huellas —repuso.

10

—¡Ah, estás ahí! Ven a ver esto —gritó el doctor Burrows. Will salió de la sombra de los árboles y caminó sin prisa hacia donde estaba su padre trabajando, en una mesa de caballetes situada en la base de la pirámide.

El doctor sólo miró a su hijo cuando se hallaba ya casi ante la mesa. Lo hizo levantando la vista desde la calavera que tenía en las manos.

—¿Qué le ha pasado a tu pelo? —le preguntó—. ¿Alguien intenta arrancarte la cabellera?

—Elliott me lo ha cortado —respondió Will indignado. Se tocó el pelo, ahora bastante corto, y la mano se le llenó de pelillos—. Me ha hecho bastante daño, porque el cuchillo no estaba bien afilado. —Dirigió la vista atrás, hacia los árboles—. Ahora se lo está cortando ella. Tendrá algo que ver con este lugar, o con el sol, o qué sé yo, pero el caso es que a ella le crece mucho más aprisa que a mí. Apuesto a que lo hace un centímetro cada día. Puede que sea cosa de los st...

—Esto es fascinante —le interrumpió Burrows, como si no hubiera escuchado una palabra de lo que decía su hijo. Posó la calavera en un espacio que había despejado en la abarrotada mesa. Will vio que había en total tres calaveras, puestas en fila.

—¿Dónde las has encontrado? —preguntó.

El doctor Burrows abrió en abanico los dedos de la mano para tocar al mismo tiempo la calavera que había estado examinando hasta ese momento y la de al lado.

—Estas dos estaban en un pequeño compartimento cerca de la cúspide de la pirámide. Corrí una piedra que hacía de tapa y que tiene una inscripción que se puede traducir como «Orígenes», y las encontré dentro.

—¿En un pequeño compartimento? —preguntó Will—. No me habías dicho nada. ¿Dónde estaba yo cuando las encontraste?

—Andabas por ahí con tu peluquera —dijo con mordacidad el doctor.

—¿Seguro? —preguntó Will, frunciendo el ceño. Se hacía cierta idea de qué día tenía que haber ocurrido eso, pero le molestaba que su padre tratara de hacerle sentir culpable. Dedicaba casi todo su tiempo a ayudarle y pensaba que merecía un descanso de vez en cuando.

—Sí, ella te enseñaba su escondrijo o no sé qué. Acuérdate: fue en la memorable ocasión en que aseguró que los árboles la espiaban —respondió Burrows como sin interés, pero entonces su actitud se transformó por completo al posar la mano sobre la tercera calavera. Estaba muy blanca, descolorida por el sol—. Y esta de aquí forma parte de las tres que están puestas en las estacas.

—¡No deberías haberla movido, papá! —exclamó Will—. Estaban ahí por algún motivo. No me parece correcto que andes moviéndolas de sitio.

—No me vengas con supersticiones —replicó el hombre. Will vio que los ojos de su padre brillaban de emoción y decidió que era mejor no insistir. Era evidente que pensaba que se hallaba ante algo importante y el muchacho sabía que no tardaría en averiguar de qué se trataba. Y tenía razón—. No cabe duda de que la calavera de la estaca es humana. *Homo sapiens,* lo mismo que tú y yo —anunció el doctor Burrows—. Y también ésta, una de las dos del compartimento.

—Es más oscura —observó Will.

—Eso no tiene importancia. Fíjate ahora en la calavera más pequeña que está junto a ella, y que los antiguos juzgaron lo bastante importante como para guardarla en la pirámide. Dime lo que ves —le mandó, cogiéndola y poniéndosela a su hijo en las manos.

—Pesa bastante. Está claro que está fosilizada —observó Will, calculando su peso—. Y parece diferente de una calavera hum...

—Desde luego que sí —le atajó sin pérdida de tiempo su padre—. ¿Y qué me dices de esa frente tan prominente y de la manera en que la mandíbula sobresale mucho más que en las otras?

—¿No es humana? —preguntó Will.

—Yo sólo estudié un par de cursos de antropología, así que no soy un experto. Sin embargo, a mi modo de ver posee rasgos que no son humanos, pero tampoco totalmente simiescos —se explayó el doctor Burrows.

—¿Simiescos? —repitió Will—. ¿O sea que tampoco es un mono ni un simio?

—No, en mi opinión no, porque... —El doctor se interrumpió, agitando las manos con entusiasmo—. ¿Recuerdas cuando eras niño, en Highfield... y yo te hablaba de los eslabones perdidos y del hombre de Leaky?

—Historias de antes de dormir sobre el hombre del Leaky —recordó Will, permitiéndose una risita—. Sí, ya recuerdo... la calavera que encontraron en un río de África.

—¡Exactamente! Se trataba de una prueba sólida de uno de los más lejanos ancestros del hombre. Pero mientras que han sido descubiertas calaveras del *Homo erectus* y de muchos otros estadios anteriores, no se ha encontrado absolutamente nada para demostrar los pasos de transición del simio al hombre. Nada en absoluto. Aún no se han hallado restos fósiles de la llamada brecha del homínido, que cubre millones de años. ¿No te parece curioso?

—Sí, mucho —respondió Will.

—Por supuesto que lo es. Siempre ha sido un misterio inexplicado ese paréntesis en los testimonios de la evolución humana.

—¿Y...? —le apremió Will a su padre.

El doctor Burrows le cogió la calavera a su hijo y la volvió a colocar en la mesa.

—Esto puede parecer un poco estrafalario, pero... ¿y si nunca los han encontrado en la superficie porque... —movió un dedo en el aire, como invitando a Will a terminar la frase por él. Pero como el chico no respondió lo bastante rápido, el doctor continuó con impaciencia—: bajaron todos aquí?

—¡Ah! —exclamó Will, pero a su padre ya no había quien lo parara.

—¿Y si este mundo interior hubiera sido el crisol de la evolución humana y quién sabe si también de la evolución de un montón de especies animales? —El doctor abrió los brazos como para abarcar la selva que tenía a su alrededor—. Me refiero a que todas las plantas y árboles que vemos ante nosotros están especialmente adaptadas para vivir sin noche, en tanto que toda la flora de la Superficie necesita la oscuridad para la fotosíntesis y para desencadenar los cambios fotoperiódicos.

—¿Foto... qué? —preguntó Will.

Su padre ignoró la pregunta y siguió hablando a gran velocidad.

—Así que mi teoría es que la luz solar perpetua de este ecosistema cerrado realmente promueve una aceleración de los cambios evolutivos. Y también de los nuestros.

—¿Quieres decir que los simios se convirtieron en humanos aquí, en este mundo interior, y después, de algún modo, regresaron a la Superficie...? —dijo Will.

—¡Exactamente! —volvió a exclamar el doctor Burrows—. Es increíble... Y los antiguos, las personas que vivieron aquí, estaban lo bastante bien informados para interesarse en ello. Por lo que aparece escrito en la pirámide, debían de estar a punto de averiguarlo. —Respiró hondo—. Y lo que también implica todo esto es que seguramente he hecho el descubrimiento más importante del siglo.

—¿Otro más? —susurró Will para sí mismo, negando con la cabeza ante las viejas calaveras.

Drake echó un vistazo al reloj al agacharse junto a la lancha, en el muelle.

—El sol sale como a las seis —dijo.

Aunque podía haber empleado el artilugio de visión nocturna para registrar el campo de aviación en busca de huellas de Chester, Eddie y él decidieron que sería mejor esperar al alba. Para pasar el rato, Drake estaba haciendo un inventario de las raciones que había en las bolsas de deporte. Enterrado bajo los paquetes, vio algo que sacó muy despacio.

Su aspecto recordaba una pistola bastante rudimentaria.

—¿Es un arma? —preguntó Eddie, con inmediato interés.

Drake negó con la cabeza.

—No, es un prototipo de detector de baja frecuencia. Aún no ha sido bien probado, pero si se siguen bien las especificaciones, debería funcionar como un sistema de localización. Incluso a grandes distancias bajo tierra.

Eddie estaba intrigado.

—¿A través de la corteza terrestre? —preguntó.

Drake estaba examinando el indicador que había en la parte superior de la unidad.

—Sí, a través de la roca, no importa lo gruesos que sean los estratos.

—Muy útil —observó Eddie.

—Sí. Le di a Will un par de éstos y una tanda de radiofaros para poder encontrar su... —Drake no terminó la frase. Se puso de pie y apretó el interruptor del aparato.

Al apuntar con él río abajo, se oyó un «clic» muy débil y la aguja de la parte superior del aparato indicó el punto inferior.

—Eso debe de ser el refugio antiatómico, a menos que señalara una de las estaciones por el camino.

Se volvió hacia donde se perdía el río por el otro extremo del puerto, y entonces el detector emitió una ráfaga de clics mucho más fuertes, mientras la aguja enloquecía.

—Es curioso —dijo. Dirigió el aparato hacia donde marcaba la señal y vio que apuntaba a la abertura que había en la pared de bloques—. Aquí es aún más fuerte —observó con expresión reflexiva—. Me pregunto...

Rebecca Dos y el Limitador General iban en una gran limusina negra, escoltados por vehículos militares y un par de motoristas que marcaban el camino.

—¿Por quién me toman? —refunfuñó Rebecca Dos, mirándose la falda del vestido de puro algodón blanco decorada con cintas color crema que le habían dado—. Al menos tú no pareces el hada de azúcar —le susurró al taciturno Limitador General que iba a su lado. Se hubiera sentido mucho más cómoda con algo parecido al uniforme militar de color gris que le habían proporcionado a él.

Vislumbraron el océano cuando la caravana de vehículos bordeó la zona del puerto, antes de meterse hacia el centro de la metrópoli. A través de las ventanillas de cristal coloreado de la parte de atrás de la limusina, Rebecca Dos observaba la gente de la calle y las diferentes vistas. Cuando pasaron por delante de una escuela, salía por la puerta una fila de niños, todos con sombrero de ala ancha para protegerse del sol. Rebecca Dos estaba atónita ante el tamaño de la ciudad: por su lado pasaban interminables filas de casas adosadas, intercaladas con bulevares llenos de tiendas. Finalmente, éstos dieron paso a edificios de enorme tamaño, imponentes construcciones clásicas erigidas en granito o en una piedra de apariencia más ligera, seguramente caliza, que lucían en la fachada nombres como Institut der Geologie o Zentrum für Medizinische Forschung.

Entonces la caravana de vehículos se metió en un paso subterráneo y volvió a salir en una avenida con árboles. Rebecca Dos vio que más allá de esos árboles, justo delante, había una especie de plaza inmensa. Cruzaban este enorme espacio abierto muchas calles por las que retumbaba el abundante tráfico. Pero sus ojos se quedaron presos en las estatuas que había entre los árboles, al final de la avenida: orgullosas figuras de hombres sobre pedestales de granito.

—«Federico el Grande»* —leyó en una de ellas.

—Y en puesto de honor, Albert Speer** —dijo el Limitador General.

Rebecca Dos giró el cuello para ver la gran figura trajeada que tenía una serie de planos extendidos en las manos. Era la última estatua de la fila y, a diferencia de otras figuras, su cabeza no miraba de frente a la estatua que tenía al otro lado de la calle, sino hacia el arco gigante al que se aproximaba rauda

---

* Rey de Prusia entre 1740 y 1786, exponente del despotismo ilustrado. Escritor, flautista, masón y homosexual, amigo de Bach y de Voltaire, fue uno de los mejores reyes que haya tenido nunca ningún país: abolió la tortura, estableció la obligatoriedad de la enseñanza primaria y apoyó las artes, las ciencias y el progreso. *(N. del T.)*

** Arquitecto y ministro de Armamento de Hitler. *(N. del T.)*

la limusina. También había vehículos blindados estacionados alrededor de la plaza, y el Limitador General se mostró especialmente interesado en una larga fila de tanques, unos pintados en un gris neutral y otros con un camuflaje para bosque.

«¿*Panzers?*» —se preguntó para sí.

—Eh..., conozco ese arco. Lo vi desde las montañas —dijo Rebecca Dos, comprendiendo por qué le resultaba familiar.

La comitiva se detuvo junto a uno de los dos pilares monolíticos del arco y se abrieron las puertas de la limusina para ella y el Limitador General. Los soldados de la escolta militar salieron rápidamente e hicieron un cordón protector. El arco estaba construido en una gran isla en medio de la plaza, alrededor de la cual pasaban los coches. Los soldados se habían colocado de tal modo que las caras curiosas de aquellos coches apenas pudieran ver a los dos styx.

Al atravesar la acera, Rebecca Dos reconoció a uno de los soldados de la escolta: era el joven oficial que estaba al mando del pelotón a la entrada de la ciudad. Se estaba asegurando de que sus hombres estaban colocados correctamente, y parecía mucho más tranquilo que antes.

—Nos volvemos a encontrar —le dijo Rebecca Dos.

Dirigiéndole una fugaz sonrisa, el oficial movió la cabeza de arriba abajo una sola vez. Era evidente que hubiera preferido que ella siguiera avanzando hacia el arco, pero Rebecca se quedó donde estaba.

—Quiero darle las gracias por contener a sus hombres —le dijo—. La situación se podría haber convertido muy fácilmente en una propia del Salvaje Oeste, pero usted mantuvo la calma y de ese modo salvó la vida de sus hombres. Y, lo que es más importante, ayudó a salvar la vida de mi hermana. Eso es algo que nunca olvidaré.

Él volvió a asentir y a continuación le indicó que el Limitador General y ella debían ir hacia la entrada, en el más próximo de los dos pilares del arco. Ella levantó la mirada hacia lo alto de la enorme construcción, y por el camino encontró un piso tras otro de ventanas oscuras. Empezó a dirigirse hacia allí, pero entonces se detuvo:

—¿Qué lugar es éste? —le preguntó al oficial.

—Das Kanzleramt... Creo que en su idioma se diría la Cancillería —respondió.

—Efectivamente —dijo ella.

En cuanto Rebecca Dos y el Limitador General entraron por una serie de puertas giratorias hechas de cristal y bronce macizo, los condujeron por un vestíbulo de mármol hasta un ascensor. La escolta militar se quedó atrás, mientras los dos styx ascendían solos unos treinta pisos. Arriba, los recibió una mujer vestida con traje oscuro. Rebecca Dos arrugó la nariz ante su apabullante perfume. Aunque era joven, se había aplicado una gran cantidad de maquillaje y su pelo rubio platino estaba tan rígido como si le hubiera puesto una capa de barniz.

—Bienvenidos —anunció la mujer con voz amable, antes de volverse hacia Rebecca Dos—. Está preciosa con ese vestido tan bonito —le dijo con una sonrisa tonta. Se lo dijo en el mismo tono que habría empleado para dirigirle un cumplido a la hija de un dignatario extranjero. Pero, desde luego, no obtuvo la respuesta que esperaba.

—Este vestido me da ganas de vomitar —le dijo gruñendo Rebecca Dos, moviendo con dificultad los hombros embutidos en la ligera tela de algodón—. En cuanto pueda, lo haré trizas y después le prenderé fuego.

—¡Ah...! —exclamó la mujer poniendo los ojos como platos—. Po... por aquí, si tienen la bondad.

Los llevó por otro pasillo, caminando un poco demasiado rápido. Los tacones de aguja repiqueteaban en el suelo de mármol pulido. Puso mucho cuidado en no mirar a Rebecca Dos mientras llamaba con los nudillos a una puerta doble de madera, antes de abrirla.

—Pasen —dijo una voz.

Seguida a varios pasos de distancia por el Limitador General, Rebecca Dos entró en la estancia. Su mirada encontró una larga mesa de madera oscura muy lacada, alrededor de la cual había numerosas sillas. El centro de mesa consistía en un águila grande de aspecto amenazador que surgía de un globo de bronce roto. Al mirarlo más detenidamente Rebecca Dos comprendió que representaba el mundo.

—Hola.

Un hombre se había levantado al final de la mesa y se acercaba a ellos. Rebecca Dos intentó no quedarse mirando fijamente su pequeño bigote. No hubiera podido calcular con exactitud su edad, pero tal vez tuviera cincuenta y muchos. Era corpulento y respiraba con dificultad al caminar. Llevaba alisado hacia atrás el pelo negro y un uniforme de color beis con charreteras de canelones dorados.

—Soy *Herr* Friedrich, Canciller de Nueva Germania —se presentó. Su voz era cálida, y aparte de un leve acento, hablaba el inglés de modo impecable. Extendiendo una mano suave, se la estrechó a Rebecca Dos y al Limitador General, y después señaló con un gesto el extremo de la mesa en que había estado sentado. Pero Rebecca Dos perdió un rato al pasar ante un ventanal. Desde aquella situación elevada, la vista de la metrópoli era sobrecogedora, y tanto ella como el Limitador General se detuvieron para apreciarla.

—No está mal, ¿verdad? —dijo con orgullo el Canciller. Señaló una fotografía en blanco y negro que colgaba de la pared, al lado de la ventana—. Cuando llegamos a este nuevo mundo, hace poco más de sesenta años, esto es todo lo que había aquí: una franja de tierra entre el mar y las montañas, sin otra cosa que árboles y algunas ruinas.

La fotografía mostraba una zona de la selva en proceso de talado y grupos de hombres desnudos de cintura para arriba que blandían hachas y se llevaban los troncos caídos, mientras a su alrededor ardían muchas hogueras. Rebecca vio tiendas al fondo de la fotografía, a cuyo lado había algunos helicópteros poco corrientes.

—Sesenta años —repitió Rebecca Dos volviendo a observar la metrópoli a través de la ventana.

—Todo empezó en los años treinta, cuando Himmler envió expediciones a los confines del mundo, tanto al Tíbet como a ambos Polos. Iba en busca de la sabiduría ancestral que ayudaría al Partido Nazi en su acceso al poder. Entre otras cosas, Himmler creía en la teoría de la Tierra Hueca. Si nosotros estamos aquí hoy, en una ciudad con una población de casi quinientos mil habitantes, es porque Hitler quería asegurarse de que el Tercer Reich duraba los mil años que le prometió a nuestra nación. Y en caso de que perdiera la guerra, Nueva Germania iba a ser su refugio, su último baluarte.

—Pero nunca llegó aquí —dijo Rebecca Dos—. Murió en su búnker.

El Canciller estaba a punto de responder cuando apareció un criado por una pequeña puerta situada en un rincón de la estancia. El hombre entonces sonrió y dio una palmada.

—He pensado que podíamos comer algo. Dado que este encuentro es un acontecimiento tan prometedor, he pedido que preparen plesiosaurio —dijo dirigiéndose hacia la mesa, donde habían puesto tres platos.

—¿Plesiosaurio? —preguntó Rebecca Dos con el ceño fruncido. En cuanto pronunció la palabra, comprendió por qué le resultaba tan familiar: Will y el doctor Burrows no paraban de darle a la lengua a propósito de fósiles que soñaban con encontrar un día en sus excursiones. El plesiosauro y el ictiosauro eran dos de los más codiciados—. ¿No es un dinosaurio extinguido, una especie de lagarto enorme con el cuello muy largo?

—Impresionante, y totalmente correcto —dijo el Canciller, elogiándola—. Salvo un detalle: esa criatura no está extinguida en nuestros mares, y la parte más deliciosa es la cadera. Tengo el mejor cocinero de la ciudad: dora ligeramente cada trozo y lo sirve en un lecho de arroz con mango. El Canciller se relamió los brillantes labios—. Van a probar una exquisita rareza, se lo prometo.

Se sentaron en sus lugares y el criado llenó los vasos con agua helada de una jarra de plata.

—No tardamos en aprender que para adaptarse a este mundo y sus altas temperaturas uno tiene que beber bastante líquido y comer bien —explicó el Canciller, sirviéndose un panecillo y abriéndolo sobre el plato puesto con ese fin—. No estamos acostumbrados a recibir visitas de la corteza exterior del planeta, pero confío en que hayan sido bien atendidos. ¿Lo han encontrado todo a su entera satisfacción? —preguntó. Evidentemente, le habían explicado que la que mandaba era la niña, pero no conseguía hacerse a la idea y se aseguraba de dirigir sus preguntas igualmente al Limitador General.

—Todo está muy bien, gracias —respondió cortésmente Rebecca Dos—. Aunque tengo que decir que todas las duchas que insisten en que tome sus oficiales médicos y las interminables dosis de yodo que he tenido que engullir me están resultando tediosas.

El Canciller asintió, comprensivo:

—Desde luego. Es una lástima que llegaran a nuestra ciudad a través de las minas de uranio, pero me han informado de que su exposición a la radiactividad no fue excesiva. Las duchas y el yodo son medidas preventivas, pero necesarias, me temo. Como estoy seguro de que le han dicho, nosotros limitamos el tiempo que pasamos en esas montañas y en ciertas zonas de la selva debido a la alta radiación que se encuentra allí.

Rebecca Dos asintió con la cabeza.

—¿Y su hermana? ¿Se está recuperando bien? —preguntó el Canciller.

—Sus médicos han hecho maravillas —respondió Rebecca Dos—. Había perdido mucha sangre y la cosa estuvo en un tris. Pero eso ya ha pasado y ahora se está reponiendo. Y yo me siento muy agradecida a ustedes por ello. Además, está muy contenta porque ha ido un dentista a arreglarle los dientes que tenía rotos.

El Canciller hizo un gesto de la mano para quitarle importancia:

—No se puede esperar menos entre viejos aliados como somos nosotros —dijo. Miró fugazmente una carpeta que había sobre un escritorio, detrás del Limitador General—. En fin..., Mefistófeles. He estado leyendo las carpetas sobre ustedes... Están microfilmadas, así que cuesta un poco de tiempo localizarlas, pero ya me estoy informando. Y me disculpo por no haberles recibido antes, pero he estado en contacto permanente con mi personal durante todo el tiempo que han sido nuestros invitados.

—¿Invitados? —protestó bruscamente Rebecca Dos justo cuando el Canciller tomaba un trago de agua.

Hubo un silencio, mientras el hombre tragaba ruidosamente: no estaba acostumbrado a que le respondieran de aquel modo. Se quitó las gafas y las posó en la mesa con mucho cuidado. Después se reclinó en el respaldo de la silla, aguardando a que Rebecca prosiguiera.

—¿Invitados o prisioneros? Nos han metido en un edificio donde estamos vigilados por guardias armados. Aparte de esta visita, no nos han permitido salir a ningún sitio —dijo sin tapujos Rebecca Dos.

El Canciller entrelazó los dedos.

—Ha sido por su propia protección. No queremos alarmar a los civiles, que no están habituados a la presencia de forasteros. Son libres de dejar la ciudad cuando lo deseen, pero mientras estén en ella, insistimos en que permanezcan bajo nuestra supervisión.

—¿O sea que nos dejarían irnos? ¿Nos lo permitirían? ¿No teme que podamos revelar su existencia al mundo exterior, a nuestro regreso? —preguntó Rebecca Dos.

—No creo que hicieran ustedes tal cosa —respondió sin dudar el Canciller—. Me parece que los styx valoran su privacidad tanto como nosotros. En cualquier caso, la grieta de la Antártida por la que entramos fue sellada con explosivos por nuestros ingenieros. Aunque no sabemos por dónde han llegado ustedes a nuestro mundo, si quisiéramos podríamos encontrar la ruta y sellarla también.

—No hay necesidad de ello —confirmó Rebecca Dos—. Por supuesto que su secreto está a salvo con nosotros. —Y continuó sin detenerse para tomar aire—: Pero necesito cierta ayuda de ustedes.

—Eso depende... —empezó el Canciller.

—No, no depende de nada —interrumpió Rebecca Dos—. Antes de la invasión de Polonia, cerramos un trato con el Alto Mando alemán. Nosotros les proporcionamos apoyo en inteligencia militar que fue imprescindible para el logro de ciertos objetivos militares en su campaña de Europa. Ese apoyo no resultó fácil y se perdieron muchas vidas de styx para lograrlo. Y el trato era..., ¿cómo lo diría...?, una vía de doble sentido. Nosotros hicimos nuestra parte, y a cambio se nos prometió un lugar en la cumbre si Alemania ganaba la guerra. Aunque no lo hizo, pido que se satisfaga esa deuda ahora.

El Canciller intentó desentrañar el significado de la mirada de sus ojos oscuros al tiempo que hablaba.

—Perdóneme, pero eso fue mucho antes de que llegara yo; y, además, aquí no vino nadie del Alto Mando —se defendió.

El criado eligió aquel instante para entrar con un carrito de comida, pero el Canciller le hizo un gesto para que saliera de la estancia. Rebecca Dos miraba al Canciller con frialdad.

—No intente escaquearse del trato. No pido demasiado. Sólo exijo que nos ayude a buscar algo que queremos recuperar..., algo que nos han robado. Ustedes están en deuda con los styx. Y cuando se nos devuelven los favores, esperamos que no nos decepcionen. No me rebajaré a la amenaza, pero le aseguro que a ustedes no les interesa contrariarnos.

El Canciller había levantado las cejas mientras hablaba Rebecca Dos y no las volvió a bajar.

—Me temo que los generales con los que hicieron el trato los styx llevan mucho tiempo muertos —dijo el Canciller—. Los mataron al final de la guerra, o bien se enfrentaron al tribunal de Núremberg. Y aunque nos atengamos a la tradición militar prusiana para salvaguardar el orden en Nueva Germania, nosotros somos harina de otro costal. No perseguimos a aquellas razas a las que perseguíamos en otro tiempo. No somos belicistas. No somos nazis.

Rebecca Dos indicó con un movimiento de cabeza el águila de bronce que surgía del globo roto en el centro de la mesa.

—¿Y eso qué es? ¿Mera decoración? Parece que ustedes encontraron un hermoso y acogedor lugar en el que esconderse cuando su país fue derrotado y se han ablandado —dijo con desprecio.

En la estancia se hizo un silencio que duró varios segundos.

—Sí, si quiere verlo así... —admitió el Canciller—. Oímos lo que le sucedía a la madre patria después de la guerra y perdimos el interés en lo que ocurre en el mundo exterior. Durante los primeros meses de este baluarte, los miembros del Partido Nazi que acompañaron a los convoyes de helicópteros de la Antártida estaban..., ¿cómo dicen ustedes?, desorientados. Los oficiales de las SS y todos los técnicos que habían bajado aquí con sus familias querían olvidar el pasado y construir una nueva vida. Muchos habían estado en Stalingrado y en el frente oriental, y tras cinco años de absurdas matanzas, estaban hartos de muerte y destrucción.

—El león dejó de rugir... —comentó Rebecca Dos, sonriendo con amargura—. O sea que se escondieron y abandonaron a la patria. Son ustedes débiles y patéticos. Les sentaría mejor el nombre de Nueva Gerania. —E hizo un gesto insolente con la cabeza.

El Canciller se sentó mejor, como si no tuviera ni idea de cómo responder a aquello. Rebecca Dos prosiguió:

—Bueno, nosotros, como pueblo, no hemos tirado la toalla. Y si ustedes no cumplen con sus obligaciones para con nosotros, habrá serias consecuencias.

El Limitador General habló en tono tranquilo, casi amistoso:

—Haga lo que pedimos, o, de lo contrario, bajarán aquí varios miles de limitadores como yo para matar a cada hombre, mujer y niño de esta ciudad.

Para entonces las cejas del Canciller estaban tan levantadas que parecía que nunca volverían a su sitio.

Rebecca cerró el puño y lo bajó despacio hasta la mesa, después respiró hondo y clavó en el Canciller sus pupilas de color negro azabache.

—Así pues, pondrán a nuestra disposición hombres de su mejor regimiento y medios de transporte. Y cuando tengamos lo que hemos venido a buscar, les dejaremos en paz. ¿Lo ha entendido?

Hubo una pausa, y entonces el Canciller asintió con la cabeza.

—¿Se van? ¿Y qué pasa con la comida? —preguntó tranquilo el Canciller.

—Volvemos a nuestro edificio. Yo como con mis hombres —dijo Rebecca Dos. Miró el carrito que el criado había abandonado y sonrió.

»Y no nos espere para comerse su culo de lagarto.

11

—¿Quieres que lleve algunas de esas cosas a nuestro escondrijo? —ofreció Elliott, mientras cerraba la mochila Bergen para llevársela—. Allí podrían estar más seguras.

En la base que había construido en el árbol, Elliott observaba cómo repasaba Will sus pertenencias sin ningún propósito obvio. No había ningún motivo para que él estuviera allí. Simplemente estaba porque quería estar con ella.

Como él no respondió, ella se levantó y se acercó.

—Deberías dejar aquí un par de armas y algunas balas, pero el resto está ocupando espacio —dijo.

—Sí, claro, vale —respondió él. Empezó a recoger algunas cosas, pero entonces se paró y levantó la mirada hacia ella.

—A mi padre no le he dicho nada del túnel —comentó.

—¿No? —preguntó ella.

Aunque el doctor Burrows no había mostrado interés en el escondrijo, Will sabía que el túnel de detrás de la cascada sería algo que insistiría en ver. Como demostraban las tallas de la entrada, lo habían construido los antiguos, y sin duda él querría examinarlo detenidamente.

—Pues deberías decírselo —opinó ella, poniéndose de rodillas al lado de Will y seleccionando algunas cosas que llevarse, como si él fuera incapaz de hacerlo por sí mismo—. Si el túnel llega hasta el nivel donde vivía Martha, que muy bien

148

podría ser, entonces es el camino por el que podéis volver a casa. Y eso es importante.

Will asintió con la cabeza.

—Sí. Pero, como tú, yo tampoco quiero irme de aquí. Un día de éstos, mi padre regresará y le contará a todo el mundo sus descubrimientos. Quiere alcanzar el reconocimiento. Habla de eso todo el tiempo. —El conflicto interior de Will se hizo evidente cuando frunció el ceño—. Y me obligará a ir con él, porque necesitará ayuda para llevar todas las calaveras, piedras y chismes que necesita para apoyar sus teorías.

—Puede que quiera llevarte para cuidarte y asegurarse de que no te pasa nada —sugirió Elliott.

Will no tardó en responder a esto.

—No, tú sabes que ése no es el estilo de mi padre. —Se frotó el rostro y lanzó un suspiro—. «Algunas ideas son demasiado importantes para dejar que la gente se interponga» —dijo, citando lo que había dicho su padre justo antes de tirarse por Jean la Fumadora, un salto lleno de fe que había terminado llevándolos a los tres a aquel mundo secreto. Will miró de modo significativo a la muchacha—: No cabe duda de que su trabajo es lo más importante para él. Más que yo, incluso.

Elliott asintió con la cabeza.

Will fingió que miraba una uña partida.

—Y no pienso dejarte aquí... a ti sola —dijo. La voz le tembló.

—Veremos —respondió Elliott, de forma poco comprometedora. Cogiendo en los brazos algunas de las cosas de Will, se puso en pie—. Mira el lado bueno: tal vez algo nos mate antes de que tengamos que tomar una decisión —dijo, volviéndose hacia la mochila. El muchacho estaba confuso y agitado. Había intentado decirle a Elliott lo que sentía por ella de la única manera que sabía, sin crear una situación embarazosa, pero ella no había respondido como él esperaba.

De hecho, Will tenía la impresión de que su respuesta venía a ser un rechazo.

Tal vez la cosa se reducía a algo muy simple: tal vez él no le gustaba. Quizás él no resultara, a los ojos de ella, lo bastante especial. Quizás ella lo veía a él, simplemente, tal como era. Él carecía para ella de todo misterio, debido a la proximidad con que vivían. Y no podía hacer gran cosa para impresionarla: era ella la que estaba pertrechada con todas las increíbles cualidades que le permitían sobrevivir en su entorno. No, no había nada que él pudiera hacer para impresionarla y que no hiciera ella diez veces mejor.

El destino los había juntado en aquella situación irreal debido a circunstancias extraordinarias, y tal vez no había más. Si tuviera la oportunidad, posiblemente ella preferiría estar con otro.

«Con Chester», pensó.

Y aunque no fuera así, Will no podía dejar de pensar que tal vez su padre lo estuviera estropeando todo con su egoísta y pertinaz búsqueda del saber. Volvió la cabeza en dirección a la pirámide. A través de la cubierta de hojas, podía distinguir a su padre andando por uno de los peldaños, con sus piernas y brazos raquíticos que lo llevaban de un lado para otro como una araña errante mientras proseguía su exhaustivo estudio de los relieves. Una araña que tejía una red en la que, quisiera o no, él estaba atrapado.

Cuando el primer toque de campana llenó la Caverna Meridional con su sonido grave y triste, la señora Burrows comenzó a emerger del oscuro rincón de la mente en que pasaba los días. Pero aunque ella regresara a su cuerpo, de manera parecida a como regresa una mano al guante, no movió ni un solo músculo. Tan sólo escuchó el alboroto que tenía lugar en el vestíbulo, donde Eliza y su madre se ponían el sombrero y el abrigo y se decían una a la otra lo que se habían puesto bien y lo que no.

—Ella está bien —le dijo bruscamente Eliza a su madre asomando la cabeza por la puerta para echarle un vistazo a la señora Burrows. Después salieron las dos armando mucho jaleo, cloqueando como un par de gallinas viejas.

Era la hora señalada para las vísperas, el oficio religioso que tenía lugar sin fallar nunca cada noche en toda la Colonia, y no había que llegar tarde. Aquella noche en particular, el segundo agente seguía trabajando en el Barrio y por eso no podía acompañar a su madre y su hermana, sino que acudiría al oficio religioso en una iglesia más próxima a la comisaría de policía. Eso si no tenía a ningún desdichado al que vigilar en el Calabozo.

Cuando la campana sonó por séptima y última vez, alguien que andaba muy despacio salió a la acera de la calle. El silencio era absoluto. Salvo los impedidos y aquellos que estaban demasiado enfermos para moverse, todas las demás personas que no estuvieran de servicio oficial estaban obligadas a asistir a las vísperas. Aquellas ceremonias proporcionaban a la gente de la Colonia instrucción religiosa extraída del *Libro de las catástrofes*, y también daban a los styx una ocasión excelente para controlar a la congregación. Se decía que las parejas de styx que se colocaban a la entrada de todas las iglesias sabían exactamente quién debía estar presente y vigilaban en especial a cualquiera al que consideraran un posible alborotador.

Cuando el segundo agente había llevado a su casa a la señora Burrows, Eliza había insistido en cumplir con su deber y llevarla al oficio en la silla de ruedas. Pero cuando la mujer se había ido acercando a la iglesia, unos cuantos colonos resentidos se habían arremolinado en la acera, haciendo todo lo posible por cerrarle el camino. Sin hacer caso a los insul-

tos de «cerda de la Superficie» y «pagana» que le dirigían a la
señora Burrows, Eliza había renunciado a sortear los obstácu-
los humanos y se había pasado de la acera a la calzada. Pero
cuando por fin llegó a la entrada, se formó rápidamente un
cordón de colonos que le impidió rotundamente el acceso.
Mirando hacia otro lado, la pareja de styx se había lavado las
manos y no había intervenido.

Aunque el cerebro de la señora Burrows seguía entonces
muy dañado por la Luz Oscura y a los ojos de todo el mundo
parecía seguir inconsciente, la verdad era que había percibido el odio que emanaba de la multitud. Sintiendo que la
cabeza estaba a punto de estallarle, empezó de repente a san-
grarle la nariz. Y no era una hemorragia nasal corriente: le
caía tanta sangre por la cara y el pecho como si se le hubiera
seccionado una arteria. Eliza intentó cortar la hemorragia,
mientras la multitud, muy contenta, canturreaba: «¡Sangra,
sangra, Mujer de la Superficie!» y también «¡Sangra la gorrina, sangra la gorrina!» Perdiendo toda esperanza de poder
asistir al oficio, Eliza se había vuelto a casa empujando la silla
de ruedas de la señora Burrows. A su espalda, resonaban por
la calle los vítores de la multitud.

Tras aquel incidente, la señora Burrows se alegró de que
Eliza la dejara sola en la casa vacía. Y en los días siguientes,
su sensibilidad a las emociones de los que la rodeaban se fue
agudizando tanto que realmente no estaba segura de poder
afrontar de nuevo la furia gregaria de todos aquellos colonos. Y eso podía ocasionar una desgracia. La señora Burrows
sabía que si dejaba de fingir en algún momento y mostraba
cualquier reacción, por pequeña que fuera, se le descubriría
el juego. No tardaría nada en volver al Calabozo, y con toda
probabilidad los styx la someterían a nuevas rondas de interrogatorios con la Luz Oscura.

Y en aquel momento, en la casa vacía, donde no había
nadie a su alrededor mirándola, la señora Burrows abrió los

ojos y se incorporó en la silla. Se quitó la toalla que le habían puesto en el pecho para recoger la baba que se le pudiera caer y elevó los pies.

—Esto está mejor —dijo ella, abriendo completamente los brazos cubiertos con su voluminoso vestido y bostezando como si acabara de despertar de un profundo sueño. Se echó en el suelo, hizo una breve serie de ejercicios de yoga para desentumecer los rígidos miembros y volvió a ponerse de pie con agilidad.

—*Colly* —llamó con delicadeza—, ¿dónde estás?

La gata cazadora entró correteando y la señora Burrows le acarició la suave piel negra de la cabeza.

—Buena chica —le dijo, y entonces, acompañada por la gata, se dirigió al vestíbulo.

Pese al hecho de que su vista seguía gravemente dañada, ya no necesitaba a *Colly* para que le sirviera de guía. Durante las horas nocturnas, cuando el resto de la casa dormía, ella probaba y ponía a punto su peculiar sentido extra, comprobando sus límites, que no dejaban de expandirse. Era evidente que aquel sentido era más potente cada día.

La señora Burrows veía, sólo que de modo diferente al resto de las personas.

Caminó hacia la puerta principal y la abrió a la calle desierta. Entonces desplegó su habilidad. Era como si lanzara unos tentáculos invisibles que regresaban cargados de una información tan segura como si viera o palpara lo que encontraban los tentáculos. Salían en todas direcciones, hacia las casas de enfrente, hacia el final de la calle y más allá, captando y registrándolo todo. No había nadie por allí cerca, eso lo podía adivinar, y sólo al extender muy lejos uno de aquellos tentáculos percibió el abarrotado salón donde tenían lugar las vísperas. De la masa de gente que había allí dentro, le llegaron las mezcladas emociones (enojo, fatiga y el escalofrío del miedo) que el predicador styx debía de estar repartiendo con su habitual sermón repleto de tormentos infernales. Pero al recuperar su tentáculo percibió algo.

—¡No! —exclamó ella, saliendo completamente fuera de la casa y avanzando rápidamente por el sendero del jardín con la nariz levantada. No podía evitarlo, le atraía el aroma que había descubierto, como atrae la llama a la polilla. *Colly* maulló lastimeramente, como si pensara que la señora Burrows se equivocaba al abandonar la casa.

—Tranquila —le dijo a la gata—. Mira no hay nadie por aquí.

Al llegar al final de la calle, la señora Burrows dobló la esquina y recorrió varias calles más hasta que vio el lugar que había percibido. Se trataba de una casa en medio de una fila. Olfateando para cerciorarse de que era la correcta, se dirigió hasta la puerta y empujó. Estaba cerrada, así que probó con las ventanas que había a cada lado de la puerta y vio que se podía abrir una hoja de una de las ventanas.

Entró metiendo una pierna y después el cuerpo por encima del alféizar. Se encontró en una sala de estar en cuya chimenea ardían las brasas de un fuego. En la mesa había platos con comida dejada a medias. Pero no prestó atención a aquellas cosas y levantó la cabeza para volver a olfatear el aire. Se fue derecha a la parte de atrás de la casa. Allí, apoyado contra la pared, junto a la puerta de atrás, estaba el objeto que la había arrastrado hasta allí.

—Will... —dijo alargando la mano para tocar la pala que tanto apreciaba su hijo. No podía imaginarse cómo habría llegado hasta allí, pero no pensaba dejarla. La cogió, pasando una mano por la hoja de acero inoxidable y recordando los cuidados que le dispensaba su hijo. Al final de cada día, después de sus excavaciones por Highfield y antes de irse a dormir, nunca dejaba de limpiarla y sacarle brillo.

Pero no era el tacto de la hoja de acero y el mango de madera lo que la había atraído hasta allí. Incluso después de pasar todos aquellos meses en la Colonia, el olor que emanaba de la pala seguía evocando en su mente el vivo retrato de su hijo. Sonrió, pero fue una sonrisa breve. A medida que su cerebro sanaba y se recuperaba, comprendía que se había alejado del motivo que le había hecho acabar en la Colonia. Había intentado ayudar a Will en su lucha contra los styx y en aquel momento no tenía ni idea de dónde se encontraba su hijo, ni siquiera de si seguía vivo. La última vez que lo había visto había sido en el restaurante The Little Chef, de camino a Norfolk, y se preguntaba cómo le habría ido en las entrañas de la Tierra en la misión que le había encomendado Drake.

—No puedo quedarme mucho tiempo aquí. Tengo que salir de la Colonia —le susurró a la gata, que había entrado en la casa con ella y la observaba con atención—. ¡Tenemos que salir de esta casa ya! —dijo asustada cuando uno de sus tentáculos olfativos le alertó de un incremento de la actividad en la iglesia, a varias calles de distancia.

La señora Burrows corrió hacia la ventana y se coló por ella hacia la calle, pero la pala se le cayó por el camino.

—¡Maldita sea! —exclamó al recuperarla. Entonces empezó a correr—. ¡No te quedes atrás, *Colly*! —le dijo entre dientes. Podía notar la presencia de gente a su alrededor mientras volvía a meterse por las calles. No se encontraba lejos de la casa del segundo agente cuando comprendió que por delante de ella se acercaba con demasiada rapidez alguien que le cortaría el paso. Percibió que eran un par de colonos. No podía dejar que la vieran. Llevándose con ella a la cazadora, se escondió en un callejón que había entre dos casas. Aunque la falta de visión no le permitía estar segura, esperaba hallarse fuera de la luz que proyectaban las esferas luminosas de la calle. Los colonos que se acercaban no eran más que un niño y una niña, y pasaron de largo, riendo y gritando.

En cuanto se alejaron un poco, la señora Burrows salió del callejón y corrió por la acera hacia la casa. Una vez dentro, escondió la pala detrás del aparador, en la habitación en que dormía. *Colly* daba brincos, emocionada por la carrera en la que habían participado las dos.

—Ahora tranquila —le ordenó la señora Burrows a la gata—. Vete a tu cesta.

La gata salió obediente de la habitación, y la señora Burrows acababa de sentarse en la silla cuando oyó que se abría la puerta. Recordó la toalla que había tenido extendida sobre el pecho.

«¡Ay, no! —pensó—. ¡Qué idiota!»

Se agachó para cogerla, se la puso sobre el pecho y volvió a la silla justo cuando Eliza y su madre entraban en la salita.

Vestidas con su sombrero y su abrigo, observaron durante varios segundos a la señora Burrows. La desaprobación parecía emanar de las dos.

—¿Todavía estás ahí, puñetero peso muerto? —dijo por fin la anciana, con una voz impregnada de resentimiento.

—Por supuesto que sí. No creo que se vaya a ir a ningún lado —dijo Eliza, pero entonces dudó—. Pero no parece encontrarse muy bien, ¿verdad? Está como colorada. ¿No le estará entrando fiebre? —añadió con esperanza, acercándose a la señora Burrows y palpándole la frente.

La madre de Will redujo inmediatamente su respiración y su temperatura corporal. No podía permitir que notaran que tenía la respiración agitada y estaba acalorada a causa de su reciente esfuerzo.

—No, no tiene fiebre —dijo Eliza con evidente decepción.

La anciana bajó la voz.

—Tal vez deberíamos darle un empujoncito para ayudarla en su camino —sugirió—. No va a ponerse bien nunca, así que sería tan sólo como soplar la llama de una vela...

—Así no podemos seguir —dijo Eliza, mostrándose de acuerdo.

—No, no podemos. Y a grandes males, grandes remedios —susurró la anciana quitándose el sombrero—. Podríamos dejar de alimentarla, o algo así. O echarle veneno de babosa en la comida.

No hubo respuesta por parte de Eliza, que seguía delante de la señora Burrows, pero aquél era un silencio muy elocuente.

«Eso ya lo veremos», pensó la señora Burrows retrocediendo hacia los rincones más recónditos de su cerebro, disfrutando todavía de la imagen de Will que la pala había conseguido evocar. «¡Intentad algo y veréis, viejas brujas!»

12

Atravesaban a toda velocidad la campiña de Norfolk. Eddie iba al volante. Con el detector en la mano, Drake seguía la señal del radiofaro, al mismo tiempo que consultaba el GPS del coche para encontrar la ruta más directa.

—Gira a la izquierda —le dijo a Eddie. Pero entonces, al avanzar por las carreteras en el GPS, rectificó—: No, olvida eso... Sigue recto y toma el segundo desvío a la izquierda. —Levantó la mirada hacia la carretera, y vio un letrero—. «Walsingham» —leyó—. A esta velocidad, vamos a terminar en la costa.

Al cabo de diez minutos la señal era tan fuerte que el «clic clic» del detector se había vuelto casi permanente. Drake apagó el sonido.

—Vale, ya está bastante cerca. Vamos a dejar el coche y a reconocer el terreno a pie.

Eddie encontró un lugar para aparcar y salieron del vehículo. Tras coger del maletero lo que necesitaban y antes de ponerse el artilugio de visión nocturna y encenderlo, Drake pasó un rato comprobando la dirección de la señal. Entonces cruzaron la carretera, llegaron ante una plantación de colza y avanzaron a buen paso por el sendero que la bordeaba.

A través de la lente del artilugio de visión nocturna, la colza le parecía a Drake un mar de oro blanco, un mar que se mecía en olas grandes y lentas bajo la caricia del viento. Eddie iba a su lado, moviéndose a largas zancadas que daba sin ruido ni esfuerzo. Vestido con el uniforme de faena de limitador y con el rifle styx en las manos, la silueta oscura del soldado recortada contra el telón de fondo de un mar dorado tenía algo de intemporal. Parecía el heroico guerrero de una narración épica. «Siempre para ser el mejor, y para distinguirse del resto», pensó Drake, recordando el verso de Homero. Pensó a continuación en lo mucho que tenía que agradecer la compañía del styx. Había pasado una parte tan grande de su vida aislado y solo, en una batalla aparentemente imposible contra su enemigo, y ahora por fin tenía un aliado, y casi se atrevía a pensar que un amigo. Aquella cercanía con alguien que había estado en el bando opuesto seguía resultándole extraña, pero Drake admitía que Eddie tenía razón en lo que le había dicho en el coche: los dos se parecían en muchos aspectos.

Al cabo de otro kilómetro, y según se acercaban a un seto, al final de un prado de hierba, apareció una pequeña loma. Eddie levantó el puño para indicarle que se detuviera. Ambos se agacharon.

Mientras Drake examinaba el seto con la lente e intentaba averiguar qué era lo que le inquietaba a Eddie, vio que el styx parecía más interesado en el terreno que tenía justo enfrente. Sacó la pistola y observó que Eddie retiraba algunas ramitas caídas y matas de hierba seca. No entendía qué era lo que estaba haciendo, pero lo entendió un poco después: Eddie había retirado ramas y hierbas suficientes para descubrir una serie de palos entrecruzados que tapaban un hoyo. Y en el fondo del profundo hoyo había una fila de estacas clavadas en el suelo: estacas con la punta bien afilada.

Sus ojos se encontraron con los de Eddie: aquello era una trampa que difícilmente uno esperaría encontrar en los campos de Norfolk. Aunque no decían nada, la pregunta que ambos se hacían era si la trampa habría sido tendida para un animal (y tendría que ser un animal bastante grande) o para un ser humano. Ciertamente, su tamaño y colocación sugerían esto último.

Eddie dio la señal, y ambos rodearon el hoyo, comprobando un par de veces cada palmo de tierra en el camino al seto. Drake halló un punto en el seto donde la vegetación era menos densa y tanteó con la mano. Encontró un cordel muy tirante que pasaba más o menos a la altura del hombro, y tuvo mucho cuidado en no tocarlo. Tal vez fuera completamente inofensivo, pero no pensaba arriesgarse.

Siguieron el seto hacia la izquierda y vieron al otro lado el tejado de un cobertizo. Allí donde el seto doblaba en ángulo recto, la pequeña loma quedaba justo enfrente de ellos. Eddie señaló su rifle y después hacia lo alto de la loma. Drake comprendió que se proponía subir a un punto más alto, desde donde pudiera examinar el terreno utilizando la mira de visión nocturna.

Mientras tanto, Drake siguió por el seto y encontró otro punto por donde pudo entrar. Salió a un macizo de flores y se quedó allí un instante, agachado, examinando el jardín. Todo parecía bastante inocente: había una pérgola, unas sillas y un banco, además de un comedero para los pájaros. Nada fuera de lo corriente, todo un poco cursi: la idea que se hacen los habitantes de ciudad de lo que debe ser un jardín en el campo.

Pero quien hubiera excavado aquel hoyo trampa había pretendido impedir las visitas, sin importarle que murieran. Era improbable que lo hubieran hecho los styx, pues la trampa era demasiado rudimentaria para su estilo. La mente de Drake hizo un rápido inventario de las posibles alternativas. Pensó en renegados, pero eso no fue más que una idea automática y tonta. Estaba empezando a preguntarse si encontraría a Chester al final de aquel rastro, pues comprendía que alguien podría haberles quitado un radiofaro y haberlo dejado allí.

Avanzó con cautela, percibiendo un olor desagradable. El olor se hacía más intenso al acercarse al cobertizo del jardín.

Al llegar a él, esperó un instante, escuchando para asegurarse de que nada se movía en el jardín. Entonces metió el dedo por la rendija de la puerta y la abrió suavemente.

Ante tal intrusión zumbaron unas airadas moscas. El hedor se hizo insoportable. Drake contuvo un grito de horror.

Contó cuatro cadáveres en el suelo del cobertizo; estaban semidesnudos. Una mujer y tres hombres. A juzgar por los pantalones de color azul oscuro y la camisa azul claro, el que se hallaba encima de los demás, y que parecía el cadáver más reciente, podía ser un cartero.

Una cosa era ver soldados a los que acababan de matar en combate (eso era algo a lo que estaba acostumbrado), pero aquellos eran civiles, y sus cuerpos estaban descompuestos. Entonces se dio cuenta de algo más.

—¡Dios! —exclamó con voz ronca.

Se llevó la mano a la boca e intentó no hacer ningún ruido al vomitar.

Ya no era sólo el cálido hedor de la descomposición y el espectáculo de la matanza, sino que faltaban trozos de los cuerpos, trozos de carne que habían cortado, dejando el hueso a la vista.

Retrocedió rápidamente y tiró de la puerta al salir. Entonces se dirigió al paseo de árboles, que estaba justo al otro lado de los muebles del jardín. Tal vez estuviera yendo demasiado rápido, pero no podía soportar más aquel olor.

Ya no había duda de que se las veían con alguien completamente loco y feroz. Al menos Chester no se hallaba entre los cadáveres, pero ¿quién sabía en qué situación se hallaba? Tenía que darse prisa en liberarlo. Si seguía vivo.

Controló la respiración al tiempo que recuperaba los sentidos. Podía ver la casita con claridad a través de la lente, pero no recorrió el paseo de los árboles, porque tanto aquel paseo como la pequeña cancela del jardín que había al final eran el mejor lugar para una emboscada o una trampa.

Por el contrario, atravesó el césped que había a la izquierda y se dirigió hacia un lado de la casita. Una vez allí, se mantuvo fuera del camino, pisando con cuidado en la suave tierra del borde para pasar después por encima de una pequeña valla. En el camino para los coches, que salía de delante de la casita, había un vehículo aparcado descuidadamente, como si lo hubieran dejado de cualquier modo porque hubieran tenido que irse a toda prisa. Y en la parte de atrás del vehículo, tiradas en el suelo, había dos maletas. Una de ellas estaba abierta y había algunas prendas de ropa esparcidas por allí. Drake no se aventuró a acercarse más; no quería que lo delatara el sonido de las botas en la grava.

Avanzó con sigilo, agachado, hasta la fachada de la casa, y se quedó en cuclillas bajo una ventana. A continuación se fue levantando muy despacio, para poder echar un vistazo por encima del alféizar. En la sala brillaba un fuego, pero no vio que se moviera nada por allí. Drake lamentó que Eddie y él no llevaran nada que les permitiera comunicarse a distancia. No sabía si entrar en la casa en aquel mismo instante o ir a buscar al limitador, que probablemente seguía en la loma, estudiando la zona con su mirilla. Aunque Drake estaba sumamente preocupado por Chester y su primer impulso era irrumpir en la casa, sabía que lo más prudente era esperar a Eddie. Si tenían que asaltar la vivienda, sería mejor que lo hicieran a la vez, uno por delante y otro por detrás, para confundir al ocupante u ocupantes. De ese modo, volvió sobre sus pasos por un lado de la casita y se dirigió al hueco del seto por el que había entrado.

Casi había llegado cuando vislumbró algo apenas por un instante; se trataba de una persona, de una mujer, para más señas. Tenía el pelo crespo, revuelto, y una cara rolliza empapada en sudor. Y llevaba un arma en las manos.

Oyó un silbido.

No tuvo tiempo de reaccionar; un proyectil le dio en la lente, que llevaba subida. Eso fue suficiente para derribarlo, pero decidió dejarse llevar por el impulso y rodó por el suelo hasta alejarse unos cuantos metros. Sacó entonces la pistola y se colocó en posición, pero la visión de la lente había adquirido un color naranja intenso y no tardó en apagarse. Le cayeron cristalitos por la cara. Fuera lo que fuera aquel proyectil, había impactado con fuerza suficiente para romper la lente.

Y sin su artilugio de visión nocturna, no tenía ninguna posibilidad de ver a la mujer en las turbias sombras.

Oyó un clic en los arbustos que había a su izquierda.

«¿Una ballesta?»

¿Había sido una saeta lo que había impactado en él? Recordó lo que Will le había dicho sobre la antigua renegada que había protegido a Elliott y a los muchachos. Estaba seguro de que el chico había dicho que llevaba una ballesta.

—¿Martha? —la llamó.

De la loma llegó una especie de potente chasquido y oyó la imprecación de una voz gutural de mujer. Entonces se oyó otro chasquido igual. Eddie había vuelto a abrir fuego, y la detonación del disparo retumbó en todas partes.

Drake se agazapó detrás de un arbusto y permaneció allí oculto durante lo que parecía una eternidad, aguzando los oídos para escuchar cualquier movimiento. Entonces corrió hacia la casita. Corría a ciegas, en la oscuridad, en busca de un parapeto sólido que le sirviera para guarecerse de un posible ataque por detrás. Al llegar a la casa, se pegó a la pared, aguzando los oídos y la vista. Fue entonces cuando oyó unos gritos de pánico que llegaban del interior. Encontró la puerta de atrás de la casita y probó a abrir accionando la manilla: estaba cerrada.

Oyó más gritos.

—¡Chester! —exclamó Drake, reconociendo la voz.

Abrió la puerta de una patada y encontró al muchacho tendido en el vestíbulo.

—¡Hay un styx! ¡Cuidado! —Gritaba Chester que, atado, se retorcía sobre la alfombra como un gusano en una plancha ardiente; había visto a Eddie entrar por la puerta de delante.

—Dile que soy amigo —dijo el limitador.

—No pasa nada, Chester. Está de nuestro lado. ¡Gracias a Dios que estás bien! —gritó Drake.

Los ojos asustados del chico encontraron los de Drake, y empezaron a llorar lágrimas de gratitud.

—Ya estás a salvo —dijo Drake, cortando las ataduras del muchacho con su cuchillo.

Chester se agarró a su brazo, y no lo soltó. Seguía llorando e intentando hablar, pero no lograba explicar nada.

—¿Y la mujer? —le preguntó Drake a Eddie.

—Le di en el brazo, pero no la he matado. Salió corriendo por un lateral de la casa, hacia la carretera. No había ni rastro de ella cuando llegué, salvo esto —dijo Eddie, mostrando la ballesta, que Drake vio que estaba cubierta de sangre. Entonces se dirigió a la puerta de delante para echar un vistazo a la entrada de los coches.

—No hay duda de que es una renegada. He visto los cadáveres del cobertizo, que se ha estado comiendo. Me he encontrado en otras ocasiones muestras del mismo canibalis...

—¡No..., no...! —gritó Drake. Pero ya era demasiado tarde.

Chester se puso rígido al comprender lo que acababa de decir Eddie. Miró los diversos platos y cucharas sucias que Martha había tirado en la alfombra del vestíbulo, algunos de los cuales tenía pegados todavía trozos de carne seca.

—¿Cadáveres..., personas...? —dijo gimoteando, antes de empezar a temblar—. ¿No eran palomas? ¿No eran pájaros?

Entonces comprendió qué era lo que Martha le había estado dando de comer. Se mareó de manera violenta e incontrolable.

—Lo siento, Chester —intentó consolarlo Drake.

—Esto es lo que quería mostrarte —dijo el doctor Burrows cuando Will terminaba de subir a saltos los escalones hasta donde le esperaba su padre. De una pequeña cornisa situada a la altura de la cabeza sobresalía una fila de diez piedras. Cada una de ellas medía unos cinco centímetros cuadrados y tenía un símbolo grabado en la cara frontal. Sobresalían ligeramente de la superficie, y cuando el hombre apretó la más próxima a él, cedió hacia dentro.

—¡Vaya! —exclamó Will—. A lo mejor esconden algo que está oculto tras ellas, como las calaveras que encontraste.

—Eso fue lo primero que pensé, pero hay algo que las mantiene en su lugar. —El doctor mostró a Will que la piedra sólo se podía sacar un poco y que después volvía a meterse—. Ocurre lo mismo con todas. —Se acercó a la siguiente piedra de la fila e hizo lo mismo, presionando hacia fuera y hacia dentro.

—¿Qué es lo que tienen escrito? —preguntó Will, entrecerrando los ojos para ver mejor la inscripción de la más cercana—. ¿Son letras?

—Sí, cada una tiene una letra grabada, y si las lees de derecha a izquierda, como se hace en todos los documentos antiguos, el resultado no es más que un galimatías. Hasta he intentado mezclar las letras, por si fuera un anagrama, pero el resultado es el mismo —respondió el doctor Burrows—. No se entiende un carajo. —Se agachó para coger su diario, y al abrirlo por la página en la que había copiado las letras, empezó a silbar.

—Vas a necesitar uno nuevo —comentó Will, viendo las pocas páginas que le quedaban en blanco.

—Ya me preocuparé de eso cuando llegue el momento —rezongó su padre con impaciencia, examinando la secuencia de diez letras—. No, no lo entiendo. Todo lo que he visto de esta pirámide me revela que los antiguos eran una civilización muy inteligente y, sobre todo, muy lógica. Lo que han dejado tras ellos es un resumen de su sabiduría en los campos de la filosofía, la medicina y las matemáticas. Y, te lo aseguro, en todas estas ramas del saber estaban por encima incluso de los griegos, cuyo esplendor tuvo lugar siglos después.

—¿Y de todo eso de la astronomía? —preguntó Will.

—Sí, eso es muy significativo, porque demuestra que estuvieron en el mundo exterior durante el tiempo suficiente para llevar a cabo un detallado estudio del cielo nocturno. Y si podían ir a la Superficie y volver, entonces sospecho que tiene que haber un camino mejor para viajar hasta allí que el azaroso recorrido que hicimos nosotros por el cinturón de cristal.

Will se sintió culpable y bajó la mirada al suelo. Aún no le había dicho nada a su padre sobre la entrada al túnel que había descubierto Elliott, y se sentía mal por ocultar una información que podía resultar vital para sus investigaciones. Tomó aire, y estaba a punto de contárselo todo cuando el doctor Burrows levantó de repente la cabeza hacia el blanco cielo, con expresión distante.

—Will, si quisieras dejar un testimonio para la posteridad, algo que contarles a las generaciones futuras, ¿cómo lo harías?

—¿Qué quieres decir? —preguntó el chico, agradeciendo que su padre cambiara de tema, pues de ese modo no resultaba tan apremiante la necesidad de contarle lo del túnel. Descubrir el pastel habría sido una traición a Elliott.

—«¡Contemplad mis obras, vosotros los poderosos, y desesperad!» —declamó el doctor Burrows con voz dramática, haciendo un barrido con la mano por delante, en ademán teatral.

—¿Eh...? —dijo Will, preguntándose si le habría dado demasiado el sol a su padre.

—Es de un poema que se llama «Ozymandias»* —explicó el doctor—. Se refiere a la vanidad de las civilizaciones poderosas —añadió, mirando en aquel momento a su hijo, pero sin llegar a verlo realmente—. ¿Qué harías para dejar un testamento, un documento que pueda soportar los estragos del tiempo? El papel no sirve, porque, con la rara excepción de los manuscritos del mar Muerto, no sobrevive. Las bibliotecas sufren incendios. De hecho, los edificios tampoco duran, ¿verdad? Son destruidos por los desastres naturales o el pillaje. Por el tiempo.

Will se encogió de hombros.

—No lo sé... ¿Qué harías tú?

—Estamos encima de ese documento, Will —dijo el doctor Burrows—. Se puede construir un edificio tan grande, tan sólido, que nada pueda borrarlo de la faz de la Tierra. —Negó entonces con la cabeza, y se corrigió—: Ni de las entrañas de la Tierra Interior, en este caso. Aunque la afectarán las adversidades del clima, esta pirámide durará milenios, como las del Antiguo Egipto, que, cronológicamente hablando, son meros bebés en comparación con éstas.

El rostro del padre de Will adoptó de repente una expresión de frustración.

—Y aquí sólo tengo una tercera parte de la foto. Aún no he visto las otras dos pirámides. Quién sabe qué podría haber en ellas, y si se encuentra por allí la explicación de esto. —Inclinó la cabeza hacia la fila de piedras—. Tal vez haya un código de algún tipo, y la clave esté en las otras...

Will le cortó.

—Pero no podemos ir a las otras pirámides. No ahora que los limitadores podrían hallarse cerca. Elliott ha dicho que sería...

* Famoso soneto del poeta romántico inglés Percy B. Shelley. *(N. del T.)*

El doctor Burrows se volvió hacia su hijo.

—No hagas caso de lo que dice esa chica. No me creo que haya dado la casualidad de que se encuentre con esa señal de los limitadores que dice que vio en medio de la selva. No, esto es mucho más importante. Y no puedo comprender que aún no hayamos hecho el esfuerzo de explorar las otras dos pirámides. —Cerró su diario de un golpe—. De hecho, creo que será mejor no dejarlo para mañana. Vamos a preparar lo que necesitamos del campamento, y a ponernos en marcha. ¡Ahora mismo!

Will dudó. Y no era aquélla la reacción que se esperaba encontrar su padre.

—Vamos, la primera no está lejos. El viaje será pan comido —dijo.

—Vale —respondió Will. Aunque no le apetecía en absoluto darse una larga caminata por la selva, sabía que no servía de nada discutir. Estaba descendiendo por el lateral de la pirámide cuando su padre le gritó.

—¡Y no te olvides mi brújula!

—Ya, ya —dijo Will para sí, arrastrando los pies por el claro, hacia la base del árbol.

—Vamos a sacarte de aquí —dijo Drake, atravesando con Chester la puerta principal y llevándolo por la entrada de los coches hacia la carretera.

Drake estaba asustado por el aspecto del muchacho. Al limpiarle la suciedad de varias semanas que tenía acumulada en el rostro, se había alarmado tanto por el peso que había perdido como por su eczema, que nunca había estado tan rojo e inflamado.

—Despacio, eso es —le animaba Drake, ayudándole a dar cada paso. Había cogido una manta de uno de los dormitorios y había rodeado con ella al muchacho, que se apoyaba completamente en él para no caerse.

—Tengo frío —dijo Chester castañeteando los dientes. Temblaba mientras escuchaba el tono amable en que le hablaba Drake, animándolo a continuar. Pero el chico no parecía entender lo que le decía—. ¿Sabes?, antes de venir a este lugar, pasé varias semanas enfermo... Estuve muy mal... —dijo, resistiéndose a los intentos de Drake de guiarlo hacia la carretera, y deteniéndose para darse la vuelta y contemplar la casita—. Pensé mucho sobre ello cuando estaba metido en el armario y llegué a la conclusión de que ella me estaba envenenando... con setas del bosque. Para que no me pudiera escapar.

—Ahora intenta no pensar en eso —dijo Drake, logrando que Chester volviera a moverse.

Cuando llegaron un poco más allá, el muchacho echó atrás la cabeza y olfateó.

—¿Eso es el mar? Oigo las olas.

—Sí, pero tienes que seguir un poco más —le dijo Drake, mientras comenzaban a subir el arcén del otro lado de la carretera.

—¿O sea que ahora trabajas con un styx? —preguntó Chester, tratando de asimilar los últimos acontecimientos.

—Es un antiguo limitador —respondió Drake—. Y es el padre de Elliott.

—¿En serio? —farfulló Chester mientras seguían bajando por un banco de piedras. Aunque llegaba una espesa niebla del mar del Norte, el sol ascendía por el horizonte y la dispersaba.

—Ya es suficiente —dijo Drake, y él y Chester se sentaron en la playa.

El muchacho se quedó mirando las olas, con rostro imperturbable.

—A veces veo cosas que me recuerdan cómo era todo

antes..., cosas de mi antigua vida, y me intento convencer de que nada ha cambiado —dijo—. Pero ha cambiado, y yo he cambiado también, ¿verdad? Todas esas cosas por las que he pasado me han convertido en alguien distinto. Ahora soy... —se llevó la mano a la boca, y Drake apenas pudo entender lo que decía—, ahora soy una especie de monstruo que ha comido... —Chester no terminó la frase y dejó caer la cabeza sobre las rodillas.

—La tengo —anunció Eddie, sobresaltando a Chester. No había oído acercarse al styx, y ahora veía que aquel hombre delgado observaba algo por la mirilla de su rifle—. Va por la playa, bastante lejos, cerca del cabo —añadió Eddie.

—Déjeme ver —pidió Chester, tirando la manta y poniéndose en pie con esfuerzo. Eddie le pasó el rifle y el chico utilizó la mira telescópica para localizar la diminuta figura en la distancia—. Sí, desde luego que es ella... y camina como si estuviera herida —comentó, observando cómo se balanceaba la figura de un lado a otro, haciendo eses. Tensó la mandíbula, y su voz sonó dura y fría—: Merece morir. ¿Cree que podría darle desde aquí? —preguntó accionando el cerrojo del arma y poniendo una bala en la recámara.

—No, está demasiado lejos —dijo Eddie—. El viento desplazaría la bala.

—No me importa. Correré el riesgo —dijo Chester con aspereza. Se quedó un instante callado, al cabo del cual empezó a reírse de modo extraño.

—¿Qué pasa, Chester? —preguntó Drake, temiendo que el muchacho estuviera trastornado a causa de sus últimas experiencias.

—¡No me lo puedo creer! —respondió el muchacho, riéndose entre dientes. Había visto algo justo por encima de Martha, quien en aquel momento corría como un conejo asustado, en zigzag—. Va a resultar que no estaba del todo loca, ¡un relámpago la ha seguido hasta aquí! —Vio al enorme animal con aspecto de polilla pasarle varias veces por encima de la cabeza, aunque se movía mucho menos rápido que si estuviera en su hábitat natural. Chester comprendió que eso se debería a la mayor gravedad que había en la superficie.

Ante sus ojos, el relámpago extendió las alas y sus escamas reflejaron la luz de la mañana. Brillaban con una blancura deslumbrante que le daba el aspecto de un enorme cisne en pleno vuelo. Entonces el relámpago pegó las alas al cuerpo y se lanzó en picado, directo hacia Martha. Ella se tiró al suelo, evitándolo en el último instante. Volvió a ponerse en pie y echó a correr de nuevo.

—No tiene con qué defenderse. No tiene ni una remota posibilidad —dijo Chester, disfrutando del espectáculo de ver al relámpago que volvía a caer en picado—. Va directo a ella porque está sangrando. Conoce el olor de su sangre. La va a coger.

—Si quieres, puedo bajar allá y asegurarme de que se remata la faena —dijo Eddie, sin darle más importancia que si le estuviera ofreciendo a Chester una taza de té.

El chico bajó el rifle y se volvió hacia el styx.

—Gracias —rehusó cortésmente. Y añadió con una mirada fría como el acero—: Pero tiene más miedo de los relámpagos que de ninguna otra cosa en el mundo... Y no quiero que la cosa sea rápida. Quiero que muera muy despacio.

—Vale, Chester... ¿Qué tal si le devuelves el rifle a Eddie y te sientas? —le apremió Drake con amabilidad.

El muchacho le miró y después miró a Eddie, para acabar mirando otra vez a Drake.

—Sinceramente, no sé qué resulta más aterrador: si todo lo que me ha hecho pasar esa vieja bruja... o el hecho de que te hayas hecho amigo de un styx... y que ese styx se llame Eddie.

13

Will cogió agua y víveres, y estaba a punto de volver con su padre cuando apareció Elliott, que llevaba algo de leña en los brazos. *Bartleby* la seguía correteando.

—¿Vas a alguna parte? —le preguntó, viendo que Will tenía la mochila a la espalda y el Sten en la mano.

El muchacho le dirigió una mirada de resignación que lo explicaba todo.

—Te he dejado una nota. Mi padre piensa que ya le ha sacado todo el partido a esta pirámide y quiere que vayamos a ver otra. Ya lo conoces…, ha decidido que tiene que ser ahora mismo.

Elliott chasqueó la lengua.

—Después de todo lo que he tratado de hacerle comprender…

—Sí, lo sé —dijo Will con un suspiro.

Ella dejó caer la leña.

—Bueno, voy con vosotros.

Eso le encantó al chico.

—¿De verdad?

Al doctor Burrows no le hizo ninguna gracia ver que Elliott llegaba con Will, porque sabía que estaba actuando contra su

172

consejo de que no se alejaran del campamento. Pero no dijo ni media palabra.

No era frecuente que los tres fueran juntos en una salida. De hecho, aparte de alguna rara incursión por las ruinas de la ciudad de la selva, el doctor Burrows llevaba tiempo sin ir a ningún lado, pues concentraba todas sus energías en la pirámide que estaba junto al campamento.

Fueron en dirección a la más próxima de las otras dos pirámides, caminando a través de la selva en una larga línea. Como era de esperar, el doctor había decidido ir delante y marchaba con paso decidido, seguido por Will, mientras que Elliott y *Bartleby* cerraban la comitiva. Eso le recordaba mucho a Will el día en que habían llegado a aquel mundo secreto sin tener ni idea de qué se iban a encontrar, ni de adónde tenían que ir. Le parecía que desde entonces había transcurrido un siglo.

Aparte del canto de algún pájaro o del chasquido de una rama al partirse bajo los pies, todo permanecía en silencio mientras atravesaban la capa de hojas podridas que cubría el suelo de la selva. No tardaron en verse los tres empapados en sudor a causa de la humedad del ambiente: la enorme masa de follaje que tenían por encima de sus cabezas retenía el aire por debajo, impidiendo que corriera nada parecido a una brisa.

Entonces empezaron a notar que el suelo se volvía más húmedo y que los árboles gigantes ya no les protegían tanto del sol. Habían entrado en un bosque ralo lleno de cipreses de aspecto rechoncho y con troncos desproporcionadamente grandes, como hinchados. Hasta una altura de cuatro metros, todo estaba manchado de barro y cubierto de algas secas.

—Estamos en una zona inundable —propuso el doctor Burrows cuando se detuvieron a observar a su alrededor.

—¿Qué es eso de ahí? —preguntó Elliott, señalando hacia

delante, a una zona de aguas inquietas, cuya ondulante superficie estaba llena de algas de un verde brillante.

—¿Una ciénaga? —sugirió Will.

—Vamos a averiguarlo —dijo el hombre, yendo derecho hacia allí.

—Sabía que diría eso —se lamentó el chico.

Caminaron con el agua hasta el muslo, atentos por si aparecían serpientes o cocodrilos. Sin embargo, el lugar parecía enteramente poblado por lagartos, que iban desde los pequeños gecos a las iguanas de un metro de largo, pero no había nada más amenazador que eso. La piel irisada de las iguanas que se regodeaban bajo el sol brillaba con vivos azules, rojos y verdes. Sin apenas moverse, abrían la boca para emitir una especie de silbido cuando se acercaba Will o alguno de los otros dos, o para disparar su larga lengua al paso de un caballito del diablo. *Bartleby* no se sentía cómodo en su proximidad y se arrimaba bien a Elliott.

El doctor Burrows chapoteaba con expresión soñadora.

—En una ciénaga como ésta se puede imaginar fácilmente el origen de la vida. —Hizo un amplio gesto con la mano por encima de la cabeza—. Luz ultravioleta en abundancia, agua por todas partes y la temperatura ideal. Pensad..., quién sabe si no sería esta misma ciénaga la fuente primigenia, el lugar exacto donde el primer organismo unicelular nació y después evolucionó.

—Yo evolucionaría mucho más aprisa con tal de salir de este lugar —comentó Will, arreándole un manotazo a un mosquito que tenía en la nuca.

Al salir de la ciénaga y volver a tierra firme, se encontraron en un bosque de acacias cubiertas de espinas. Entre ellas había una maraña de maleza espesa que dificultaba mucho la marcha, pero finalmente llegaron a algo que parecía un camino.

Siendo lo bastante ancho como para permitir el paso de

un vehículo, el camino parecía demasiado recto para ser natural. Will frunció el ceño observando la corta hierba que lo cubría.

—¿Esto no estará hecho por la mano del hombre, verdad? ¿Es el viejo lecho de un río? —preguntó, mirando a su alrededor con cautela, mientras Elliott les daba alcance.

—Yo diría... que ninguna de las dos cosas —respondió su padre.

A Will seguía sin gustarle la pinta que tenía aquel camino. Miró a Elliott, pero ella no parecía nada inquieta.

—¡Ah! —exclamó el doctor Burrows, viendo algo en el camino y dirigiéndose hacia allí.

Cuando se le unieron Will y Elliott, vieron que se trataba de un enorme montón de excrementos, que parecía reciente por los efluvios que emanaban de él.

—Evidentemente, esto es una senda importante para la fauna local —decidió el doctor—. Un camino de animales muy utilizado.

—Sí. Mirad las marcas de ese tronco —señaló Elliott—. ¿Dónde tiene rozada la corteza?

Will y su padre desplazaron la atención del excremento al tronco del árbol. Una raspadura en diagonal mostraba la blanca madera de debajo de la corteza. La savia había manado del árbol y se había endurecido hasta formar gotas de ámbar. Pero el doctor Burrows estaba más interesado en el monstruoso montón de estiércol, y volvió a prestarle su atención.

—¿Qué puede haber dejado esto? —preguntó Will, cuando su padre se agachó y lo tocó con un palo—. ¿Una vaca enorme? ¿Un uro?

—No es un carnívoro: se ven los huesos de una especie de fruta y también celulosa..., trozos de vegetación no digerida —respondió su padre—. Tenemos que investigar esto más a fondo.

—¿Te refieres a buscar más cacas gigantes? —le preguntó Will en tono de burla.

Elliott a duras penas consiguió contener la risa.

—No seas idiota. Me refiero a que deberíamos buscar al animal —respondió el doctor Burrows de modo cortante. Poniéndose en pie, abrió con demasiada fuerza la tapa de la brújula y comprobó el rumbo—. Y tenemos la suerte de que ésta es más o menos la dirección correcta para nosotros —anunció. Will y Elliott se intercambiaron una sonrisa, mientras el hombre evitaba concienzudamente mirar a ninguno de los dos y se iba por el camino bastante enfadado.

Bartleby fue el primero en distinguir a la lenta bestia a cierta distancia por delante. Lanzando un maullido de aprensión, se detuvo y se echó cuerpo a tierra. Will, el doctor Burrows y Elliott se salieron del camino y se escondieron entre la maleza.

Se oyó un barritar, y un gran animal de piel gris se acercó por el camino en dirección a ellos. Con sus pesadas patas y su torpe caminar, Will dio por hecho que se trataba de un tipo de elefante. Y detrás de él, en procesión, iban otros animales de la misma especie.

Will y su padre intercambiaron una mirada de asombro.

—Probablemente es una familia —susurró el hombre—. Los que van detrás son más jóvenes.

—Pero qué orejas tan raras tienen. ¿Y qué le ha pasado a la trompa? —preguntó Will—. Es la mitad de la de un elefante normal.

—No les pasa nada. Son como tienen que ser. ¿No les ves el par de colmillos? —dijo el doctor Burrows, casi sin aliento a causa de la emoción—. Will, ¿no te haces una idea de qué criaturas tenemos delante y de lo importante que es este encuentro? Estos animales son gonfoterios o paleomastodontes. Sí, supongo que son paleomastodontes, primitivos ancestros del elefante de comienzos del Oligoceno... ¡Más fósiles vivos!

—Pero ¿son peligrosos? —preguntó Will, mientras el primero de los paleomastodontes, que era también el más grande, seguía acercándose a ellos. Al hacerlo, elevó su corta y gruesa trompa como olfateando.

—Nos está oliendo —susurró Elliott, levantando el rifle.

La gigantesca bestia siguió acercándose, y cuando estaba a unos veinte metros de distancia, eligió el tocón de un árbol para hacer una demostración de su fuerza. Barritando, hizo la cabeza a un lado y pegó con sus prominentes colmillos superiores en el tocón podrido, que cayó al suelo con un fuerte estruendo.

Observándolo todo desde detrás de Elliott, *Bartleby* emitió una especie de gruñido salido de la parte de atrás de la garganta.

—¡Shh! —le mandó ella.

Tal vez fuera por lo asustado que estaba ante la visión del animal, pero el cazador hizo de repente lo último que cualquiera hubiera esperado: saltó de la maleza para caer justo en medio del camino. Tenía el lomo arqueado y le sobresalían los músculos de las paletillas al lanzarle un fuerte bufido al paleomastodonte.

—¡*Bartleby*! —gritó Will.

Hubo un instante en el que *Bartleby*, que parecía diminuto ante el enorme animal, y el paleomastodonte se miraron a los ojos. Entonces aquella criatura volvió a barritar y, moviéndose mucho más aprisa que antes, levantó la cabeza y puso pies en polvorosa.

—Instinto de conservación —comentó el doctor Burrows, riéndose—. ¡Supongo que a lo que más se le parece *Bartleby* es a un jaguar o a un macairodo, y no quiere vérselas con él! Le parece demasiado peligroso.

A Will no le hacía gracia.

—¡Vuelve aquí ahora mismo, gato bobo! —reprendió al cazador.

El resto del viaje transcurrió sin contratiempos. Al salir de entre los árboles, acalorados y agotados, la pirámide apareció imponente. Por un instante, los tres se limitaron a contemplar el enorme edificio, que parecía idéntico al que tenían junto al campamento.

Will se secó el sudor de la frente.

—Entonces..., pirámide número dos. Creí que habías dicho que el viaje sería pan comido —le reprochó a su padre.

Pero el doctor Burrows no estaba dispuesto a permitir que el cansancio le afectara. Tenía en los ojos esa intensa mirada suya, y sólo estaba interesado en una cosa. Salió corriendo hacia la pirámide y, en cuanto llegó a ella, abrió el diario de golpe y empezó a examinar el primer peldaño.

—¡Está feliz! —comentó Elliott, mientras Will y ella se dejaban caer en el suelo, uno al lado del otro. Ella abrió la mochila—. He traído algo de comer por si os entraba hambre.

—Me muero de hambre —aseguró el chico.

Elliott sacó algo que había envuelto en varias capas de tela para ocultar el olor a animales excesivamente curiosos.

—Es un experimento mío —dijo, quitando la tela para descubrir varios bultos verdes—. He cocinado la carne en hojas de palma, y creo que ha quedado bastante bien. —Will cogió uno de aquellos bultos de su mano y, justo cuando empezaba a pelarlo con ansia, llegó un grito que hacía eco en los árboles.

—¡Will, aquí! ¡Tienes que venir! —le pedía su padre—. ¡Ahora!

El chico hizo como si no le hubiera oído y mordió un trozo de la carne.

—¡Mmm! Está delicioso —dijo.

—¡Will, Will! —se repitieron los gritos.

—Es antílope, ¿no? Esta vez te has superado a ti misma —elogió Will a Elliott, masticando despacio para saborear bien.

—El doctor te está llamando —dijo ella, regocijada por el modo en que Will ignoraba totalmente su llamada.

—¿Sabes algo? —dijo él, negando con la cabeza con expresión muy seria.

—¿Qué? —preguntó Elliott, incapaz de mantenerse seria porque el doctor Burrows seguía gritando como un loco, como si el mundo fuera a acabarse.

—En los viejos tiempos, en Highfield, lo único que yo quería era ir a cavar con él. La verdad es que no pensaba en otra cosa.

—¿Y...? —preguntó ella, al tiempo que él pegaba otro mordisco al bocadillo de antílope.

—Creo que yo era entonces un pobre desgraciado. No me extraña que no tuviera amigos. —Gruñó poniéndose en pie y, masticando aún la carne, se fue hacia la pirámide pisando fuerte. Vio que su padre estaba en uno de los peldaños superiores, dando saltitos de emoción.

—¿De qué se trata? —preguntó sin interés Will, al llegar junto a su padre.

—¡Míralo tú mismo! —exclamó el hombre, haciendo un vigoroso barrido con la mano para mostrar la pared que tenía delante.

Las piedras exhibían los acostumbrados frisos e inscripciones, pero había algo diferente en ellas que Will no acertó a identificar.

Su padre tocó con la yema del dedo una línea de escritura grabada en la base de la piedra:

—«Al jardín del segundo sol arribó un pueblo guerrero, con...» —Tropezó en este punto—: No entiendo esa palabra, pero después sigue: ... carros... o vagones... que marchan solos. El pueblo robó la vida de nuestras tierras y dejó en su lugar fuego y humo. —El doctor Burrows volvió la cabeza y clavó los ojos en Will—: ¡Míralo! ¡Mira el relieve!

El chico se encogió de hombros al tiempo que se sacaba un trocito de carne de entre las muelas.

—¿O sea que tus antiguos estaban asustados porque alguien, tal vez otra tribu, les quería quitar el sitio?

—No, zopenco —bramó el doctor—. ¡Te he dicho que mires el relieve! ¡Fíjate que la piedra apenas presenta erosión por el paso del tiempo!

Will seguía sin comprender dónde estaba la importancia de aquello.

—¿No es viejo? ¿No lo grabaron hace miles de años?

—No, más bien hace décadas —observó su padre—. Puede que nos esté hablando del momento en que llegaron aeroplanos y otros vehículos. —Empezó a emitir sus silbidos atonales y de pronto se paró como recordando algo—: Hay más. Dime qué te parece esto. —Se fue muy aprisa un poco más allá del peldaño y, tras localizar el lugar, lo señaló con un gesto.

Will observó las imágenes, fijándose en una en especial.

—No hay duda de que es un aeroplano —dijo.

—Sí, y tiene un curioso parecido con el Stuka —anunció el doctor Burrows en un tonillo de «¿qué te había dicho yo?»

Will se había desplazado a alguno de los otros relieves, rudas imágenes de raras aeronaves con doble aspa gemela.

—¿Y helicópteros? —añadió.

—Eso es lo que pienso. Y ahora mira el peldaño que tenemos encima —le indicó su padre.

—¡Vaya! —exclamó Will—. ¡Está completamente en blanco!

Algunas de las piedras frontales estaban agrietadas o agujereadas a causa de los siglos de calor y lluvia, pero no había nada grabado en ninguna de ellas.

—O sea que podemos concluir que esta pirámide es una obra en progreso, igual que las páginas vacías de mi diario que aún tengo que rellenar —planteó el doctor Burrows, como hipótesis—. Lo que significa que si estas gentes estaban aquí para presenciar la llegada de tecnología de la Superficie a su mundo... y documentarla en esta pirámide... tal vez sigan vivos hoy día.

—¡Increíble! —exclamó Will—. Pero si eso es cierto, ¿dónde están los otros, con su avión Stuka... y sus helicópteros?

Aunque no podía leer las palabras que proclamaban «Buttock & File», ni apreciar lo que figuraba encima (una caricatura bastante curiosa de un demonio de piel roja sonriendo para sí desde la cabina de una locomotora), a la señora Burrows no le cabía duda de qué clase de lugar era aquél. La taberna vacía apestaba a cerveza rancia y viejos orines, y la acera que había delante de sus ventanas pintadas de negro resultó pegajosa cuando pasó por ella pisando a toda prisa.

—No te separes, *Colly* —le ordenó al animal, que se había quedado atrás para olfatear las puertas del establecimiento—. No tenemos mucho tiempo.

Desde aquella primera vez que la señora Burrows había salido de casa del segundo agente y probado su supersentido olfativo, sólo se había atrevido a aventurarse en las calles de la Colonia en unas pocas ocasiones. Pero justo en el límite del alcance de su nuevo sentido, había notado un lugar que la desconcertaba. Y la imagen que se había representado de aquel lugar le daba pavor. Aunque estaba algo alejada de la casa y le quedaba poco margen si quería llegar hasta allí y regresar antes de que terminaran las vísperas, se sintió impulsada a investigar.

Era un lugar amplio, eso sí lo sabía.

Y olía como la sima del infierno.

Y en aquel momento, recorriendo a toda prisa una sucesión de anchas calles, evitando con facilidad los charcos y apartándose cuando caían del techo de la caverna esporádicos chorros de agua, se acercaba a su destino.

Cruzó la calle y se detuvo ante una alta tapia que olía a mortero hecho con cal. Podía distinguir que era de construcción reciente. Comenzó a explorar la superficie de la tapia, usando el sentido del tacto.

—Demasiado alto para escalarlo —dijo, y empezó a seguirlo a lo largo. Al llegar a un tramo que no había sido terminado todavía, pasó por debajo de una barrera de madera y cruzó por un trozo excavado para preparar los cimientos. No se quedó allí, sino que entró en una zona llena de escombros y siguió hasta que pisó sobre adoquines.

Se quedó completamente quieta para hacer uso de su habilidad. El olor predominante era de ceniza: grandes cantidades de ceniza procedente de vigas quemadas y suelos de madera y también de piedra carbonizada. Pero mezclado con aquellos olores le llegaba el perfume de la muerte y de una crueldad sin medida. Al concentrarse, tuvo la sensación de que pequeñas voces la llamaban muy a lo lejos, reclamándole su atención. Torció el cuello hacia un lado y el otro, localizando dónde habían perecido, huesos jóvenes y viejos que habían quedado allí donde habían caído los cuerpos, entre los escombros. Donde las personas habían sido quemadas vivas.

—¡Dios mío...! —exclamó sin voz, abrumada por el enorme número de víctimas. Era como si el lugar fuera una gran tumba para aquellos que habían muerto allí, quemados vivos. Su imaginación funcionaba sin parar: casi podía oír los gritos de pánico de las víctimas, que no tenían adónde ir ni medios de escapar.

De pronto comprendió dónde se hallaba exactamente.

Drake le había mencionado de pasada cierto incidente. No había dado demasiadas explicaciones, como si aún le resultara doloroso recordar lo que había visto. En cualquier caso, el tiempo que ella había pasado con Drake se había limitado a los días que precedieron a la operación en los terrenos comunales de Highfield, cuando planeaban atrapar al viejo styx.

Pero la señora Burrows sabía que tenía que encontrarse en el distrito al que Drake había llamado los Rookeries: un barrio superpoblado que albergaba a las gentes más peligrosas y rudas de la Colonia, aquellas que se encontraban en el mismo fondo de la microcósmica sociedad. Y era allí donde Drake había presenciado la sistemática matanza.

—Los Rookeries —susurró, como si los muertos pudieran oírla, y dio un paso adelante. Su zapato pegó contra algo que había en la ceniza. Se agachó para cogerlo y examinarlo con los dedos. Era la cabeza de porcelana de una pequeña muñeca. El resto de la muñeca, su cuerpo de tela y el vestido, no habían sobrevivido a las llamas. Cuando la señora Burrows le sacudió el polvo de la cabeza y se la llevó a la nariz, notó algo que permanecía allí: una levísima huella de todas las generaciones de niños que habían jugado con ella. Eran niños pobres, y aquel juguete había seguramente pasado durante siglos de madres a hijas, para ir a sucumbir con su última propietaria en aquella horrible carnicería.

Y en los oficios religiosos de toda la Colonia, los styx, los responsables de aquel crimen, estaban predicando en aquel mismo instante a los colonos cómo conducirse en la vida.

La señora Burrows posó con cuidado la cabeza de la muñeca sobre un montón de escombros y se volvió hacia la abertura de la tapia por la que había entrado.

Dejando el resto para otro día, emprendieron el regreso al campamento. Pero cuando volvieron a salir al camino cubierto de hierba, el doctor Burrows se quedaba detrás de Will y Elliott. Silbando a través de los dientes, intentaba leer su diario al tiempo que andaba. Los chicos le vieron meter el pie en un agujero y tambalearse durante unos pasos. Pero en cuanto recuperó el equilibrio, volvió a su diario como si no hubiera pasado nada.

—Mira a tu padre, podría darse de morros con un macairodo y no verlo —observó Elliott con desaprobación—. Está en su mundo...

—Desde luego —respondió Will, volviéndose hacia ella—. Pero eso es lo que mejor se le da... Está en su salsa cuando encuentra un problema y trata de resolverlo.

Una bandada de pájaros pasó por su lado perezosamente y fue a posarse en los árboles que había a la orilla del camino.

—¡Ajjj! —exclamó Elliott.

Los pájaros eran regordetes y flácidos; y parecían hombres viejos con barriga de cerveza muy prominente. La cabeza y el cuello sin plumas contribuían a producir esa impresión, y el plumón cubría de modo irregular la piel arrugada. Clavando en Will y Elliott los ojos redondos y brillantes, la congregación de pájaros guardó silencio, salvo por algún graznido esporádico, como si no supieran muy bien qué hacer con aquellos humanos que habían entrado en su selva y debatieran entre ellos.

—Qué feos. ¿Qué serán esos bichos? —preguntó Elliott.

—¿Tal vez algún tipo de buitre? —aventuró Will.

Cuando *Bartleby* salió con sigilo al claro, los pájaros empezaron a batir las escuálidas alas y a graznar más fuerte, pero no emprendieron el vuelo. Era evidente que le tenían miedo al gato, cuya mandíbula temblaba mientras iba de un lado para otro, comiéndoselos con sus grandes ojos ambarinos. Lanzó un suave maullido de frustración porque los pájaros estaban demasiado altos para poder alcanzarlos.

—Sí, tienen una pinta realmente espeluznante —dijo Will, olvidando los pájaros en el momento en que Elliott y él reemprendieron el paso, charlando uno con el otro. El chico comprendió entonces que no era sólo su padre el que había encontrado la felicidad: las semanas que habían pasado en aquel mundo interior se encontraban entre las mejores de su vida. Miró a Elliott un instante. También ella parecía hallarse en su elemento, allí en la selva, y contenta con su suerte.

En las Profundidades tenía siempre una expresión angustiada, y su piel pálida, que mostraba las cicatrices del tiempo pasado en el entorno más hostil imaginable, le daba el aire de un fantasma que rondara por el lugar. Pero, con la excepción del agujero del brazo, las cicatrices ya apenas se le notaban, y su cara morena y su pelo lacio y negro le daban un aspecto radiante, completamente distinto. A menudo pensaba Will en lo hermosa que era y en la suerte que tenía de ser amigo suyo.

Elliott llevaba un rato diciéndole algo, pero él no escuchaba.

—Hoy ha sido un día genial —le dijo él de repente.

—¿Eh...? —fue la respuesta de ella, sorprendida por aquella afirmación repentina.

—Me refiero a que ha sido muy divertido..., al menos si vamos los dos a estas expediciones con mi padre, pasamos juntos el tiempo, ¿no? —Will se aturulló intentando explicarse—. Ya sabes, sin que nos interrumpa él cada diez minutos —añadió, consciente de que se estaba poniendo colorado.

Volvió la cabeza para que no lo viera Elliott, e hizo una mueca, molesto contra sí mismo. No era capaz de expresar lo que quería decirle, lo que sentía por ella. El suyo era el lenguaje de un muchacho de quince años, y le faltaban las palabras. Cerró la boca bien cerrada, viendo que carecía de la confianza suficiente para seguir hablando y pensando en que sus sentimientos podían no ser correspondidos. No quería hacer el ridículo.

Pero Elliott asintió, y a continuación le dirigió una sonrisa. Will se alegró mucho de ver que parecía entender lo que él trataba de decirle. Sus ojos se encontraron, pero el momento duró poco, pues los interrumpió su padre.

—¡Mierda! —gritaba—. ¡Maldita y asquerosa mierda!

Will y Elliott se dieron la vuelta. El doctor Burrows estaba saltando sobre un pie. Estaba claro que había pisado uno de aquellos enormes montones de excremento. No podían dejar de reírse, mientras él intentaba limpiarse la bota frotándola en la hierba.

—¿Era un buen ejemplar de caca de paleomastodonte? —preguntó Will riéndose, mientras se acercaba a su padre, que se había callado porque estaba de nuevo distraído.

—Me pregunto —empezó a decir, sacándose de debajo del brazo el abultado diario, abriéndolo y pasando las páginas hacia atrás—. Esas piedras..., esas piedras... —farfullaba.

Will no tenía ni idea de a qué se refería.

—¿Qué piedras, papá? —le preguntó.

—Encontré otro grupo de piedras movibles; ya sabes, como las de nuestra pirámide.

—No me dijiste nada de ellas —se quejó Will.

—Lo intenté, pero, como siempre, estabas demasiado ocupado con tu amiga —dijo el doctor Burrows. Entonces se rascó la barbilla, pensativo—. Esa segunda serie de piedras es obviamente más reciente, y todas sus letras son distintas... Estoy intentando averiguar si pueden combinarse con la primera secuencia para obtener algún tipo de significado.

—Podría haber más en la tercera pirámide —observó Will—. Cuando la veamos, tal vez encontremos allí la solución.

—Tal vez —repitió varias veces el doctor Burrows. Estaba examinando minuciosamente una página de su diario y, al dar un paso hacia un lado, plantó el pie en otro montón de excrementos aún más grande, que le llegó hasta mitad de la pantorrilla. Pero pese al ruido que había hecho la bota al hundirse y el punzante olor que emanaba de allí, no dio la impresión de percatarse de nada.

—Papá, no te vamos a dejar que te acerques esta noche al campamento —dijo Will riéndose—. Elliott te preparará... —Se paró en medio de la frase, al darse cuenta de que la chica aún no se había acercado. La buscó con la mirada, y vio que ella seguía exactamente donde él la había dejado, apuntando con el rifle a los árboles que estaban más allá del camino—. Ha visto algo —susurró, corriendo hacia ella.

Cuando llegó a su lado, Elliott le hizo callar con una mirada y siguió escudriñando los árboles con la mira del rifle. Para entonces el doctor había llegado donde estaban y miró la maleza en la que tanto interés tenía Elliott.

—¿Vuelven a espiarnos esos árboles cotillas? —preguntó en tono de burla.

—No lo comprendo... Tengo esa sensación... Como si algo estuviera ahí —dijo hablando despacio y frunciendo el ceño—. Pero no veo nada..., nada.

—Las únicas formas de vida que nos rodean son esos repugnantes carroñeros —dijo el hombre, señalando a los buitres con un gesto de la mano—. Y corregidme si me equivoco, pero nosotros todavía no somos carroña, así que no suponen ninguna amenaza para nosotros. —Se agachó a coger un palo y lo lanzó en dirección a las aves. Erró el tiro medio kilómetro y el palo cayó en la maleza, debajo de las ramas.

Bartleby fue el único que se dio cuenta.

Un par de ojos miraron asustados, y lo que parecía un pequeño árbol se desplazó rápidamente a un lado para evitar el palo que caía. Pero *Bartleby* no reaccionó, porque aquello no tenía ningún sentido para él. Aunque había visto el movimiento, no había ningún olor que pudiera distinguir. Nada que oliera ni siquiera de forma parecida a un animal. Ni a un humano tampoco.

SEGUNDA PARTE

Contacto

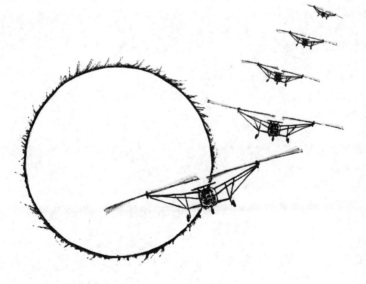

14

Habían puesto una tienda baja al borde de la pista de aterrizaje, donde las rachas de viento levantaban remolinos de polvo. Se detuvo allí una pequeña caravana de coches de forma muy cuadrada con las ventanas oscurecidas, se abrieron las puertas y se bajó de ellos la brigada de limitadores. Depositando las mochilas y el equipo a la entrada de la tienda, empezaron a entrar de uno en uno. Los que llevaban los perros de presa se esforzaban por sujetarlos. Con sus gruñidos, los canes demostraban que preferían el espacio abierto después de pasar tanto tiempo encerrados.

Sin indicación alguna de sus superiores, los limitadores empezaron a sentarse en los asientos de un lado de la tienda. Los del otro lado estaban ya ocupados por las tropas de Nueva Germania. Hubo un silencio incómodo bajo la lona agitada por el viento cuando aquellos jóvenes de pelo rubio cortado al rape e inmaculado uniforme de combate miraron a los del otro lado. Los limitadores de pelo entrecano, muchos de los cuales eran veteranos, como probaban sus numerosas cicatrices, no mostraban tanto interés, y miraban de frente esperando que diera comienzo la reunión.

Fuera de la tienda, una limusina negra con escolta militar se detuvo con un chirrido de frenos. Las gemelas salieron del auto vestidas con uniforme de combate. Las seguía el Limitador General, que se retrasó un poco para observar la serie de helicópteros aparcados en la pista.

—Fa Doscientos veintitrés. También conocido como el Drache Achgelis —dijo mirando el más próximo y examinando la peculiar disposición de rotores gemelos montados a cada lado de lo que parecía un fuselaje más o menos estándar.

El Limitador General observó a continuación los hangares que había tras los helicópteros, en los que se veían varias aeronaves. Había muchas que no era capaz de reconocer, pero su mirada tropezó con un par de aeroplanos pintados de marrón.

—¡ME Doscientos sesenta y tres! —exclamó al comprender lo que eran aquellos aviones de aspecto rechoncho, con las alas hacia atrás.

Dio la casualidad de que el Canciller, que acababa de llegar en otra limusina, oyó al styx.

—Sí, son nuestros interceptores a reacción —anunció con orgullo—. Proseguimos su desarrollo tras venir aquí. En el cielo es la aeronave más rápida y más manejable —fanfarroneó.

—Aquí abajo, puede. Pero las cosas han cambiado en el mundo real —repuso el Limitador General. Entonces siguió caminando hacia la tienda, dejando al Canciller mucho menos contento.

Mientras el Limitador General tomaba asiento junto a sus hombres, en la primera fila, las gemelas se quedaron delante de la tienda, donde habían instalado una mesa de campaña y un caballete.

El Canciller entró trastabillando. Dirigiendo una mirada de reojo a la multitud de limitadores, se detuvo ante las styx. Como no sabía cuál de las dos gemelas era la que había conocido, estuvo dudando y al final dirigió a cada una de ellas un leve gesto de la cabeza. Entonces, como para no parecer un idiota integral delante de la audiencia, se arriesgó y se decidió por una de ellas, acertando con Rebecca Uno.

—Me alegro de conocerla, señorita. ¿Qué tal se encuentra? —le preguntó con forzada jovialidad.

Ella movió muy ligeramente la cabeza como para mostrar que no le agradaba aquella forma de dirigirse a ella.

—Tengo que decir que ha sorprendido a mis médicos —se apresuró a añadir el Canciller, comprendiendo su equivocación—. Ha sanado usted mucho antes de lo que esperaban..., mucho más rápido que la mayoría de la gente.

Rebecca Uno sonrió con sequedad.

—Soy una styx —dijo—. Y nosotros no somos como la mayoría de la gente.

—No, claro que no —farfulló el Canciller. Era evidente que estaba muy incómodo en presencia de las chicas y que pretendía escaparse en cuanto pudiera—. Me gustaría presentar... —empezó a decir.

De pronto, hubo ruido en la parte de atrás de la tienda, y aparecieron cuatro soldados de Nueva Germania con un bulto oscuro en medio. El bulto estaba atado con cuerdas y parecía un animal salvaje recién capturado.

—¡Ah, sí! Una patrulla de seguridad ha cogido a este... este... —el Canciller dudó antes de proseguir—: Este «hombre». Andaba merodeando por las afueras de la ciudad, robando comida.

Aunque los soldados intentaron sujetarlo, el bulto oscuro, envuelto de arriba abajo en tela, se adelantó, forcejeando con sus ataduras. Entonces sacó un brazo delgado y retorcido y agarró un trozo de tela grasienta que sobresalía para mostrar un rostro muy deforme, lleno de bultos que tenían el tamaño de una naranja, y unos ojos como huevos cocidos.

—Asegura que las conoce a ustedes —dijo el Canciller.

—¡Coxy! —exclamó Rebecca Uno—. ¿Qué demonios está haciendo aquí?

Tom Cox sorbió por la nariz y apretó los torcidos labios sacándolos para fuera antes de hablar.

—Amigas mías, sabía que seguían con vida. Me enviaron a protegerlas.

—¿A protegernos? —repitió Rebecca Dos con incredulidad. Rebecca Uno frunció el ceño.

—¿Ha bajado por el Poro y recorrido miles de kilómetros voluntariamente?

—Por supuesto. Seguí a los limitadores, eso es lo que hice —explicó Cox.

Rebecca Dos negaba con la cabeza, nada convencida.

—¿Y ha hecho todo el camino hasta esta ciudad, campo a través?

—¿Y no se ha derretido con el sol? —soltó su hermana.

—Sí..., y no me gusta. No me gusta el sol —farfulló Cox—. Es como en la Sup...

—Entonces es cierto que conocen a esta persona —terció el Canciller, limpiándose las manos con su pañuelo, como si la sola visión de Cox le hiciera sentirse sucio.

—Sí, en cierto modo —confirmó Rebecca Dos—. Y no necesita escolta. Suéltenlo.

Retirando las cuerdas de las manos de sus captores, Cox se adelantó como un cachorrillo juguetón.

Arrastrando todavía las cuerdas detrás de él, avanzó por el pasillo, entre los soldados sentados.

—¿Nuevos amiguitos? —preguntó con su ronca voz hinchando las ulcerosas narices ante aquel contingente de caras desconocidas.

Acercándose a las gemelas, volvió hacia el Canciller sus ojos ciegos. Éste seguía observándolo con desagrado. En un intento de retomar la marcha de la reunión, el Canciller iba a decir algo a las gemelas, cuando Cox le saludó con voz ronca:

—Hola, muchachote —y le lanzó un beso de sus negros labios.

—Éste... éste... éste es el coronel Bismarck —tartamudeó el Canciller. Todas las cabezas se volvieron hacia ese hombre, que se acababa de levantar de la primera fila de soldados de Nueva Germania. Era alto y medio calvo, con un buen ejemplar de bigote. Se irguió completamente y después se inclinó cortésmente ante las gemelas, haciendo sonar sus lustrosas botas de montar.

—Las dejo en sus competentes manos —farfulló el Canciller, y salió a toda prisa de la tienda, lo más rápido que podían llevarlo sus piernas gordezuelas.

—Yo seré su enlace militar —dijo el coronel Bismarck, acercándose al caballete con paso decidido. Aguardó a que uno de sus soldados desenrollara y clavara un mapa en él—. Antes de hablar de actuaciones y de cómo cooperará nuestro personal en la operación de búsqueda, quiero revisar el terreno con ustedes. —En un gesto dirigido a las gemelas, tocó con el dedo en una parte del mapa y lo mantuvo allí—: Ésta es la antigua bocamina, la entrada a la vieja mina de uranio donde ustedes sufrieron la emboscada. —Deslizó el dedo por el mapa, e iba a continuar cuando intervino Rebecca Dos.

—¿Qué es eso que hay ahí en la selva? —dijo ella indicando los tres triángulos dorados.

—Son unos grandes monumentos, visibles a gran distancia —respondió—. Antiguas pirámides..., pero no...

—¡Pirámides! —exclamó Rebecca Dos, intercambiando una mirada con su hermana—. ¿Hay en la selva alguna otra cosa igual de grande?

—Nada que pueda verse por encima de los árboles —respondió el coronel Bismarck.

—Si las hubiéramos visto, habríamos ido allí directamente, porque es seguro que el doctor Burrows se sentirá atraído hacia ellas como un ratón hacia el queso —observó Rebecca Uno.

—Ahí es donde encontraremos a la gente que nos interesa —le dijo Rebecca Dos al coronel mostrando total seguridad—. Por ahí deberemos empezar la búsqueda.

Cundió entonces una cierta agitación entre los soldados de Nueva Germania.

El coronel Bismarck miró el mapa.

—Como estaba a punto de decir, no solemos aventurarnos por ese cuadrante: es una zona de alta radiactividad y no hay allí nada de valor estratégico. —El coronel respiró hondo—. Además de otra cosa.

—¿Qué? —preguntaron al unísono las gemelas.

Se acarició el bigote, como si no le hiciera gracia responder a la pregunta.

—Hemos perdido soldados por allí. Aunque no hemos llegado a verlos nunca directamente, creemos que los indígenas siguen en la zona, ocultos de algún modo.

—Ah, un enigma... Me encantan los enigmas —dijo Cox riéndose y agitando sus manos deformes bajo el mantón.

El coronel Bismarck frunció el ceño.

—No es cosa de risa. A juzgar por la cantidad de hombres que han ido desapareciendo a lo largo de los años, todos ellos bien entrenados para el combate y bien equipados, hay que considerar muy peligrosos a esos nativos. De vez en cuando enviamos un avión de observación para peinar el cuadrante, pero nunca encuentran nada. —Clavó en Rebecca Dos sus ojos grises—. O sea que, con toda probabilidad, las personas que busca ya habrán perecido.

—Pero ¿quiénes son exactamente esos nativos, como usted los llama? —preguntó Rebecca Uno—. ¿Guerrilleros?

—No, nada de eso. Si disponen de armas, tienen que ser muy rudimentarias. Nuestros arqueólogos piensan que son los descendientes de una antigua civilización que, hace muchos siglos, vivió en enormes ciudades en todos los continentes de este mundo. De hecho, los arqueólogos creen que su sociedad fue el origen del mito de la Atlántida.

Rebecca Uno lanzó un «Bah».

—Si se entera de eso, el doctor Burritos estará en el séptimo cielo.

—¿El séptimo...? —preguntó el coronel Bismarck, sin entender el modismo.

—No tiene importancia. —El rostro de Rebecca Dos expresó decisión cuando ella se acercó al mapa para examinar la situación de las pirámides—. Diga lo que diga sobre los riesgos, es ahí donde tenemos que iniciar la búsqueda —dijo—. Ahí es donde estarán las personas que nos robaron el virus.

—Y si Will Burrows no ha muerto aún, no tardará en hacerlo —añadió Rebecca Uno, llevándose una mano al estómago al recordar el dolor de la herida de bala—. En cuanto le saque las tripas.

Eliza llenó la cuchara de gachas y, con la otra mano, tiró hacia abajo de la mandíbula inferior de la señora Burrows para abrirle la boca. Al mirar el contenido de la cuchara, Eliza pareció dudar por un instante, pero se reafirmó y depositó las gachas sobre la parte de atrás de la lengua de la mujer inconsciente.

—Puede que estés tan tonta como un coprolita, pero eso no te impide tragar la comida, ¿eh? —dijo Eliza.

Pero algo parecía ir mal en los reflejos de la garganta de la señora Burrows, pues ésta se tensó y las gachas salieron de la boca como vomitadas.

—¡Por Dios santo, mira lo que has hecho! —rezongó Eliza—. ¡Me lo has echado todo encima! —Poniéndose en pie de un salto, se limpió rápidamente las gotas que le habían caído en la cara y la blusa.

»Segundo intento —dijo Eliza, volviendo a la silla y tratando de darle otra cucharada a la fuerza a la señora Burrows. Pero también ésta la rechazó. Eliza insistió una y otra vez, pero siempre con el mismo resultado: la señora Burrows escupía la comida con un espasmo que parecía originarse en lo más profundo del pecho. Dándose por derrotada, la mujer posó la cuchara en el plato y lo dejó todo sobre la mesita auxiliar.

»Bueno, si rechazas el alimento, entonces te vas a ver en problemas —proclamó ante la cara inerte de la señora Burrows. Le limpió un poco la barbilla y después, cogiendo el plato, se fue hacia la puerta.

—Lo sabe —dijo la anciana saliendo del vestíbulo. Estaba nerviosa y se retorcía las manos.

—No seas tonta... Mírala, ¿qué va a saber ésa? —le respondió Eliza a su madre.

—Hasta ahora siempre se lo ha comido todo..., ¿y ahora por qué no? Lo sabe, lo sabe... —insistió la anciana con absoluta convicción.

—¡Paparruchas! Le da la tos. Tiene un poco de fiebre, eso es todo —dijo Eliza—. Pero si deja de comer, no durará mucho y conseguiremos de todas formas el resultado que buscamos. —Miró el plato que tenía en las manos—. Será mejor que me deshaga de esto, no vaya a ser que alguien se lo tome. Lo echaré todo por el sumidero. —Eliza se dirigió a la cocina para deshacerse de las gachas, que estaban espolvoreadas con veneno de babosa, mientras la anciana se quedaba en la puerta.

—Tú nos ocultas algo —acusó al cuerpo inerte de la señora Burrows, tendido sobre la silla de ruedas. Podía ser una vieja chocha, pero la intuición de la anciana no había mermado con la edad. Su rostro arrugado expresaba miedo: ella casi había sido cómplice de un crimen que iba contra todas sus creencias—. Tú sabes lo que estamos tramando, sabes que te estamos intentando envenenar, ¿a que sí? —Y con un lamento, la mujer salió disparada.

«Por supuesto que lo sé —pensó la señora Burrows retirándose a los recónditos rincones del cerebro—. Y si lo volvéis a intentar, me encontraréis preparada.»

Contra toda probabilidad, ella había sobrevivido hasta entonces y no iba a permitir que aquel par de mujeres se interpusieran en su propósito de escapar a la Superficie.

En la tranquilidad del sótano de debajo del almacén, Drake trabajaba en un ordenador que había instalado en uno de los bancos. Hablaba sin apartar la mirada de la pantalla y moviendo los dedos sobre el teclado tan aprisa que no se le veían.

—¿Qué tal va? —preguntó.

Eddie caminó hasta la zona iluminada:

—Está un poco afectado, como era de esperar —dijo al acercarse al banco—. He tenido que darle algo que le ayudara a dormir.

—No me sorprende. El pobre no ha parado últimamente —respondió Drake, sin apartar aún los ojos de la pantalla del ordenador—. Le hubiera resultado más fácil si no le hubieras contado lo de las comidas para dos que preparaba Martha en el cobertizo.

Eddie se encogió ligeramente de hombros.

—Lo irónico es que vosotros, los del llamado escuadrón de Hobb, tenéis reputación de caníbales. —La expresión de Drake era neutral, y no paraba de teclear—. ¿Y qué tal contigo? Me parece que puede costarle tratar contigo, con todo lo mal que se lo han hecho pasar los styx.

—Ya no le caigo tan mal después de prometerle que le compraría una hamburguesa de queso con patatas fritas y una PlayStation cuando despertara.

—Al menos no rechaza la comida —farfulló Drake, preocupado con el trabajo que realizaba.

—¿Te molesta si miro? —preguntó Eddie, acercándose por el banco para echar una ojeada.

—Claro que no —respondió Drake—. Estoy acabando la última línea y... ¡*voilà*, terminado! —exclamó dándole a Intro con mucha floritura de la mano.

En la pantalla se abrió un recuadro con letras que se desplazaban rápidamente, y después se despejó la pantalla para dejar el cursor en una línea de texto que proclamaba que el programa estaba «Localizando...»

—Hacía tiempo que no escribía un código como éste... Ya veremos lo que sale —dijo Drake mientras esperaba que apareciera el programa—. Ah, aquí lo tenemos... —Se abrió un mapa en una nueva ventana—. Esto es el norte de Londres..., algún lugar en Highgate —explicó. Entonces se abrió otro mapa sobre el primero—. Centro de Londres, el West End. Vamos a echar un vistazo más detenido a éste, ¿te parece? —dijo, maximizando la ventana y haciendo zum sobre un punto rojo intermitente—. ¡Ahí lo tienes! —anunció al aparecer el nombre de la calle; el punto estaba localizado en un edificio en concreto—. Bueno, qué te parece, es Wigmore Street.

—¿Puedo preguntar qué estás haciendo? —se atrevió a decir Eddie.

—¿Recuerdas lo que te dije sobre los tubos que saqué de la Luz Oscura? ¿Que cada uno de ellos emite una longitud de onda en concreto y que la combinación de los cuatro da una señal completamente única? Bueno, pues esta mañana he hecho una conexión a distancia con varias antenas que he montado en los edificios de por aquí, de manera que pueda triangular cualquier emisión en esa precisa frecuencia. —Drake dio una palmadita en un lado de la pantalla del ordenador—. Con este hardware, puedo localizarla en cualquier parte de Londres.

—¿Me estás diciendo que la Luz Oscura está siendo empleada en este preciso instante, ahí? —trató de adivinar Eddie, indicando el punto intermitente.

—Sí, y me pregunto quién será la víctima —dijo Drake, pensativo.

El coche se había detenido en un espacio marcado con doble línea amarilla y a la vista de un vigilante de aparcamiento, pero al conductor no le importaba: el pasajero que iba atrás era demasiado importante e influyente para que se preocupara por algo tan insignificante como una multa.

—A sus puestos —murmuró al salir el musculoso guardaespaldas que iba al lado del conductor. Tras comprobar ambos lados de la acera, levantó el pulgar mirando al conductor y a continuación se dirigió a la puerta trasera del coche y la abrió.

—Eh..., hemos llegado, señor —dijo con timidez.

El Primer Ministro levantó la vista de los papeles.

—¿Tan pronto? Sí, bueno —reconoció—. Sólo estaba a unos kilómetros de distancia. —Cerró la carpeta en el regazo, se deslizó por el asiento y salió del coche. Al levantarse, se estiró la chaqueta, tirando de una de las mangas. Era un hombretón, y siempre parecía un poco incómodo en su traje, como si se le hubiera olvidado quitar la percha antes de ponérselo—. Pero no tengo tiempo para esto —rezongó, pasándose la mano por la frente para hacerse a un lado el flequillo.

El guardaespaldas escoltó al Primer Ministro por la acera y la escalera que daba al edificio.

—Lamento llegar tarde... Me han entretenido en la Cámara de los Comunes —le dijo a la recepcionista, sin que por su voz pareciera lamentar nada en absoluto.

—Buenos días, señor —respondió ella, con la más alegre

de sus sonrisas. No le sorprendía nada que el Primer Ministro llegara con retraso, pues siempre lo hacía, de manera que ella había tomado la precaución de cancelar la siguiente cita, para asegurarse de que otros pacientes no sufrían las molestias.

—¿Ahí dentro? —preguntó el Primer Ministro, volviéndose hacia la sala de espera.

—No, no es necesario, señor. El doctor Christopher le verá ahora mismo. —Apretó en el teléfono un botón de marcado rápido y el ayudante del doctor Christopher bajó por la escalera de estilo georgiano casi antes de que ella colgara.

—Si tiene la amabilidad de seguirme, señor —le dijo el ayudante, girando sobre sus talones para volver a subir por la escalera.

El guardaespaldas no los acompañó, sino que se colocó en el vestíbulo para ver a cualquiera que pudiera entrar en el edificio. Sacó el *walkie-talkie* para conectar con el conductor del coche.

—El gran jefe acaba de subir a la consulta. Hora estimada de salida...

Se detuvo al oír una puerta que se abría tras él. Dándose la vuelta, vio a una mujer que salía de una sala al final del vestíbulo. Era delgadísima, y llevaba un elegante traje negro y una camisa blanca con mucho cuello.

—¿Sí, veintitrés? —preguntó la voz crepitante del *walkie-talkie*, pero el guardaespaldas no escuchaba. Se había quedado tan embelesado con la mujer que apenas se acordaba de respirar. La geometría de su rostro y el extraño declive de sus pómulos le daban un aspecto casi inhumano, casi gatuno y sin embargo, al mismo tiempo, muy femenino y cautivador.

Cuando sus ojos negros e increíblemente hermosos se encontraron con los de él, el guardaespaldas notó la intensa fuerza que tenían y sintió un escalofrío por todo el cuerpo. La de aquella mujer era una mirada de autoridad, y se trataba de una autoridad tan aplastante que el guardaespaldas se sintió completamente sobrepasado.

Y aunque él no podía saberlo, era uno de los poquísimos seres de la superficie que habían puesto los ojos en una mujer styx adulta.

—¿Estás ahí, veintitrés? —parloteaba el *walkie-talkie*.

Cuando la styx se volvió y empezó a subir la escalera como deslizándose, por fin el guardaespaldas respiró.

—Veintitrés —preguntaba la voz del *walkie-talkie*—. ¿Hay algún problema?

—No, no pasa nada... Es sólo que acabo de ver a una... mujer —respondió el guardaespaldas sin darse cuenta de lo que decía.

—¿Una mujer, eh? ¡Cómo te lo pasas ahí!... —comentó el conductor con picardía.

Una vez en el primer piso, el ayudante llamó a la puerta de la consulta y la abrió para el Primer Ministro. A continuación se hizo a un lado.

—¿Cómo estás, Gordy? —le preguntó el doctor Christopher, levantándose de la mesa.

—Bueno, no muy mal. Las averías de siempre, ya sabes —respondió el Primer Ministro estrechándole la mano—. Es estupendo volver a verte, Edward. Espero que tu familia se encuentre bien.

—Lo está, gracias. Sé que andas muy ocupado, así que si quieres pasamos directamente a la sala de revisión.

—Me parece bien —gruñó el Primer Ministro. Estaba a

punto de sentarse en la silla que había ante la mesa, pero cambió el impulso y volvió a erguirse.

—¿Algún problema con la vista? —preguntó el doctor Christopher.

—Últimamente no va tan bien por las noches, pero supongo que es el cansancio. Demasiados informes ministeriales leídos a la luz de las velas —dijo riéndose el Primer Ministro mientras seguía al médico por el pasillo y entraba con él en otra gran sala llena de aparatos.

—Vamos a echar un vistazo. Por favor, siéntate aquí —dijo el doctor Christopher, indicando una silla que había detrás del aparato de imágenes retinianas— y quítate las lentillas. A tu izquierda tienes un receptáculo para dejarlas. Ahora, si apoyas la barbilla en la almohadilla, podremos ver qué tal va tu ojo.

—Sí, no hay necesidad de preocuparse por el otro, ¿verdad? —dijo el Primer Ministro. Se refería a su ojo izquierdo, por el que no veía absolutamente nada. El doctor Christopher se preparó a escuchar el chiste de siempre, y el Primer Ministro no lo decepcionó—: Me deberías cobrar la mitad, sobre todo teniendo en cuenta las críticas que nos llueven por nuestros gastos —añadió.

—Por supuesto, por supuesto —respondió el doctor con la risita de rigor—. Ahora, por favor, si miras al frente... —Estaba sentado delante del Primer Ministro, examinándole el ojo a través de lo que parecía parte de un microscopio.

—Con la tecnología de hoy día, hay que ver —comentó el mandatario, y el médico anduvo toqueteando en la máquina.

—Sí, todo lo mejor para mis pacientes —respondió—. Voy a encender una luz. Puede que te resulte muy brillante al principio. —Le dio a un interruptor, y el ojo del Primer Ministro quedó anegado por un haz de color morado oscuro. Tensó el cuerpo.

Observando detenidamente al Primer Ministro, el doctor Christopher se puso en pie.

—¿Se han apagado las luces, eh, gordito? —dijo en un tono desagradable. Se acercó al hombre y le pellizcó en la mejilla para asegurarse completamente de que no estaba consciente—. Al menos por un rato no tendré que oír tus tontos comentarios.

La mujer styx entró en la sala.

—Le he aplicado Luz Oscura... Me sorprende lo rápido que le hace efecto estos días —comentó el doctor Christopher—. No presenta ni la más leve resistencia.

—Eso es lo bueno de administrar pequeñas dosis continuadas —respondió ella, mientras contemplaban ambos al Primer Ministro.

El doctor Christopher dio una palmada y luego se dirigió hacia la puerta.

—En cualquier caso, ahora es todo tuyo. Estaré en mi consulta al otro lado del pasillo, avísame cuando sea la hora de sacarlo.

—Ya sé dónde estarás —dijo la mujer con una cautivadora sonrisa, antes de cerrar con llave la puerta tras el doctor.

—Entonces, si estás en lo cierto y los míos están aplicando la Luz Oscura a alguien, ¿qué hacemos? ¿Corremos a Wigmore Street y los pillamos con las manos en la masa? —preguntó Eddie—. ¿Y luego qué?

Drake consideró la situación.

—Para cuando llegáramos, todo habría terminado ya. No, esperemos que el pobre infeliz al que le están lavando el cerebro no la palme en el proceso. Tengo entendido que eso no es infrecuente, especialmente si el sujeto tiene el corazón delicado o algún problema médico serio del que no estén al tanto los styx.

—O si es una mujer embarazada, como tu amiga de la universidad —sugirió Eddie.

Drake movió la cabeza hacia los lados, adoptando una expresión de tristeza al recordar.

—Sí, Fiona —dijo en voz baja.

Por un instante se quedó mirando el punto rojo que seguía parpadeando en el mapa, y después, de repente, apretó la tecla de «Escape» para cerrar el programa.

—No, ahora no hay tiempo para eso. Ya tenemos bastantes problemas. En cualquier caso, lo más probable es que sea algún funcionario de poca categoría al que quieren convencer de algo.

Las gemelas estaban sentadas una enfrente de la otra en los bancos de aluminio que se extendían a cada lado del helicóptero. Acompañaban a las muchachas el Limitador General y ocho soldados styx, además de Tom Cox, que estaba colocado al final. Con todo el personal y su equipo a bordo, no quedaba mucho espacio libre.

—El tirador de puerta —observó el Limitador General cuando un soldado neogermano tomó posición en el asiento detrás de un arma de gran calibre montada ante la puerta principal—. Parece como si esperaran problemas.

—Son gente cauta —dijo Rebecca Uno—. Creí que la reunión no iba a terminar nunca.

—Abróchense —gritó el piloto desde su cabina, al tiempo que manejaba el panel de mandos, presionando hacia abajo, uno tras otro, una serie de interruptores. Todo el mundo se había ajustado el arnés de seguridad cuando accionó el último interruptor y los rotores empezaron a girar lentamente.

Fueron ganando velocidad hasta que el helicóptero entero vibró como una lavadora vieja.

—Ya vamos —dijo Rebecca Dos, pero al cabo de un minuto seguían en el suelo. Y al mirar por el ojo de buey que tenía detrás, vio que tampoco se había elevado de la pista ninguno de los otros doce helicópteros—. ¿Habrá algún problema? —preguntó al fin, gritando para que el Limitador General pudiera oírla por encima del estruendo del motor.

—El motor tarda en calentar —respondió él.

—¡Menudo cacharro viejo! —dijo ella riéndose.

Cuando el motor Bramo alcanzó la temperatura adecuada, el helicóptero empezó a retemblar hasta que se elevaron por fin en el aire. Las gemelas observaron el resto de los helicópteros, que también empezaban a ascender.

—Salimos —dijo el Limitador General cuando el aparato agachó el morro. Entonces empezaron a avanzar, pasando sobre la periferia de la ciudad.

Rebecca Dos le hacía gestos a su hermana para hacerle ver que estaban pasando por encima de la Cancillería, cuando en la dirección opuesta pasó una aeronave como una bala. Parecía un murciélago negro y elegante.

—¿Has visto eso? —gritó Rebecca Uno.

No habían vislumbrado nada parecido en el campo de aviación. Aquel avión consistía en una gran ala voladora, sin fuselaje ni cola, y por las llamas que salían de los dispositivos de postcombustión, estaba claro que estaba propulsado por motores de reacción. Lo más parecido a aquello que conocían las hermanas eran los aviones espía del ejército estadounidense, que se contaban entre los aparatos tecnológicamente más avanzados de todos los que se utilizaban en la Superficie. Aquella especie de ala voladora se movía a tal velocidad que en menos de un segundo se convirtió en un pequeño punto por encima del océano.

—¿Qué demonios ha sido eso? —preguntó Rebecca Dos.

Las dos gemelas miraron al Limitador General en busca de una respuesta. Él asentía con la cabeza en un gesto dirigido a sí mismo.

—Sospecho que es un Horten Doscientos veintinueve, un avión construido por los hermanos Horten para los nazis en los años treinta, por lo menos tres décadas antes de que los americanos empezaran a desarrollar sus bombarderos invisibles —explicó. Aunque no sonreía, las líneas que rodeaban los ojos se le arrugaron, como si algo le hiciera gracia—: Supongo que he herido el orgullo del Canciller respecto a su capacidad aérea y ha querido impresionarnos con esta máquina.

Bajo el impulso del motor, el helicóptero dejó el cielo de la metrópoli y se elevó sobre la cordillera que se extendía tras ella. Rebecca Dos seguía mirando a los otros helicópteros, que iban detrás en perfecta formación, en tanto que su hermana parecía más interesada en lo que tenían delante. Miró al otro lado del piloto cuando éste tiró de la palanca de mando y el helicóptero se ladeó y luego volvió a enderezarse tomando un nuevo rumbo. A través de la gran superficie de plexiglás que estaba al frente de la cabina, se desplegó una increíble vista y toda la extensión de la selva apareció ante ellos: un mar de verde que parecía seguir y seguir eternamente.

—Es un mundo virgen —se dijo—. ¡Lo que podríamos hacer nosotros con todo esto!

Rebecca Dos empezó a interesarse por lo que hacía el copiloto, al otro lado de la cabina. Colocado detrás del piloto, estaba obviamente en contacto permanente con él a través de los auriculares y el micro, mientras estudiaba una pantalla circular que había en un panel. Desabrochándose el arnés de seguridad, la muchacha se sirvió de un pasamanos para mantenerse en pie al acercarse a él.

Le tocó en el brazo para llamar su atención, y después señaló a la pantalla.

—¿Qué son esas manchas oscuras? —le gritó.

Él pareció sorprenderse de verla allí y se quitó los auriculares para poder oír lo que decía.

—¿Qué son esas manchas oscuras? —repitió.

—*Ein Sturm ist im Kommen* —respondió él, gritando igualmente.

Ella se encogió de hombros. Aunque su alemán fuera bueno, el ruido del motor dificultaba mucho la comprensión.

—Frente tormentoso —aclaró él, encontrando las palabras correctas en inglés—. Tenemos que rodear, porque las corrientes de viento y las descargas eléctricas... son demasiado fuertes. Esto es una estación de segui...

—Es un sistema de radar climático —anticipó Rebecca Dos, asintiendo con la cabeza—. Pero ¿qué es eso? —preguntó señalando una zona de luz pequeña y poco clara que aparecía lentamente para después irse apagando del mismo modo en la pantalla en blanco y negro.

Rebecca Uno había ido tras su hermana y escuchaba la conversación.

—*Wir wissen nicht...* No sabemos. Hace algunas semanas enviamos un avión de reconocimiento, pero no encontró nada. Podría ser un campo magnético... ¿Cómo dicen ustedes... *eine Abweichung von der...?*

—Algún tipo de anormalidad —tradujo Rebecca Uno, mirando a su hermana a los ojos.

Rebecca Dos frunció el ceño.

—¿No existe la posibilidad, aunque sea remota, de que se trate de alguno de los aparatitos de Drake? —sugirió, antes de dirigirse otra vez al copiloto—: ¿Está cerca de algo? ¿De algún monte o construcción...?

El copiloto giró en la silla para consultar un mapa en un estante de metal, al lado de la pantalla, y colocó encima un transportador de ángulos.

—Lo más cercano es la tercera pirámide, que es la más alejada de nuestra posición actual.

—¡Está cerca de una pirámide! ¿Por qué no nos lo han dicho? —preguntó Rebecca Uno.

El copiloto se encogió de hombros.

—En cualquier caso, verán la zona, porque es el último punto de descenso de paracaidistas en esta operación —respondió.

Las gemelas no necesitaron mirarse, estaban pensando justamente lo mismo.

—No, no lo es —dijo Rebecca Dos con firmeza.

—Ése es el primer sitio al que vamos —ordenó Rebecca Uno—. Dígale al piloto que rectifique el rumbo... ahora mismo.

15

—Estaré aquí fuera, en el coche, por si me necesitas. No tienes más que hablar hacia ese chisme —dijo Drake, asegurándose de que el micrófono estaba sujeto en el interior de la manga de Chester. El chico estaba a su lado en el asiento de atrás, mientras que el limitador estaba sentado ante el volante—. Y Eddie tomará posiciones en la parte de atrás —siguió Drake.

—¿Qué...?, ¿en mi jardín...? —preguntó Chester, sin podérselo creer. A través de la ventanilla del Range Rover, el muchacho miraba la casa que estaba un poco más allá, en la calle. Apartó un momento la mirada de ella para observar el micrófono que tenía en la manga y después la pistola en el cinturón de Drake—. ¿De verdad necesitamos todo esto? —preguntó.

Eddie se giró hacia Chester.

—Desde luego. Hay que estar preparado para cualquier cosa que pueda pasar —dijo en tono alarmante. Miró la calle hacia atrás en el retrovisor externo—. Y no podemos quedarnos mucho tiempo aquí; no es seguro.

—Mira, Chester, comprendo perfectamente por qué quieres hacerlo —empezó a decir Drake, y lanzó un suspiro—. Quieres tranquilizar a tus padres haciéndoles ver que estás bien. Pero como no paro de intentar hacerte comprender, no creo que sea una buena idea.

Chester hizo un gesto de contrariedad, pero no respondió. Nervioso, Drake apretó los dedos en un puño y volvió a abrirlos.

—Puedes estar con ellos un máximo de diez minutos, es imposible que te quedes más. Los styx vendrían y no te cogerían tan sólo a ti: también cogerían a tus padres. Todo el mundo, y estoy diciendo todo el mundo, con el que entres en contacto correrá peligro.

—Lo comprendo —murmuró Chester—. Me aseguraré de que ellos también lo comprendan.

Negando con la cabeza, Drake hizo un último esfuerzo por disuadir al muchacho.

—Tienes que entender lo que va a pasar. Tus padres no te dejarán entrar y volver a irte tan campante. Querrán saber dónde has estado todo este tiempo y con quién, pedirán explicaciones. Pero no les puedes contar nada. Después, cuando quieras irte, montarán una de mil demonios y seguramente llamarán a las autoridades, y eso equivale a hacer una llamada directa a los styx. —Chester iba a decir algo, pero Drake no le dejó—: Y después, cuando suenen las alarmas y tú vuelvas a desaparecer, los styx harán una redada en casa de tus padres y los interrogarán para ver lo que saben.

—No; haré que mis padres me escuchen —repuso el muchacho con la voz ronca—. Harán lo que les pido porque confían en mí.

—Hará falta algo más que confianza —dijo Drake—. Estamos hablando de tus padres. Lucharán con uñas y dientes para evitar que te vayas.

Chester suspiró tembloroso.

—Pero tengo que hacerles saber que estoy bien. Se lo debo, ¿no? —Miró con ojos suplicantes a Drake, que se limitó a negar de nuevo con la cabeza.

—A veces es mejor dejar las cosas como están —repuso, pero Chester estaba contemplando de nuevo la casa.

—En estos momentos, seguro que mi padre se está tomando su taza de café viendo las noticias de la tarde en la tele. Mi madre estará en la cocina, con la radio puesta mientras prepara la cena. Pero, hagan lo que hagan, seguro que piensan en mí. ¿Sabes?, soy lo único que tienen. Mi hermana Annie murió en un accidente cuando era pequeña, y sólo quedo yo. No puedo dejar que sigan sufriendo, creyendo que también a mí me ha ocurrido algo terrible. Nada puede ser peor que... que no saber.

Drake comprobó que la pistola salía con facilidad del cinturón.

—Bueno, después no digas que no intenté quitártelo de la cabeza.

Eddie arrancó el coche y lo hizo recorrer con sigilo un trozo de la calle. Cuando sólo lo separaban algunas casas de la de Chester, paró en seco.

—Vamos —dijo, y entonces salieron todos al mismo tiempo. Drake se puso al volante y el styx acompañó al chico por la acera.

—Es ésta —dijo Chester al llegar a la casa.

—Buena suerte —susurró Eddie, y entonces se separó de él para bordear la casa.

Avanzando unos pasos por el sendero de baldosas dispuestas de manera irregular, Chester se detuvo a observar la puerta de delante. Vio bajado el estor de la ventana de la cocina y distinguió algo que se movía al otro lado.

—Mamá —dijo, y sonrió.

Recorrió lentamente el resto del breve camino. Todo estaba exactamente igual: las pequeñas franjas de césped a cada lado del camino habían sido segadas hacía poco. Durante los meses de verano, su padre siempre pasaba el cortacésped el domingo por la tarde, cuando hacía más fresco.

Chester buscó la rana de cemento colocada en el arriate, que tenía sacada la lengua como si esperara que pasara por allí una mosca, también de cemento. El color gris de la rana, cubierta en parte por líquenes secos, resultaba bastante triste en contraste con las llamativas flores de alrededor. De ellas se encargaba su madre, que iba regularmente al vivero del barrio y replantaba completamente el arriate cada dos meses, fuera necesario o no, eligiendo siempre las flores más deslumbrantes. «Bueno, eso me hace feliz», le decía al padre de Chester cuando éste, inevitablemente, le preguntaba lo que le habían costado. Y entonces se quedaba sin decir nada, porque si eso le hacía feliz a ella, pues a él también.

«Nada ha cambiado. Todo ha seguido igual que siempre sin mí», comprendió Chester de repente. Los rituales que eran exclusivos de la vida familiar de los Rawls, las actividades y rutinas que habían llenado los tiempos de ocio mientras él crecía seguían igual, aunque él ya no estuviera presente. Aquellas piedras de toque de su vida habían seguido, aunque él no estuviera allí para disfrutar de ellas. En parte tenía la impresión de que aquellas cosas deberían haber concluido con su ausencia, o al menos haberse interrumpido hasta su regreso, dado que aquellos ritos también eran suyos.

Pensar esto le avivó el ansia de ver a sus padres. Quería que supieran que él seguía siendo parte de la familia, aunque no estuviera con ellos.

Entró en el porche, y perdió un segundo pasándose la mano por el pelo para no tener muy mal aspecto antes de llamar al timbre.

El sonido hizo que su corazón latiera aún más rápido; recordaba muy bien aquel tintineo flojo.

Oyó voces.

—¡Estoy en casa! —dijo en voz alta, sonriendo de oreja a oreja—. ¡Es en serio! —dijo aún más alto.

Vio a alguien detrás del cristal veteado de la puerta: una silueta humana que se movía.

Sintió que estaba a punto de estallar.

214

La puerta se abrió y su madre apareció allí, secándose las manos en un paño de cocina.

Chester la miró, tan emocionado que no podía hablar.

—Sí, ¿qué quieres? —preguntó la señora Rawls, mirándolo como si tal cosa.

—Ma... —logró pronunciar con sus temblorosos labios mientras las lágrimas empezaban a acumulársele en los ojos. Ella no había cambiado nada, tenía el pelo castaño oscuro muy corto, y las gafas de leer que siempre se le perdían seguían allí, sobre su cabeza, en precario equilibrio—. Ma... —intentó de nuevo pronunciar, empapándose de su rostro, que era exactamente lo que, durante todos aquellos meses que había pasado bajo tierra, se había imaginado que haría llegado el momento que estaba viviendo entonces. Tal vez estuviera un poco mayor que la última vez que la había visto, con aquellas arrugas de preocupación alrededor de los ojos que antes no tenía, pero Chester no lo notó porque era el rostro de alguien a quien quería más que a ninguna otra persona. Levantó los brazos, con la intención de echárselos al cuello en un abrazo.

Pero ella no mostraba ninguna reacción, salvo en las cejas, que había apretado al fruncir el ceño:

—¿Sí...? —repitió la señora Rawls, dirigiéndole una de aquellas miradas recelosas que le había visto dirigir a la gente que le pedía dinero en la calle. Entonces ocurrió algo aún más extraño: ella dio un paso atrás—. Ah, ya sé..., vienes a recoger la ropa vieja, ¿no? —dijo resueltamente—. La tengo preparada para que te la lleves. —Señaló con un gesto una bolsa blanca de plástico puesta detrás de las botellas de la leche, en un rincón del porche. La bolsa estaba repleta y tenía puesto un nombre, pero Chester no lo pudo leer porque tenía los ojos rebosantes de lágrimas.

—¿Quién es? —preguntó desde dentro el señor Rawls.

—Papá... —dijo Chester, sin poder apenas pronunciar.

La señora Rawls estaba demasiado distraída en aquel momento para oírle.

—Es alguien de la ONG ésa que viene a recoger la ropa vieja —gritó hacia el otro lado del pasillo.

—Espero que no vuelvas a intentar deshacerte de mi chaqueta favorita —fue la respuesta que llegó de dentro, seguida por una risotada. La risotada quedó casi ahogada por una música repentina. Chester había acertado: su padre, que era animal de costumbres, estaba viendo la televisión en la sala de estar. E, irónicamente, la música parecía como una banda que tocara una solemne melodía de bienvenida.

Para entonces, la señora Rawls se había dado cuenta ya de que Chester estaba llorando. Él dio medio paso hacia su madre, pero ella se protegió tras la puerta, que empezó a cerrar.

—Eres de la ONG, ¿no? —preguntó la señora Rawls, desconfiando.

El chico consiguió decir algo:

—¡Mamá! —pronunció con una voz terriblemente ronca—. ¡Soy yo!

Pero ella no mostró ni un atisbo de reconocimiento. Lo único que mostró su rostro fue una preocupación más pronunciada.

—Tú no has venido a recoger la ropa vieja, ¿verdad? —decidió la señora Rawls, disponiéndose a cerrar la puerta.

Sin saber qué otra cosa podía hacer, Chester metió el pie para impedir que cerrara.

—¿Qué pasa, mamá? ¿Es que no me reconoces? —preguntó.

—Jeff —llamó ella a su marido, sin fuerzas, con una voz ahogada por el miedo.

—Pero soy yo, ¡Chester! —intentó hacerle comprender.

Por un momento, la ira sustituyó al miedo y la señora Rawls se puso colorada.

—¡Márchate! —replicó. Empujó la puerta aplicando todo su peso, pero Chester empujó a su vez, resistiendo los esfuerzos por cerrarla que hacía su madre.

—Mamá, no puedo haber cambiado tanto —dijo lloriqueando—. ¿No ves quién soy? Soy yo, tu hijo.

Cuando la señora Rawls empezó a lanzarle improperios, lo absurdo de aquella situación desbordó a Chester. De pronto se le ocurrió algo:

—Déjame entrar —gritó, empujando la puerta hasta abrirla del todo. A su madre la empujó hasta la entrada de la cocina, a cuyo marco tuvo ella que sujetarse para no caerse.

Chester entró en el vestíbulo y apuntó con el dedo una fotografía grande que había en la pared. No la había visto hasta entonces. Era de la última salida que habían hecho, unas semanas antes de su desaparición.

En la fotografía, estaban en una cápsula de esa gran noria llamada el Ojo de Londres. Tras ellos se veía el Big Ben. Recordaba que un turista japonés les había sacado la foto a los tres con la cámara de su padre. Sus padres lo habían llevado allí después de clase, como una especie de premio. Y allí estaba él plantado en mitad de la foto, con el uniforme del colegio.

—¡Mira, éste soy yo! ¡Estoy contigo y con papá! —gritó Chester—. Pero ¿qué es lo que te pasa?

—¡Fuera... de mi... casa! —exclamó la señora Rawls, enfatizando cada palabra, y riéndose después con una risa extraña, ahogada—. ¡Tú no eres mi hijo! —Volvió a llamar a su marido, pero esta vez ella pronunció el nombre a voz en grito. Chester nunca la había visto de aquel modo. No podía creerse lo que estaba sucediendo.

Se oyó un estrépito y el señor Rawls llegó a toda velocidad, con una mancha oscura en la blanca camisa, donde se le había caído el café. Esta vez había oído el grito de su esposa por encima del sonido de la televisión.

—¿Qué ocurre? —bramó.

—¡A este chico le pasa algo! Dice que es Chester —gritó la señora Rawls mientras su esposo se acercaba a él.

—¿Que es quién? —exclamó el señor Rawls, lanzando una mirada a su mujer, que seguía agarrando el paño de cocina y lo retorcía con las manos de puro nerviosa.

—Dice que es nuestro hijo —confirmó.

El señor Rawls se volvió entonces hacia Chester. Normalmente era un hombre muy tímido, que apenas se atrevía a mirar directamente a la gente a la que no conocía bien, pero en aquel momento estaba furioso y fijaba sus ojos en el muchacho.

—¿Cómo te atreves? Tú... ¡tú eres un enfermo! —dijo colérico—. ¿Cómo te atreves a venir aquí a decir cosas como ésa? Nuestro hijo está desaparecido, y tú no te pareces en nada a él.

—Pero, papá... —suplicó Chester. Lo intimidaba la furia de su padre, pero volvió a tocar la fotografía con el dedo—. Soy yo, ¡soy yo! ¿Es que no te das cuenta?

—Sal de mi casa ahora mismo, o llamo a la policía. De hecho, Emily, ve a llamarlos ahora mismo. Diles que hay un loco suelto en el vecindario. —Mientras la madre de Chester entraba corriendo en la cocina, su padre cogió un paraguas que estaba apoyado contra la pared y lo blandió ante él.

—¡Ladronzuelo! —gruñó—. ¿Vas buscando sacar algún dinero para drogarte o algo así, verdad?

—Papá, papá —imploraba Chester, tendiendo las manos.

—Sal o..., que Dios me asista, ¡lo usaré contra ti! —gritó el señor Rawls.

Pero Chester no se movió.

—¡Está bien, tú lo has querido! —Justo cuando el señor Rawls empezaba a descargar el paraguas contra Chester, Drake apartó al muchacho. Agarrando al padre de éste por la muñeca, le retorció el brazo y le obligó a ponerse de rodillas.

—Me llevaré esto —dijo arrancándole el paraguas, y a continuación se volvió hacia Chester. El muchacho miraba como bobo a su padre, que seguía poniendo el grito en el cielo, aunque no podía levantarse porque Drake le había hecho una llave de brazo—. ¡Reacciona, Chester! —dijo Drake. Y como no lo hacía, levantó la voz—: ¡Regresa al coche ahora mismo! —ordenó.

Eddie apareció allí de repente, para llevarse al chico. Drake tendió al señor Rawls de espaldas y después lanzó el paraguas al otro extremo del pasillo.

—Perdonen las molestias. Nos hemos equivocado de casa —dijo al salir, dando un portazo tras él.

Chester se desplomó contra la puerta del coche. Temblaba y no paraba de decir: «No comprendo», una y otra vez.

Drake le puso la mano en el hombro y el muchacho se sobresaltó.

—No tienen ni idea de lo que hacen, Chester. A tus padres les han aplicado la Luz Oscura... por eso no te reconocen. ¿No es así, Eddie?

—Así es —respondió el limitador sin dudar un instante.

—Su patrón de conducta ha sido modificado. Renovado, digamos. Y me apuesto lo que quieras a que los han programado para que contacten con algún agente styx en cuanto asomes el morro —dijo Drake—. Creen que están llamando a la policía, pero será otro número. No tienen ningún control consciente sobre lo que están haciendo. Así que me temo que ya están en manos de los styx, Chester.

—Lo que significa que tenemos que alejarnos de aquí cuanto antes —dijo Eddie, pasándose unos cuantos semáforos en rojo a toda velocidad.

16

Will notó el relámpago a través de los párpados cerrados. El árbol entero tembló con un trueno casi simultáneo que los arrancó de su sueño a él y al doctor Burrows.

—Ése ha sido gordo —comentó su padre, levantándose y estirando los brazos.

—Sí, otra megatormenta —dijo Will. Pero por encima de las ramas del árbol, donde esperaba ver espesas y negras nubes, vio con sorpresa que había un cielo radiante—. Pero parece que ha despejado del todo. Se ve que la hemos pasado dormidos.

Pese a la increíble cantidad de follaje que tenía el gigantesco árbol por encima de la base, caían algunas gotas sueltas que aterrizaban en torno a Will. Se quedó como hipnotizado mirando cómo aquellas gotas terminaban su viaje maratoniano, reventaban contra el suelo y dejaban una mancha oscura al penetrar la humedad en la madera.

—Hora de empezar —anunció el doctor Burrows—. Pero antes creo que debemos desayunar algo.

Aunque a Will le apetecía volver a dormirse, aún le apetecía más comer algo. Así que siguió el ejemplo de su padre y se fue a buscar la mochila, que Elliott había suspendido de una simple cuerda en un intento de mantenerla a salvo de las hormigas. Will y su padre cogieron un mango de los que había recogido Elliott el día anterior. No había ni rastro de ella ni de *Bartleby*, y Will supuso que habrían salido de caza.

Sentado ante la mesa con las piernas cruzadas, el doctor Burrows garabateaba algo en su diario mientras mordía un pedazo de mango. Will sabía que seguramente no obtendría ninguna respuesta si le preguntaba a su padre en qué estaba trabajando, así que prefirió quedarse sentado en el borde de la plataforma. Miró hacia la pirámide por entre las ramas del árbol. Bajo aquel intenso sol, tanto la pirámide como el borde de hierba que la rodeaba brillaban con el agua del último chaparrón. El calor ya estaba haciendo efecto en la humedad, convirtiéndola en nubes de vapor que se llevaba una ocasional ráfaga de aire.

—Es curioso que aquí nunca cambie nada, ¿verdad? —comentó Will, que aún no había despertado del todo y ya estaba sudando por el calor—. Me refiero a que siempre hace sol, siempre es el mismo tiempo, salvo cuando hay tormentas, y no hay ni verano ni invierno ni nada que se le parezca. Es como si el reloj se hubiera quedado parado en un verano achicharrante.

Con la boca llena, el doctor Burrows ofreció una respuesta incomprensible.

Will empezó a dar patadas al aire, balanceando los pies alternativamente. Eso le recordó cuando era mucho más pequeño e iban a un pequeño parque de atracciones que había en Highfield. Embadurnado de protector solar, él se iba siempre derechito a los columpios con la esperanza de que no se los hubieran cargado los gamberros. Pero incluso si no estaban rotos y funcionaban bien, la señora Burrows muy raramente se ofrecía a empujarle, pues prefería quedarse en algún banco ojeando sus revistas de cine y televisión con fotos a todo color. Así que no tuvo más alternativa que aprender a columpiarse solo, o bien quedarse allí parado mientras a otros niños los empujaba su padre o su madre.

—Me pregunto qué tal estará mamá —empezó a decir Will, recordando la última vez que la había visto, en el restaurante de autopista—. Me pregunto qué tal les irá a Drake y a ella. Espero que mamá esté...

—Vamos, cállate —le espetó el doctor Burrows. Se había quedado lívido, y Will se dio cuenta de que había estrujado en el puño el trozo de mango que se estaba comiendo. El zumo le goteaba de la mano al ponerse en pie bruscamente—. ¿Es que no puedes vivir en el presente? ¿Es que no puedes aprovechar la increíble oportunidad que has tenido de llegar aquí? ¡Siempre estás recordando el pasado, y eso no creo que sea bueno, y menos en alguien de tu edad! —Se fue pisando fuerte en el suelo hasta el gran tronco que empleaban para entrar y salir de la base, y una vez allí se detuvo—: En este mundo, ninguno tenemos sombra —comentó, y empezó a bajar al suelo.

—¿Qué significa eso? —preguntó Will, dirigiéndose al lugar en que se había encontrado su padre un instante antes, pero sabía muy bien que al mencionar a su madre había mentado la soga en casa del ahorcado. Estaba claro que a su padre le dolía pensar en ella, que le había rechazado cuando los dos habían regresado a la Superficie. Pero Will no podía olvidarse de su madre: había visto una nueva faceta de ella y la tenía constantemente en sus pensamientos. El breve tiempo que había permanecido con ella le había hecho comprender cuánto la quería en el fondo.

Aunque aquellos días no acudía allí con la frecuencia que le hubiera gustado, Will había encontrado un lugar apartado, cerca de un pequeño manantial, donde había clavado unas cruces en recuerdo de las personas de su familia que había perdido. Y mientras estaba allí, tendido en la hierba recordando al tío Tam, a Sarah Jerome y a Cal, también pensaba en su madre, e imploraba que los styx no le hubieran echado la zarpa. De ellos también tenía allí cerca un permanente recuerdo, pues al otro lado del manantial había enterrado las ampollas del virus del Dominion y la vacuna, metidas y selladas en un viejo frasco de medicamentos para preservarlas de la humedad.

Así que aquel manantial era para él un lugar de contradicciones: en un lado, estaba todo lo que había sido bueno en su vida, y en el otro, el virus letal que los asesinos styx habían preparado para cometer un genocidio con el que diezmar a la población de la Superficie.

A diferencia de su padre, Will no quería olvidar el pasado. Sentía que estaba en deuda con la gente que había perdido la vida tal vez como resultado de la cadena de acontecimientos que había puesto él en marcha al atravesar la puerta de entrada a la Colonia al lado de Chester. Pensó en ir a visitar el manantial en aquel momento, pero al final decidió ayudar a su padre. Si le había molestado, entonces sería mejor arreglar las cosas con él cuanto antes y ofrecerle su ayuda era un medio infalible de lograrlo. Así que se lavó la cara con agua de una de las cantimploras, se echó el Sten al hombro y se dirigió hacia el tronco del árbol para descender de la base.

Había cruzado el borde de hierba y estaba subiendo por un lado de la pirámide cuando oyó un sonido que le erizó los pelos de la nuca. Se detuvo un instante, seguro de que había sido la vibración de un motor lejano. Escuchó con atención y después negó con la cabeza. Si había habido algo, parecía que ya se había detenido. Pero empezó a subir por los peldaños con saltos aún más grandes, tratando desesperadamente de localizar a su padre. Cuando llegó a la mitad de la pirámide, corrió a lo largo de aquel peldaño, observando el claro que había abajo por si su padre estuviera trabajando en los últimos descubrimientos que había hecho allí. Al volver la esquina al final del peldaño, distinguió por fin a su padre. Se hallaba en el lado más alejado de la pirámide, examinando las piedras movibles.

Por la manera de mirarlo, parecía que al doctor Burrows ya se le había pasado el enfado.

—¡Ah, estás ahí! —le gritó, con la mano en una de las piedras y tratando de sacarla todo lo posible—. Estoy viendo si...

—¡Papá! ¿Has oído eso? —le gritó Will, señalando al cielo con angustia.

—Espera un minuto —dijo el doctor, malinterpretando los gestos de su hijo como un saludo y saludándolo a su vez con la mano. Cuando Will llegó donde él estaba, su padre había agarrado la siguiente piedra de la fila y estaba ajustando su posición—. Estoy intentando un nuevo acercamiento...

Justo entonces regresó durante unos segundos el sonido, llevado por una ráfaga de viento. Esta vez el muchacho no pudo dudar de lo que oía, aunque su progenitor no parecía consciente de nada que no fueran aquellas piedras movibles.

—¡Por Dios, deja eso ahora! ¿Es que no has oído? —le insistió Will.

—¿El qué? —respondió el doctor Burrows, retirando la mano de las piedras y ladeando la cabeza.

Pero a continuación no tuvo que hacer un gran esfuerzo para oírlo.

Ante ellos apareció un atronador helicóptero que volaba tan bajo que salpicaba el agua de lluvia de las hojas de los árboles. Ascendió y se detuvo justo encima de la pirámide. Con toda la fuerza de un pequeño tornado, el aire levantado por los rotores les daba a los dos en la cara y desprendía el polvo empapado por el agua de lluvia que se acumulaba en la pirámide. Padre e hijo se agacharon, tratando de no ser barridos de donde estaban.

—¿Quiénes serán? —gritó el doctor, intentando asomarse por la cornisa para ver mejor.

—¡No, papá! —gritó Will, tirando hacia atrás de su desconcertado padre para que se pegara a la pared de la pirámide y permaneciera oculto.

—Pero ¿quién irá ahí? —seguía preguntando el doctor Burrows.

—¡Cállate! —le ordenó Will. Ya estaban más arrimados a la pared y resultaban menos fáciles de distinguir por los del helicóptero. No lo veía desde donde estaba, y tampoco le importaba quién fuera en él, pues no cabía duda de que se trataba de un helicóptero militar. Y teniendo en cuenta el anterior avistamiento por parte de su padre de un Stuka, no parecía que su aparición en escena fuera una buena noticia.

Sin embargo, Will se aventuró a separarse un poquito de la pared. Parpadeando para evitar que se le metiera en los ojos el polvo levantado por los rotores, vislumbró un instante al piloto, que llevaba casco y gafas oscuras. Entonces, al girar lentamente el helicóptero, vio que tenía abierta la puerta lateral y que allí estaba colocado un soldado que manejaba un arma de fuego de gran tamaño. Ante sus ojos lanzaron del helicóptero unas bovinas de cuerda, que se desenredaron hasta alcanzar toda su longitud. Entonces Will vio otra cosa que hizo que le diera un vuelco el corazón. Tras el tirador de la puerta, distinguió los rostros descarnados de unos limitadores vestidos con su característico uniforme de camuflaje. También vio que uno de ellos apuntaba con su rifle... exactamente en dirección a él.

—¡Styx! ¡Dentro van styx! —farfulló Will, echándose atrás contra la pared. Se quitó el Sten del hombro, lo amartilló y lo dejó listo para disparar.

«¡Tenemos que salir de aquí!», pensó.

Repasó apresuradamente con la vista la selva que se extendía ante ellos. Cuando trataba de calcular si podrían tener alguna esperanza de cruzar el claro para llegar hasta ella, creyó ver a Elliott. Parecía que estaba tras uno de los enormes troncos.

No tuvo tiempo de volver a mirar.

En ese instante apareció sobre los árboles una larga serie de helicópteros que formaron un círculo en torno al primero. Se mantenían bajos, justo por encima de las copas de los árboles. Las aspas agitaban las ramas y creaban remolinos de hojas.

Por encima del rugir de todos aquellos helicópteros, Will oyó el inconfundible sonido de un disparo de rifle. Sobre él y su padre empezaron a caer trozos de piedra: habían quedado atrapados por las balas que los styx disparaban con extrema precisión. Entonces comprendió que los querían vivos: los limitadores no yerran el tiro.

Will lanzó una mirada a la selva. Aunque él y su padre aprovecharan la baja gravedad y se tiraran pirámide abajo, no tenían ninguna posibilidad de llegar hasta allí: la distancia era demasiado grande; y aquellos expertos tiradores styx tendrían tiempo de sobra para liquidar a cualquiera que intentara cruzar el claro. Era imposible.

El doctor Burrows parecía completamente perdido, se encogía contra la pared y abrazaba con ambas manos su diario, como si su preservación fuera lo único que le importara. Will volvió a mirar el helicóptero que tenía justo encima de la cabeza. Se arrepintió de haberlo hecho al ver las oscuras siluetas de los limitadores recortadas contra el blanco cielo que bajaban en rápel por las cuerdas. Eran seis, y se deslizaban a gran velocidad hacia la cúspide de la pirámide. Actuando por impulso, Will apuntó con su Sten a los soldados styx, pero las balas llovieron sobre él. Los disparos provenían de limitadores que iban en los otros helicópteros e impactaban en la superficie a tan sólo unos metros de él. Bajó el arma y se arrimó a la pared. ¿De qué servía enfrentarse a tantas balas y tantos hombres?

—No hay nada que hacer —le susurró a su padre.

No había escapatoria; además, se sentía sin fuerzas, como si le hubieran extraído toda la energía.

Oyó un grito procedente de la cúspide de la pirámide. Era un styx, que mandaba a otros soldados al escalón donde estaban atrapados su padre y él.

Los limitadores habían llegado a la pirámide.

Estaban muy cerca.

—Todo ha acabado, papá.

Will se tapó el rostro con el brazo y cerró los ojos, esperando lo inevitable.

Esperando la captura.

Pero entonces ocurrió algo inexplicable.

La pared a la que estaban arrimados y el suelo de piedra cedieron.

—¡Eeeh! —chilló el doctor Burrows.

Y ambos se hundieron en la oscuridad.

***

—¡Eh! —exclamó Rebecca Dos mientras seguían dando vueltas sobre la pirámide—. ¿Dónde se han metido?

—¿Qué? —preguntó su hermana desde el interior del helicóptero, donde no había podido ver tanto como su hermana. Se colocó entre el tirador apostado en la puerta y su hermana para ver mejor—: ¡No me digas que los hemos perdido! ¿Cómo puede ser eso?

La primera tanda de limitadores que se apearon sobre la plataforma que había en la cúspide de la pirámide ya estaba registrando el peldaño donde se habían hallado Will y su padre. Otros helicópteros aterrizaban en el claro y los hombres saltaban en cuanto el terreno se hallaba lo bastante cerca. Los ladridos de los perros de presa retumbaban entre los árboles y los soldados que los llevaban elegían entre los diversos rastros.

—No irán lejos —dijo Rebecca Dos.

Inmerso en una oscuridad absoluta, Will daba vueltas y vueltas, bajando por una pendiente. Intentaba no gritar cuando sus codos y rodillas pegaban contra las múltiples esquinas, que comprendía eran los bordes de los escalones, y dio gracias de que aquellos escalones fueran relativamente bajos, pues de lo contrario habría sido mucho más doloroso.

Cuando se detuvo boca abajo sobre un suelo de piedra, le faltaba la respiración. En cuanto logró que los pulmones le volvieran a funcionar, trató de encontrar su Sten, que se le había caído por el camino. Tenía aún en la retina la imagen de los limitadores descendiendo por las cuerdas y comprendía lo importante que era encontrar el arma.

Pero ¿qué había sucedido?

Cuando casi tenían encima a los soldados styx, por algún incomprensible golpe de suerte habían logrado escapar. Pero ¿dónde se encontraba? Y ¿dónde estaba su padre? Tras recuperar el aliento, se dio la vuelta y empezó a gritar:

—Papá, papá, ¿estás ahí?

Oyó entonces un gemido y notó un golpe en la cabeza. Alargó la mano y cogió lo que le había golpeado: era el pie del doctor Burrows.

—¡Cuidado, papá! —advirtió palpando la pierna por encima de su cabeza. Se arrastró hasta ponerse a la altura de su padre, que estaba tendido boca arriba, claramente aturdido—. ¿Estás bien? —preguntó Will, sacudiéndolo por el brazo.

—¡Ay! —se quejó el hombre al cabo de un instante, y después dijo con voz no muy alegre—: Por favor, suéltame, Will, esa pierna me duele horrores.

Sin embargo, a Will le alegró pensar que no parecía malherido. Lo soltó y trató de poner orden en su cabeza.

—Ha faltado muy poco. Creí que se había acabado todo.

Habían escapado gracias a una especie de milagro y todavía no entendía qué era lo que había ocurrido.

—¡Estamos dentro de la pirámide, papá! ¿Cómo diste con el código de las piedras?

—Yo no hice nada —admitió su padre sentándose y palpándose la pierna con cuidado—. Y me estoy haciendo demasiado mayor para estas cosas. ¡Pobres rodillas mías!

—Si no fuiste tú, entonces... entonces, ¿cómo hemos venido a parar aquí? —preguntó Will, intentando vislumbrar en la oscuridad qué había a su alrededor.

—¡Yo qué sé! —respondió el doctor Burrows, quejándose al ponerse en pie y empezar a buscar en sus bolsillos.

Will empleó un truco que había aprendido durante los meses que había pasado en las profundidades de la Tierra: dio una palmada y calculó la resonancia.

—Nos encontramos dentro de un espacio bastante grande —observó.

Su padre seguía buscando en los bolsillos.

—Sí, pero tenemos que echar un vistazo a este lugar, y para eso necesitamos una luz. ¿No llevas ninguna contigo?

—Eh..., me parece que no —dijo Will, poniéndose también de pie para buscar en los pantalones, aunque sabía que era muy difícil que encontrara algo, pues la permanente luz de aquel mundo había convertido en completamente innecesario llevar encima ninguna esfera luminosa.

—¡Ajá! —dijo el doctor Burrows al dar con un pequeño tubo de cerillas que había cogido de los almacenes en el refugio antiatómico—. ¡Cerillas a prueba de viento! Un viejo chisme del ejército. Ya lo tenemos —declaró cogiendo una y frotándola contra la base del tubo.

Will vio que estaban dentro de una cámara cuyo techo se elevaba unos diez metros sobre sus cabezas. A la parpadeante luz de la cerilla, sólo dos de las paredes resultaban visibles, y justo en la de detrás se encontraba la boca de la escalera de piedra por la que habían caído.

—El suelo —susurró el doctor Burrows—. Míralo.

Estaban pisando lo que parecían unas figuras talladas en el suelo, pero a diferencia de los relieves del exterior de la pirámide, aquéllos estaban coloreados.

El doctor Burrows empezó a examinarlos, dando varios pasos con la cerilla muy próxima al suelo.

—Me parece que es un mapa. Hay cosas que parecen ríos y montañas y algo que deben de ser ciudades. Mira, ¡no hay duda de que es un mapa! ¡Es del mundo exterior! Aquí está Asia y esto es Europa. —Intentando ver más del mapa, avanzó tan aprisa hacia un lado que casi perdió el equilibrio—. Todos estos continentes están tallados con muchísima exactitud... ¿Cómo es posible? —Siguió moviéndose para un lado y para otro—. ¡Y aquí está América del Norte! ¡No puede ser! ¡O sea que esa gente, los antiguos, estuvieron allí milenios antes de Colón!

—¿Antes de Colón? —repitió Will, que estaba demasiado preocupado para entender cabalmente lo que decía su padre.

—Sí, y podían llegar a todos estos continentes porque no tenían que navegar por los océanos; llegaban desde dentro del globo. ¡Tenían el mundo entero a sus pies!

—Papá, no me vendría mal un poco de luz aquí —dijo Will, que empezaba a perder la paciencia mientras su padre seguía parloteando, emocionado. En aquel preciso instante, su prioridad era encontrar su Sten, pero no lo veía por ningún lado.

—¡Maldita sea! —dijo el doctor Burrows cuando la cerilla le quemó los dedos y se apagó. En la oscuridad que volvía a envolverlos, Will oyó que su padre volvía a hurgar en el tubo de cerillas.

Con otra cerilla prendida, el doctor se desplazó por el

mapa en dirección a la pared más distante. Lo que vio atrapó su atención inmediatamente: había más relieves pintados, pero esta vez no se trataba de un mapa.

Se trataba de una larga comitiva. Las figuras eran al menos el doble de grandes que en la realidad, y por la manera en que vestían y las elaboradas coronas que lucían en la cabeza, tenía que tratarse de reyes. Detrás del rey, si realmente era un rey, iba la reina, a la que llevaban en una silla de mano. Le seguían unos soldados, tal vez la guardia real, algunos de los cuales iban en carros, cada uno de los cuales iba tirado por cuatro sementales blancos.

Y con aquel descubrimiento, hasta Will se olvidó por un segundo, asimilando la escena, de que tenía que encontrar el Sten.

—Papá —susurró—, ahí está otra vez el símbolo de mi colgante.

—Sí, aparece en la cartela del monarca —dijo su padre, señalando el panel que había debajo de la figura real, donde el emblema de las tres barras resaltaba en oro junto a otros pictogramas.

—No sólo ahí, está por todas partes —le corrigió Will, fijándose en las coronas del rey y la reina, y en el cetro que portaba el monarca.

De hecho, el símbolo en forma de tridente aparecía también en los escudos y petos de gran parte de la guardia real, y su color dorado reflejaba el último destello de la moribunda cerilla.

—Exquisito —susurró el doctor Burrows, pero al desplazarse por la pared, la llama chisporroteó y se terminó apagando.

—¡Maldición! ¡Tengo que ver más! —dijo, buscando otra cerilla a tientas.

De nuevo en la oscuridad, Will comprendió la situación en que se hallaban:

—Papá, esto es una locura. No tenemos tiempo para examinar relieves. Ahí fuera hay limitadores que estarán tratando de averiguar dónde nos hemos metido. No se van a quedar parados. Intentarán cualquier cosa para atraparnos aquí dentro. Y Elliott está sola. Tenemos que encontrarla como sea. —La voz de Will sonó apagada cuando se volvió, tratando de ver tras de sí en la oscuridad—. Tengo que recuperar mi Sten como sea. Es nuestra única arma.

—No me des lecciones, Will —repuso el doctor Burrows—. Tengo una caja entera de cerillas, y no va a pasar nada porque les eche otro rápido vistazo a estos relieves. Después trataremos de encontrar la salida, ¿de acuerdo?

Will no dijo nada, y su padre intentó encender otra cerilla, pero no pudo lograrlo ni en el primer intento ni en el segundo.

—¡Ah, vamos...! —exclamó.

Pero cuando por fin lo consiguió, la cámara resultó iluminada por una luz más intensa de la que podía arrojar una simple cerilla.

Will y el doctor Burrows estaban rodeados por una serie de antorchas encendidas. Y detrás de aquellas antorchas había algo que, a primera vista, parecían árboles de corteza rugosa.

Eso fue hasta que Will vio que tenían brazos y piernas que se acercaban a la forma humana. Y aunque estaban completamente cubiertas por aquella corteza de madera resquebrajada, se adivinaban caras: el muchacho distinguía las bocas y sus pequeños ojos de iris castaño que brillaban a la luz de las antorchas.

Entre crujidos de madera, las figuras se acercaron a Will y a su padre.

—Los a... ar... árboles de Elliott —tartamudeó Will, muerto de miedo.

Varias patrullas de limitadores habían tomado posiciones a lo largo de los cuatro lados de la superficie plana que había en la cúspide de la pirámide. Las gemelas caminaban detrás de ellos, inspeccionando la actividad que tenía lugar al nivel del suelo. El Limitador General subía a la cúspide, hablando brevemente con uno de sus hombres, que le estaba pasando algo. Después se fue derecho hacia las muchachas.

Al llegar ante ellas, les presentó un pequeño aparato.

—Para empezar, éste es el emisor de radio que aparecía en el sistema de radar climático. Estaba oculto por ahí, dentro de una grieta —dijo, mirando más allá de las gemelas.

Rebecca Dos lo cogió y examinó la antena.

—No la hemos abierto para estudiar la tecnología que utiliza porque no queríamos interrumpir la señal —dijo el Limitador General.

—Sí, que siga funcionando —accedió Rebecca Uno—. Me apuesto algo a que Drake está detrás de este aparato. Se lo habrá sacado a alguno de sus amigos técnicos.

—¿Y qué más? —preguntó Rebecca Dos.

—Hemos examinado las huellas existentes en las proximidades. En total hay cuatro tipos de huellas: tres humanas, una de adulto y dos de jóvenes, que a veces van acompañados por un animal, que probablemente sea un cazador —respondió.

—Eso quiere decir... que están aquí el doctor Burritos, Will y Elliott —concluyó Rebecca Dos.

El Limitador General asintió con la cabeza antes de proseguir.

—Los perros están encontrando múltiples rastros en todas las direcciones —dijo pasando la mano por delante para indicar la selva circundante—. Hemos localizado la base de las personas que buscamos en un árbol cercano, al borde del claro. —Dio un cuarto de vuelta para mostrar el lugar a las gemelas—. Está ahí, al sur.

—¿Han encontrado algo allí? —preguntó Rebecca Dos.

—Agua, comida, ropa de repuesto y una cantidad limitada de munición, pero aún no hemos terminado el registro. Había un artefacto artesanal con un cable trampa colocado en el acceso principal a la base, que hemos desactivado. El artefacto utilizaba C-Cuatro, un potente explosivo empleado en la Superficie.

—Más de lo mismo. No cabe duda de que esto viene de Drake —aseguró Rebecca Uno.

—Y también nos indica que Elliott sigue con las viejas costumbres —añadió su hermana—. Era de prever.

El Limitador General continuó su informe:

—Hay multitud de objetos (huesos, monedas, artículos de barro y de cristal...) que parece que han pasado mucho tiempo enterrados.

—Del doctor Burritos —se burló Rebecca Uno—. Hay gente que no cambia.

—Y también hemos encontrado algunas calaveras, tres de las cuales parecen bastante recientes. Parecen haber sido colocadas sobre estacas, y una de ellas muestra un orificio en la sien producido por arma de fuego, seguramente desde corta distancia. —El Limitador General observó al coronel Bismarck para comprobar que se encontraba a una distancia a la que no podía oír nada—. Tal vez pertenezcan a los neogermanos desaparecidos.

—Eso les dejaremos que lo descubran por sí mismos. No es asunto nuestro —dijo Rebecca Uno con un gesto de impaciencia—. ¿Qué nos puede decir del doctor Burritos y de Will? ¿Dónde están ahora? —preguntó.

—Si vienen conmigo... —les sugirió el Limitador General, guiándolas hacia el peldaño que se encontraba justo por debajo de la cúspide—. Cuando nuestros objetivos desaparecieron se hallaban ahí, en ese escalón. El polvo levantado por el helicóptero dificultaba la visión, pero después de algunos movimientos rápidos, los dos simplemente desaparecieron —informó—. Y los perros no han sido capaces de encontrar ningún rastro reciente que parta de ese lugar.

Las gemelas digerían esta información mientras empezaban a caminar con cuidado por el peldaño.

—O sea que los teníamos en bandeja, los habíamos pillado en un espacio abierto, y aun así se nos han escapado —dijo Rebecca Uno con un deje de resentimiento.

Su hermana lanzó un silbido y negó con la cabeza, en actitud de reproche.

—Llévenos adonde se encontraban —ordenó—. Al punto exacto.

La patrulla de cuatro hombres asignada para proteger a las gemelas se apresuró a quitarse de en medio para dejarlas pasar y que el Limitador General les mostrara el lugar.

Rebecca Dos examinó la pared, mientras su hermana se ponía de rodillas para pasar los dedos por la rendija que había entre dos bloques de piedra de la superficie plana. Le chasqueó los dedos al limitador más cercano, pidiéndole el cuchillo que llevaba en el cinto. Él lo desenvainó y se lo pasó a la muchacha.

—¿Piensa que sus hombres pueden haberse distraído, que tal vez no se dieran cuenta de que nuestros dos amigos bajaban a toda prisa por un lado de la pirámide? —preguntó Rebecca Uno al tiempo que utilizaba la punta del cuchillo para sondear la rendija en varios puntos, aunque fue incapaz de hundirlo mucho en ella—. La baja gravedad podría haberles ayudado a hacer una rápida huida.

—Y no hay signos de ninguna abertura oculta en este montón de piedras viejas —comentó Rebecca Dos observando a su hermana.

El Limitador General estaba incómodo, detrás de las gemelas. No le hacía gracia que se pusiera en duda la fiabilidad de su informe.

—Entonces, ¿qué nos dice? —le preguntó Rebecca Uno sin mirarlo, que era el modo de mostrar su descontento.

El Limitador General se puso firme, seguro de la información que ofrecía.

—Mis hombres estaban apuntando a los dos blancos desde tres puntos distintos en tres helicópteros diferentes. Como saben, mis hombres estaban lanzando fuego de contención para asegurarse de que los perseguidos no se movían del sitio. Ninguno los vio huir a la selva —dejó claramente sentado—. Y no albergo la menor duda de que ésta fue su última posición conocida.

Apareciendo como por embrujo, Cox se deslizó hasta allí y se detuvo junto a la pared. Levantándose el manto del rostro, inclinó su deforme cabeza para abanicarse la nariz con la mano. Se sorbió los mocos, arrastró los pies un trecho por el peldaño y volvió a aspirar el aire, repitiendo esto hasta que se encontró justo debajo de las piedras movibles del doctor Burrows. Pero a Cox no le interesaban las piedras. Volvió a sorberse los mocos por última vez, como para asegurarse.

—Justo aquí, mis niñas —proclamó, barriendo el suelo con los pies como hacen las gallinas antes de partir en trozos a un gusano con el pico. Cox estaba justamente donde Will y su padre habían sido engullidos por la pared cuando intentaban esconderse de los helicópteros—. Justo aquí, puedo oler el miedo... Aquí es donde se ha escondido la pieza.

—Bravo, Tom Cox... —anunció melodramáticamente Rebecca Uno con un amplio movimiento del brazo—. Eres mejor que ningún perro de presa.

Su hermana se volvió hacia el Limitador General, que asintió con la cabeza ante la muda orden de la muchacha.

—Traeremos munición —dijo—. Los haremos salir aunque tengamos que partir la pirámide en dos.

Aquellos extraños seres tenían completamente rodeados a Will y al doctor Burrows.

—Papá, los árboles tienen armas... y no parecen muy simpáticos —advirtió el chico en susurros que transmitían la incredulidad ante lo que estaba viendo: los árboles tenían espadas desenvainadas y un par de ellos iban armados con lanzas. El hierro de las armas brillaba levemente en las extrañas manos de aquellos seres, que Will examinó mientras se acercaban. Era como si la piel de los dedos se les hubiera levantado formando rizos, lo que los hacía gruesos y rígidos.

—No te asustes..., no hagas nada que alarme a estos... —susurró el doctor en respuesta, y dudando cómo llamar a aquellos extraños seres—: a estos... *arbustombres*.

—¿Alarmarlos? —dijo Will, y entonces vio algo que tuvo que volver a mirar para cerciorarse—. Papá, ése tiene mi Sten, ¡y parece como si supiera usarlo! —El muchacho tenía razón: el arbustombre sujetaba el Sten correctamente con sus rígidas manos y apuntaba con él a Will y su padre.

—Eh... —empezó el doctor Burrows, y a continuación trató de darle a su hijo la impresión de que estaba tranquilo—. Sí, parecen humanoides: tal vez su apariencia se deba a algún tipo de mutación de la piel... Y estoy de acuerdo contigo en que parecen inteligentes. Voy a tratar de comunicarme con ellos.

El doctor Burrows abrió el diario muy despacio, como para no asustarlos, y entonces, después de unos segundos, empezó a hablar en una lengua que no se parecía a ninguna que hubiera oído nunca Will. Las palabras sonaban duras y epiglóticas.

Se oyó algún crujido de madera entre los arbustombres, pero por lo demás no hubo reacción alguna.

—Tal vez mi pronunciación sea incorrecta, eso si realmente están dotados de lenguaje —comentó el doctor Burrows.

—Sea lo que sea lo que intentas, ¡adelante! —le apremió Will.

El doctor volvió a intentarlo. Esta vez no hubo crujidos, pero alguno del círculo de arbustombres ofreció una respuesta, en los mismos feos sonidos que había empleado el padre de Will.

—¡Sí, sí, sí! —El hombre estaba fuera de sí de la emoción, y anotaba con su cabo de lápiz en el diario—. ¿Has visto quién ha hablado? —le susurró a Will, mientras traducía la respuesta—. Él o ella ha dicho que... que hemos... entrado aquí sin permiso y que si no dejamos el templo... los guardias, o más bien, los guardianes... van a... —el doctor miró a su hijo nervioso—: a matarnos. ¡Dios, Will, van a matarnos!

Los arbustombres empezaron a avanzar arrastrando los pies, estrechando el cerco a los dos Burrows.

—¿Ahora puedo tener miedo? —preguntó Will, observando con desesperación el círculo de arbustombres para ver si había algún resquicio por el que pudieran huir.

El doctor Burrows no respondió, sólo tragó saliva. De pronto, Will tuvo una inspiración.

—Los símbolos de la pared... Voy a intentar algo —susurró con premura. Metió la mano dentro de la camisa y se arrancó del cuello el colgante que le había dado el tío Tam. Entonces lo agitó ante los arbustombres, mostrándoselo a todos los que pudo, como si tratara de contener con un crucifijo a un grupo de vampiros sedientos de sangre.

—Rápido, papá, diles algo... diles que soy su rey, su jefe o lo que sea, y que tienen que hacer lo que digamos y dejar que nos quedemos.

El doctor no tuvo tiempo de nada.

—Eh... —acababa de pronunciar, cuando uno de los arbustombres arremetió contra ellos, lanzando el colgante,
que salió despedido de la mano de Will dando vueltas. Otro
de los arbustombres dijo algo que sonó cortante, incluso en
su lenta lengua.

—¡Ah! —fue cuanto pudo decir Will, notando que los
ojos de los arbustombres parecían aún más hostiles y que
estaban levantando sus armas.

—El colgante no nos ha favorecido nada —comentó el
doctor Burrows—. Acaba de insultarte; te ha llamado ladrón.
Ahora ya sí que no hay posibilidad de que nos dejen quedarnos.

—Muchas gracias, tío Tam —susurró Will.

En el momento en que uno de los árboles avanzaba un
paso con la espada en alto, se oyó un ruido tremendo que
hizo que a Will le castañetearan los dientes. La cámara entera pareció temblar y sobre los Burrows y el círculo de arbustombres cayeron montones de polvo.

—¿Qué demonios ha sido eso? —preguntó el doctor Burrows.

Trozos de piedras caían al suelo. Entonces se desprendió
del techo un gran bloque que golpeó en la cabeza a un arbustombre que era un poco más pequeño que los otros y que
se cayó al suelo, hacia atrás. Sus compañeros se volvieron a
mirarlo, pero ninguno se acercó a ayudarle.

—¿Árbol va? —bromeó Will. Lo desesperado de su situación estaba empezando a desquiciarlo. No podía acabar de
creerse que su padre y él hubieran escapado de los limitadores y una muerte casi segura sólo para meterse en otra situación igual de peligrosa. Habían salido del fuego para caer
en las brasas. Y aunque en aquel momento los arbustombres
parecían retroceder un poco, hablando entre ellos con fra-
ses breves, no veía el modo de que su padre y él pudieran
escapar y unirse a Elliott.

—¿Qué ha sido eso? —repitió el doctor Burrows, mirando hacia el techo sin dejar de parpadear—. ¿Una explosión?

—Sí, papá —respondió Will con resignación—. Son los limitadores... Están tratando de abrir un agujero para llegar hasta nosotros. —Lanzó un suspiro—. Así que si no nos matan estos árboles monstruosos, lo harán los styx. Nos encontramos en una situación maravillosa, realmente maravillosa.

Bajo la reducida gravedad, la explosión lanzó volando trozos de pirámide tan alto en el cielo que parecía que nunca volverían a caer. Y antes de que se hubieran despejado el humo y el polvo, las gemelas subían a saltos los peldaños de la pirámide seguidas de cerca por el Limitador General. Cuando llegaron al peldaño superior, inspeccionaron los daños producidos por el explosivo. Las piedras de fuera, con sus relieves, habían desaparecido completamente, pero la estructura subyacente seguía intacta.

El Limitador General no se afligió.

—Aquí tenemos un asomo de apertura —señaló—. Tom Cox tenía razón. Ahora que sabemos dónde, perforaremos unos agujeros alrededor para meter en ellos más explosivos. —Les hizo seña a sus hombres para que subieran—. A la próxima irá la vencida; capturaremos al doctor Burrows y al muchacho.

Desde el borde de los árboles, Elliott había observado al helicóptero rondar en torno a la pirámide. Estaba en la selva cuando oyó por primera vez el sonido del motor, y enseguida había echado a correr de regreso a la base. Sin salir de la protección que ofrecían los árboles, había localizado finalmente a Will y a su padre, agachados en el peldaño superior.

—¡No! —exclamó. No se podían encontrar en peor situación: los habían pillado en lugar abierto, completamente expuesto. Y ella estaba demasiado lejos para ayudarles. Si se atrevía a salir al claro, quedaría expuesta a los tripulantes del helicóptero, quienesquiera que fueran.

Vio que Will miraba hacia donde ella estaba y se adelantó un poco, moviendo los brazos para atraer su atención. Pero él estaba demasiado preocupado por la atronadora máquina que tenían encima y no parecía que la hubiera visto. Elliott se internó un poco en la selva, comprobando que *Bartleby* se encontraba donde ella le había mandado quedarse. Allí no habría podido sujetarlo e impedir que saliera al claro. El gato lanzó un maullido para hacerle ver que quería reunirse con ella, pero ella se lo negó con un gesto de la cabeza.

—Vamos a quitar eso del cielo —dijo desprendiéndose el rifle del hombro y rodeándose el brazo con la correa para afirmarlo. Enfocó el helicóptero en su mira telescópica. Aunque en toda su vida nunca había visto un aparato semejante a aquél, lo primero que encontró fue al piloto. En realidad, no sabía si era aquel hombre quien hacía volar al aparato, pero al menos se trataba de un blanco humano. Y la cosa estaba hecha, pues lo tenía justo en la mira.

Respiró hondo y sujetó el rifle en aquella posición. Estaba a punto de apretar el gatillo cuando el helicóptero giró. A través de la mirilla, vislumbró a un limitador en el interior del helicóptero. Se le heló la sangre. Hizo una mueca, pensando que eliminaría a ese soldado en vez de al piloto. Pero entonces vislumbró otra cosa más, que le heló aún más la sangre: al lado del limitador había una pequeña figura. Elliott la pudo ver con tanta claridad que no le cabían dudas.

—¡Es Rebecca! —soltó, incapaz de creerse que alguna de

las gemelas hubiera sobrevivido a la emboscada—. ¡No puede ser!

Seguía tratando de aceptarlo cuando aparecieron los otros helicópteros. Y unos segundos después alrededor de Will y su padre hubo una descarga de disparos que les impedía moverse. Y a continuación cayeron cuerdas del primer helicóptero y los limitadores empezaron a descender por ellas hacia la cúspide de la pirámide.

—¡No puedo eliminarlos a todos! ¿Qué hago? —se preguntó, bajando el rifle.

Comprendió que las posibilidades de sacar a Will y a su padre de aquella situación eran prácticamente nulas, y que tenía que marcharse a un lugar seguro desde el que pudiera planear su siguiente movimiento. Ordenó a *Bartleby* seguirla y empezó a desplazarse a través de la selva, caminando junto al borde del claro en dirección a la base.

Fue corriendo entre los enormes troncos de los árboles hasta llegar a la base. Oyó gritos provenientes de la pirámide, pero no se paró a ver qué ocurría, sino que cogió algunas cosas para llevar con ella y preparó rápidamente una bomba trampa antes de marcharse. No paraba de decirse que hacía lo correcto yéndose de la zona, y cualquier duda que le pudiera quedar desapareció al oír los aullidos de los perros de presa que la buscaban. Volvió varias veces sobre sus pasos para dejar rastros falsos y después se dirigió al arroyo para caminar por el medio del cauce, donde los perros no podrían seguir su rastro.

Ya en el escondrijo que había preparado los días anteriores, cogió a toda prisa un par de pistolas Browning Hi-Power y la munición sobrante que había guardado allí. También empaquetó lo que le quedaba en la mochila de los explosivos de Drake, junto con agua y comida suficiente; si iba a andar por ahí el día entero, necesitaría todas sus fuerzas.

Al bajar por las enredaderas del escondrijo al arroyo que

corría por abajo, vio a *Bartleby* donde lo había dejado. No parecía nada contento. Se lo llevó con ella a la zona de maleza que crecía más allá, junto a la orilla.

—Lo siento —le dijo—, tienes que quedarte aquí. —Repitió «Quédate aquí» varias veces, indicando el suelo con el dedo. El cazador se sentó a regañadientes. Tras él, su cola se movía, impaciente, de lado a lado. Había entendido que se hallaban en problemas, pero no por qué le excluían. Miró a Elliott cuando ella le acarició la cabeza—. No puedo permitir que luches con un perro de presa. Y tampoco sé si puedo confiar en ti habiendo styx cerca: te aplicaron Luz Oscura..., ¿te acuerdas de lo que sucedió la última vez?

Cuando Elliott volvió a meterse en el arroyo, oyó un maullido lastimero procedente del cazador. Se quedó inmóvil. Se sentía completamente sola. Hasta el día anterior su vida había parecido perfecta, y ahora tenía que afrontar que las probabilidades de salvar a su amigo eran casi inexistentes. Todo parecía inútil: una causa perdida.

Miró a su alrededor, a los árboles que se elevaban como torres a cada lado del arroyo. Nada había cambiado: la selva era la misma que el día anterior, la vida bullía en la profusa vegetación; pero para ella todo parecía ya diferente. Aquello se había transformado en un escenario bélico, un lugar de vida y muerte.

Se imaginó lo que podía estar pasando su amigo en aquel preciso instante: la captura, la tortura, la muerte...

—Will —dijo con voz ronca, tratando de no llorar al imaginárselo preso en las garras de los limitadores—. No, no puedo derrumbarme ahora... Tiene que haber una solución. —Se irguió, levantando los hombros—: Tengo que pensar como tú, Drake.

17

—Quieren que vayamos con ellos —dijo el doctor Burrows, observando el comportamiento de los arbustombres—. ¡Saben cómo están las cosas ahí fuera, y nos llevan a un lugar seguro!

Will percibió el optimismo en la voz de su padre mientras se ponía en movimiento aquel círculo de extraños seres. Echó un vistazo por encima del hombro cuando ellos, como un bosque animado, avanzaron rígidamente hacia él y su padre, dejando en el suelo de piedra las marcas de los pies. Al mismo tiempo, los arbustombres que tenían delante también se movían. Y en medio del círculo, los Burrows no tenían más remedio que seguirlos.

—Sí —susurró Will—. Pero ¿dónde nos llevan?

El grupo los rodeaba acercándose al final de la cámara y la luz de las antorchas encendidas reveló un pasadizo que daba a una escalera que empezaron a descender.

Al cabo de un rato, habló el doctor Burrows:

—Esta escalera no termina nunca. Me produce la sensación de que terminaremos muy por debajo de la pirámide —sugirió a Will maravillado. El chico no sabía si sería así o no, pero al cabo de unos minutos él y su padre vieron que habían llegado al último de los escalones y se hallaban otra vez en una superficie plana.

A la luz oscilante de las antorchas, Will vio que se hallaban en una especie de cruce. Pero no se quedaron allí mucho tiempo, pues los arbustombres les hicieron meterse por un nuevo pasadizo cuyos muros estaban adornados con más relieves de brillantes colores. Alcanzaron a ver uno que representaba una ciudad costera y cuya pieza central era un majestuoso palacio. Aquel palacio recordaba vagamente al Taj Mahal, con una gran cúpula y finos minaretes en las cuatro esquinas. Y en la propia bahía se alzaba la estatua colosal de un hombre vestido con túnica que miraba al mar y que tenía en las manos algo que parecía un telescopio.

—Fíjate en el tamaño de ese lugar, es lo bastante considerable como para ser la octava maravilla del mundo. Una cosa te digo sin lugar a dudas, Will —anunció el doctor Burrows, volviéndose hacia su hijo.

—¿Qué?

—En cuanto todo esto haya acabado y estemos fuera de peligro —dijo—, ¡ah, muchacho, tenemos que volver aquí!

—Por supuesto, papá —respondió el chico, sin un ápice de entusiasmo. Will no pensaba más que en los siguientes segundos, ni por asomo tenía en mente un futuro tan lejano. Tenía muy malos presentimientos sobre la situación en que se hallaban. Su terror se incrementó cuando, sin previo aviso, las antorchas que los rodeaban se apagaron y quedaron de nuevo engullidos por la oscuridad—. ¿Por qué nos paramos aquí? —preguntó Will a su padre en un susurro—. No se mueven...

Habían dejado de oír a su alrededor los crujidos de madera. Los arbustombres estaban completamente inmóviles.

—No pasará nada, ya lo verás —le dijo el doctor Burrows a su hijo—. Éstos son los descendientes de la que otrora fuera una gran civilización. Nos reconocen como lo que somos: buscadores de conocimiento. Nos tratarán con respeto. No somos ninguna amenaza para ellos, ni les hemos hecho ningún daño. —Realmente no parecía preocupado por la situación. Tras un momento de silencio, volvió a hablar—: ¿Sabes...? Esta espera aquí, en la oscuridad, me ha recordado que hay algo que te quiero preguntar desde hace tiempo.

—¿De qué se trata, papá? —respondió Will al instante, sin acabar de hacerle mucho caso.

—Intenta recordar cuando estabas en las Profundidades... En la Llanura Grande... ¿Por casualidad te encontraste una barcaza coprolita en los canales? ¿Con tres coprolitas dentro?

—¿Qué? No creo que éste sea el momento ni el lug... —empezó a objetar Will.

—No, escucha; al comienzo, erais tres, ¿verdad? Tú, Chester y ¿Col... Colin...?

—Cal —dijo Will con cierto malestar, pues encontraba inexcusable que su padre no pudiera acordarse del nombre de su hermano muerto—. Sí, estábamos los tres juntos cuando vimos una barcaza coprolita —dijo lanzando un suspiro.

—¡Lo sabía, lo sabía! —exclamó el doctor Burrows, levantando la voz a causa de la emoción—. Yo iba en esa barcaza, embutido en un traje protector de los que usan los coprolitas. Cada vez que recuerdo aquel instante, ¡estoy convencido de que os vi a los tres! ¡De que te vi!

—¿De verdad? —preguntó Will, recordando con asombro el incidente. Cal había comentado que uno de ellos actuaba de manera muy extraña para ser un coprolita—. ¡No me lo puedo creer! No tenía ni idea de que hubiéramos estado tan cerca. ¡Qué extraño! Si lo hubiéramos sabido...

El doctor Burrows se rió.

—Sí, pero ahora estamos juntos, y eso es lo que de verdad importa. Will, puedo sinceramente decir que trabajar contigo en este increíble mundo ha situado estos días, sin ninguna duda, entre los más felices de mi vida. Quizás hayan sido los más felices de todos. Estoy muy orgulloso de ti.

—Papá —dijo Will, abrumado por la emoción al asimilar

las palabras de su padre. No sabía muy bien cómo responder a aquella abierta demostración de afecto por él—. Sí, ha sido tan... tan... —empezó, pero no siguió, pues de repente hubo mucho revuelo a su alrededor. Will se olvidó completamente de lo que habían estado diciendo y volvió a ponerse nervioso—. ¿Por qué hacen eso? —preguntó en un susurro lleno de ansia—. Deberías encender una cerilla para que pudiéramos ver algo.

—Mejor no... Podría prender a alguno de ellos. Controla tus nervios, Will —repuso su padre—. Apuesto mi reputación a que hay una red de pasadizos subterráneos que conecta las tres pirámides y que nos llevarán enseguida por ella a algún lugar lejos de los styx.

Will se puso aún más nervioso cuando los crujidos aumentaron de potencia.

—No, no me voy a quedar aquí sin hacer nada. Dame las cerillas, papá, ahora —insistió.

No llegó a recibir respuesta de su padre. Se oyó un chirrido cerca de allí y entonces los envolvió una luz deslumbrante. Al mismo tiempo, los empujaron hacia delante con tal fuerza que ambos perdieron el equilibrio y cayeron al suelo. Pero en vez de caer sobre una superficie dura, tal como Will esperaba, se encontraron bajo las manos un suelo mullido cubierto de hierba.

—Demasiada luz —gruñó, intentando abrir los ojos al brillo del sol. A cierta distancia, vislumbró el borde de la selva.

—¡La pirámide! —gritó su padre, alarmado—. ¡Hemos vuelto al exterior de la pirámide!

Will volvió la cabeza. Su padre tenía razón. Se encontraban a los pies de la pirámide. Podía distinguir vagos bultos en ella: bultos de hombres que se acercaban a él. Entonces oyó una voz que conocía demasiado bien y el corazón le dio un vuelco.

Era una voz que no esperaba volver a oír nunca.

—¿De dónde habéis salido vosotros dos? —les gritó esa voz.

—¡Rebecca! —exclamó Will casi sin aliento.

Entonces llegó otra voz idéntica a la primera, pero procedente de otra parte de la pirámide.

—¡Pero mirad a quién tenemos aquí, si me parece que es nuestra pareja de exploradores!

—¡No! —chilló Will, al comprender que no sólo una, sino ambas hermanas seguían vivas.

Al tratar de arrastrarse, se encontró con el Sten en la hierba. Los arbustombres se lo habían lanzado al mismo tiempo que los lanzaban a ellos. Will lo cogió, se giró y apretó el gatillo. Logró disparar algunas balas, impactando a ciegas en la pirámide, con la esperanza de dar a alguna de las gemelas. Las balas rebotaron en la piedra en todas direcciones.

Iba por la mitad de la recámara cuando lo golpearon en la parte de atrás de la cabeza; un limitador le había pegado con la pistola.

Y ya no hubo más luz cegadora.

—No hay que perder la calma —dijo Elliott, haciendo un esfuerzo por ir más despacio mientras oía los aullidos de los perros de presa que llegaban de todas partes. No podía darse de bruces con uno de aquellos perros ni caer en la emboscada de una patrulla de limitadores. Era demasiado lo que dependía de ella. No había ido directamente a la pirámide porque había un par de cosas que tenía que hacer primero. Pero en aquel momento, al encaminarse hacia allá, oyó una breve serie de disparos de arma automática.

Se quedó quieta en el sitio.

—¿Un Sten...? ¿El Sten de Will? —pronunció en voz alta, preguntándose si realmente los disparos serían de tal arma o si los limitadores llevarían ametralladoras ligeras similares, cosa que sería inusual. Pero no acababa de tener sentido que hubiera sido Will: si él y su padre ya habían sido capturados, ¿por qué disparaban ahora? Tenía que acercarse más para ver cuál era exactamente la situación. Pero ¿cómo iba a hacerlo con tantos soldados styx en la zona? Fue entonces cuando por casualidad echó un vistazo a las ramas que había por encima.

«¡Las ramas! ¡Usa las ramas!», se dijo. Eligió un tronco y empezó a subir por él.

Al cabo de un rato dejó de ascender y empezó a moverse en paralelo al suelo, saltando de rama en rama, siempre en dirección a la pirámide. La idea funcionaba: era muy difícil que un perro de presa, incluso con su olfato ultrasensible, pudiera detectarla allí arriba. Tras caer en las fuertes ramas de uno de los árboles más imponentes, empezó a trepar de nuevo, más y más alto, hasta donde se filtraban ya algunos rayitos de sol a través del follaje. Y al subir más alto, le sorprendió ver mariposas tan grandes como libros abiertos, que batían sus alas de brillantes colores, y orugas del tamaño de un brazo atiborrándose de comida.

En cierto punto, al coger impulso para ascender a una rama, se encontró de cara con algo cubierto de abundante pelo marrón. Tres ojos parpadearon a la vez, mirándola, mientras el animal, tan sorprendido como ella por el encuentro, abría muy despacio la boca. El doctor Burrows lo habría identificado como un tipo de perezoso, por las garras en forma de gancho que en aquel momento utilizaba para alejarse pesadamente de ella.

Aunque Elliott no tenía tiempo de dejarse maravillar por la increíble fauna salvaje que se iba encontrando al ascender el árbol, comprendió que en el suelo sólo había visto una pequeña parte del ecosistema de la selva. Otro mundo entero existía un poco más arriba.

Tras otros veinte minutos de ascensión, alcanzó tal altura que podía ver por encima de la selva. Agarrándose a una rama, observó por la mirilla la cúspide de la pirámide.

Y no le gustó lo que vio.

Cuando Will recobró el conocimiento, levantó la cabeza para ver que lo aguantaban en pie dos limitadores.

—Hola, perdedooor —se burló Rebecca Uno, contoneando las caderas al caminar delante de él.

—¿Papá? —preguntó como grogui.

—Papaíto está por ahí —indicó la styx con un movimiento rápido de la cabeza. Will intentó fijarse en su padre: los limitadores los habían llevado a la cúspide de la pirámide y podía ver un grupo de siluetas en el otro extremo de la superficie. Le dolía el golpe que había recibido en la cabeza, y también sintió el ardiente sol en los brazos y los hombros. Bajó los ojos para mirarse.

—Sí, pensé que te gustaría disfrutar de unos rayitos de sol —dijo Rebecca Uno con una sonrisa—. Hice que te quitaran la camisa. Lo de estar pálido ya no se lleva, era el año pasado cuando estaba de moda.

Will notaba que la piel se le empezaba a quemar; la styx sabía muy bien que él carecía de protección natural contra los rayos ultravioleta.

—Pequeña zorra... —gruñó el chico.

—Lo admito —respondió ella—. Pero creo que me habré convertido en zorra grande cuando hayamos acabado. No sabes cuánto me dolió la bala que me disparaste. —La manera en que Rebecca Uno hablaba de ello le heló la sangre. Sabía muy bien lo vengativa que era su hermana. Estaba claro que tenía algo horrible preparado para él. Sin embargo, no pensaba dejarle ver lo aterrorizado que estaba.

—Me aburres, hermanita —respondió con un exagerado bostezo.

Rebecca Uno no hizo caso de aquella pulla.

—Como habrás notado, Will, la manera en que hacemos las cosas los styx es muy del Viejo Testamento. —Dobló las rodillas en un *demi-plié* casi perfecto y volvió a enderezarse; eso le hizo recordar a Will las horas de ballet que había hecho en la casa de Highfield, practicando en el jardín porque no había sitio dentro—. Nosotros creemos en el ojo por ojo, diente por diente, y todo eso —dijo, y después respiró hondo como si estuviera emocionada con aquello y no quisiera que terminara demasiado pronto.

—¿Qué cotorreas? —preguntó Will, forcejeando contra los limitadores que lo tenían agarrado e intentando soltarse un brazo para poder tratar con la chica que tenía delante.

—Te digo esto para que no te extrañe que me lo vaya a cobrar todo ahora, con algunos intereses —siguió.

—Como te he dicho, me aburres —rezongó Will.

—Adelante, Coxy —anunció ella de repente, y después, simplemente, le dirigió a Will una sonrisa.

El muchacho vio aparecer a alguien al lado de ella. Ya antes, en las Profundidades, había visto aquel rostro que helaba la sangre, con sus ojos desprovistos de pupilas y sus múltiples prominencias.

—¿Tom Cox? —dijo casi sin voz.

—El mismo que viste y calza —respondió aquella voz distorsionada.

Entonces Cox se fue hacia Will y blandió una hoz que penetró hacia abajo, a un lado del vientre desnudo del muchacho.

Tal vez fuera una herida superficial, infligida con precisión para no causar mucho daño, pero el dolor era insoportable. Will gritó hasta quedarse sin aliento.

—Una pequeña muestra de lo que te aguarda, hermanito

querido —dijo Rebecca Uno riéndose e inclinándose hacia él—. ¿Duele? Espero que sí. Imagínate eso, pero mil veces peor, y sabrás lo que pasé cuando me disparaste.

El sudor le caía por la cara a chorros. Los limitadores seguían sujetándolo con firmeza.

—Tú... tú... —empezó a decir, pero fue incapaz de encontrar una palabra lo bastante fuerte para expresar el odio que sentía por ella, y en vez de eso escupió en la cara de la que había sido su hermana.

—Es un tipo con ánimos, ¿verdad? —dijo Cox, lamiendo la sangre de Will de la muy brillante hoja de la hoz. Parte de la sangre quedó en sus labios negros y agrietados, donde las gotas rojas brillaron a la intensa luz del sol—. ¿Quieres que le corte la lengua por eso? —se ofreció.

Rebecca Uno pensó en esa posibilidad mientras se limpiaba la saliva de la cara con una de las mangas.

—No, tal vez más tarde. Primero tiene que contarnos cosas —dijo ella, y entonces le hizo una seña a su hermana para que acercara al doctor Burrows.

—¡Will, estás sangrando! ¿Qué te han hecho? —prorrumpió en cuanto le permitieron acercarse a su hijo. A diferencia del muchacho, a él no lo sujetaban los limitadores, sino que lo apuntaba la segunda gemela con una pistola neogermana.

Will vio que su padre seguía abrazando el diario como si su vida dependiera de él.

—Estoy bien, papá —respondió con tristeza.

—Hola, hermanito —le saludó Rebecca Dos saliendo de detrás del doctor Burrows—. ¿Quieres hacernos la vida más fácil a todos y contarnos qué has hecho con las ampollas del Dominion? El doctor Burritos aquí presente jura que no sabe nada de ellas. Y se le da tan mal lo de decir mentiras que realmente creo que dice la verdad. Entonces, ¿las tiene Elliott?

—¿Qué Elliott? —gruñó Will como respuesta.

—¿Por qué no nos devolvéis las ampollas, para que os dejemos en paz con vuestras estúpidas piedras antiguas y con esos hombres-árbol, que es envidente que tampoco os quieren?

El doctor Burrows abrió la boca como si estuviera a punto de hablar, pero Will le interrumpió.

—¿Que nos soltaréis? ¿Te crees, hermanita, que me voy a tragar eso? ¿Otra mentira más? —dijo, poniendo los ojos en blanco.

—Vale, entonces lo haremos por las malas. No me importa —dijo con frialdad Rebecca Uno—. Voy a disfrutar cada minuto de esto.

Sopesando la hoz en su mano arrugada, Cox se acercó más a Will.

—Todavía no, Coxy —le dijo Rebecca Uno—. Por cierto, tengo una noticia para ti. Tu amigo Drake intentó un truquito en los terrenos comunales de Highfield. Así que nos cargamos a todo su equipo.

—¿Está muerto? —preguntó Will en voz baja—. No..., estás volviendo a mentir.

—¿Te dice algo el nombre de Leatherman? —volvió a atacar Rebecca Uno, guiñándole un ojo al dejar caer el nombre—. Y nos han dicho que hay un nuevo habitante en la Colonia: una especie de vegetal al que se le cae la baba.

—Sí, el repollo Celia —añadió Rebecca Dos.

—¿Mi madre? —preguntó Will.

—¿Mi mujer? —farfulló el doctor Burrows, que tardó un rato en comprender lo que oía—. ¿Qué le ha ocurrido?

—Como si te importara algo —le respondió con frialdad Rebecca Dos—. Parece ser que intentó resistirse durante los interrogatorios. La Luz Oscura la ha dejado hecha una ruina.

—Una verdadera ruina —dijo Rebecca Uno con una risita—. A lo que más se parece es a un repollo cortado en juliana..., como el que iba en aquellos grandes kebabs que cogíamos del bar de abajo y tú te comías en la cena, en los viejos tiempos.

—Incluso al repollo en choucrute, diría yo —sugirió Rebecca Dos, pensando en ello.

—Baja la voz —le aconsejó su hermana—, o estos nuevos geranios podrían pensar que te refieres a ellos.

—¿Nuevos geranios? —preguntó el doctor Burrows, bajando la mirada hacia los helicópteros posados en el suelo y los soldados que pululaban a su alrededor—. ¿Quiénes son? ¿No son styx, verdad?

Ambas muchachas se callaron al ver acercarse al Limitador General. Iba acompañado por el coronel Bismarck y uno de sus hombres, que llevaba un aparato voluminoso.

—Me parece que nos necesitan un momento —dijo Rebecca Uno—. No dejes que se nos enfríen los prisioneros, Coxy.

—No, los queremos buenos y calentitos —dijo él, entrecerrando los ojos al sol mientras pasaba el peso del cuerpo de un pie a otro, muerto de impaciencia.

Mientras el coronel Bismarck y el soldado neogermano se quedaban atrás, el Limitador General ponía al día a las gemelas.

—Tienen que ver esto —dijo, hablando en voz baja para no ser oído por Will ni por el doctor Burrows. Sacó una bolsa y vació su contenido en la mano enguantada. Había cascos de una ampolla y de un frasco de cristal marrón, entre algunas hierbas secas.

—Un tapón blanco —observó Rebecca Dos, cambiando una mirada con su hermana—. Pero ¿qué es esto? —Cogió con cuidado un casco de cristal marrón que tenía una etiqueta pegada y lo levantó.

—Está en ruso, así que debe de provenir del botiquín del submarino que encontraron usted y su hermana —respondió el Limitador General—. Yo me atrevería a suponer que ambas ampollas estaban guardadas dentro del frasco marrón, metidas entre hierbas a modo de protección.

Rebecca Uno pensó en ello.

—Si eso es todo lo que queda de la ampolla del tapón blanco, nos hemos quedado sin vacuna. ¿Y del virus no hay rastro?

El Limitador General siguió con su informe.

—No, a nuestros perros de presa les costó muy poco descubrir dónde había estado enterrado esto. Alguien ha estado allí hace muy poco, tan sólo una o dos horas, según creemos. La tierra está recién removida, aunque habían intentado dejarla como estaba, para que no lo viéramos.

—Seguramente Elliott intentó recuperar ambas ampollas y, al hacerlo, la muy tonta rompió una, ya fuera accidentalmente o a propósito. Y seguramente ahora lleva el Dominion con ella —concluyó Rebecca Uno. Contempló el tapón blanco en la palma de la mano del Limitador General—. Eso es una pena, pero realmente no importa. Siempre podremos fabricar una nueva vacuna cuando recuperemos el virus. —Entonces echó un vistazo más allá, al soldado neogermano, que estaba acoplando un altavoz de color caqui a un trípode mientras uno de sus compañeros conectaba un aparato rectangular con indicadores a una gran batería—. ¿Está lista la megafonía? —preguntó, dirigiéndose al coronel Bismarck.

—Casi —confirmó—. Acabamos de traer el resto de los altavoces.

Elliott observaba desde su posición en lo alto del árbol, cuando llegó hasta ella la voz amplificada.

—Elliott, no sabemos si nos estás viendo o no, pero de lo que estamos seguras es de que nos oyes.

La voz era tan potente que asustó a una bandada de pájaros, que salió volando desde un árbol cercano. Elliott apuntó a la gemela que sujetaba el micrófono. Habían colocado una serie de grandes altavoces en la cúspide de la pirámide, cerca de donde tenían a Will y el doctor Burrows.

Elliott había estado mirando mientras Cox hería a Will con la hoz y su dedo había estado a punto de apretar el gatillo. Pero no había disparado, pensando que debía esperar un poco más, por si acaso se presentaba una oportunidad importante. Si se llevaban a Will y al doctor Burrows, tal vez pudiera saltar y rescatarlos. Sabía que los styx no se disponían a llevárselos en helicóptero, por lo menos no antes de recuperar el virus del Dominion. Mientras tanto, le parecía improbable que sus amigos sufrieran auténtico daño. Eso no pasaría mientras las gemelas intentaran negociar, para lo cual necesitaban a sus dos rehenes como moneda. Y la intuición le decía que no tendría que esperar mucho para saber en qué consistía el trato. Siempre había una especie de trato con aquellas dos maquinadoras.

Elliott asintió para sí al oír que seguía hablando una de las gemelas.

—Tráenos el virus del Dominion y os perdonaremos a los tres. Tienes cinco minutos para darnos una señal de que accedes... Lo único que tienes que hacer es disparar tu arma dos veces. Después tendrás que traernos el virus a la pirámide en el plazo de una hora. Así de sencillo.

—Sí, claro —rezongó Elliott.

—Para demostrarte que la cosa va en serio, aquí tu novio, que está adquiriendo un bronceado tan atractivo, cantará un poco de karaoke... dedicado a ti —dijo la gemela.

Elliott observó mientras la gemela tapaba el micrófono con la mano para hablar con Cox. A continuación, ambos se dirigieron adonde estaba Will. Colocándose ante él, Rebecca volvió a hablar por la megafonía.

—Elliott, queremos que oigas esto. Se llama «Rap de los nueve dedos». La chica soltó una risita tonta y puso el micrófono delante de Will.

—Quédate ahí, Ell... —consiguió decir antes de que uno de los limitadores le rodeara el cuello con el brazo.

«¿Qué será lo que traman?», se preguntó Elliott. Vio que el doctor Burrows se ponía como loco implorando a las gemelas, pero ninguna de las dos le hacía ningún caso. Uno de los limitadores que sujetaban a Will le agarró el brazo, ofreciéndolo. El chico trataba de soltarse del soldado, pero era imposible: el limitador era demasiado fuerte.

—Por si aún no lo has pillado, vamos a cortarle un dedito —anunció la gemela—. Y por cada diez minutos que tardes en presentarte aquí, perderá otro.

—Dios mío —exclamó Elliott. No podía quedarse allí, limitándose a ver a Will sufriendo de aquel modo. Sabía que seguramente las gemelas no tenían la más leve intención de liberar a ninguno de ellos, pues no era ése el estilo de los styx. Recordó aquella ocasión, en la Llanura Grande, allá en las Profundidades, en que Will y ella habían pensado que libraban de su sufrimiento a Drake pegándole un tiro. Entonces ella no había sido capaz de hacerlo, pero ahora sí estaba lista. Apuntó el arma hacia la cabeza de Will y puso el dedo en el gatillo.

Cox cogió la mano de Will y colocó la hoz sobre la base del dedo índice.

—¡No, no puedo! —exclamó Elliott, viendo cómo se contorsionaba de dolor el rostro de Will.

En el instante en que el chico abría la boca para lanzar un grito, Elliott cambió de blanco y apretó el gatillo.

18

En la pirámide todos oyeron la distante detonación. Transcurrió una fracción de segundo hasta que la bala dio en el blanco.

El rostro de Cox estalló con el sonido de un melón muy maduro que se abre solo. El mugriento mantón que llevaba sobre la cabeza se infló como si de pronto soplara una ráfaga de viento. Se tambaleó un instante sobre los pies y cayó hacia atrás mientras la hoz se desprendía de su mano.

Todos aquellos que tenían formación militar se echaron al suelo o bien se agacharon; sólo permanecieron en pie las gemelas y el desconcertado doctor Burrows.

—Nos alegramos de tener noticias de ti, Elliott —dijo Rebecca Dos al micrófono, contemplando el cuerpo que yacía a pocos metros de ella. Totalmente tranquila, la gemela se acercó a él y recogió la hoz—. Pobrecito Coxy. Eso ha estado fuera de lugar. Y estoy un poco decepcionada contigo, Elliott, porque creía que podríamos llegar a algún acuerdo. Ambas queremos lo...

Rebecca Dos fue interrumpida por un segundo disparo procedente de la selva. El contingente militar volvió a reaccionar y los limitadores lanzaban gritos desde la base de la pirámide.

—¿Alguna baja? ¿Le ha dado a alguien? —preguntó varias veces el Limitador General, pero no había heridos.

Las gemelas se miraron y Rebecca Uno se rió.

—Supongo que ése ha sido el segundo disparo que estábamos esperando. Parece que Elliott acaba de darnos la señal de que acepta el trato.

Rebecca Dos se unió a la risa de su hermana.

—Supongo. Ha sido realmente divertido, pero los malos modales no pueden quedar sin castigo. —Quitó la mano del micrófono y dijo—: De acuerdo, tenemos un trato, pero eso ha sido muy descortés por tu parte. Has matado sin nuestro permiso a uno de nuestros amigos... y eso cambia los términos del trato. Y, te lo advertimos, si piensas disparar a alguien más aquí, ejecutaremos a Will y al doctor Burritos. —Respiró hondo—. En fin, el nuevo trato es que haremos el cambio por uno de los rehenes, repito, sólo uno de los rehenes, y me apuesto a que preferirás salvar al niño topo, a menos que hayas desarrollado una afición por los mayorcitos... Te damos nuestra palabra de que nos atendremos al nuevo trato. Tú ven con el virus, ¿vale?

El doctor Burrows parecía recobrarse del susto de la muerte de Cox.

—Esto es todo tan innecesario —exhortó a las gemelas—. ¿No se pueden hablar las cosas sin que nadie tenga que perder la vida?

Miró a su hijo, al que tenían sujeto y de rodillas. Tenía los ojos completamente abiertos de terror.

—¿Quieres hablar? —dijo Rebecca Uno con voz de dibujos animados, abriendo y cerrando la mano para simular la boca de un muñeco. A continuación bajó la mano y recuperó su voz normal. Sus ojos resultaban fríos y serios—: Tal vez yo no quiera hablar contigo —dijo—, porque eres viejo y aburrido.

—No, hablo en serio... Estoy seguro de que podemos tener puntos de vista coincidentes en algo. Dame el micrófono y convenceré a Elliott de que te traiga esa ampolla —se ofreció el doctor Burrows.

Entonces habló Will.

—No hagas eso, papá. Por favor. No sabes con quién estás tratando.

El doctor Burrows se fue hacia su hijo con resolución y dejó el diario en el suelo, delante de él.

—Cuídame esto. —Entonces le cogió a Rebecca Dos el micrófono y habló—: ¿Está encendido...? —preguntó, y su voz atronó la selva.

—Está encendido —respondió cansinamente Rebecca Dos. El doctor Burrows prosiguió—: Bueno, Elliott, soy yo. Quiero que hagas exactamente lo que te voy a decir. —Dudó, sin saber exactamente qué decir a continuación.

—Repítele que vamos a ejecutar a uno de vosotros —sugirió Rebecca Uno como si tal cosa, mientras se miraba las uñas.

—¡No haré tal cosa! —soltó el doctor Burrows, directo al micrófono—. Eso es una estupidez. ¿Qué esperáis conseguir con eso?

—Venganza. Nos vamos a cobrar la venganza por lo que ha hecho Elliott. Por si no te has dado cuenta, ha liquidado al pobre Coxy. Le dio a uno de nuestros amigos, y eso no nos gusta —continuó Rebecca Uno con voz severa—. Vamos, cuéntale a Elliott lo que te acabo de decir.

El doctor Burrows resopló con incredulidad.

—Vale. Si vais a matar a alguien, entonces que sea a mí —se ofreció, sin tomarse en serio la amenaza.

Will gritó a su padre cuando vio que empezaba a moverse la mano de Rebecca Dos con la pistola.

—¡Papá, por Dios, devuélveles el micrófono y deja de...!

—No, hijo, ya estoy harto de todo esto. No creo que tengan la intención de matar a nadie. Elliott traerá aquí el virus y todos podremos seguir con vida. El trabajo que estamos haciendo juntos es demasiado importante para que todas estas payasadas se interpongan en nuestro camino. —Se llevó el micrófono a la boca—. Elliott, acabo de decirles que me pueden matar si tiene que morir uno de nosotros. Sé que no lo dicen en serio, así que...

—Sí, ya lo creo que lo decimos en serio —repuso Rebecca Dos.

Levantó la pistola y, sin pestañear, la vació en la espalda del doctor Burrows.

Los múltiples disparos fueron amplificados por la megafonía y retumbaron en toda la selva como si un coloso golpeara un timbal.

Por un instante, el doctor Burrows permaneció en el sitio, tambaleándose.

—¿Will? —dijo casi sin voz.

Entonces dobló las piernas y cayó hacia delante.

—¡No! ¡Papá! ¡Papá! —gritó Will, soltándose de los limitadores y cayendo sobre el diario de su padre. Alargó la mano hacia donde yacía muerto el doctor Burrows—: ¡Nooooo!

19

Will no estaba en situación de darse cuenta de lo que sucedía en torno a él. Se había dejado caer sobre el cuerpo de su padre, que habían dejado en el suelo, tal como había caído. Sentado, aún sin camisa, no parecía preocuparse por el sol que le daba en los hombros. De hecho, sólo se había separado una vez del doctor Burrows, para recoger las gafas de su padre, que habían salido dando vueltas después de los disparos. En aquel momento las tenía en una mano, y el amado diario de su padre en la otra.

De vez en cuando, movía la cabeza hacia los lados. No era capaz de aceptar lo ocurrido. Hacía menos de una hora se encontraban en el interior de la pirámide, y su padre, desbordando entusiasmo, no había parado de hablar de que tenían que volver allí para examinar con detenimiento todos los relieves que acababan de descubrir.

Hasta un momento antes había estado abierta la posibilidad, si bien incierta, de un futuro en el que su padre habría tenido un papel trascendental. Pero esa posibilidad había desaparecido con su muerte. Todo aquel compromiso, pasión y energía que su padre había mostrado en su decidida búsqueda de conocimiento, a menudo con escasa consideración a su propia seguridad, había quedado segado en el milisegundo en que la styx había apretado el gatillo.

Mirando de refilón al cielo, a Will le dolió inmensamente

comprender que allí todo iba a continuar sin su padre. El tiempo seguía sin descanso su camino, sin que él estuviera allí para verlo.

Nada había cambiado, pero todo había cambiado.

Había llorado al principio, pero ya no le quedaban ni lágrimas ni interés en lo que fuera a suceder a continuación. Sólo había quedado un styx vigilándolo, y las gemelas se habían trasladado a una sección inferior de la pirámide.

Oyó los firmes pasos de alguien que se acercaba por detrás, pero no se volvió para ver quién era. Si regresaban las gemelas para torturarlo o matarlo, no podía hacer nada para evitarlo. Y no le cabía duda de que lo harían, cuando les viniera bien.

—Deberías ponerte esto —le dijo una voz masculina. Sobre los hombros de Will apareció una toalla verde—. Si no, cogerás una insolación. —Una segunda toalla cayó a su lado, junto con una cantimplora de aluminio, que al caer sobre la toalla sonó como si estuviera llena de agua—. Tu herida sigue sangrando. Tal vez quieras limpiarla y vendarla con esto, o te comerán *die Fliegen*... las moscas...

La voz era muy clara, ese desconocido hablaba inglés con un acento que sonaba demasiado correcto y anticuado, parecido al de las grabaciones de la BBC que solía escuchar el doctor Burrows en Highfield. Algo no le encajaba a Will.

Sólo entonces se volvió para ver quién estaba allí. Protegiéndose los ojos, levantó la mirada hacia el rostro del coronel Bismarck y encontró su bigote prusiano y sus bondadosos ojos grises.

—Yo también vi morir a mi padre —explicó el coronel, irguiéndose y respirando hondo—. Tenía más o menos tu edad. Estábamos en una ciudad fortificada al otro lado del océano cuando la atacaron los piratas. Mataron a la mayor parte de los colonos, y yo sólo me libré porque me escondí entre las vigas del tejado de nuestra casa. —Se calló, como si pensara que estaba hablando demasiado, y entonces hizo sonar los tacones de sus botas de montar de charol marrón haciendo una leve inclinación—. Mis condolencias.

Will observó marcharse al hombre con paso decidido por la superficie plana de la cúspide de la pirámide y luego se volvió hacia su padre.

Ante la insistencia del Limitador General, las gemelas se habían puesto a cubierto en la siguiente sección. Estaba preocupado por la seguridad de las muchachas en caso de que siguieran en la cúspide, donde podían hallarse en el punto de mira de Elliott.

Una a una, las partidas de rastreo presentaban sus informes al Limitador General. Aquellas patrullas de cuatro hombres, la mayoría de los cuales empleaban perros de presa, seguían unas pautas sistemáticas de rastreo por la selva, pero regresaban sin noticias de Elliott.

Las gemelas escuchaban aquellos informes sin prestar demasiada atención, cuando se les acercó el coronel Bismarck.

—Mis tropas están preparadas. Si desean que se desplieguen, no tiene más que decirlo —le comunicó a Rebecca Uno, indicando con un gesto de la cabeza los soldados que estaban abajo, en el claro cubierto de hierba. Hasta entonces los limitadores habían estado haciendo todas las búsquedas mientras los soldados neogermanos pasaban el rato. Rebecca Uno echó un vistazo hacia donde le indicaba el coronel. Un puñado de sus hombres se encargaba de guardar los helicópteros, pero el resto se refugiaban del sol bajo los árboles, en el borde de la selva, fumando y jugando a las cartas.

—Gracias. Veremos cómo resulta —respondió la styx, pero siguió mirando al coronel, con la impresión de que quería decirle algo más.

El coronel frunció el ceño.

—¿Le puedo comentar algo?

—Adelante —respondió ella.

—Bajo mi punto de vista, actuaron ustedes con precipitación al disparar al padre. Habían empeñado su palabra en el trato, pero entonces renegaron de él.

Rebecca Uno se alisó con la mano el lacio pelo negro. Le tenía respeto a aquel hombre y estaba dispuesta a tomarse su tiempo en explicarse.

—No, para ser justos, Elliott movió la portería al cobrarse la vida de uno de los nuestros. No podíamos dejar pasar sin represalia lo que le hizo a Cox.

El tono del coronel era sincero y fervoroso. Claramente creía que era cosa de principios.

—Nosotros no nos hubiéramos conducido como ustedes lo han hecho. Pertenecemos a la Orden de Bayardo y estamos orgullosos de nuestras raíces prusianas. Nos adherimos a un estricto código moral, dentro y fuera del campo de batalla. *Ehre vor Allem,* el honor por encima de todo. Esa muchacha que está en la selva disparó a su compañero porque éste estaba a punto de mutilar a su amigo. Ustedes le dieron un motivo para hacer lo que hizo. —Una mosca le zumbaba en la cara y la espantó con la mano antes de proseguir—: Así pues, ¿por qué piensa que ella va a creer lo que usted diga?

Rebecca Uno asintió con la cabeza.

—Elliott no debería ser infravalorada. Ha vivido en uno de los entornos más peligrosos que puedan imaginarse. Es joven, pero es una superviviente, una guerrera hábil y llena de recursos. Para llevarla a donde queríamos, teníamos que subir el nivel, teníamos que amenazar a alguien que realmente le importase. Necesitamos acorralarla, como a un ratón hambriento, porque así empezará a actuar de modo predecible. Cuando piense que no tiene elección, o bien se esconderá en la selva, o bien ideará algún tipo de plan. Si es lo primero, le daremos caza; y si es lo último, entonces tendrá que establecer contacto con nosotros. Y jugaremos con ella. Sea como sea, ganaremos la partida —dijo Rebecca Uno. El coronel estaba a punto de contestar cuando ella se giró hacia el Limitador General—: ¿No nos acercamos ya a la hora? —preguntó—. El límite de tiempo debe de estar a punto de cumplirse.

—Cinco minutos —dijo él, consultando el reloj.

—Y después se acabó Will Burrows —dijo Rebecca Uno frotándose las manos. Se volvió entonces hacia el coronel—: En lo que se refiere a aquellos que se oponen a nosotros, creemos en la tolerancia cero. No hacemos concesiones porq...

Hubo una explosión como un trueno, procedente de la selva, al otro lado de la pirámide. De los árboles salieron volando hacia el cielo hojas y ramas partidas.

—¿Qué sucede? —gritó Rebecca Dos—. ¡Maldita sea, no se ve nada!

—¡Al lado norte! —gritó el Limitador General a un par de patrullas de limitadores que salieron del borde de la selva.

—Vamos. Tendremos mejor visibilidad desde aquí arriba —dijo Rebecca Uno. Ambas gemelas se giraron como si pensaran volver a subir a la cúspide de la pirámide.

—No, no es una buena idea —les aconsejó el Limitador General—. Podría ser una treta para que volvieran a salir a campo abierto. Será mejor que permanezcan en este nivel.

Las gemelas hicieron lo que él decía, pero empezaron a correr por el peldaño en que se encontraban. Habían doblado una esquina y estaban a mitad de camino en el siguiente lado cuando se oyó una segunda explosión. Más hojas ascendieron por los aires, seguidas por el crujido de un árbol que se desplomó sobre el claro. Esta vez había ocurrido mucho más cerca y en el sur de la pirámide, exactamente el lado que las gemelas acababan de abandonar.

—Esto es como el juego de las sillas —dijo Rebecca Uno

poniendo mala cara, al tiempo que ambas se paraban para darse la vuelta.

Mientras los limitadores corrían abajo en diferentes direcciones, las gemelas volvían sobre sus pasos. El Limitador General seguía en el mismo punto cuando ellas llegaron.

—No hay duda de que es Elliott —les dijo él—. Haciendo trucos de magia con su C-Cuatro.

—Una fanfarronada. ¿Qué esperará lograr con estos golpes de efecto? —dijo Rebecca Uno.

—¿Por qué no se lo preguntas a ella? —respondió Rebecca Dos, señalando con el dedo una pequeña silueta que caminaba con determinación desde el sur hacia la pirámide—. Ahí va la desaguada en persona.

No parecía que Elliott llevara armas. Tenía la mochila colgada a la espalda y alargaba hacia delante una mano en la que sujetaba un objeto.

—¡Qué considerado por tu parte hacernos esta visita! —gritó Rebecca Uno con regocijo. A continuación, su tono de voz cambió y se volvió frío—: ¡Ahora detente!

—¡No obedezco tus órdenes! —replicó Elliott, mientras los limitadores se reagrupaban en el claro y empezaban a juntarse a su alrededor, apuntándola con los rifles—. Decidles a vuestros matones que si alguno se acerca demasiado, soltaré esto. Y... —Levantó el puño hasta la altura de la cabeza—. Y... ¡pumba! —dijo ella, con una sonrisa sardónica en los labios—. La carga de mi mochila estallará y podréis darle el beso de despedida a vuestro virus: la ampolla va envuelta en diez kilos de explosivo.

—¿Qué nos aconseja? —preguntó Rebecca Dos en voz baja al Limitador General—. ¿Un tiro a la cabeza?

—Si hacemos eso y ella utiliza un mecanismo de hombre muerto, el C-Cuatro se detonará al relajar ella la mano. Como Elliott dice, nos quedaremos sin nuestro virus en el estallido —respondió.

—¿Un mecanismo de hombre muerto? —repitió Rebecca Uno.

—Sí, se trata de un mecanismo de seguridad —explicó el Limitador General—. Si Elliott pierde el control aunque sea por un segundo, su mano se relajará y el mecanismo hará contacto. Es el procedimiento favorito de los terroristas suicidas.

—Será mejor averiguar qué es lo que pretende —decidió Rebecca Dos.

—¡Ven aquí! —le gritó a la muchacha.

Elliott caminó sin prisas hacia el lado este de la pirámide y utilizó la escalera para subir, pues no quería arriesgarse a saltar los peldaños por si tropezaba y soltaba el mecanismo de hombre muerto.

Las gemelas, el Limitador General y el coronel Bismarck la estaban aguardando en la cúspide de la pirámide cuando llegó. Apenas les dirigió una mirada, sino que se fue derecha a Will.

—No sabes cómo lo siento, Will —le dijo con voz apagada, poniéndose a su lado.

Él volvió la cabeza de repente para mirarla y parpadeó como si despertara de un profundo sueño:

—¡Elliott! ¿Qué haces aquí? No deberías haber venido —dijo con la voz quebrada—. Sabes que no tenemos ninguna posibilidad.

Como Elliott no respondió, él se encogió de hombros y se volvió.

Por un momento, ella permaneció a su lado, mirando al doctor Burrows, que yacía boca abajo en medio de un charco de sangre que se hacía cada vez más grande.

Después se volvió con expresión decidida. Posó los ojos en las muchachas, después en el Limitador General y por último los dejó descansar en el coronel Bismarck.

—¿Quién demonios es usted? —le preguntó.

—Soy coronel del ejército de Nueva Germania —respondió.

—O sea que son suyas las máquinas voladoras. ¿Cómo es que se ha juntado con estos carniceros, con estos asesinos? —preguntó Elliott, pero no le dejó tiempo de responder, pues volvió a dirigirse a él—: Quiero que le pida a uno de sus hombres que traiga unas gasas y cure esa herida —dijo ella, ladeando la cabeza hacia Will.

—Llamaré al médico —confirmó el coronel Bismarck, dirigiéndose ya hacia el borde de la pirámide.

—¡Nada de eso! —intervino Rebecca Uno—. Quédese donde está, coronel.

—¡Vaya! —replicó Elliott—. Me parece que no estás en situación de...

—Nadie, repito, nadie moverá un dedo hasta que lleguemos a un acuerdo —le interrumpió Rebecca Uno.

Elliott examinó a las dos docenas de limitadores que se habían desplegado a un lado de la plataforma de la cúspide de la pirámide, cada uno de los cuales aguardaba con ansia la orden de atacarla. Eran como muelles apretados y listos para saltar. Su número se incrementaba sin parar, conforme subían por los lados de la pirámide nuevos soldados styx. Pese a que aquellos rostros descarnados, tan impregnados de violencia, eran completamente aterradores, Elliott negó con la cabeza, esbozando una risita de desprecio.

—¡Ja! ¡Mírate! Te mueres de ganas de matarme, ¿verdad? Pero se ha dado vuelta la tortilla: tengo vuestras vidas justo aquí, en la palma de la mano —declaró levantando el puño—. Si suelto esto, todos nosotros volaremos por los aires de camino al otro barrio. —Manteniendo una distancia prudente de los soldados styx, comenzó a pasear delante de ellos, agitando el puño delante de sus rostros.

—Me parece que estás disfrutando demasiado de esto —comentó Rebecca Dos—. Un rasgo muy styx. Por cierto, nos dijiste que tu padre era un limitador, pero no sabemos si creerte. ¿Quién era él, exactamente?

—Bueno, era el Crawfly —respondió Elliott, con un brillo de picardía en los ojos.

—No, eso es imposible... —comenzó Rebecca Dos.

—Mi padre está muerto, y no intentéis distraerme —dijo Elliott, yendo derecha hacia las gemelas.

—Tú no tienes lo que hay que tener para volarte por los aires —le dijo Rebecca Uno.

—¿Ah, no? —respondió Elliott. Sin dudar un instante, abrió el dedo meñique y recitó—: Éste puso un huevo... Después se aburrió y quiso salir a jugar.

Se hizo un silencio absoluto mientras el sol batía implacable la cúspide de la pirámide. Todo el mundo se quedó como paralizado cuando Elliott enderezó el segundo dedo.

—Éste fue por leña... —dijo como sin darle importancia—. ¿Veis ahora el aparatito? —Miró el negro objeto, que se ofrecía a la vista ahora que había retirado dos dedos de él—. Me parece que ya no os acordáis de lo que ocurrió en el submarino la última vez que nos tropezamos... ¿No recordáis el cargamento de explosivos de Drake que coloqué allí? No dudé entonces y os aseguro que no...

Will eligió aquel momento para hablar:

—¡Hazlo, Elliott! —gritó sin siquiera molestarse en darse la vuelta—. ¡Cárgate a esas bestias!

Elliott y Rebecca Uno se miraron a los ojos con expresión de odio.

—Como estaba diciendo, no estáis en situación de decirme lo que debo hacer —dijo Elliott con desprecio.

Rebecca Uno no respondió.

—Esto sí que es una novedad: no oigo ninguna de vuestras insidiosas respuestas —provocó Elliott—. ¿Os ha comido la lengua un perro de presa?

Detrás de su hermana, Rebecca Dos observaba el cable

enrollado por el brazo de Elliott, que iba del puño cerrado a la mochila. Asintió con la cabeza.

—Vamos a tranquilizarnos. Que venga el médico a atender a Will —le dijo a Elliott.

20

Cuando Drake dejó la zona de los dormitorios para volver a la sala principal del apartamento, Eddie se encontraba ante el escritorio, trabajando en uno de sus soldados de miniatura. Miraba por una gran lupa montada en un brazo retráctil, para ir aplicándole toquecitos de pintura, pero se detuvo en cuanto oyó entrar a Drake.

—¿Qué tal Chester? —preguntó.

—No demasiado bien. Ya le advertí sobre cualquier acercamiento a sus padres. La cosa no podía terminar bien.

Eddie asintió con la cabeza, retirando la lupa a un lado.

—¿No te parece que éste es buen momento para hablar de lo que vamos a hacer? La aparición en escena de Chester nos ha hecho dejar de lado nuestros planes, y seguro que los míos están haciendo todo lo posible por encontrarnos, así que tenemos una presión adicional. —Posó el pincel en el plato que había estado utilizando como paleta y se limpió un poco de pintura de la mano—. Quiero cumplir mi parte del trato y ayudarte en lo que pretendas hacer; luego iremos a buscar a Elliott.

—Es curioso que digas eso, porque estoy preparando algo y tengo un encuentro relacionado con ello, justo ahora —respondió Drake consultando el reloj—. Tengo que ver a un hombre a propósito de un caracol.

Eddie lo miró sin comprender.

—¿Qué...? —preguntó.

—Mi genio de los pesticidas está preparando algo especial para mí —respondió Drake, sacándose del bolsillo las llaves del coche y jugando con ellas—. Tardaré un par de horas como mucho. —Se volvió para irse, pero después se detuvo—. Y no estaría mal que después, esta misma noche, me mostraras el camino a la Ciudad Eterna del que me hablaste. El que está cerca de la catedral.

—¿La de San Pablo o la de Westminster?

—Personalmente —dijo Drake—, prefiero entrar por la de Westminster.

—Entonces, ¿cuál cree que será su próxima jugada? —preguntó Rebecca Uno en voz baja al Limitador General.

Al otro extremo de la pirámide, Elliott estaba de rodillas al lado de Will, que apenas parecía darse cuenta de que el joven médico le limpiaba la herida y le ponía una venda. El chico sólo había cooperado y se había puesto una camisa de soldado neogermano y una visera porque Elliott le había insistido. Pero aunque en aquel momento ella hablaba con él, Will no se mostraba nada comunicativo, como si no oyera ni una palabra de lo que le decía.

—Sus opciones son limitadas y ella lo sabe —respondió el Limitador General—. En cuanto entregue la ampolla, habrá perdido su único as, a no ser que tenga la intención de llevarse un rehén para poder escapar sana y salva.

—¿Una de nosotras, tal vez? —dijo Rebecca Dos, mirando a su hermana y sonriendo—. Si decide llevarse a una de nosotras, entonces saben perfectamente lo que tienen que hacer: matarlos a los dos, a ella y a Will, sin importarles quién más pueda morir. Si se trata de recuperar el virus, todos somos prescindibles.

—Lo sé —confirmó el Limitador General.

—Ah, por fin pasa algo —observó Rebecca Uno. Elliott ayudaba en aquel momento a Will a ponerse de pie, aunque sólo lo consiguió al segundo o tercer intento. Sin dejar de apretar el detonador, la joven empleó la otra mano para guiarlo.

Cuando Elliott se detuvo ante las gemelas y el Limitador General, Will tenía la mirada perdida. Apretaba contra el pecho el diario de su padre y no paraba de volverse para observar el cadáver. Todo deseo de luchar parecía haberlo abandonado, como si fuera incapaz hasta de odiar a las gemelas.

—La verdad es que ya estamos hartas de seguir sobre este montón de piedras viejas —comentó Rebecca Uno—. Explícanos tus condiciones.

—¿Explicar mis condiciones? —repitió Elliott con una risa sin alegría—. No me fío ni un pelo de ningún styx —dijo—. ¡Eh, usted, venga aquí! —le gritó de pronto al coronel Bismarck, que obedeció al instante—. No sé nada de usted ni de dónde viene, pero quiero que presencie esto —le dijo.

El coronel asintió con la cabeza.

—Estoy dispuesta a llegar a un acuerdo, pero con condiciones —siguió Elliott—. Os daré el Dominion...

—Dinos primero algo: ¿qué le ocurrió a la vacuna, a la ampolla del tapón blanco? —interrumpió Rebecca Uno.

—No pude abrir la rosca del frasco de medicina. Andaba con prisas, así que lo partí con una piedra. Estaba un poco torpe, pero afortunadamente para todos, sólo se rompió la ampolla de la vacuna —explicó Elliott—. Como te decía, estoy dispuesta a daros el virus si...

—¡No! —prorrumpió Will—. ¡No lo harás! —Por primera vez desde el asesinato de su padre, parecía que se enteraba de lo que ocurría a su alrededor—. ¡Se lo llevarán a la Superficie y lo emplearán allí!

—Déjame esto a mí, Will —dijo Elliott.

—¡No puedes estar diciéndolo en serio! No es verdad que se lo vayas a dar, ¿no? —En aquel momento Will estaba rabiando, como si el enemigo fuera Elliott y no las gemelas. Dejando caer el diario de su padre, se acercó a ella tambaleándose.

Elliott retrocedió un paso, asustada por la ferocidad de su reacción.

—Will...

Pero él seguía avanzando hacia ella.

—¡Afloja ese gatillo ahora mismo, Elliott! ¡Destruye el Dominion! Recuerda lo que nos dijo Drake que teníamos que hacer. Ésas —apuntó a las gemelas con el pulgar— no van a poner sus sucias manos en él. Toda esa gente, Drake y mi madre, han muerto intentando detenerlas —despotricó Will—. ¡Y también lo haremos nosotros!

Elliott se alejó otro paso de él, pero Will se lanzó sobre ella y la derribó al suelo. Puesto encima de ella, la agarró del brazo.

—¡Socorro! —gritó ella, mientras el chico concentraba sus esfuerzos en su mano, intentando soltarle los dedos para activar el gatillo.

—¡No vas a dejar que se queden con él! —gritó furioso—. ¡Maldita traidora!

Elliott le pegó en la cara con el codo, pero eso no iba a bastar para detenerlo. El coronel Bismarck era el que se encontraba más cerca de ellos y reaccionó antes que ningún otro: agarró a Will del cuello y del brazo, tratando de separarlo de Elliott. Comprendiendo que aquélla era la oportunidad para desarmarla, Rebecca Uno y el Limitador General también intervinieron. Si alguno de ellos conseguía sujetarle la mano para impedir toda posibilidad de que la abriera, recuperarían el control de la situación.

Pero al tiempo que el coronel Bismarck apartaba de allí a Will, Elliott consiguió repeler a los styx. Los esquivó a base de

275

patadas y golpes lanzados con el brazo libre y, justo a tiempo, se impulsó con las piernas para levantarse del suelo y poder escapar de ellos.

—No tan rápido —gritó sin aliento, al tiempo que conseguía ponerse en pie.

Los styx retrocedieron.

—¡Buen intento, cuellos blancos! —se burló de ellos.

Will estaba fuera de sí.

—¡Vamos, Elliott, hazlo! ¡Destruye ese maldito virus! —Pero el coronel se aseguraba muy bien de no soltar al muchacho, que no dejaba de forcejear.

—Ha faltado muy poco. —Elliott recobró la compostura, preparándose para lo que iba a decir a continuación—: Bueno, mis condiciones son éstas: nos vais a dejar a Will y a mí en una de esas máquinas voladoras...

—Se llaman helicópteros —le informó Rebecca Uno.

—En uno de esos helicópteros, y cuando estemos en el aire, os devolveré el virus. En el helicóptero nos acompañarán el coronel y sus hombres, ningún styx.

—¿Y cuándo exactamente nos darás...? —empezó a decir Rebecca Dos, pero entonces indicó a Will dirigiendo los ojos hacia él.

Ya quemada por el sol, su cara se había puesto más colorada mientras gritaba a pleno pulmón.

—Coronel, por favor, ¿podría hacer callar a ese idiota? No puedo oír ni mis propios pensamientos... —dijo Rebecca Dos. Un par de limitadores se acercaron a ayudar al coronel Bismarck.

—No, ¡ellos no! ¡Que lo sujeten un par de sus hombres! —le dijo Elliott al coronel—. No permitiré que lo toquen los styx. Y permanecerá a mi lado. No quiero perderlo de vista. Y tampoco a usted, coronel. Quédese a mi lado también.

—Bueno, como estaba diciendo, ¿cuándo nos darás el virus? —preguntó Rebecca Dos.

—Ya te lo he dicho: os lo entregaré cuando estemos en el aire. Entonces Will y yo saldremos de aquí para aterrizar en otro punto de la selva. Así de simple —terminó Elliott.

—De acuerdo —accedió Rebecca Dos—, manos a la obra.

Obligaron a descender a Will por una cara de la pirámide, aunque él forcejeaba por soltarse de los dos soldados neogermanos encargados de llevárselo. Elliott y el coronel les seguían, y ella tenía cuidado de no tropezarse, porque eso podía suponer que aflojara el mecanismo de hombre muerto. Los dos alcanzaron a Will y sus portadores al llegar ante el primer helicóptero de la fila. Sin dejar de arremeter contra todos, Will fue entregado a un par de soldados que se encontraban en el interior del aparato.

—No lo soltéis —les dijo Elliott—. Atadlo si es necesario.

El coronel Bismarck le mostró a Elliott el diario del doctor Burrows.

—El muchacho lamentaría perder esto. Es el diario de su padre.

—Gracias —dijo Elliott—. Estoy segura de que querrá tenerlo en cuanto se haya calmado..., si es que se calma.

El coronel subió al helicóptero. La chica le siguió.

—¿Dónde está nuestra ampolla? —preguntó Rebecca Dos, que se hallaba entre su hermana y el Limitador General.

—Que suba este chisme —le dijo Elliott al coronel, y después se volvió a los tres styx, que aguardaban junto al helicóptero como una delegación. Indicó el claro cubierto de hierba, al lado de la pirámide—: No quiero a vuestros limitadores por aquí. Y tampoco a los perros.

—¿Quieres que evacuemos el lado oeste? —preguntó el Limitador General.

—¿Por qué nos pides ahora eso? —dijo Rebecca Dos, desconcertada—. Eso no era parte del trato.

Elliott levantó la mano que apretaba el mecanismo.

—Hacedlo si queréis tener la ampolla en una sola pieza.

El Limitador General ordenó a sus hombres que se retiraran inmediatamente. Cuando el piloto accionó los interruptores y el motor Brama revivió entre petardeos, las gemelas y el Limitador General retrocedieron hasta una distancia segura. No se habían alejado mucho cuando Elliott se llevó a la boca los dedos de la mano libre y lanzó un silbido penetrante.

Rebecca Dos se dio la vuelta.

—¿Qué estás tramando? —le gritó—. ¡Danos la ampolla!

Rebecca Uno estaba claramente nerviosa.

—Si pretendes engañarnos...

En aquel momento, *Bartleby* irrumpió corriendo en el claro que los limitadores habían dejado libre. Se detuvo resbalando un poco, buscando a Elliott, y se distrajo cuando uno de los perros de presa del lado opuesto de la pirámide lo vio y empezó a ladrarle de manera feroz.

Mientras los rotores adquirían velocidad, Elliott volvió a silbar. *Bartleby* levantó las orejas al localizarla y entonces corrió hacia ella a toda prisa.

—¿Qué pinta aquí ese cazador? —preguntó Rebecca Dos—. ¿Para qué lo necesitas? Hay algo sospechoso en todo esto...

—Cuánta razón tienes —añadió su hermana, y empezó a gritar a pleno pulmón—: ¡Aquí, *Bartleby*!

Al oírla, el gato dudó y cambió de dirección, alejándose del helicóptero.

—¡Vamos, chico! ¡Ven aquí! —gritó Elliott.

Rebecca Uno tenía una mirada de preocupación. Algo no encajaba. ¿Por qué se preocupaba Elliott del cazador cuando le iba tanto en escapar con Will? Por algún motivo que Rebecca no podía comprender, el animal parecía vital para los planes de Elliott. Empezó a gritar en lengua styx, produciendo una serie de palabras ininteligibles. Estaba intentando controlar al gato sirviéndose para ello del condicionamiento de la Luz Oscura al que lo habían sometido durante su estancia en la Colonia. Y esperaba una obediencia incondicional. Pero quedó decepcionada.

Elliott, que también hablaba la lengua styx, repitió las palabras de Rebecca Uno, añadiendo:

—*Bartleby*, te estoy diciendo que vengas aquí.

El gato se detuvo.

Se había establecido una batalla por el control de su voluntad.

Rebecca Uno hizo otro intento de llamar al cazador utilizando las palabras clave en lengua styx.

Pero Elliott lo llamó a su vez, y la contienda finalizó cuando *Bartleby* tomó una decisión. Se dirigió hacia ella, aunque volvió a dudar ante la misma puerta del helicóptero, asustado del aire que levantaban los rotores.

—¡Entra, *Bartleby*! —le ordenó Elliott. Entonces el gato entró dando un brinco, y ella lo cogió en los brazos—. ¡Despegamos! —le gritó al coronel Bismarck. Demasiado tarde para hacer nada al respecto, las gemelas descubrieron la cuerda que llevaba *Bartleby* al cuello. Elliott cortó un pequeño bulto de ella.

—¡Durante todo este tiempo, no llevaba la ampolla con ella! —comprendió Rebecca Dos.

—Era el cazador el que la llevaba —dijo su hermana.

El helicóptero había despegado diez metros del suelo y seguía elevándose.

—¡Tíranosla! —gritó Rebecca Dos, avanzando unos pasos—. ¡O se rompe el trato!

Habían salido limitadores de debajo de los árboles y otros estaban apostados en la pirámide. Y hasta el último de ellos apuntaba con su rifle a Elliott, en el helicóptero.

La muchacha hizo oscilar ante ella el pequeño y tentador bulto.

—Vale, es todo vuestro, pero será mejor que no la dejéis caer —dijo al lanzárselo a las gemelas.

El helicóptero iba ganando altura cuando Rebecca Dos cogió lo que Elliott había tirado.

—Uno de los apestosos calcetines de Will —dijo la gemela con voz de disgusto, pero no tardó un segundo en desgarrarlo para ver su contenido. Dentro del calcetín se hallaba una sola ampolla de tapón negro, que examinó contra la luz. Sonrió de oreja a oreja, levantando el pulgar en un gesto dirigido tanto a su hermana como al Limitador General.

—¡Lo hemos conseguido! —exclamó triunfante.

El helicóptero se había elevado unos cincuenta metros del suelo cuando Rebecca Uno se volvió hacia los expectantes limitadores para darles la orden de abrir fuego.

—Yo no recomendaría tal cosa —dijo el Limitador General, poniéndole la mano en el brazo—. Mire ahí.

Los soldados de Nueva Germania habían salido para vigilar el procedimiento. Viendo que su oficial podía estar en peligro, muchos de ellos habían sacado el arma, y los que se encontraban en torno a los otros helicópteros apuntaban más o menos hacia las gemelas.

—No se preocupen —dijo el Limitador General—, esos trastos viejos tragan combustible como locos, e incluso aunque el coronel no lleve a Elliott y a ese Burrows a la ciudad, no llegará muy lejos con ellos.

Rebecca Uno asintió con la cabeza y a continuación hizo seña a los limitadores para que se retiraran.

—Asunto concluido —susurró Elliott quedándose junto a la puerta para ver cómo se perdía la pirámide en la distancia y los limitadores que la rodeaban se convertían en puntitos diminutos e inofensivos. Respiró con alivio y a continuación se sentó en el suelo del helicóptero.

—¿Era la ampolla auténtica? ¿Les ha tirado la ampolla de Dominion que buscaban? —preguntó el coronel—. Ellos parecían convencidos de que sí, pero yo tengo que saberlo, o de lo contrario volveremos.

—Era la ampolla auténtica —confirmó Elliott—. He cumplido mi parte del trato.

El coronel asintió con la cabeza en un gesto dirigido al copiloto, que le comunicó al piloto que debía seguir rumbo. Mientras el helicóptero volaba por encima de las copas de los árboles, Elliott abrió el puño y posó algo en el suelo, antes de utilizar aquella misma mano para secarse el sudor de la frente.

—¿Qué...? —exclamó el coronel Bismarck, inclinándose para mirar el objeto negro de metal—. Creí que se trataba de un aparato de detonación.

—Me temo que no —respondió ella, cogiendo la brújula del doctor Burrows y abriéndole la tapa para que la viera el coronel—. Como no tenía ningún mecanismo de hombre muerto, utilicé esto para echarme un farol.

El coronel Bismarck se rió.

Elliott le devolvió una leve sonrisa.

—Tampoco llevaba ningún explosivo en la mochila; gasté todo lo que tenía para hacer mi aparición estelar. —Se desprendió el cable del brazo y se quitó la mochila de la espalda. Aparte de un par de pistolas, no hay más que ropa sucia en ella.

El coronel se rió aún más fuerte, pero Will no compartía su regocijo. Intentó levantarse de repente, pero los dos soldados neogermanos que tenía a cada lado lo sujetaron en el banco. Los soldados eran más fuertes que él y además tenía las muñecas atadas, así que no podía hacer nada contra ellos.

—¡Por Dios! —dijo furioso y fulminando a Elliott con la mirada—. ¡Les has dado el Dominion! Después de todo lo que hemos hecho para que no lo consiguieran. O has perdido el rumbo completamente, o eres una maldita traidora. ¡O ambas cosas!

TERCERA PARTE

Restitución

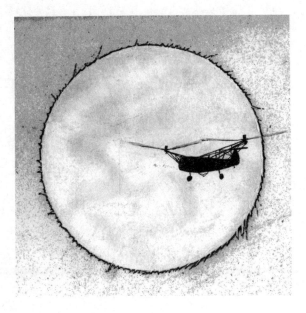

21

—Eddie, me voy a dar una vuelta con Chester en el coche —dijo Drake—. Se pasa el día deprimido en el cuarto, matando bichos en la PlayStation que le compraste.

El limitador posó el pincel y apartó la lupa hacia un lado.

—Un cambio de aires le irá bien —comentó—. ¿Quieres que vaya con vosotros?

—No hace falta —respondió Drake.

Cruzaron el Támesis por el puente de Londres. Chester iba al lado del conductor, observando el río y disfrutando de la brisa que le daba en la cara a través de la ventanilla abierta. Pero al acercarse a las hileras de cámaras instaladas en el perímetro de la City, el barrio financiero de Londres, Drake cerró las ventanillas. Chester vio cómo subían los cristales tintados y el coche quedaba cerrado herméticamente.

—No levantes la cabeza por aquí —le aconsejó Drake—. Esas malditas cámaras están por todas partes, y ahora tienen programas de reconocimiento de rostros. Es como si el país entero estuviera dirigido por los styx.

—Estoy empezando a pensar que lo está —rezongó Chester con amargura.

Drake le dirigió una mirada dura.

—Ya puedes dejar de hacer teatro. A menos que Eddie haya puesto micrófonos en el coche, cosa que no ha hecho, no hay necesidad de seguir con la farsa.

—Vale —dijo Chester, con voz ya más animada—. Pero ¿por qué todo ese disimulo? ¿Qué pasa con él?

—Todo se aclarará al final —dijo Drake, lanzando una mirada de odio a un taxi negro que se había colado bruscamente delante del Range Rover.

Se dirigían hacia el noroeste, saliendo del centro hacia los interminables suburbios de Londres. Chester observaba a la multitud que pululaba por las calles. Aún no se había acostumbrado a ver a tanta gente, después de los meses pasados bajo tierra. La cabeza empezó a dolerle, pues intentaba examinar uno a uno a todos ellos, preguntándose cuántos serían styx disfrazados o quiénes habrían sido condicionados por la Luz Oscura y se habrían convertido en agentes suyos.

Tal vez se hubiera vuelto un paranoico, pero, se dijo para sí, eso era probablemente una buena cosa.

Tras pasar una hilera de tiendas viejas, Drake giró para entrar en un desastrado polígono industrial, uno de cuyos lados estaba constituido por una fila de arcos debajo del tendido ferroviario. Construidos con ladrillo de la época victoriana y ennegrecidos por décadas de polución, los arcos estaban cerrados con tablas o con aluminio y cristal barato y exhibían letreros que anunciaban: «Muebles de pino: ¡no los encontrará más baratos!», o bien «Equipamiento de oficina: la mejor relación calidad-precio de Londres». Drake siguió conduciendo hasta que llegó a una parte que parecía una especie de taller de carrocería y paró el coche.

—Por aquí —dijo. Chester lo siguió por una pequeña puerta que había dentro de la puerta grande del taller. El interior estaba alfombrado de piezas desechadas de carrocería y en medio del suelo había una furgoneta sobre una plataforma de elevación, debajo de la cual había un hombre trabajando, que daba enérgicos martillazos al tubo de escape.

—¡Buenas...! —dijo Drake con voz potente.

El hombre dejó lo que estaba haciendo y salió de debajo del vehículo. Era de complexión fuerte y completamente calvo, y llevaba puesto un mono azul descolorido.

—¡Señor Smith! —saludó a Drake, metiéndose el martillo en el cinturón.

—¿Está todo listo? —preguntó él.

El hombre no contestó y le dirigió a Chester una larga mirada.

—No pasa nada; él viene conmigo —le aseguró Drake antes de sacar de la cartera dos objetos brillantes. Cuando los dejó caer en la palma de la mano del obrero, untada de aceite y suciedad, Chester distinguió un par de diamantes grandes—. Como te dije antes, ten cuidado con lo que haces con ellos.

—¿Por si los vendo? Nada de eso, jefe; los pienso guardar bien guardados —dijo el hombre sonriendo y mostrando un diente de oro—. Esto es el plan de pensiones para mí y para mi mujer. —Empezó a caminar hacia el fondo del taller, y Chester siguió a Drake, adentrándose en la bóveda.

—Si todo va conforme a lo previsto, puede que pronto necesite otro vehículo —dijo Drake al pasar por una zona que era mezcla de oficina y almacén, en la que había cajas de repuestos de automóvil apiladas alrededor de una mesa con teléfono.

—¿Algo deportivo esta vez? —preguntó el hombre—. ¿Algo con lo que pueda correr?

—No; una sencilla ranchera color vainilla me vendría bien. Un coche familiar con muchos kilómetros, tipo BMW o Mercedes. Y que sea imposible de identificar, por supuesto, igual que el Range Rover —respondió Drake.

—No hay problema. Déjelo de mi cuenta, jefe —confirmó el hombre al tiempo que entraban en una habitación con taquillas y una luz muy pobre.

Dentro de una caja de fruta, en un montón revuelto, Chester descubrió algo que le resultaba familiar.

—¡Mi uniforme del colegio! —exclamó—. ¿Qué hace aquí?

El obrero abrió con la llave otra puerta que había al final de la habitación de las taquillas. A juzgar por la resonancia, el espacio que se abría al otro lado de la puerta debía de ser grande. Al pasarle la llave a Drake, le dijo:

—Le dejo que siga con su asunto, señor Jones.

—Smith —le corrigió Drake—. Me llamo Smith.

—Perdone, sí, señor Smith —se rió el hombre, volviendo a lucir su incisivo de oro—. Y mantendré los ojos bien abiertos. Si se acerca cualquier extraño, tocaré el timbre. ¿Conforme?

—Conforme, gracias —asintió Drake. Cuando el hombre salió, Drake se volvió hacia Chester, que se había quedado observando su uniforme del colegio—. Quiero que te lo pongas. Ven cuando estés listo.

—Pero ¿por qué? —preguntó el chico. Levantó la chaqueta para mirar los pantalones grises que había debajo y entonces se cayeron al suelo varias fotografías grandes. La de más arriba era una copia de aquella foto familiar tomada en la cabina del Ojo de Londres que había visto por primera vez al intentar visitar su casa. Otra de las fotos, en la que salía él mucho más pequeño y vestido de portero de fútbol, era del equipo del Colegio de Highfield—. ¿Y qué hacen aquí estas fotos? —preguntó.

—Ah, sí; tráelas también cuando vengas —dijo Drake.

A Chester la situación empezaba a inquietarle.

—¿No puedes explicarme qué ocurre? Mi ropa del colegio, estas fotos; todo resulta muy raro.

—Cálmate y haz exactamente lo que te digo —respondió Drake—. No pasa nada, te lo prometo.

—Eso espero —respondió Chester, nada tranquilo. Cuando cogió la corbata del colegio, de rayas verdes y azules, sintió como si tuviera en las manos algo que pertenecía a una vida pasada.

Drake pasó por la puerta y la cerró tras él.

—Esto parece de manicomio —susurró el muchacho, empezando a cambiarse. Al quedarse solo comenzó a notar una sensación de angustia. No tenía ni idea de lo que Drake le tenía preparado, pero por lo poco que había visto de la siguiente habitación, parecía que estaba inquietantemente oscura. Y mientras se preparaba, a toda prisa, no pudo evitar oír los extraños ruidos que llegaban de la habitación: unos gritos, después el sonido de algo que era arrastrado por el suelo.

Había crecido desde la última vez que había llevado puesto el uniforme: los pantalones le quedaban ridículamente cortos y le costaba abrocharlos a la cintura, y la chaqueta le apretaba en los hombros. Caminando con aquella ropa demasiado pequeña, un poco como el monstruo de Frankenstein, se dirigió a la puerta, llamó y abrió con cuidado. A continuación entró.

—Ven —le dijo Drake desde la oscuridad.

El lugar era amplio: era sorprendente lo lejos que llegaba la caverna, pero Chester no podía calcular toda su longitud, pues tan sólo había una pequeña zona iluminada por una pantalla, a unos veinte metros de distancia de él. Justo bajo el cono de luz se encontraba una persona atada a una silla. Tenía la cabeza gacha, pero la movía de un lado al otro con pequeñas sacudidas.

Drake emergió de la oscuridad para quitarle al hombre la mordaza de la boca.

Entonces Chester comprendió quién era el hombre atado.

—¡Papá...! —dijo con voz quebrada, chocando con otra silla que no había visto en la oscuridad.

Avanzó y penetró en la zona de penumbra que rodeaba la luz. Su padre se tomó un momento para ver al recién llegado y después levantó la cabeza para mirar a su hijo a los ojos.

Chester dio un paso hacia delante.

—Ho... —dijo, y se cortó. El señor Rawls le dirigió una mirada de odio tan intenso que Chester cerró la boca. Le resultaba todo aún más aterrador porque normalmente su padre era una de las personas más amables y más reservadas que uno pudiera encontrarse. Pero la mirada que ahora le dirigía le hizo sentir como si su padre fuera un completo extraño. Lo invadió la desesperación, pues tuvo la sensación de que el amor que le tenía su padre se había marchitado hasta desaparecer.

—¿Qué habéis hecho con Emily, animales? —gritó el señor Rawls. A continuación forcejeó con las cuerdas que le ataban los brazos a la silla, e intentó soltarse dando patadas, pero no le sirvió de nada.

—Cálmate, Jeff, o le pegaremos a tu mujer —amenazó Drake.

—¡Mi madre! ¿Dónde está mi madre? —le preguntó Chester a Drake.

Éste se acercó al muchacho y se inclinó hacia él, pero no intentó bajar la voz, como si quisiera que el señor Rawls oyera todas sus palabras.

—Está en una cabina al fondo, y estará bien siempre que Jeff coopere. Ahora levanta esa silla y siéntate en ella.

Chester dudó.

—¡Haz lo que te digo! —gruñó Drake.

Algo aturdido, el muchacho tomó asiento enfrente de su padre, que seguía fulminándolo con la mirada.

—¿Qué andáis buscando, matones? ¿Queréis sacarme

dinero? —preguntó el señor Rawls. Su voz se volvió aguda y algo histérica—. No comprendéis que sólo soy un actuario, trabajo para una compañía de seguros sin importancia... Gano poco. ¡Le estáis pidiendo peras al olmo!

Drake intervino en aquel momento:

—Como eres actuario, Jeff, espero que tengas una mente muy lógica y analítica. Y necesito que utilices esa mente ahora, por el bien de Emily y por el tuyo.

Chester quiso taparse los oídos ante el feo torrente de improperios que salió a continuación de la boca de su padre. El señor Rawls trató de volver la cabeza para ver bien a Drake, pero éste lo agarró y lo obligó a mirar al frente de nuevo.

—Coge la primera foto para que Jeff pueda verla —le mandó Drake a Chester, colocándose al lado del señor Rawls mientras éste miraba fijamente la fotografía del Ojo de Londres—. Dime, ¿quién es ese que está contigo y con tu mujer?

El señor Rawls escupió con desprecio antes de responder:

—Mi hijo. Ése es mi hijo y...

—¿Y quién es éste? —Drake encendió una linterna y la apuntó al rostro de Chester. El haz de luz era potente, y obligó al muchacho a entrecerrar los ojos.

—¡No tengo ni idea! —chilló el señor Rawls—. ¿Cómo voy a saberlo?

Chester seguía sin podérselo creer. Llevaba incluso el mismo uniforme del colegio con el que aparecía en la foto, y aun así su padre era incapaz de reconocerlo.

—Míralo detenidamente, Jeff, porque sí que sabes quién es, y si no me lo dices, mataré a Emily. Ella está en una habitación ahí detrás: me meteré allí y le rebanaré el pescuezo. De hecho, te obligaré a mirar mientras lo hago...

—¡No, Drake! —prorrumpió Chester, aterrado—. ¡Tú no harías eso!

Apagando la linterna, Drake se acercó a Chester.

—¡Cállate! —le gruñó. Chester obedeció. No tenía intención de discutir con él.

—¿Quiénes sois? —preguntó el señor Rawls—. ¿Estáis haciendo campaña por la extrema derecha o algo así? —Se rió con una carcajada estruendosa.

—Me parece que no comprendes la seriedad de la situación —le dijo Drake desenfundando el cuchillo. Era un arma aterradora, con el borde de sierra. Colocó la hoja para que le diera la luz y la reflejara justo en los ojos del señor Rawls—. Si no cooperas, y rápido, ni tú ni tu mujer saldréis de aquí con vuestras entrañas dentro del cuerpo.

El señor Rawls parpadeó como si estuviera soñando una pesadilla y quisiera despertar de ella. Empezó a gritar a pleno pulmón pidiendo socorro.

Drake se fue directo a él y le dio una terrible bofetada en el rostro. A continuación le puso en el cuello la punta del cuchillo.

Chester se levantó de la silla, pero no dijo nada.

—Puedes gritar hasta que te pongas morado, porque nadie va a oír nada. Nadie vendrá en tu ayuda. Así que venga, suéltalo todo, Jeff —le animó Drake. Cuando el señor Rawls se calló, Drake guardó el cuchillo.

Entonces mandó a Chester que volviera a sentarse y alzara las otras fotos. Obligó al señor Rawls a que le describiera al muchacho que aparecía en cada una de ellas y después a que describiera a Chester, que estaba delante de él. Le obligó a hacerlo una y otra vez, haciéndole observar las fotos y luego al propio Chester. Si se negaba, Drake lo amenazaba con el cuchillo o con pegarle en el rostro hasta dejarlo colorado y magullado.

Mientras aplicaban aquella terapia, Chester empezó a comprender qué era lo que intentaba Drake: intentaba desprogramar a su padre, extraer de él los patrones cognitivos que habían implantado los styx con la Luz Oscura. Y comprendiendo que Drake no tenía más remedio que comportarse de aquel modo brutal, Chester empezó a sentirse un poco mejor con respecto a la violencia que ejercía contra su padre.

De pronto, cuando Drake volvió a abofetear al señor Rawls, todo cambió.

—¡Vete al infierno! —le gritó el señor Rawls, que ya no podía más—. Puedes hacerme lo que quieras, pero ya no voy a escuchar más sandeces.

Y bajó la mirada, negándose de plano a responder más preguntas.

—No estamos consiguiendo nada —dijo Drake. Se fue hacia Chester y le pasó el brazo por el cuello, apretando tan fuerte que el muchacho no podía respirar, mucho menos protestar.

—Voy a estrangular a tu hijo, Jeff. Aquí tienes a Chester, justo delante de ti.

Los tacones de los zapatos del uniforme escolar rasparon contra el suelo de hormigón y las fotos se le cayeron del regazo. Al intentar liberarse de las manos de Drake, Chester volcó la silla.

—Voy a estrangularlo —prometió Drake con voz tan fría e indiferente que el chico se lo creyó.

El señor Rawls seguía mirando al suelo y negando con la cabeza. Pero entonces levantó la vista un instante y abrió unos ojos como platos.

—¡Chester! —dijo, de manera apenas audible al principio.

El muchacho se estaba quedando azul.

—Lo siento, Jeff, pero no te oigo —le incitó Drake con voz cantarina.

A Chester se le salían los ojos de las órbitas y ya no le quedaba fuerza para dar patadas.

—Te quedan unos segundos antes de que muera, Jeff

—dijo Drake—. Puedes salvarlo. Sólo tienes que decirme quién es. Dímelo, ¿a quién ves aquí?

—¡A Chester! —chilló el señor Rawls.

Drake soltó a Chester, colocó bien la silla y ayudó a sentarse al jadeante muchacho.

—¡Eres tú, Chester! —exclamó su padre con lágrimas en las mejillas. Aún no recobrado del todo, el chico reía y tosía al mismo tiempo. Se dirigió hacia su padre tambaleándose y le echó los brazos al cuello.

—Papá, todo ha terminado... Volvemos a estar juntos... Había soñado con esto —dijo con voz quebrada, mientras Drake cortaba con el cuchillo las ataduras del señor Rawls—. He recuperado a mi padre. ¿Cómo podría agradecértelo? —le dijo a Drake.

—No me lo agradezcas tan rápido —dijo éste recogiendo las fotos del suelo—. Todavía nos queda tu madre, y esta vez puede que tenga que matarte de verdad.

Elliott notó que el helicóptero cambiaba de rumbo y que el vuelo se volvía menos suave. Miró enseguida al coronel Bismarck y vio que estaba hablando con el copiloto en la cabina de mando. Negando con la cabeza, el coronel se acercó a ella.

—Hay un problema —dijo—. Tal como deseaba usted, nos dirigíamos hacia la selva que se encuentra al este de la pirámide, pero en la pantalla aparece un frente tormentoso. Viene con rapidez hacia aquí, y se trata de una gran tormenta. Ya hemos emprendido una acción evasiva bordeándola, pero ni siquiera este nuevo rumbo podremos mantenerlo por mucho tiempo. No podemos arriesgarnos a vernos atrapados por la tormenta.

—¿Qué alternativas tenemos? —preguntó Elliott.

—Hay un corredor que va derecho a la ciudad. Podríamos dejarles en él. Allí estarían seguros.

—No podemos hacer eso, coronel —respondió Elliott—. Necesitamos llegar al este de la pirámide.

En el mismo instante en que el coronel Bismarck se iba para consultar con el piloto y el copiloto, el helicóptero entró en la periferia de la tormenta y la lluvia empezó a penetrar por la puerta abierta. El coronel tuvo que irse apoyando en las paredes al volver con Elliott, tal era el embate al que los sometían ya las fuertes corrientes de aire.

—El piloto está buscando una zona cercana donde ha habido un incendio recientemente. Allí podremos aterrizar —explicó el coronel Bismarck—. Me temo que tendrán que hacer a pie el resto del viaje.

Sintiendo en la cara las primeras gotas de lluvia, las gemelas miraban de reojo a las tropas de Nueva Germania, que se estaban preparando para subir a los helicópteros. Con aire despreocupado, las dos chicas se fueron paseando hasta donde se encontraba el Limitador General.

—¿Ha hecho correr la voz? —le preguntó Rebecca Uno, dándoles la espalda a los neogermanos intencionadamente. No querían que sospecharan lo que podía ocurrir a continuación.

—Sí. Mis hombres tienen ya instrucciones de conservar con vida a los pilotos y copilotos, pero el resto de los soldados serán eliminados si se resisten —respondió en voz baja el Limitador General.

—Pero no quiero que se le haga daño a ese joven oficial que nos ayudó —dijo Rebecca Dos.

El Limitador General observó el cielo, que se estaba oscureciendo rápidamente.

—Comprendido. Si la tormenta se nos echa encima, el trabajo será mucho más fácil. Esos trastos viejos no pueden despegar con mal tiempo, y, nunca se sabe, quizá podamos asumir el control de las tropas neogermanas sin derramamiento de sangre.

Rebecca Dos se frotó las manos con entusiasmo.

—Eso estaría bien. Nuevos reclutas para la primera fase de nuestra nueva ofensiva.

Su hermana sonrió de oreja a oreja.

—Sí, con sólo algunos cambios pequeños pero cruciales, creo que seremos felices en nuestro nuevo hogar. Realmente muy felices.

El coronel Bismarck trataba de hacerse oír mientras aceleraba el helicóptero.

—¡Ahí! ¿Lo ve?

Elliott estaba a su lado, agarrada a la barra de seguridad de la puerta abierta, y veía pasar la selva a sus pies.

—Sí, lo veo —confirmó ella, vislumbrando la extensión de selva devorada recientemente por el fuego, que era como una cicatriz de carbón entre la exuberante vegetación.

El piloto lanzó el helicóptero a toda máquina en dirección al claro. Parecía que por un momento le habían tomado la delantera a la tormenta y las corrientes de aire eran menos turbulentas.

—Coronel —empezó Elliott, tras apartarse los dos de la puerta—, ha sido usted muy recto conmigo y me gustaría corresponderle.

El coronel frunció el ceño.

—Le diré sólo una cosa: cuidado con los styx. No subestime lo que son capaces de hacer. No les hará gracia que usted nos haya dejado ir. Y por lo que sé de su ciudad, ellos podrían decidir que les gusta —explicó Elliott.

—Gracias, pero teniendo en cuenta su número, no creo que representen una amenaza para nosotros —respondió el coronel Bismarck, aunque algo en sus ojos le indicó a Elliott que se tomaba muy en serio su advertencia.

Cuando el helicóptero comenzó el descenso, la chica le lanzó una mirada a Will, que tenía la cabeza gacha. Después dirigió la atención a lo que veía por la puerta. El reciente fuego había reducido la densa jungla a nada más que un manto de ceniza que en aquel momento levantaban por los aires los rotores del helicóptero. Era como si se hallaran en el ojo de un tornado gris, casi negro, una pantalla de humo tan espesa que tapaba el sol.

Tocaron tierra con una sacudida, pero el piloto no apagó el motor: evidentemente, el coronel no pensaba detenerse allí mucho tiempo. Cuando Elliott saltó del helicóptero seguida por *Bartleby*, desataron a Will y lo hicieron salir.

—¿Y si no quiero ir con ella? —le preguntó al coronel, frotándose las muñecas para restablecer la circulación—. Yo preferiría ver esa ciudad suya. Son ustedes alemanes de la Segunda Guerra Mundial, ¿no?

—Sí, vinimos antes de que acabara la guerra —respondió el coronel Bismarck—. ¿Cómo lo sabías?

Will indicó con la cabeza el arma que llevaba el coronel al cinto.

—Eso es una Luger. —Y entonces se volvió hacia los otros soldados—. Y ellos llevan Schmeissers, ¿no? Me gustaría ir a ver qué más hay en su ciudad. También a mi padre le hubiera gustado.

Will había evitado mirar a Elliott, pero en aquel momento le dirigió una mirada glacial.

—Y no quiero estar cerca de ella.

Elliott sabía que Will seguía muy afectado por la muerte de su padre, pero ya estaba harta de sus comentarios.

—Will, te estás volviendo insoportable —dijo furiosa—. Es verdad que les he entregado la ampolla del virus. Tuve que hacerlo, pero sólo porque tú te dejaste capturar. Tú forzaste mi mano. Y me parece que estás olvidando que te he salvado de tus perversas hermanas una vez más.

—Sí, es verdad, pero ¿sabes a qué precio? —gritó él en respuesta.

—Espera a ver quién ríe el último —respondió ella en voz baja, y su voz apenas se percibió con el ruido del motor.

—¿Qué quieres decir? —preguntó él, saltando del helicóptero y avanzando hacia ella agresivamente—. Ah, supongo que se te ha ocurrido un plan estupendo para entrar tan campantes y quitarles la ampolla otra vez... ¡Como que vamos a poder! Ya nunca la perderán de vista, y además tenemos tropecientos mil limitadores con los que enfrentarnos.

Con un gruñido, Will se dio un puñetazo en la palma de la mano.

—¡No lo puedo comprender! Tenías que ser precisamente tú la que dejara caer en sus manos la ampolla. ¡Drake se moriría de vergüenza si lo supiera!

El rostro de Elliott perdió por un momento toda expresividad, como si estuviera a punto de echarse a llorar. Y a continuación atacó a Will, arreándole una bofetada en la cara.

Asustado, el chico ahogó un grito, mientras *Bartleby*, viéndolos discutir, lanzó un titubeante maullido.

—¿Cómo te atreves a decir eso? —dijo ella en voz baja y trémula—. Suena como si Drake hubiera muerto, y tú no tienes ni la más remota idea de lo que habría hecho él en la misma situación. Y ¿por qué no me escuchas? Te he dicho que veremos quién ríe el último. La cosa no ha llegado a su fin.

—¡Déjame en paz! —gritó Will—. No quiero saber nada.

—Estás buscando a alguien a quien culpar de lo que le ha pasado a tu padre. ¡Bueno, pues no me culpes a mí! ¡Hice todo lo que podía por salvarlo! —gritó Elliott—. Yo también podría culparte a ti de la muerte de Drake. Si no hubieras aparecido en la Llanura Grande, no habría ocurrido nada de lo que ha pasado después. Y él podría seguir vivo.

Will escupió a la ceniza.

—Puedes creer lo que quieras. Nunca te he caído bien. Desde el comienzo parece que tú y Chester, tú y Chester... Saliendo juntos de patrulla todo el tiempo, como amigos del alma —le gritó, tan afectado que ya no sabía lo que decía.

—Tal vez fuera porque él necesitaba aprender más que tú —respondió ella.

—O tal vez simplemente te gustaba más que yo —dijo Will con franqueza.

—No quisiera interrumpir la..., ¿cómo se dice...?, la riña con tu novia, per... —empezó a decirle el coronel a Will, pero fue cortado por otro estallido del chico.

—¡Ja, qué gracioso! —saltó Will, llevándose la mano a la mejilla, donde le había pegado Elliott—. ¡Ni es mi novia ni lo será nunca!

Aquello provocó risitas de los soldados que se hallaban en el interior del helicóptero, pero enmudecieron cuando el coronel les dirigió una severa mirada.

—Y tú nunca serás mi novio porque Chester tiene razón: ¡eres un *friki*! —contraatacó Elliott.

—Siento meteros prisa, pero tenemos que despegar —prosiguió el coronel Bismarck—. La tormenta viene hacia aquí y no nos queda mucho combustible en los tanques de reserva.

Respirando tan ruidosamente como un toro enfurecido, Will avanzó pisando fuerte en la seca ceniza. Pero no llegó lejos, y se paró a mirar el horizonte con los brazos en jarras.

El coronel le entregó a Elliott algunas raciones de comida y después quiso darle armas.

—Tengo un par de pistolas en la mochila —dijo ella, declinando su ofrecimiento.

Pero él no quiso atender y le obligó a aceptar un par de Lugers y una de las Schmeissers que Will había admirado, junto con munición de repuesto.

—Por si os tropezáis con algún animal poco simpático —le dijo guiñándole el ojo.

—Gracias, no olvidaré esto —dijo Elliott, y entonces le gritó a Will—: ¡Decídete! ¿Te quedas o te vas con ellos?

Aunque siguió dándole la espalda, Will negó con la cabeza.

—Me quedo —gruñó como respuesta.

El coronel le deseó buena suerte a Elliott y le dirigió un saludo mientras el helicóptero volvía a elevarse. Ella lo vio irse, protegiéndose los ojos de las espesas nubes de ceniza que las palas levantaban del suelo. Sólo cuando el helicóptero se perdió de vista y no se oía más que el aullido del viento, Will se volvió hacia Elliott. Fue caminando lentamente hacia ella. Parecía haberse calmado un poco.

—Entonces, dime, ¿por qué dijiste lo de reír el último? ¿En qué consiste ese genial plan tuyo?

Elliott no le hizo caso y empezó a acariciar a *Bartleby*, limpiándole la ceniza de su cabeza calva.

—Te has portado de maravilla en la pirámide, hiciste lo que te mandé, ¿a que sí? —le dijo, masajeándole la sien.

Cuando Will oyó el ronroneo del cazador, empezó a irritarle que Elliott no le hiciera caso.

—¿Por qué no me respondes? ¡Es lo menos que puedes hacer! —prorrumpió, volviendo a enfurecerse—. ¡Tengo todo el derecho a saber qué es lo que estás planeando! Si es verdad lo que dijeron las gemelas, ya he perdido a mis dos padres. ¡Mi madre seguramente ha muerto y esa cerda acaba de matar a mi padre!

—Lo sé, lo vi —dijo ella, mirando a Will—. Y te aseguro que lo siento mucho, pero ahora no es el momento de pensar en ello. Podrás hacerlo después.

—Guardas algo en la manga, ¿verdad? —preguntó Will—. Cuéntame lo que es.

Elliott asintió enseguida.

—Vale... Voy a subir a la Superficie por ese tunel que encontré tras la cascada.

—¿A la Superficie? ¿Qué demonios se te ha perdido en la Superficie? —dijo Will, frunciendo el ceño mientras trataba de adivinar sus intenciones—. Eso no tiene sentido. El virus está aquí, en este mundo.

—Tengo que ir a la Superficie porque, siga vivo Drake o no, tengo que entregarle a alguien la vacuna.

—Pe... pero... no lo entiendo. —Con expresión de total desconcierto, Will avanzó unos pasos hacia ella, dudando por un instante antes de acercarse un poco más—. Pero ¿no se te rompió la ampolla de la vacuna, la que tenía el tapón blanco?

—Sí, efectivamente —confirmó Elliott, empleando la brújula del doctor Burrows para comprobar el rumbo. Entonces se apartó de Will, que echó a correr para alcanzarla, levantando tras él un reguero de polvo—. Pero no antes de que me tragara su contenido —añadió, casi como si acabara de recordarlo.

Will se detuvo de pronto al comprender.

—¡Entonces... entonces tenemos la vacuna! —exclamó—. ¡Está dentro de ti!

22

Chester estaba completamente agotado y no prestaba mucha atención a cuanto le rodeaba. Pero allí, al lado de Drake, que conducía el coche por las calles de Londres de regreso al almacén, estaba tan contento que se sentía como flotando. Sus padres habían regresado con él.

—Papá y mamá —murmuró para sí antes de ponerse a tararear la canción de la radio.

La desprogramación de su madre había sido mucho menos terrible, muy facilitada por el hecho de que hubiera tomado parte también el señor Rawls. Chester no podía dejar de sonreír para sí, recordando el instante en que los ojos de su madre se habían iluminado y lo había reconocido por fin.

Después de eso, se había sentado con sus padres durante todo el tiempo que le permitió Drake y les había contado cómo habían llegado a la Colonia Will y él, y todos los acontecimientos que siguieron. Al principio ellos habían adoptado una expresión a medio camino entre el horror y la incredulidad, pero su propia experiencia ayudó a persuadirles de que Chester contaba la verdad. Aunque de manera confusa, como entre brumas, ambos tenían el vago recuerdo de que los habían secuestrado y después unos hombres de aspecto fantasmal habían hecho brillar ante sus caras intensas luces de color morado. Y los recuerdos que seguían a aquel incidente también resultaban poco claros, como si no fueran capaces de distinguir lo real de lo soñado.

Pero se habían alegrado hasta tal punto de que su hijo siguiera con vida que estaban dispuestos a creer casi cualquier cosa. Por eso, y por el hecho de que seguían tan aterrorizados por Drake que no se atrevían a poner en cuestión nada que él dijera.

Una vez roto el hechizo de la Luz Oscura, Drake no quería correr riesgos. Quiso que los Rawls siguieran bajo llave al menos las siguientes cuarenta y ocho horas, y al final el mecánico calvo accedió a quedarse vigilando de noche el local. De hecho, en cuanto Drake le ofreció otro diamante, dijo que mandaría ir también a su mujer para cuidar a los padres de Chester.

—Es curioso —le dijo Chester a Drake—, cuando estaba bajo tierra pensaba todo el tiempo en volver con mis padres, pero, ya sabes, casi había perdido las esperanzas. —Tras decir esto, volvió a darle las gracias.

Drake asintió con la cabeza.

—No hay de qué. No podía dejarlos allí, bajo el control de los styx.

—Pero ¿realmente estarán bien? ¿Los habremos curado del todo? —preguntó Chester.

—La terapia de reversión no es una ciencia exacta: uno nunca sabe qué otros efectos puede haber provocado en su psique la Luz Oscura. Pero tal vez los styx no hayan profundizado demasiado, y desde luego nos hemos ocupado de los efectos nocivos que hemos detectado.

—¿Hiciste algo parecido con Will, verdad? —preguntó Chester.

—Sí; en él se trataba de un deseo de muerte desencadenado por las alturas. Se vió claro cuando estábamos en los tejados de la plaza Martineau. Le obligué a visualizar lo que pasaría si saltaba, le enfrenté a su demonio oculto, y al final funcionó —explicó Drake—. Superó aquel impulso. Es un chico fuerte, la verdad.

—Lo es —confirmó Chester—. Y la persona más testaruda que he conocido nunca. —Pese al cansancio, estaba empezando a pensar con claridad—. Pero ¿qué les ocurrirá a mis padres? —preguntó—. Aunque por el momento se hallen a salvo, no pueden quedarse allí escondidos indefinidamente. Hay que encontrar una solución.

—Mañana me los llevaré a otra parte. Ahora están en el mismo barco que nosotros. De ningún modo pueden volver a su casa —respondió Drake, antes de mirar a Chester de refilón—. ¿Crees que podrán llevar el tipo de vida que llevamos nosotros?

—No tendrán alternativa, supongo —dijo el chico—. Hasta que venzamos a los styx.

Drake asintió con la cabeza.

—Hablando de styx, no le digas una palabra de esto a Eddie. ¿Qué tal tienes el cuello? Hice todo lo que pude por no dejarte moratones. Déjame ver.

Chester se abrió el cuello de la camisa para enseñárselo a Drake.

—No, estás bien —dijo—. No quiero que Eddie se entere de lo que hemos hecho.

—O sea que no te fías del todo de él —comentó Chester.

—Yo no me fío del todo de nadie —respondió Drake—. Y tenemos que tener preparada una historia por si él pregunta. Estuvimos dando un buen paseo en el coche: eso explicará lo del kilometraje, si es que se pone a comprobar. Después nos dimos un paseo a pie por Regents Park, donde comiste algo y te tomaste un helado. —Se inclinó un poco para abrir la guantera—. Coge el envoltorio que ves ahí y deja que te gotee un poco de helado por delante de la camisa. Que se vea bien.

Mientras Drake seguía conduciendo, Chester siguió las instrucciones y se frotó el envoltorio en la ropa que se había vuelto a poner después de quitarse el uniforme del colegio.

—¿Has dicho que hemos comido algo? —le preguntó Chester con apetito. Se dio cuenta de que, con todo lo que había ocurrido durante el día, no había probado bocado.

Drake señaló la guantera con la mano.

—Ahí tienes también unos sándwiches. Cómetelos, pero recuerda: cuando lleguemos al almacén tienes que volver a hacer un poco de teatro y ponerte como si el mundo se acabara, ¿de acuerdo?

—Más triste que un pingüino en un garaje —confirmó Chester, cogiendo los sándwiches.

Will y Elliott empezaron a hacerse una idea de lo devastador que había sido el incendio al atravesar aquellos campos sin vida. En algunos puntos el viento había acumulado la ceniza y la madera carbonizada y se hacía difícil caminar, pues se les hundían las piernas hasta la rodilla.

Y de vez en cuando se encontraban algún resto de los troncos de los imponentes árboles. Despojados de sus ramas y reducidos a una parte de su altura original, semejaban gigantescas estacas clavadas en la tierra y carbonizadas.

Lo que había comenzado como una brisa ligera se estaba transformando rápidamente en un potente viento. Empezaban a caer grandes gotas de lluvia, que impactaban sobre la ceniza, en torno a ellos, y levantaban pequeñas humaredas, como si cayeran bombas en el país de Lilliput.

Después, cuando el sol quedó tapado por las nubes, se vieron inmersos en una penumbra misteriosa. No tenía nada de extraño la preocupación del coronel Bismarck: tenían ahora encima la mayor de todas las tormentas. Un violento rayo cayó en uno de los troncos carbonizados a pocos metros de distancia, que empezó a desplomarse con un estruendoso crujido, como a cámara lenta. Casi al instante, se oyó un trueno, tan potente que casi los tira al suelo.

—¡Corre! —gritó Elliott.

—¡Estoy corriendo! —respondió Will.

Dejando aparte el hecho de que los truenos lo inquetaran, *Bartleby* parecía disfrutar, correteando bajo la lluvia y llenándose de ceniza, como si todo fuera un juego.

Entonces llegaron ante una pendiente muy pronunciada y bajaron por ella. La lluvia se había vuelto torrencial y la combinación de agua y ceniza suelta resultaba traicionera. Cada poco se resbalaban y se deslizaban por la pendiente gris.

Al llegar abajo, se encontraron en una especie de hondonada donde había muchos más de aquellos troncos carbonizados y clavados en la tierra. Corrían por entre ellos cuando oyeron un alarido.

—¡*Bartleby*! —gritó Will, y los dos se pararon—. ¿Dónde está?

La lluvia caía con tal fuerza que necesitaban protegerse la cara para buscar al cazador.

Se oyó otro alarido.

—Se ha metido en problemas —gritó Will, indicando con un gesto el lugar del que parecía provenir el alarido.

Al retroceder por entre los troncos carbonizados, distinguieron un movimiento.

Se agacharon. Unas criaturas negras, algo más grandes que un balón de rugby, pululaban alrededor de los restos de un búfalo muerto, que tenía el vientre abierto y los intestinos extendidos por la tierra. Aquellas criaturas estaban devorando al animal, disputándose las tripas y otros órganos internos en los que metían aquella trompa que parecía una lanza para chupar.

—¿Pulgas? ¿Son megapulgas? —farfulló Will.

Parecían una versión gigante de aquellos insectos, con sus

patas de atrás dobladas y sus caparazones segmentados que brillaban levemente bajo aquella luz reducida. Pero aquellas criaturas parecían carroñeras más que parásitas, ya que se alimentaban del búfalo caído. Will calculó que habría unas treinta. Emitían un ruido bajo, gutural, como si se estuvieran comunicando entre sí. El sonido parecía salir de sus patas, al frotarlas.

Otro alarido.

A diez metros del búfalo muerto, *Bartleby* rodaba boca arriba, agarrando entre las patas una de aquellas pulgas, que extendía y recogía su trompa. Estaba tratando de morderlo o de picarlo. Y otras pulgas abandonaban poco a poco el cuerpo del búfalo para dirigirse a aquel gato que se retorcía sin parar. Estaba claro que no eran sólo carroñeras, sino también depredadoras.

Elliott se dio cuenta entonces de que Will no llevaba ningún arma: después de la discusión, ella se las había guardado todas. Y lo que era peor, las Browning Hi-Powers estaban metidas en el fondo de la mochila, y a mano sólo tenían las pistolas neogermanas.

—¡Ten! —dijo entre dientes, sacando una de las pistolas que llevaba en el cinto.

Will se volvió justo a tiempo para coger la Luger que ella le lanzaba por el aire.

Dirigió el arma hacia la pulga que *Bartleby* tenía entre las patas, apuntó bien y apretó el gatillo.

No ocurrió nada.

—¡Tiene el seguro puesto! —gruñó apretando los dientes, y había empezado a buscar a tientas el seguro de aquella arma desconocida cuando Elliott disparó su pistola.

La pulga que tenía *Bartleby* en las patas salió lanzada, como si se la llevara un murciélago invisible.

Agitando las antenas, las otras pulgas se volvieron despacio, haciendo ruido con las patas traseras, hasta colocarse frente a Elliott. Entonces empezaron a avanzar hacia ella. Corriendo entre los ennegrecidos troncos de los árboles, Will bordeó el lomo del búfalo muerto para llegar hasta *Bartleby*. El cazador estaba aturdido y no se tenía bien en pie, pero por lo demás no estaba herido. Agarrándolo por el pescuezo, el muchacho lo puso en pie al tiempo que lo descubría una de las pulgas, al borde del grupo.

—¡Vamos, *Bartleby*! —le apremió Will.

Ahora *Bartleby* estaba en pie, pero no se había recobrado lo suficiente para moverse con rapidez.

La pulga dio un salto y se posó justo delante de Will. Sucedió tan rápido que él reaccionó totalmente por instinto. Disparó a quemarropa. El duro exoesqueleto de la pulga gigante se resquebrajó y su blanca carne quedó a la vista al tiempo que un líquido lechoso salpicaba el suelo. A Will le recordó un coco que había ganado en el tiro al coco de la feria ambulante de Highfield y que había abierto con un martillo.

Intentaba llevarse con él a *Bartleby* cuando oyó que Elliott gritaba su nombre y después disparaba. Había cambiado la pistola por el Schmeisser y estaba disparando ráfagas cortas ante el avance de la horda de pulgas. De vez en cuando una le saltaba encima, pero siempre podía dispararle en el aire, antes de que la alcanzara.

—¡Marchaos! —gritó al ver a Will y *Bartleby*, que ya andaba por sus propios medios, aunque tambaleándose.

Elliott se volvió, y huyeron juntos. Al cabo de unos minutos, habían trepado por el otro lado de la hondonada y volvían a encontrarse en el campo ceniciento. Ante ellos se alzaba la selva; estaban tentadoramente cerca de ella.

—¡Nos siguen! —exclamó el muchacho resoplando al mirar atrás.

Las pulgas no habían renunciado a la perspectiva de capturar algo de carne fresca. Ahora que los troncos carbonizados no restringían sus movimientos, empezaron a demostrar de lo que eran capaces: comenzaron a dar unos saltos tremendos.

Incluso por encima del ruido de la lluvia y el viento, Will oía el golpe de las potentes patas traseras contra el suelo cuando se lanzaban describiendo un amplio arco. Caían del cielo y se posaban por todas partes.

Will y Elliott corrían diez metros y después se paraban para enfrentarse a las pulgas que los perseguían, repitiendo esa actuación una y otra vez, pero avanzando de manera exasperantemente lenta hacia la línea de los árboles. Esperaban poder quitarse de encima a aquellos bichos al alcanzar la selva.

Elliott despachaba a la mayor parte de las pulgas con su Schmeisser y Will le dio con la Luger a una a la que no le había acertado la chica. Estaba empezando a pensar que tenían la situación controlada cuando una de las pulgas le golpeó en la espalda. Inmediatamente se le agarró a la camisa con unas garras que eran como tenazas. Al intentar soltarse, Will perdió el equilibrio y cayó de cara en la ceniza.

El alarido de *Bartleby* alertó a Elliott de que algo iba mal. Will se retorcía a un lado y a otro e intentaba golpear al insecto con la culata de la pistola, pero la pulga se aferraba firmemente a él. Y lo que era peor: avanzaba poco a poco hacia la nuca.

Entonces retiró la trompa, preparándose para morder. Elliott no tenía tiempo de buscar la pistola, que le habría permitido hacer un disparo más exacto.

—¡Quédate así boca abajo! —le gritó a Will, que se movía como loco—. ¡Y no te muevas!

Se agachó, apuntó y soltó una ráfaga con la Schmeisser.

Sonó un fuerte chasquido y Will quedó regado por una blanca viscosidad. Se puso en pie con esfuerzo, movió la cabeza hacia los lados y echó a correr de nuevo. Elliott se ocupó de varias pulgas más, pero después éstas parecieron desistir de su propósito. Mirando por encima del hombro, Will vio que las pulgas supervivientes se iban saltando de regreso a su hoyo, posiblemente para ir a devorar al búfalo.

Y en cosa de veinte minutos, Will y Elliott se hallaron bajo la protección de la selva y se detuvieron para recuperar el aliento.

—Gracias —jadeó Will, arrancando algunas hojas para limpiarse los restos del insecto que se le habían quedado en el cuello y el pelo.

—De nada —respondió Elliott, acariciando la Schmeisser—: Ha sido bastante arriesgado, porque estos chismes no afinan mucho.

—¿Utilizaste eso? —preguntó Will, intentando recuperar el aliento.

—Funcionó —respondió ella.

—Sí, funcionó —dijo jadeando, y levantó las cejas—. Te voy a decir una cosa.

—¿Sí?

Will miró con recelo la selva que los rodeaba.

—Si alguno de estos árboles te mira con malos ojos..., dales también una pequeña ración, ¿vale?

—¿Qué...? —preguntó ella.

Will arreó una patada en las raíces de un árbol próximo.

—Esos arbustombres sólo pensaban en su maldita pirámide... No nos ayudaron... Y nunca les perdonaré lo que nos hicieron a mi padre y a mí.

—¡No tengo la más remota idea de lo que estás diciendo! —exclamó Elliott, comprobando el rumbo con la brújula—. Pero estoy segura de que me lo vas a explicar —añadió—, en cuanto tengamos tiempo.

Tras otra hora de camino, llegaron al escondrijo del precipicio.

—Menos mal que te aseguraste de que los styx no ponían sus manazas en nada de esto —comentó Will, agradecido. Estaba muy cansado, pero se animó bastante al hacer el inventario de las cosas que Elliott había llevado allí para ponerlas a resguardo—. Creo que tenemos material suficiente para vérnoslas con lo que nos echen —dijo empezando a preparar la mochila. Entonces encontró el aparato en forma de pistola que le había dado Drake—. Y esto es lo más importante de todo, éste es nuestro billete de vuelta a casa —anunció, sosteniéndolo en alto.

—Eso espero —dijo ella, metiendo una recámara nueva en un Sten y amartillándolo—. De verdad que lo espero.

El coronel Bismarck fue conducido al despacho del Canciller por la secretaria, que se tambaleaba sobre sus tacones increíblemente altos.

—Ah, Bismarck, confío en que ya se haya terminado todo con esa horrible gente... Y que el resultado haya sido un éxito, para que no los volvamos a ver —dijo el Canciller. Estaba repantigado en una butaca mientras el peluquero daba los últimos retoques a su pelo y una mujer con un blusón gris le hacía la manicura.

—Sí, los styx han recuperado su virus. Ha habido un pequeño intercambio de fuego, y aunque nosotros no hemos sufrido bajas, los styx tuvieron una. Uno de los tres perseguidos a los que buscaban fue, sin embargo, innecesariamente ejecutado durante la operación; era un civil del mundo exterior.

—Mientras no fuera uno de los nuestros... —comentó el Canciller.

—No. Y aunque no los hemos llegado a ver directamente, parece que los indígenas llegaron a tener algún tipo de relación con las personas buscadas por los styx; introdujeron en la pirámide a dos de ellos y después los expulsaron.

Sin sentir la más leve curiosidad al respecto, el Canciller levantó la nariz en un gesto despectivo.

—Bueno, ellos no han representado una seria amenaza para nosotros, a diferencia de los piratas o los inquisidores. Y, de cualquier modo, en esa zona no hay nada de valor. Pero las academias tal vez tengan interés en saber lo que ha ocurrido. Les daré algo de lo que hablar —sugirió el Canciller con una leve sonrisa—. ¿Algo más?

—Estoy preparando un informe completo para usted, señor —respondió el coronel Bismarck—. Pero debería saber...

—Un momento —dijo el Canciller, levantando la mano mientras el peluquero le recortaba cuidadosamente el bigote. En cuanto terminó de hacerlo, volvió a hablar—: Prosiga.

El coronel Bismarck se aclaró la garganta:

—Los styx accedieron a un trato para obtener el virus, por el cual se permitió salir libres a dos jóvenes, un chico y una chica. Lamento decir que los styx no parecen gente de palabra, así que no tuve más opción que llevarme al chico y a la chica en uno de los Fa Doscientos treinta y tres para liberarlos en un lugar remoto. El resto de nuestro destacamento y los demás helicópteros se quedaron junto a la pirámide, con orden de volver al campo de aviación después de que yo saliera.

El peluquero puso un espejo ante el Canciller para que pudiera admirar su bigote y su cabello muy engominado.

—Muy aceptable. Gracias —dijo, y entonces el peluquero le retiró la toalla de los hombros haciendo una floritura—. Todo eso suena... ¡Ay!

La manicura retrocedió ante el grito del Canciller.

—Cuidado, mujer, eso ha sido una verdadera negligencia —se quejó, frotándose el dedo en que la mujer se había aproximado a la carne sin darse cuenta. El Canciller se volvió con impaciencia hacia el coronel—: Supongo que eso es todo por su parte.

—Sí, salvo que acabo de saber que hemos perdido el contacto por radio con nuestros helicópteros —dijo el coronel Bismarck—. Sospecho que los styx podrían tener algo que ver. Yo estaba...

—No, me parece improbable, ya han conseguido lo que andaban buscando —le interrumpió el Canciller—. Debe ser por esa tremenda tormenta que he oído que se nos está acercando, o bien por algún fallo del equipo. —Por un momento cerró los ojos, como si estuviera exhausto—. Supongo que va usted a importunarme con ese incremento del presupuesto militar, para adquirir nuevos sistemas de comunicación. Póngalo en el informe, coronel.

—Pero deberíamos tener cuidado con los styx —repuso Bismarck. La manicura se había levantado de su taburete y lo arrastraba ruidosamente por el suelo de mármol para poder ocuparse de la otra mano del Canciller.

—Sí, sí, ya se lo dije, es una gente horrible. Y ahora debo seguir con mis cosas. Gracias, coronel. Excelente trabajo —dijo el Canciller abriendo el periódico de una sacudida.

23

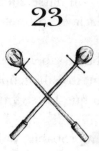

El puente de Londres pasó como una bala ante el par de motociclistas vestidos de cuero que atravesaban con sus potentes motos las vacías calles de Londres. Pasaban por delante de los otros puentes intentando adelantarse uno al otro. Al llegar a la plaza del Parlamento, se vieron obligados a detenerse ante un semáforo. Drake levantó la visera del casco e indicó con un gesto el iluminado edificio del Parlamento.

—En la Colonia se cuenta que hay pasadizos que llevan directamente al Parlamento desde la Fortaleza styx. La gente dice que tenéis acceso directo a los sótanos.

Eddie también se levantó la visera.

—No después de que Guy Fawkes fuera el chivo expiatorio de nuestra abortada operación secreta.

—¿Te refieres a la Conspiración de la Pólvora*? —preguntó Drake de inmediato—. ¡Me tomas el pelo!

—Después de aquello cegaron los pasadizos —contestó Eddie antes de bajarse otra vez la visera. El semáforo cambió y él fue el primero en salir, dejando atrás a Drake, que no se había recuperado de la impresión. Al tiempo que el Big Ben

---

* La noche del 5 de noviembre de 1605 tuvo lugar un fallido complot contra el Parlamento. Desde entonces, los británicos lo conmemoran haciendo hogueras y lanzando fuegos artificiales. *(N. del T.)*

empezaba a dar las cinco, movió la cabeza hacia los lados en gesto de incredulidad, aceleró la moto y soltó el embrague para correr tras el limitador.

Después de aparcar en Saint Anne's Street, siguieron a pie, girando a derecha y después a izquierda para llegar a Victoria Street. Cuando apareció ante ellos la fachada occidental de la abadía de Westminster, Drake seguía sin tener idea de dónde le estaba llevando Eddie. El styx lo condujo casi hasta la abadía, pero después volvió hacia atrás. Caminando ahora más despacio, se dirigió hacia una serie de edificios de piedra arenisca que parecían tan viejos como la propia abadía. Entre los edificios había un callejón, y al lanzarle una mirada, Drake vio que tras él había un patio. Aunque faltaba una hora más o menos para la salida del sol, las farolas del patio le permitieron ver árboles y unos cuantos coches que estaban allí aparcados. Después vio un letrero a la entrada del callejón.

—El «Patio del Cura» —leyó en voz alta—. Me parece que no había estado aquí nunca.

—Sígueme y no hables —le dijo Eddie en voz baja cuando vieron aparecer ante ellos, a mitad del callejón, a una persona uniformada. Drake se puso tenso, pensando que sería un policía, pero después, al ver más de cerca el uniforme, comprendió que se trataba de un conserje. El hombre se encontraba de pie ante una pequeña barrera roja y blanca colocada para restringir el acceso de vehículos al patio.

—Buenas noches, caballeros —dijo el portero. Drake comprendió, por la manera en que al verlos se había erguido y preparado en la mano el *walkie-talkie*, que esperaba problemas. No parecía que hubiera ninguna posibilidad de que fuera a dejar pasar al patio a aquella hora de la madrugada a dos moteros vestidos de cuero, al menos sin que ofrecieran antes una buena explicación. Sin dudar un instante, Eddie se fue derecho hacia el hosco conserje y, al llegar lo bastante cerca, le dijo unas palabras al oído. El conserje no respondió nada, pero bajó la guardia de inmediato. Guardó el *walkie-talkie,* se frotó las manos, abriéndolas un poco para soplar en ellas, como si tuviera frío, y entonces, para sorpresa de Drake, se volvió para observar Victoria Street al otro lado del callejón, mirando a través de él y de Eddie, como si ellos no existieran. Canturreó «A mi manera» de un modo totalmente carente de sentido musical, y sencillamente se volvió hacia su cabina, silbando el resto de la canción antes de cerrar la puerta tras él.

Drake se colocó al lado del limitador al entrar en el patio.

—Le han aplicado Luz Oscura, ¿es eso? Y le has dicho unas palabras inductoras, para que nos dejara pasar. ¿Qué palabras eran...? ¿«Frank Sinatra»?

—Palabras que tú no podrías pronunciar. Tal vez no te hayas dado cuenta, pero me daba miedo que hubieran cambiado la secuencia. Afortunadamente, no ha sido así —respondió Eddie, pisando con paso decidido por el césped que había en el medio del patio.

—Creo que ya había oído hablar de este sitio —reflexionó Drake, observando las numerosas puertas de los edificios de estilo georgiano que lo rodeaban—. ¿No hay aquí cerca un colegio famoso, y no fue director de él en su tiempo el padre de la auténtica *Alicia en el País de las Maravillas?*

Eddie no respondió, sino que se fue directamente hacia una de las puertas y la abrió. Dentro había un pasillo sombrío con el suelo de losas picadas por el tiempo. Continuaron por él hasta otra puerta que había al fondo, y allí Eddie sacó una esfera luminosa para poder meter una llave. Una vez abierta la cerradura, la puerta crujió al abrirse y Drake percibió el olor de humedad del sótano. Bajaron por un tramo de escalera de piedra para encontrar un espacio abarrotado de cajas de embalaje que contenían libros de texto mohosos.

Eddie se abrió camino apretujándose por entre las cajas,

para llegar a la pared del fondo del sótano, donde a la altura de la cabeza localizó un gancho herrumbroso y tiró de él. Drake estaba examinando una antigua botella de cerveza que había encima de una de las cajas cuando en la parte inferior de la pared, a los pies de Eddie, se abrió un panel de aproximadamente un metro cuadrado. Al ver el tamaño de la abertura, Drake se rió para sí.

—Y ni siquiera dice «Bébeme» en la etiqueta —murmuró, y tiró la botella a la caja.

Eddie le lanzó una mirada inquisitiva.

—¿Perdona...?

—No, nada —respondió Drake—. Sólo estaba pensando en lo poco sofisticado que es este portal. Se han ahorrado todos los lujos; nada de adornos.

Eddie asintió.

—En la época en que se excavó esto, a comienzos del siglo veinte, éramos muy pocos en el terreno y los acontecimientos de Rusia eran nuestra prioridad.

Se introdujeron por la abertura y, en cuanto se hallaron al otro lado, Drake pudo volver a ponerse derecho. Vio que se hallaban en un pasadizo encalado de varios metros, que llevaba a otro tramo de escalera construida en un ladrillo rojo que se desmoronaba. Iba bajando esa escalera cuando se dio cuenta de que Eddie no estaba con él. El styx esperaba arriba, sin dar ninguna señal de que pretendiera pasar más allá. A la luz que arrojaba la esfera luminosa de Eddie, las gotas brillaban como diamantes en una compleja telaraña tendida entre la pared y una viga de madera medio podrida. Al ver que la telaraña estaba justo sobre su cabeza, Drake sopló en ella suavemente. Una araña bastante espantosa, con el abdomen inflado, salió de una grieta de la pared, arrastrándose entre exoesqueletos de moscas atrapadas en la tela que llevaban ya bastante tiempo muertas.

—Por lo que veo, no vamos más allá... —dijo mirando la

araña, que, decepcionada por no encontrar ninguna nueva víctima a la que extraer el jugo, se volvió a su escondite.

—¿Para qué, ahora que sabemos que tenemos acceso a la ruta? Sigue así durante el resto del camino —respondió Eddie—. Pasadizos y escaleras...

—Está bien, mientras nos permita llegar a la Ciudad Eterna con un par de mochilas llenas hasta los topes —respondió Drake.

Eddie volvió a asentir.

—Entonces, en marcha.

Will y Elliott iban andando por la orilla del río cuando apareció ante ellos la cascada. Siguieron por la orilla durante un breve trecho, hasta que Will se paró.

—Bueno, supongo que ya hemos llegado —anunció en el tono en que se dicen las cosas definitivas.

Se quedó mirando el agua cristalina y las exóticas libélulas que corrían como flechas por la superficie.

—Éste es un lugar muy especial, ¿no? —comentó elevando los ojos hacia las ramas inferiores de los enormes árboles, donde piaba una bandada de pájaros de color verde esmeralda—. Y probablemente sea la última vez que lo veamos —añadió.

El muchacho se giró para echar una ojeada a la cascada. Aunque oculto en las sombras, los aguardaba allí el túnel, el pasaje que esperaban que los condujera hasta la corteza terrestre.

Will se agachó para arrancar una hoja de hierba y se la pasó entre los dedos.

—¿Sabes?, a mi padre no llegué a contarle que aquí había un túnel —dijo con desconsuelo.

Elliott empujó una piedra con la bota hasta que cayó al río, pero permaneció sin decir nada.

—¿Crees que si se lo hubiera dicho las cosas podrían haber sido diferentes? Si hubiera aprovechado la oportunidad de regresar a la Superficie, a estas horas estaría vivo —dijo Will, y el remordimiento le arrugó la frente.

—No, no el doctor. Imposible —respondió Elliott sin dudar un instante—. Él no estaba dispuesto a irse a ninguna parte antes de terminar su trabajo, lo sabes bien.

Will le sonrió lánguidamente.

—Sí, es verdad. —Respiró hondo—. Vale, señorita Vacuna, tengo que llevarte a un hospital de la Superficie para que los médicos puedan embotellar tu sangre. —Se quitó la mochila y sacó de ella el artilugio de visión nocturna, pasándose la cinta alrededor de la frente y asegurándose de que la lente estaba correctamente colocada, lista para bajarla y ponerla sobre el ojo—. Y como ahora eres tan fabulosamente importante, yo iré delante. Así, si algo intenta comerme, al menos tú quedarás a salvo.

Elliott levantó las cejas, con fingida seriedad.

—Eso me parece un buen plan —dijo, incapaz de contener la risa.

—¡Espera, me he olvidado de *Bartleby*! —exclamó Will. Miraron los dos al cazador, que se había quedado río abajo, intentando atrapar con la pata alguno de los pececitos plateados que pasaban—. Pensándolo mejor, creo que este energúmeno debería ir primero —dijo riéndose.

———⊙———

—Me resulta raro estar aquí —dijo Chester, dando lametones al helado que le había comprado Drake cerca del Royal Festival Hall. Los dos caminaban a paso lento por la orilla del Támesis, por entre la multitud—. Parece todo tan normal, como si nunca me hubiera ido... —añadió el muchacho mirando las aguas, cuyas escasas olas brillaban al reflejar el sol del mediodía. Al avanzar por la pasarela, entraron en la sombra que proyectaba el puente de Waterloo, donde tenían sus puestos los vendedores de libros de segunda mano—. Toda esta gente que viene de lugares tan distintos... —comentó al captar fragmentos de conversaciones de los paseantes—. Y ninguno tiene la más remota idea de lo que hay a sus pies —prosiguió echando un vistazo al pavimento.

—Puede que sea mejor así —respondió Drake—. La mayor parte encuentra que este mundo ya es suficientemente complicado.

Pasó a toda velocidad un grupo de chavales en monopatín, entretejiendo su recorrido por entre los adormecidos turistas como si fueran un eslalon viviente. Chester se los quedó mirando, en especial a un joven alto con gorra de béisbol y una gran «D» en ella, que se paró en seco. Hábilmente, el chico pegó con el pie en el extremo del monopatín para levantarlo en el aire. El monopatín dio varias vueltas antes de que él lo cogiera con la mano.

—Eso ha molado. ¿Sabes?, le pedí un monopatín a Papá Noel justo antes de que Will y yo descubriéramos la Colonia —comentó pensativo—. Nunca he aprendido a usarlo.

—Pues yo tampoco —admitió Drake. Se dirigió al alto muro que había en el borde del río y se inclinó sobre él, quitándose las gafas para disfrutar la calidez del sol en el rostro—. Pero piensa en todo lo que has aprendido en su lugar.

Chester se acercó a él.

—¿O sea que mis padres están bien de verdad? —preguntó, cambiando de tema.

—Viven en un lujo asiático. Los he instalado en un hotel con servicio de habitaciones. Mientras no salgan de allí, no tienes de qué preocuparte, están a salvo —le aseguró Drake—. Ya sé que quieres volver a verlos, pero tienes que tener paciencia. Tenemos que preparar un par de cosas, y entonces los llevaré a un nuevo sitio donde podrás estar con ellos.

—¿Y qué pasará con Eddie? —preguntó Chester—. Cuando hayas terminado la operación con él en la Ciudad Eterna, ¿seguirá siendo miembro del equipo?

—Eso depende de él —respondió Drake, orientando la cabeza para que le diera el sol en el otro lado de la cara.

El chico frunció el ceño, porque acababa de pensar en algo.

—Creo que ese silencio significa que quieres preguntarme algo —adivinó Drake.

—Eh..., sí —respondió Chester. Se dio cuenta entonces de que se le caía el helado por la barbilla, y se limpió con la mano antes de hablar—. Nunca he entendido por qué te has pasado tanto tiempo bajo tierra. Podías volver a la Superficie cuando quisieras, ¿no?

—El plan original era que yo me infiltrara en la Colonia y me enterara de todo lo que pudiera —explicó Drake.

—Sí, lo sé.

—Me enteré de que la red de aquí se había desplazado al sur cuando uno de los científicos me dijo que los styx habían capturado y matado a un miembro de la célula. Eso significaba que aquí se había ido al garete toda la estructura, y ya no tenía motivos para regresar a la Superficie. Cuando los styx obtuvieron todo lo que querían de mí, con el desarrollo de las miras de los rifles, dejé de serles útiles. Comprendí que tenía los días contados. Era demasiado peligroso seguir por la Colonia. —Limpió las lentes de las gafas de sol y se las volvió a poner—. Así que después de unas pruebas de armamento en las Profundidades, me escapé. Decidí quedarme allí algún tiempo y seguir enterándome de todo lo que pudiera. Y, para ser sincero, cuando apareció Elliott encontré un verdadero motivo para seguir allí: no podía dejarla sola.

Un hombre alto y delgado con cuatro pelos de barba se detuvo de repente en el camino, a varios metros de distancia, mirando a Drake y después a Chester. El muchacho receló de inmediato.

—No me gusta la pinta que tiene —susurró—. ¿No será un styx?

Drake se rió.

—No, no es un styx. Se le notaría demasiado. Además, ¿no ves los ejemplares del *Big Issue** que lleva bajo el brazo? Está intentando saber si somos de los que compran.

Sin embargo, Chester siguió mirando al hombre de la barba hasta que se fue. A continuación, mordió el crujiente cucurucho del helado haciendo mucho ruido.

—Y hay algo más que no puedo comprender.

—¿Qué es? —preguntó Drake.

—Tú tienes acceso a todos lo explosivos que quieres —dijo Chester.

El hombre asintió con la cabeza.

—Y estaba yo pensando... Con los mapas que tiene Eddie de las instalaciones de allí abajo, ¿por qué no te cuelas en la Fortaleza y montas allí la demolición padre? —propuso Chester—. Podrías eliminar a todos los styx de un solo golpe.

Drake volvió a asentir con la cabeza.

—Buena pregunta, pero no resulta tan sencillo. ¿Alguna vez has estado en una habitación llena de cucarachas, quiero decir completamente llena, y has encendido la luz?

—Pues no, nunca —respondió Chester.

—Yo sí, muchas veces. Y aunque estén todas en el suelo, no hay manera de pisar más que unas pocas, porque las demás desaparecen, así de sencillo —dijo Drake chasqueando los dedos—. Se meten corriendo en sus escondrijos, donde no hay ni la más leve posibilidad de encontrarlas.

---

* Periódico que venden en el Reino Unido personas sin hogar como alternativa a la mendicidad. (*N. del T.*)

—Vale —respondió Chester imaginándose la escena.

—Sería exactamente igual con los styx. Podrías matar a unos cuantos, pero el resto se escabullirían. Como sabes, en todo momento hay unos cuantos operando en la Superficie.

—O sea que no funcionaría —dijo Chester.

—¿Y no te parece que es mejor saber dónde están, allí en la Colonia, que tenerlos esparcidos por todo el país, donde serían aún más activos, si eso es posible? Y además, ¿cómo te sentirías si murieran colonos en el ataque? Con una explosión como la que dices, sería inevitable que al menos algún civil perdiera la vida.

Chester se metió en la boca el último trozo de cucurucho.

—Sí, pero ¿no valdría la pena?

—¿O sea que podrías vivir teniendo a tus espaldas lo que los políticos llaman «daños colaterales»? ¿La muerte de personas inocentes? —le preguntó Drake.

El chico masticó pensativo. Comprendía perfectamente lo que le quería decir, aunque no estaba seguro de estar de acuerdo con él.

—Pero si de ese modo evitáramos millones de muertes en la Superficie al impedir que extendieran algo como el Dominion, entonces no me sentiría demasiado culpable. Por supuesto, sería horrible que murieran algunos colonos, pero en conjunto sería algo positivo, algo acertado.

—Algo acertado —repitió Drake, y entonces miró a Chester—. Hubo un tiempo en que pensaba como tú. Pero ahora no.

—¡Ah! —masculló Chester, inquieto por la intensidad de la voz de Drake.

—Esto es para ti. —El hombre metió la mano en el bolsillo y le entregó un teléfono móvil—. Escóndelo y, hagas lo que hagas, no dejes que Eddie lo vea —dijo—. Ahora volvamos al almacén; por el camino te diré lo que quiero que hagas.

24

La puerta de la casa tembló en sus goznes, pues los golpes eran tan fuertes que nadie podía dejar de oírlos, ni siquiera en las habitaciones de la parte de atrás.

—¿Quiéeen es? —preguntó en tono de queja la madre del segundo agente, desde la cocina.

La señora Burrows, sentada en su vieja silla de ruedas, sabía ya que no se trataba de ningún vecino haciendo visitas a aquellas horas de la mañana del domingo.

Se repitieron los golpes a la puerta, y esta vez llamaban con más impaciencia.

—¡Estoy ocupada! Que abra alguien. Será la señora Evans, con los bordados que quiere que le hagamos —gritó la madre del segundo agente. Todas las mañanas se levantaba antes que sus hijos, pero aún lo hacía antes los domingos, un día especial en toda la Colonia en el que la gente se daba el lujo a mediodía de comer un buen trozo de carne, en vez de los viscosos boletus, que constituían el alimento diario.

De hecho, la señora Burrows olía ya la carne fresca de rata que empezaba a hacerse al fuego. El sábado Eliza la habría comprado en el mercado. La mayor parte de las veces no se trataba de la variedad ciega, sino de la rata de alcantarilla normal, que no costaba tanto. Y la señora Burrows se daba el gustazo, porque en vez de la habitual porquería de hongos, le daban un caldo insustancial que hacían poniendo a hervir la carcasa bien limpia.

—Ya va, ya va... —decía Eliza pisando fuerte al bajar la escalera, molesta porque la habían interrumpido mientras se arreglaba el pelo. Seguía tratando de domeñar unos pelos rebeldes cuando abrió la puerta.

Soltó un «¡ah!» suave como un suspiro.

Ante ella estaba el anciano styx, levantando la barbilla para mirar a la derecha y examinar las demás casas de aquel lado de la calle. Su joven ayudante permanecía justo detrás de él, y en la acera había aún más styx, diez exactamente, todos de apariencia tan similar que Eliza no habría podido distinguirlos. La manera en que observaban el entorno con movimientos leves y entrecortados de la cabeza les daba cierto parecido con una bandada de pájaros recién posados. Pero aquéllas eran unas aterradoras aves de presa. Eliza tampoco pudo dejar de ver las cortinas que se descorrían en las casas de enfrente, desde donde los vecinos trataban de ver lo que ocurría.

El anciano styx se volvió lentamente para mirar a Eliza, que agachó la cabeza y retrocedió un paso. No era la costumbre aguantarle la mirada a un styx, y menos a uno tan importante como aquél. En la Colonia aquello era lo más parecido que había a una visita del rey. De hecho, se rumoreaba que el anciano styx era ahora la persona más importante en la jerarquía, aunque nadie lo sabía con certeza. Su gabán de cuero negro, que llegaba hasta el suelo, crujió cuando él penetró un poco en el umbral de la casa. Su joven ayudante lo siguió, pegado a él.

—La casa de su hermano —dijo de pronto.

Eliza no supo qué contestar. Ni siquiera sabía si era una pregunta o una afirmación. En un estado en el que no era capaz de decidirse sobre qué decir, empezó a farfullar algo, pero la salvó su madre, que acababa de salir de la cocina y llegaba por el pasillo con su paso inseguro.

—Si es la señora Evans con sus arreglos, dile que llega un día antes —iba diciendo bien alto—. Dijimos que hasta mañ...

Cuando sus ojos legañosos tropezaron con el anciano styx, emitió un sonido no muy diferente al croar de una rana asmática. También ella apartó la mirada y pegó las manos a la cintura.

—Venimos a ver a la Burrows. Está aquí —dijo el joven ayudante, avanzando hacia la sala de estar. Una vez más, era imposible saber si estaba preguntando dónde estaba ella o si ya lo sabía, pero ambas mujeres consideraron más probable esto último, pues aun cuando guardaran distancias con los colonos, los styx parecían saber todo lo que pasaba, hasta el último y más insignificante detalle.

Cuando el joven ayudante abrió la puerta y se hizo a un lado para dejar entrar al anciano styx, Eliza miró por un brevísimo instante a aquella persona tan importante. Vio que su blanca piel estaba arrugada como un papel estrujado y que su cabello negro azabache tenía trazas de plata en las sienes. Pero cuando la tenue luz de la sala le dio en el rostro, lo más llamativo fue que las mejillas hundidas y los hondos cuencos de los ojos le hacían parecer un cadáver viviente. Aunque fue el primero en entrar en la sala de estar, se quedó atrás mientras su joven ayudante se dirigía hacia la señora Burrows y le levantaba la muñeca inerte. Por un instante, el joven ayudante la mantuvo en alto con su mano enguantada, y después, simplemente, la dejó caer. Miró al anciano styx, quien movió como respuesta la cabeza hacia abajo, una sola vez.

Justo entonces terminaba de bajar la escalera el segundo agente, en mangas de camisa. El hombretón vio a los styx que aguardaban fuera, en la acera, y también el modo en que su madre y su hermana permanecían en pie y calladas, con la cabeza gacha. Sin dudar un instante, cruzó el pasillo con paso decidido y entró en la sala. Vio al anciano styx y a su ayudante, pero no anunció su presencia, y aguardó en la puerta. En su trabajo de policía en el Barrio, el segundo agente trataba todos los días con los styx y por eso no mostraba el mismo grado de sobrecogimiento ante ellos que la mayoría de los colonos.

El joven ayudante reconoció la presencia del segundo agente con una mirada de soslayo.

—Nunca esperamos que esta mujer viviera más de un día, no digamos ya semanas. Se quedará en estado vegetativo, no hay perspectivas de mejora.

El segundo agente se aclaró la garganta.

—Sí, eso nos dijo el médico, pero me parece que está poniéndose un poc...

El joven ayudante siguió como si no hubiera oído ni una palabra de lo que decía el segundo agente.

—Por supuesto, resulta sorprendente que haya sido capaz de sobrevivir a la batería de Luces Oscuras, que eran muchas más de las que hemos empleado en ningún individuo desde hace mucho tiempo. Pero aún nos sorprende más que continúe viva —dijo el joven ayudante—. Tendrá que devolverla a los científicos —añadió de pronto.

—¿A los científicos? —repitió el segundo agente, adentrándose otro paso en la sala.

—Van a examinarle el cerebro. Están interesados en estudiar sus características neurofisiológicas para averiguar cómo le han podido conferir resistencia a nuestras técnicas de interrogatorio. Se la llevarán para diseccionarla en cuanto estén listos para recibirla —dijo el joven ayudante—. Ha hecho usted un buen trabajo.

El segundo agente apenas pudo contenerse. Pronunció la palabra «Pero...», casi seguida con un «No...», un acto de insubordinación contra los styx que seguramente habría bastado para dar con los huesos en su propia cárcel en el mejor de los casos o, en el peor, para desterrarlo a las Profundidades.

Intuyendo quizá la intensidad de los sentimientos del segundo agente, el anciano styx fijó en él la mirada y habló por primera vez.

—Cuando se ofreció a cuidar a esta mujer en su casa, tomó una carga demasiado pesada sobre sus hombros y los de su familia. Mírelo ahora como una bendición.

El anciano styx se dirigía a la puerta para dejar la casa cuando el segundo agente logró balbucear.

—Gra... cias. —Pero lo dijo tan sólo porque eso era lo que se esperaba que dijera. Para sus adentros, el hombre estaba gritando: «¡Apartad de ella vuestras sucias manos, asquerosos cuellos blancos! ¿No habéis tenido bastante ya? ¡Dejadla que termine aquí sus días, en paz!»

Tardó unos segundos en serenarse antes de salir al pasillo. El anciano styx y su joven ayudante ya habían salido y caminaban por la calle con el resto de su séquito. A su paso, temblaban las cortinas de las ventanas.

Eliza cerró la puerta de la calle, y entonces pegó un cabezazo contra ella, como si el mundo se fuera a acabar.

—¿Qué has hecho? ¡Nos has traído a casa a los styx! ¡A nuestra propia casa! —le acusó la madre—. ¡Aaah! —se lamentó, dejándose caer en el primer peldaño de la escalera mientras se abanicaba con la mano—. ¡Qué rara me siento! Este acaloramiento... Me parece que se me para el corazón.

—Estarás satisfecho, ¿no? ¡Vas a matar a tu madre! —dijo Eliza, poniéndose de espaldas a la puerta. Lanzó un gemido, como si ella también sufriera de lo mismo que su madre—. Qué vergüenza, los styx en nuestra casa, como si fuéramos delincuentes comunes o alborotadores. ¿Qué va a decir la gente? —Negó con la cabeza—. Todo el mundo se enterará, ya me imagino las habladurías mañana, en el mercado.

La anciana resopló y a continuación lanzó una mirada inquisitiva a su hijo.

—Pero ¿qué fue lo que te dijeron? —preguntó.

Con evidente desesperación, el segundo agente tardó en responder.

—Que se llevan a Celia para examinarla —respondió al final.

—¿Qué clase de examen? —preguntó la madre.

El segundo agente no pudo contener más su desesperación.

—¡Se la llevan para ponerla en una mesa de autopsias y abrirla!

Durante un momento, los ojos de Eliza se encontraron con los de su madre, mientras ambas asimilaban aquella información. Después sus rostros esbozaron una enorme sonrisa y la anciana, olvidando ya su delicado corazón, se puso en pie casi de un salto. Ella y Eliza empezaron a bailar una con la otra, canturreando: «Se va, se va.» Eran como dos niñas a las que les hubieran dicho que al día siguiente no habría cole.

Mientras el segundo agente iba a sentarse junto a la señora Burrows, los gritos de alegría seguían llegando del vestíbulo.

—Lo siento, Celia —dijo—. Ya no está en mis manos.

—Ahí hay otro —dijo Will, yendo más despacio al indicar el símbolo de tres barras tallado en un lateral del túnel de piedra. De modo automático, se llevó la mano al cuello, aunque el colgante del tío Tam ya no estaba allí.

Se volvió hacia Elliott.

—Si piensas en el trabajo que tuvo que costar vaciar este túnel, te quedas de una pieza. Supongo que los antiguos querían tener una conexión entre los Jardines del Segundo Sol y la corteza exterior. ¿Tal vez para abrir una ruta comercial entre ambos mundos?

—Cuando dices esas cosas, no te imaginas lo mucho que te pareces a tu padre —comentó Elliott.

—¿De verdad? —contestó Will, muy contento de que ella opinara así. Volvió a cargarse la mochila a la espalda—. Al menos llevo aquí su diario, gracias a ti. Tú lo salvaste. Cuando lo mataron, dejé de pensar con claridad... De hecho...

Will no se olvidaba en ningún momento de que ahora era el guardián del diario de su padre, el único testimonio que quedaba de sus investigaciones. Si podía hacérselo llegar a la gente apropiada de la Superficie, le aseguraría un lugar en la historia, como uno de los mayores exploradores de todos los tiempos, y eso le garantizaría cierto tipo de inmortalidad. Esta idea ayudaba a Will a sobrellevar la inmensa sensación de pérdida ante la desaparición de la persona más importante que había habido en su vida.

—De hecho, yo no pensaba en nada —farfulló, con el rostro inexpresivo.

—Nadie te lo podría echar en cara —le animó Elliott.

Will despertó de su breve momento de ensoñación y frunció el ceño.

—¿Sabes? Apenas hemos empezado a andar, y ya me siento más ligero. Está claro que aquí la gravedad es menor.

—Está claro —corroboró ella—. ¿Y ahora podemos seguir? Nos queda tanto camino que no quiero ni pensarlo.

25

El Limitador General calculó el tiempo perfectamente. Cuando la tormenta amainó, la flota de helicópteros descendió y aterrizó en medio del estadio. El enorme complejo había sido construido fuera de los límites de la ciudad varias décadas antes para unas celebraciones. Pero ahora aquella zona en otro tiempo bien cuidada estaba llena de hierbas, y era el lugar perfecto para que aterrizaran los Fa 233 sin que los viera nadie en la ciudad.

El Limitador General supervisaba a sus hombres, que escoltaban a los prisioneros neogermanos de los helicópteros y los acorralaban en un extremo del campo, donde se agitaban al mortecino viento tres largos estandartes verticales. Cada uno de esos estandartes había ostentado con orgullo en otro tiempo el símbolo nacional de Nueva Germania: un águila recortada contra un fondo de color rojo y negro. Sin embargo, durante los años transcurridos se habían quedado tan descoloridos por el sol y tan andrajosos que del águila y el fondo rojo y negro casi no quedaba nada.

Los prisioneros estaban en pie, con las manos en la cabeza y mirando al suelo, mientras aguardaban instrucciones.

—Menudo montón de peleles —comentó Rebecca Dos.

No había habido ni una baja en la pirámide cuando los limitadores habían hecho prisioneros por sorpresa a los soldados de Nueva Germania y asumido el control de la flotilla de helicópteros. A las gemelas no les había impresionado en lo más mínimo la disposición de aquellos soldados a entregar las armas y rendirse.

—Eso es por falta de liderazgo —sentenció Rebecca Uno, haciendo un gesto de desdén con los labios—. Pero es algo que podremos arreglar.

—¿Liderazgo? ¿Te refieres al tío gordo que vive en el Arco de Triunfo, el que tiene el pelo engominado y tanta afición a la buena vida? —preguntó Rebecca Dos levantando una ceja.

Rebecca Uno se rió con malicia.

—Sí, a ése, el seboso Canciller. Aunque Coxy parecía que tenía debilidad por él.

—Pobrecito Coxy. ¿Al final hemos cargado su cuerpo? —preguntó Rebecca Dos.

—Sí, ¿por qué?

Rebecca Dos se quedó un instante pensativa.

—Porque pienso que el primer acto oficial que presida el seboso Canciller en calidad de marioneta nuestra debería ser un funeral de Estado con todos los honores por Cox. Ya sabes, con la banda tocando, honras militares, un desfile aéreo y...

—Sí, y una estatua. Una estatua llena de vida y bien grande, en esa plaza en la que está la Cancillería —propuso Rebecca Uno, antes de echarse a reír—. Y tendría que estar justo delante de la ventana del seboso Canciller, donde ese ganso tuviera que verla cada día. Eso le hubiera encantado a Coxy.

La alegría abandonó repentinamente su rostro y gruñó ligeramente, como irritada.

—¿Qué te pasa? —le preguntó su hermana.

—Will y Elliott. No puedo creerme que se nos escaparan otra vez de entre los dedos. Fue divertido lo de cargarse al doctor Burritos, pero justo estábamos cogiendo nuestro ritmo cuando Elliott cedió y nos devolvió el virus. Es una pena..., teníamos a Will a nuestra merced. —Mirándose la mano, la apretó en un puño—. Lo teníamos a nuestra merced y lo soltamos.

Rebecca Dos sonrió con optimismo.

—No te desanimes. Logramos el objetivo principal; ya tendremos tiempo de acabar con esas pequeñas molestias. Todos necesitamos tener algo que desear, porque eso es lo que hace que la vida merezca la pena. —Dejó de hablar al ver al joven oficial de pelo rubio, al que se llevaban con el resto de los soldados de Nueva Germania. Iba caminando entre dos limitadores, y les seguía un tercero, con una pequeña caja en los brazos.

—Comienza el proceso —comentó Rebecca Uno.

Su hermana señaló al oficial con un gesto de la cabeza.

—Ése es el soldado con el que nos encontramos nada más entrar en la ciudad. Es un buen tipo; entró en razón en cuanto los amenacé. Al reaccionar rápido, te salvó la vida.

—Es cierto —dijo Rebecca Uno arrastrando mucho las palabras, y con una ligera sonrisa asomando a sus labios mientras miraba de reojo a su hermana.

—Espero que no sean demasiado rudos y no lo echen a perder —dijo Rebecca Dos de todo corazón, sin dejar de observar al grupo que se encaminaba hacia una de las galerías que había bajo las gradas—. Ya sabes, si no te importa, creo que me gustaría asistir a su sesión... para asegurarme de que lo hacen bien.

Rebecca Uno le dio un codazo a su hermana acompañado con una risa socarrona:

—Conmigo no te pongas seria e intentes hacer que eso es puro trabajo... Me parece que te gusta, ¿no? El capitán Ricitos de Oro te hace tilín.

—Capitán Franz —corrigió su hermana, y nada más hacerlo se arrepintió.

—¡Ja! ¡Hasta te has enterado de cómo se llama! —se burló su hermana, partiéndose de risa.

—¡No seas idiota! —rezongó Rebecca Dos, chasqueando la lengua con vergüenza mientras se dirigía con rapidez hacia donde los limitadores se llevaban al oficial.

Como la fuerza de la gravedad era cada vez menor, Will y Elliott se movían a toda velocidad por el túnel de los antiguos. Apenas tenían que impulsarse con las piernas y salían volando. En su mayor parte, el túnel era recto y sólo tenían que doblar algunas curvas, lo que hacían esquivando los laterales. Y cuando encontraban curvas más cerradas, Will las descubría primero con su artilugio de visión nocturna y avisaba a Elliott para que redujera la velocidad. El chico no estaba seguro de si caían, iban de lado o al revés, pues ya no sabía qué era arriba ni qué era abajo.

Y ayudaba el hecho de que se hubieran entrenado en un tipo de locomoción similar durante los meses que habían pasado en el Poro donde estaba Martha.

El único peligro que encontraban por el camino era tropezarse con alguna nube de polvo o alguna piedra que flotara a sus anchas en el aire. No era algo que ocurriera a menudo, pero podía resultar doloroso si se chocaban con una a la velocidad a la que iban.

Para entretenerse, Will intentaba calcular la velocidad a la que viajaban. Según sus cálculos, era posible que superaran incluso los cincuenta kilómetros por hora.

—El radio de la Tierra..., seis mil trescientos kilómetros, pero este túnel será más corto... a causa del espacio que ocupa el mundo interior; así pues, podríamos tener que recorrer una distancia total de..., no sé, quizá cuatro mil kilómetros —decía pensando en voz alta—. A esta velocidad —le gritó a Elliott—, ¡llegaremos en poquísimo tiempo!

—No cuentes los lagartos antes de que desoven —le aconsejó Elliott.

Algún tiempo después, Will vio que *Bartleby* se había parado delante de ellos.

—¡Echa el freno! —gritó a pleno pulmón para alertar a Elliott. Alargó los brazos para agarrarse a las paredes del túnel y de ese modo detenerse.

Pero no funcionó según lo previsto y empezó a dar vueltas en el aire hasta que volvió a encontrarse lo bastante cerca de la pared para alcanzarla y parar.

Tras él oyó el alarido de Elliott y alargó el brazo para agarrarla cuando pasara por delante a velocidad de bólido. Logró cogerla, pero el impulso lo volvió a arrancar de la pared.

—¿Es que no me oíste? —le preguntó cuando por fin se pararon los dos.

—No, no te oí. La próxima vez grita más fuerte, ¿quieres? —le respondió bruscamente.

Estaban tan cansados que a veces se enfadaban y terminaban discutiendo por la cosilla más insignificante, pero esta vez ambos quedaron absortos en lo que tenían delante.

Justo al otro lado de donde *Bartleby* daba volteretas en el aire lentamente, parecía que algo bloqueaba el túnel.

Will se acercó y vio que no se trataba de rocas, sino de unos filamentos gruesos y ligeramente brillantes que surgían de las paredes del túnel. No es que estuvieran muy apretadas, pero por lo que podía ver, continuaban por el trozo de pasaje que tenían delante.

Empleó el cañón del subfusil Sten para tantearlos. Los filamentos eran flexibles y temblaban al empujarlos.

—No tengo ni idea de qué puede ser —admitió, tirando de un solo filamento para arrancarlo de la pared. Era de color gris y tenía unos siete centímetros de diámetro—. ¿Será algún tipo de planta? ¿O una planta muerta? ¿O tal vez una especie mineral que se ha formado aquí debido al entorno de baja gravedad? —Durante un momento, Will silbó por entre los dientes al examinarlo—. Pero, sea lo que sea, me temo que puede ralentizar nuestra marcha.

—No ralentizó mucho a las dos gemelas, ¿verdad?, cuando vinieron por aquí —repuso Elliott.

Se acercó a los filamentos y arrancó otro de la roca; después volvió hacia atrás y se quitó la mochila. Intentó prender el filamento, y al ver que lo conseguía, se lo hizo notar a Will.

—¡Sí, arde realmente bien! ¡Eso significa que tendremos comida caliente! —anunció.

—Estupendo. Creo que no me vendría mal comer algo —respondió Will, sacando el receptor y encendiéndolo. Mientras lo orientaba en diferentes direcciones y el aparato emitía una variedad de lentos chasquidos, él estudiaba el indicador de la parte superior—. La señal es débil, pero no nos hemos desviado del rumbo —dijo, asintiendo con la cabeza para sí mismo.

Había habido unos cuantos túneles que salían del túnel principal, pero eran normalmente más pequeños, así que habían albergado pocas dudas sobre el camino que debían seguir. Y aunque tenía curiosidad por saber adónde llevaban los túneles laterales, Will sabía que la prioridad era llegar al final del viaje antes de que se les agotaran las provisiones de comida y agua. Además estaba la posibilidad de que los styx estuvieran en el túnel y no se hallaran muy lejos porque tuvieran prisa por emplear el virus en la Superficie. A Will no le hacía ninguna gracia la idea de tropezarse con ellos, y eso hacía aún más imperiosa la necesidad de salir cuanto antes a la Superficie con Elliott.

Mientras *Bartleby* pasaba a su lado flotando, de camino hacia Elliott, dejando tras él un rastro de brillantes gotas de saliva que le caían de la boca abierta, Will percibió el aroma de carne al fuego.

—Dios mío, me muero de hambre. No permitas que el gato te robe mi parte —dijo, dejando a un lado el receptor.

Un día después, Will comenzó a notar débiles parpadeos de luz. Al principio pensó que el artilugio de visión nocturna estaba funcionando mal, pero al levantar la lente e ir más despacio, vio que saltaban unas pequeñas chispas azules por el cañón del Sten.

Elliott se paró en seco a su lado. Al acercar el rifle al Sten de Will, saltó una delgada chispa azul de un cañón a otro.

—¿Qué es eso? —exclamó ella.

—Apaga tu lámpara —dijo él.

Ella desprendió la lámpara styx de la correa de la mochila, donde la había enganchado, y apagó la luz. Todos los objetos de metal que llevaban encima, incluida la propia lámpara styx, emitieron entonces unas misteriosas ondas de luz azul.

—Creo que es algún tipo de carga eléctrica. Tal vez sea electricidad estática —propuso Will—. ¿Oyes eso?

Escucharon con atención, inmersos en la oscuridad. Se oía claramente un rumor muy bajo, una especie de vibración que invadía el túnel.

—Sí, lo oigo —dijo Elliott, volviendo a encender la lámpara, pero poniéndola en la posición de intensidad mínima.

—Me pregunto...

—¿Qué? —dijo ella, al ver que Will miraba fijamente a media distancia, frunciendo el ceño.

—Sólo estaba pensando. Me preguntaba si, justamente ahora, no estaremos al mismo nivel del cinturón de cristal. Esta concentración de electricidad podría tener algo que ver con la triboluminiscencia: aquellos enormes cristales brillantes que pasamos en nuestro camino al mundo interior —sugirió—. De forma que en este momento podríamos hallarnos cerca del vacío. —Miró la roca de la pared del túnel—. Tal vez esté por algún lugar, al otro lado de la roca.

—¿Quieres decir que podríamos hallarnos a mitad de camino? —preguntó ella.

—Tal vez —respondió él.

CUARTA PARTE

La ofensiva

26

Habían extendido en el suelo todo lo que cada uno de ellos necesitaba llevar. Bajo la mirada de Eddie, Drake comprobaba y marcaba cuidadosamente cada elemento de la lista.

—Cada uno llevaremos quince de éstas —dijo Drake, señalando con el bolígrafo las latas plateadas, que tenían el tamaño de termos pequeños—. Contienen un pesticida muy concentrado metido a una presión increíblemente elevada —explicó—. Los colocaremos a intervalos regulares en las márgenes de la Ciudad Eterna, pegados a un cartucho que podremos detonar a distancia. Cuando estallen, el pesticida saldrá en forma de aerosol y las corrientes de convección asegurarán que el pesticida se dispersa completamente. Según mis cálculos, la zona completa debería quedar cubierta en cantidad suficiente para que cumpla su función.

—¡Bombas pesticidas! —reflexionó Eddie.

—Exacto —dijo Drake—. Se acabaron los caracoles... Y se acabaron por tanto esos desagradables virus que los científicos styx se afanan en seleccionar cuidadosamente.

Chester entró en la estancia arrastrando los pies, con la camisa salida por fuera de los vaqueros tan sólo por un lado, como si se hubiera vestido demasiado aprisa. Drake lo miró un instante y a continuación empujó con el pie un voluminoso rollo de cuerda.

—Eddie, dijiste que teníamos que coger cuerda. Seguramente no necesitaremos tanta, pero prefiero pecar por exceso. —A continuación Drake indicó un par de pequeñas cajas negras y se inclinó para levantar con el bolígrafo unos cables que salían de la que tenía más cerca—. Laringófonos. Con ellos nos mantendremos en contacto todo el tiempo durante la operación. Son de los que utilizan los de las especiales.

—¿Las especiales? —preguntó Eddie.

—Las fuerzas especiales —aclaró Chester.

Tanto Drake como Eddie lo miraron, algo sorprendidos de que lo supiera. Chester señaló el dormitorio con un gesto de la cabeza y aclaró:

—Por el juego de la PlayStation de esta mañana.

—Correcto —dijo Drake, y prosiguió—: En cualquier caso, estas unidades son mucho menos aparatosas y más de fiar que los convencionales cascos con micrófono.

—¿Y eso? —preguntó Eddie, indicando las dos pilas de uniformes verdes doblados. Encima de cada uno, Drake había puesto una máscara de gas—. Yo ya tengo mi máscara y mi uniforme de limitador.

—Pero esto es mejor, esto es el último equipo NBQ —explicó Drake.

—Ah, eso no sé qué es —comentó Chester.

—Quiere decir nuclear, biológico y químico, pero los militares los llaman trajes Noddy —dijo Drake con una breve sonrisa—. Y resultarán esenciales en la Ciudad Eterna. ¿Sabéis lo que le pasó a Will cuando atravesó la ciudad por primera vez sin máscara?

—¿Que él y Cal evitaron por un pelo que se los comiera un stalker? —dijo Chester con amargura—. ¿O te refieres a que casi lo coge uno de esos asesinos de la División?

Drake lo miró fijamente para hacerle ver que se estaba pasando de la raya.

—Sí, lo sé; se puso muy enfermo —dijo por fin.

—Por allí pululan agentes patógenos realmente desagradables, que es por lo que vamos a ir —dijo Drake, volviendo a mirar las máscaras de gas—. Y además, la verdad, si llevamos esos trajes de duende, será más difícil que nos reconozcan tus antiguos compañeros en caso de que nos vean. En cuanto a eso... —Drake señaló las dos pistolas y los dos rifles—. Disparan dardos sedantes por si nos encontramos con alguien de la División cuando estemos dentro. La dosis que llevan los dardos es suficiente para dejar a un hombre sin conocimiento durante sus buenas quince horas. —Dirigió la mirada a Eddie—: Así pues, nada de armas letales, tal como convinimos. Lo peor que les puede pasar a tus antiguos amigos es que despierten con un dolor de cabeza de mil demonios.

—Gracias —dijo Eddie.

—No lo entiendo, Drake —soltó Chester, mirando a Eddie con el ceño fruncido y la cabeza gacha—. Sólo porque trabajas con un styx, ¿ya estás dispuesto a perdonar a los demás?

—Cállate un poco —dijo Drake.

—No, déjale que hable —repuso Eddie con toda tranquilidad, sin perder su tono normal de voz—. Creo que necesita sacarse algo de dentro.

Chester siguió con el rostro colorado.

—Ellos no se lo pensarían dos veces antes de matarnos a nosotros, ni a mis padres si se presenta la ocasión, pero tú estás encantado de perdonarles porque te has juntado con tu nuevo amigo del alma. —Arrojó una mirada a una de las armas de dardos del suelo—. Deberíais utilizar balas de verdad, no esos juguetes.

Eddie asintió con la cabeza.

—No sé qué podría decir para cambiar tu manera de ver las cosas, y menos después de todo lo que has pasado —dijo.

—Eso, ¿qué podrías decir? —le retó Chester mirándolo ceñudo.

Eddie se fue andando hacia la pared de las ventanas y contempló la vista del Támesis y después los edificios de la orilla opuesta.

—Pero lo que te diré es que este mundo que habéis construido está condenado. No se puede sostener. Os devanáis los sesos por conseguir el crecimiento a toda costa: más tecnología, más personas, más libertad, y no dejáis de ahogar el planeta, la base de toda la vida.

—Pero estamos haciendo cosas para salvar el... —empezó a objetar Chester.

—¿Salvar el medio ambiente? —terminó Eddie, y lanzó una sonora carcajada. Tanto Drake como Chester se sorprendieron, porque hasta entonces ninguno de los dos le había oído proferir ni una risita—. Vuestros políticos son débiles, y no tienen ni la voluntad ni el poder para hacer cambios a tiempo, porque la propia gente es débil también y no quiere privarse de lujos. Pero los míos, los styx, tomarán el control total e inmediato de la industria para rebajar drásticamente los niveles de contaminación y adoptar un sistema feudal en el que cada uno sepa perfectamente cuál es su sitio.

Chester frunció el ceño.

—¿Un sistema feudal?

—Sí, igual que en el pasado. Todo el mundo trabajará para el bien común, y no habrá paro, porque los que se nieguen a trabajar serán recluidos en guetos y excluidos de la sociedad. Lo cambiaremos todo. Lo salvaremos todo. Os salvaremos de vosotros mismos.

Chester se quedó completamente desconcertado al oír esto y miró a Drake, que no decía nada.

—Pero... eso son tonterías. Si de verdad queréis salvar a la gente, ¿por qué os pasáis el tiempo matándola?

—Porque es el único medio de lograr nuestro propósito. Estoy de acuerdo en que el empleo del Dominion no es la manera correcta, y por eso estoy aquí, pero recuerda... —Eddie se volvió hacia Chester y lo miró a los ojos— que tenemos que compartir este mundo con vosotros, y por eso estáis profanando también nuestro hogar. ¿Por qué tendríamos que quedarnos quietos, consintiendo que lo hagáis? Si nos vemos obligados a segar unas cuantas vidas para alcanzar nuestro objetivo de salvar al planeta de una muerte lenta y horrible, ¿no te parece que estamos actuando simplemente en defensa propia?

Chester negó enérgicamente con la cabeza.

—No, lo que dices es una barbaridad. Es retorcido. Todo se arreglará sin esas cosas que sugieres. No tiene por qué morir nadie.

Eddie indicó con la mano la vista que aparecía en las ventanas.

—No me dirás eso dentro de veinte años, cuando haya subido el nivel de los mares y todo esto se encuentre a treinta metros de profundidad. Cuando comiencen los disturbios ocasionados por el hambre, y tengas que matar para poder comer.

—Drake, dile que se equivoca —imploró Chester.

—Empezaste tú —repuso Drake.

Eddie se alejó de la ventana y se dirigió hacia su maqueta de batalla para coger algo de una esquina de la mesa.

—Chester, he comprado estas películas para ti. —Miró el primer DVD de la pila—. Ésta parece interesante: es sobre esos robots gigantes que llegan a la Tierra desde el espacio sideral y tienen que luchar contra la población del planeta para salvarlo..., para evitar un desastre ecológico.

Chester no supo cómo reaccionar, y se limitó a acercarse a Eddie para coger las películas que él le daba.

—Eh..., estupendo, gracias —farfulló. Se volvió hacia Drake, y parecía bastante avergonzado—. En cuanto a la operación, ¿estáis seguros de que no queréis que vaya con vosotros? Podría serviros de vigía... O tal vez podría ayudar a llevar parte del equipo.

—No es necesario, Chester, ya lo tenemos todo organizado —respondió Drake—. Nos arreglaremos bien siendo dos.
No tenemos más que llegar y hacer el trabajo. No debería
costarnos más de un par de horas, una vez que estemos allí.

—Entonces me dedicaré a ver mis películas —dijo Chester, y salió de la habitación arrastrando los pies.

—¡Aleluya! —gritó Eliza al oír el golpeteo de los cascos de
los caballos en los adoquines de la calle. Corrió a la ventana
para mirar—. ¡Sí, ahí están! —confirmó con otro grito exul-
tante cuando se detuvo el carro.

—El día que hemos estado esperando y por el que hemos
implorado ha llegado por fin —proclamó la madre al salir
corriendo de la cocina, secándose las manos en el delantal.

El acompañante del conductor, un fornido colono con
un blusón gris, saltó y el carro se quedó balanceándose al
liberarse de aquel peso nada insignificante. Sin ninguna ce-
remonia, caminó lentamente hacia la casa. Después de dar
unos pasos, se detuvo de repente, renegó como si se hubiera
olvidado de algo y regresó al carro.

Eliza seguía mirando por la ventana.

—Eh, ¿qué pasa ahora? ¡No se vaya! ¿Es que no puede
terminar todo ya? —dijo, viendo que se dirigía hacia la parte
de atrás del carro. Inclinándose sobre el lateral, el colono
cogió una tablilla sujetapapeles y reinició su pesado andar
hacia la casa. Había levantado su mano rolliza, que parecía
un garrote, y estaba a punto de llamar a la puerta, cuando
Eliza la abrió.

—¡Ah! —exclamó él. Eliza no pudo evitar quedarse mirando las cejas del hombre: eran tan tupidas y tan blancas que
le recordaron la plaga de orugas peludas que habían sufrido
unos años antes las zonas rurales de la Caverna Septentrional.

Como sorprendidas de lo poco que había tardado la puerta en abrirse, las cejas del hombre no dejaban de moverse, y Eliza tuvo que contenerse para no pegarles un manotazo.

—Buenos días —farfulló el hombre, con la mano aún levantada en el aire. La bajó y las dos orugas gemelas concluyeron su acto de levitación asentándose en el borde de la frente. Después de eso, el colono miró con los ojos entrecerrados los papeles impresos que llevaba en la tablilla—. ¿Es ésta la residencia del segundo agente? —preguntó.

—Sí —respondió Eliza con entusiasmo—. Pero él no está ahora. Está trabajando.

—No importa. Puedo entregar igualmente este aviso —dijo el hombre y, aclarándose la garganta, empezó a leer—: Por la orden trescientos sesenta y seis, edicto veintitrés, para el fomento del conocimiento científico, se les requiere a ustedes para que provean...

La madre del segundo agente sacó la cabeza por detrás de su hija:

—Viene usted por la mujer de la Superficie —le cortó.

—Eh..., sí —admitió el hombre.

—Entonces no pierda el tiempo con todas esas paparruchas oficiales. La tiene ahí —dijo la anciana. Y aunque su cuerpo envejecido era pequeño y estaba consumido, tiró con fuerza del brazo del hombre para hacerlo entrar en la sala de estar, donde descansaba la señora Burrows en la vieja silla de ruedas.

—Llévesela.

—¿Ésta es la persona en cuestión? —preguntó.

—No es una persona, es un Ser de la Superficie. Ahora, por favor, llévesela de aquí —dijo Eliza con impaciencia—. Pero deje la silla de ruedas, porque no es nuestra y la tenemos que devolver.

Colocando los papeles en el aparador, el hombre se arremangó el blusón. Empezó a chasquear la lengua observando a la señora Burrows e intentando calcular cuánto pesaría, como si se tratara de un mueble grande.

Sin embargo, el enorme vestido que le habían puesto a su cuerpo delgado le dificultaba mucho el cálculo. Con un último chasquido de la lengua, se acercó a ella unos pasos y probó a levantarle un brazo enfundado en la inflada manga del vestido.

—Y queremos conservar la ropa, incluida la interior —le informó Eliza.

Horrorizado con la observación, el hombre se volvió hacia ella y una de sus cejas con aspecto de oruga casi se coloca vertical del todo en medio de su frente inclinada.

—¿Qué pretende que haga, que le quite la ropa? Eso no lo puedo hacer, no sería decente.

—No, no ahora —se rió Eliza—. Mi hermano podrá recogerla después.

Aliviado, el hombre continuó con su evaluación de la señora Burrows.

—¿No camina?

—No —dijo Eliza con una risa amarga—. Está más muerta que una babosa en una pinta de New London; ya no hay regreso de donde ella se encuentra. ¡Así que sáquela de aquí y échela al carro!

Haciendo un gesto afirmativo con la cabeza, el hombre rodeó con los brazos la cintura de la señora Burrows y levantó de la silla su cuerpo sin vida.

Se oyó un gruñido amenazador procedente de un rincón de la salita. Era *Colly*, que se irguió ante el hombre, enseñando los afilados dientes. Cuando aquel tipo giró el cuerpo de la señora Burrows para protegerse de la gata, la madre del segundo agente se quedó atónita.

—¿Qué te pasa, *Colly*?

—¿Está en celo o qué? —preguntó el hombre, con algo de miedo.

—¡A tu cesta! ¡Ahora! —riñó la anciana a la gata.

Bajo la flácida piel, a *Colly* se le abultaron los músculos como nudos de soga. Se estaba preparando para saltar sobre el colono.

—¡*Colly!* —gritó Eliza, levantando la mano para propinarle un cachete al animal.

Pero la gata no mostró ninguna intención de deponer su actitud, así que Eliza la agarró por el pescuezo e intentó llevársela al pasillo. La gata aferró con las garras extendidas la raída alfombra persa del suelo, de modo que la alfombra salió de la habitación con ella. Pero Eliza consiguió al final meter a la gata, que no paraba de bufar, en la cocina y la dejó allí encerrada.

—No entiendo lo que le ha pasado a esa cazadora —se disculpó la madre del segundo agente—. Normalmente, es una santa. Nunca se pone de ese modo con nadie.

—No tiene importancia —dijo el hombre, echándose apresuradamente al hombro a la señora Burrows, como si fuera un saco de patatas, y encaminándose hacia la puerta. Se detuvo rezongando una maldición—. Casi se me olvidan otra vez. ¿Me pasa los papeles?

La anciana le puso la tablilla bajo el brazo, y él prosiguió su camino.

Eliza y su madre salieron a la puerta para comprobar que depositaba a la señora Burrows en la parte de atrás del carro. Durante todo el tiempo, procedentes de la cocina, se oían frenéticos arañazos intercalados con lamentos bajos y siniestros.

—¿Qué mosca le habrá picado a ese animal? —preguntó la anciana—. No lo entiendo.

—¿Tal vez siente lo mismo por los Seres de la Superficie que el infeliz de mi hermano? —respondió Eliza maliciosamente—. Se le va a romper el corazón al ver que no pudo darle el último adiós a su querido despojo. Y dentro de nada los científicos le estarán abriendo la cabeza como la concha de una ostra de cloaca.

—¿Ostra de cloaca? —repitió la anciana, sin comprender.

—Sí, ya sabes, ¡haciendo «crac»! —dijo Eliza, moviendo las manos como si empleara un martillo y un cincel, que era el único modo de abrir uno de aquellos duros crustáceos.

Sin poderlo evitar, Eliza y su madre se echaron a reír con histéricas carcajadas. El ruido que metían hizo que los vecinos del otro lado de la calle corrieran a las ventanas para ver cuál podía ser la causa de tanta alegría.

—¡Crac, crac, crac! —chillaba Eliza con lágrimas en los ojos.

27

Will y Elliott se detuvieron ante la boca de un túnel secundario cuando los chasquidos del receptor se hicieron más rápidos y fuertes. Elliott le dirigió a Will una mirada inquisitiva y él le respondió con una sonrisa de oreja a oreja.

—Por ahí, en alguna parte, tiene que estar el submarino —dijo—. Coloqué un radiofaro en la torreta. —Se le iluminó la cara al pensar en algo—: ¿Quieres que le echemos un vistazo, al submarino? Así podríamos averiguar cómo consiguieron las gemelas llegar a este tú...

—Rotundamente, ¡No! —respondió ella, elevando la voz hasta convertirla en un grito.

—Vale, vale... —dijo él, muy dócil.

Elliott lo miró fijamente con ojos duros e intransigentes.

—Vamos, Will, ¿y si uno de nosotros se resbalara y volviera a quedarse flotando en medio de la nada, como la última vez?

Will estaba a punto de objetar que si sucedía eso podrían emplear el método de su padre, de disparar algún arma para impulsarse hacia la orilla, pero lo pensó mejor.

—Vamos a seguir camino, entonces —murmuró.

Cuando la gravedad empezó a notarse otra vez, sus saltos por el túnel se fueron haciendo cada vez más cortos, así que empezaron a avanzar mucho más despacio.

Entonces llegaron a un punto en que la roca se había fracturado y corrido y no tuvieron más remedio que meterse a rastras por un agujero diminuto y avanzar culebreando por él hasta que pudieron seguir camino. Y, poco después, encontraron que se había abierto una grieta descomunal que cortaba todo el túnel. No había más que una boca abierta, un abismo oscuro. Aunque tenía aproximadamente unos treinta metros de un lado al otro de la grieta, lograron saltar al otro lado y continuar viaje.

—Hay más indicios de movimientos tectónicos en esta zona —le dijo Will a Elliott. Y no dijo más, pero se preguntó si a ella se le habría ocurrido que existía la posibilidad de que llegaran a un punto cerrado por el que ya no pudieran pasar. Si él no se equivocaba y habían dejado atrás el submarino ruso, entonces aquel tramo del túnel no había sido recorrido por las gemelas. Y, siendo así, era muy probable que en algún punto del recorrido que les quedaba por delante los movimientos de la corteza terrestre a lo largo de los siglos hubieran sido tan extremos que hubieran bloqueado el paso completamente.

Muchas horas después, la gravedad había pasado a ser más pronunciada y se vieron obligados a caminar a pasos que aún tenían algo de saltos. Algunos trechos incluso tenían que ascenderlos con esfuerzo. El túnel había empezado a girar en curvas alternativas.

—¡No! —exclamó Will al doblar una de aquellas curvas.

Se acababan de encontrar lo que tanto temía: allí delante, el camino estaba completamente bloqueado por un desprendimiento.

Sacó el receptor y comprobó la señal que indicaba el siguiente radiofaro.

—Está muy cerca —dijo él.

—Y yo estoy muy cansada —susurró Elliott. Se dejó caer y se quedó allí sentada, con la cabeza gacha. Jadeando, *Bartleby* se sentó a su lado.

—Pero la señal... —empezó a decir Will.

—No me hables. No quiero saber —se lamentó ella, y entonces cerró los ojos.

—Elliott... —dijo Will, pero no tuvo respuesta; estaba profundamente dormida.

Will avanzó a trompicones, sopesando las posibilidades y observando las piedras caídas que taponaban el túnel. Podían tratar de encontrar un camino alternativo cogiendo alguno de los ramales del túnel, pero por lo que recordaba, el último que habían pasado quedaba varios kilómetros atrás. Y aun cuando resultara ser un camino alternativo, la perspectiva de volver atrás ahora que estaban tan cerca quedaba como último recurso.

O podían intentar abrirse camino, aunque era imposible calcular cuánta piedra había caído bloqueando el túnel.

—Volver a abrir el paso —masculló Will para sí, decidiéndose a ver hasta dónde podía llegar. Volvió a echar un vistazo a Elliott, que seguía dormida. No quería despertarla. Se quitó la mochila y se arremangó la camisa, y entonces empezó a mover las piedras, levantándolas y apartándolas una a una. Por lo menos tenía la suerte de que la reducida gravedad le permitía coger incluso las rocas más grandes, algo que hubiera sido impensable en la Superficie.

Al cabo de varias horas, Will estaba empapado en sudor y aún no había conseguido reabrir el camino. Estaba agotado, sus piernas le parecían de gelatina. Se desplomó sobre las piedras, cerró los ojos y tuvo la sensación de que caía a través del suelo, una sensación que sabía que se debía a su extrema fatiga. «Descansa unos minutos —se dijo—; ya continuarás después.»

«Éste es uno de esos momentos en que se decide la vida

o la muerte. Quédate aquí, y puede que no puedas volverte a levantar nunca —retumbó una voz—. Elliott y tú no habéis comido ni dormido lo suficiente. Ninguno de los dos está en buena forma. Es muy posible que carezcas de las fuerzas necesarias cuando te vuelvas a poner a ello.»

—Cállate, Tam —susurró Will, viendo, al hacer el esfuerzo de mantener abiertos los ojos, el contorno de alguien que estaba sentado a su lado—. No eres real, lo sé... No eres... real.

—Soy todo lo real que quieras que sea —respondió el tío Tam un poco molesto, antes de echar una bocanada de humo de su pipa. El humo llegó hasta la cara de Will y le hizo toser.

—Eso apesta de verdad —dijo el chico entre dientes—. Y no creo que te siente bien fumarlo.

La respuesta del tío Tam fue lanzarle otra bocanada de humo.

—Estoy muerto, Will. No creo que la pipa pueda hacerme ya ningún daño —dijo con una risita—. Si abandonas ahora el trabajo, no tardarás en juntarte conmigo. No lo dejes, Will. Demasiados Seres de la Superficie dependen de vosotros.

De pronto el muchacho pensó en algo que le irritó extremadamente:

—¡Eh! Ese colgante que me diste ha sido una broma pesada. No nos ha ayudado en absoluto. Los arbustombres... Al erguirse completamente, creyó oír el débil eco de una carcajada, pero no quedaba ya ni rastro del hombretón. Sin embargo, ahora estaba completamente despierto y las palabras de Tam se le habían quedado dentro: «Demasiados Seres de la Superficie dependen de vosotros».

—Vamos, pues —se apremió Will a sí mismo, poniéndose de rodillas y después de pie. Reemprendió su labor en el desprendimiento, silbando para sí y a ratos contando cada piedra hasta que llegaba a cien y volvía a empezar de nuevo.

Una hora después, Will empezaba realmente a desfallecer cuando desprendió una gran roca y eso provocó una pequeña avalancha. Dio un salto hacia atrás, pues no quería que lo pillaran las piedras que caían rodando hacia él. Entonces, al regresar al lugar en que había estado trabajando, vio que había aparecido allí una abertura.

—Estoy soñando, ¿no? —dijo—. No eres real, lo mismo que Tam.

Pero cuando alargó la mano hacia la abertura y extendió los dedos sucios y escocidos, no tocó nada. Y el artilugio de visión nocturna le permitió ver que al otro lado había un espacio más grande.

—¡Sí, lo he conseguido! —exclamó dando puñetazos al aire.

Pasó al otro lado de la abertura arrastrándose, con cuidado de no mover las piedras que había en torno a él y a continuación salió a un túnel horizontal. Estaba cubierto por un hongo. Al arrodillarse para tocarlo, recordó las semanas pasadas con Martha: le cabían pocas dudas de que se trataba del mismo tipo de hongo que crecía en la zona donde estaba ella, pero ¿era posible que se hallara tan cerca de la Superficie?

Se sacó el receptor del bolsillo y vio que la señal era potente, muy potente.

Comprendió que debería regresar para contarle a Elliott su propósito, pero no lo hizo, sino que siguió la fuente de la señal. Eso no era sensato, pues no llevaba con él ni el Sten ni la mochila, pero en aquel instante estaba decidido a seguir y averiguar dónde se encontraban.

Sopló una ráfaga de aire que le heló el sudor de la frente. Y, de pronto, se encontró en un lugar que no le resultaba extraño: era una roca alta que conocía muy bien. Se acercó a ella y localizó la cara que tenía grabada el símbolo de las tres barras. Siguió más allá de la roca hasta el borde de la cornisa y miró al interior del gigantesco abismo que habían llamado

Jean la Fumadora. El agua caía en cascadas y el viento era fuerte. Se encontraba en el punto exacto en que había saltado su padre, y tanto él como Elliott habían hecho lo mismo y le habían seguido.

—Papá... —dijo Will, recordando.

El doctor Burrows había tenido razón en saltar. Como le había dicho a Will en aquella ocasión, uno tenía que tener fe en sus propias convicciones. Y, como resultado, había hecho el descubrimiento que sobrepasaba a cualquier otro: el de la existencia de un nuevo mundo en el centro de la Tierra.

Pero ¿cuál había sido su premio? Ser asesinado a sangre fría por un par de niñas dementes que en otro tiempo se habían hecho pasar por sus hijas.

A Will le hirvió la sangre y su furia no encontró otra salida que las lágrimas. Las arrojó parpadeando, mirando hacia lo alto del poro.

Vislumbró por un instante algo blanco que se movía en la distancia y entonces desapareció la furia que sentía y se retiró inmediatamente del abismo. Se había olvidado por completo de los relámpagos: aquélla era su guarida.

—¡Dios mío! —exclamó, comprendiendo que no llevaba ningún arma con él, y tampoco ninguna de las latas de aerosol que le había dado Drake. Empezó a volver por donde había ido, al principio conservando la calma, pero después echando a correr. No tenía ningunas ganas de que lo agarrara un relámpago después de haber recorrido todo aquel camino.

Cuando pasó a rastras por la abertura y volvió al túnel donde había dejado a Elliott, ella seguía profundamente dormida y *Bartleby* acurrucado a sus pies.

Will estaba completamente exhausto. Se dejó caer en el suelo, al lado de Elliott, y le dio un pequeño empujón.

—¿Qu...? —preguntó ella al fin.

—He encontrado... Jean la Fumadora —dijo bostezando,

apenas capaz de decir una frase completa—. Y la roca..., el lugar del que saltamos...

—¿Qué? —preguntó ella aturdida, antes de levantar al cabeza de una sacudida—. ¿Cómo?

—Tam estaba ahí... Yo... he abierto un paso... —dijo Will.

—¿Tam? —preguntó Elliott, con los ojos ya abiertos como platos—. Pero... si has llegado hasta Jean la Fumadora, ¡entonces lo has conseguido! ¡Eres un héroe! ¡Lo has conseguido! ¡Vamos!

—Sí..., pero... relámpagos —farfulló—. Tenemos que... rociarnos... con... los... aer...

No llegó a terminar la frase, porque recostó la cabeza en la dura roca y se quedó dormido.

Mientras esperaba que Eddie se preparara, Drake echó un vistazo a la maqueta de la batalla. Se acercó a ella, intentando comprender qué era lo que había cambiado.

—La colocación es distinta. Ahora debe de corresponder a un momento posterior, cuando estaban obligando a huir a las fuerzas de Napoleón...

—Sí, es el último día de combate —respondió Eddie.

Drake frunció el ceño.

—Pero vuelve a faltar Wellington. ¿Dónde se ha ido?

—Vuelve a estar en mi mesa de trabajo. Sigue sin satisfacerme cómo está —dijo Eddie, echándose la mochila sobre un hombro.

—Pues a mí me pareció que estaba estupendamente —repuso Drake, encogiéndose de hombros—. Bueno, ha llegado el momento de ponerse en marcha. —Se fue hacia la puerta que daba a los dormitorios y llamó con suavidad—. Nos vamos, Chester. Estaremos de vuelta de madrugada. —Esperó a oír una respuesta, pero no la hubo—. Típico adolescente:

estará durmiendo como un tronco. No le molesto —le dijo Drake a Eddie, volviéndose y saliendo del apartamento.

Lo último que necesitaban era que los detuviera algún policía demasiado estricto, así que hicieron el recorrido mucho más despacio que la vez anterior. Además, las pesadas mochilas no facilitaban el trayecto en moto.

Aparcaron a la misma altura de Saint Anne's Street.

—¡Adelante y para abajo! —dijo Drake, recogiendo la caja de un rifle de la parte de atrás de la moto. A continuación recorrieron la breve distancia que les separaba del callejón que daba al Patio del Cura. Estaban vestidos igual, los dos con su traje de duende, con una gruesa cazadora con capucha y pantalones a juego. Aquello, juntamente con la soga y el resto del equipo que llevaban, les hacía parecer un par de montañeros dispuestos a acometer un nuevo reto. Y eso no es exactamente lo que uno esperaría ver al acercarse a la abadía de Westminster en ningún momento del día, no digamos ya a aquellas horas de la mañana.

No tuvo nada de extraño que el conserje se pusiera en movimiento en cuanto puso los ojos en ellos.

—¡Deténganse! —ordenó, yendo hacia ellos a toda prisa y con las palmas de las manos levantadas. Estaba a punto de agarrar a Eddie cuando éste repitió la jugada de la vez anterior. Al pronunciar las palabras, el rostro del conserje perdió toda expresión y no quedó en él rastro de preocupación: el fornido conserje se limitó a girar sobre los talones y, guardándose las manos en los bolsillos, se volvió al patio vacío caminando tranquilamente.

—Menos mal que esta noche volvía a estar de guardia nuestro amigo Sinatra —susurró Drake, olvidando la pistola al ver la transformación del conserje.

Atravesando la pequeña trampilla, Drake y Eddie se prepararon para el largo camino de bajada hasta la olvidada ciudad que se hallaba debajo de Londres, pero a gran distancia de ésta. Al bajar los numerosos tramos de escalera de peldaños de ladrillo, ninguno de los dos hablaba, y tan sólo sus botas tamborileaban una marcha monótona en las húmedas losas.

Al llegar al comienzo de una escalera circular, cuyos peldaños estaban cubiertos de agua y resbalaban traicioneramente, hicieron un alto para llevar a cabo las rutinas normales que cualquier soldado acomete antes de entrar en acción. Se miraron el uno al otro en busca de «destellos» —cualquier cosa que pudiera reflejar la luz y descubrirlos— y después saltaron varias veces sin moverse del sitio para hacer la «prueba del sonajero» y asegurarse de que en las mochilas y cinturones todo estaba bien colocado.

Drake sacó los dos rifles de la caja y le entregó uno a Eddie. Como las pistolas, estos rifles sólo disparaban dardos sedantes y Drake les había acoplado a ambos miras de visión nocturna. Por último, se colocaron las máscaras de gas y conectaron los lafingófonos.

—De nuevo en la brecha, amigo, de nuevo en la brecha —dijo Drake, hablando en un susurro al probar la conexión inalámbrica.

Eddie se volvió hacia él. Apenas se le veían las pupilas a través de los ojos de la máscara de gas.

—Sí, te recibo alto y claro —respondió.

Pese a lo que había dicho Drake, Chester no se había dormido ni un instante. Y en cuanto los dos hombres dejaron el apartamento, él salió a la estancia principal y se dirigió hacia los monitores de las cámaras de seguridad. Observó cómo sacaban las motos a la calle, montaban en ellas y se adentraban en la noche.

«Bueno, no hay tiempo que perder», se dijo al sentarse en el sofá con el móvil que le había dado Drake. Las manos le temblaban de emoción al llamar al número que tenía guardado en la agenda. Su padre contestó al primer tono.

—Chester ¡gracias a Dios! —exclamó el señor Rawls.

El muchacho se irguió en el sofá; era evidente que algo no iba bien.

—¿Qué pasa, papá? Drake te dijo que aguardaras a que yo te llamara, no...

—Sí, sí —farfulló su padre—. Pero tu madre... no está.

—¿Qué quieres decir con que no está? —preguntó Chester—. ¿No está en la habitación?

—Peor, no está en el hotel.

—¿Estás seguro? —insistió Chester.

—Sí, he bajado al vestíbulo a comprobarlo. Sé que Drake nos mandó que no dejáramos la habitación por nada del mundo, pero yo tenía que... Le he preguntado al portero del hotel y me ha dicho que vio a Emily salir del hotel por la entrada principal. Sencillamente salió derecha y por su pie.

—Pero ¿por qué iba a hacer eso mamá? —preguntó Chester—. Ella sabía lo importante que era que permaneciera escondida.

—Sí, por supuesto, los dos lo sabíamos. Pero ayer se estuvo comportando de modo extraño, no parecía ella. Entonces, cuando Drake se presentó aquí por la tarde, pareció aceptar que él tuviera que hablar en privado conmigo... y que yo no podía contarle de qué se trataba, que era una cuestión de, ya sabes, ¿cómo dice Drake?

—Contar lo menos posible a los demás por motivos de seguridad —le ayudó Chester—. No te preocupes, Drake hace lo mismo conmigo. Es por si acaso los styx nos atrapan y nos hacen...

—Por la noche volvió a estar muy tranquila —interrumpió el señor Rawls—. Pero era como si tuviera algo en la mente, algo que le molestara. Y cuando me levanté, hace una hora, sólo le volví un segundo la espalda y ya no estaba.

—¡No! —susurró Chester.

Durante un momento ninguno de los dos dijo nada.

—Papá, no puedes quedarte ahí —dijo Chester con determinación—. Tienes las llaves del coche que te dio Drake, así que cógelo ahora mismo y dirígete adonde te dijo él. No te pares por nada del mundo.

—Pero... no puedo irme, no sin saber dónde está Emily —repuso el señor Rawls con voz temblorosa—. ¿Qué podemos hacer?

—Nada, papá. No podemos hacer nada. O bien se ha molestado por algo y volverá cuando le parezca, o bien... —Chester no pudo terminar lo que iba a decir, pues se quedó sin voz—. Limítate a salir de ahí y haz lo que te dijo Drake. Nos vemos en el punto de encuentro.

El señor Rawls siguió sus instrucciones y, media hora después, detenía a varias manzanas de distancia del almacén la vieja ranchera que acababa de comprar Drake. El señor Rawls apareció con rostro muy entristecido, pero aún logró esbozar una débil sonrisa al ver a su hijo, que estaba esperándolo.

—Entonces, ¿qué plan tenemos? —preguntó en cuanto Chester se sentó en el asiento de delante.

—El mismo que teníamos, no ha cambiado. Tenemos que hacer exactamente lo que nos dijo Drake —respondió Chester.

El señor Rawls abrió la boca para objetar algo y después la cerró, negando con la cabeza como para indicar que todo aquello lo superaba.

—Pero sí que hay algo que debe cambiar —comprendió Chester—, no puedes acercarte por el hotel después de dejarme a mí.

—No, yo... yo... ¿Y si regresa Emily? —preguntó el señor Rawls, realmente nervioso.

—Escucha, papá, si no pasa nada, entonces ella te esperará. Pero si algo ha ido mal y los styx han vuelto a apoderarse de ella, entonces ése es el último lugar en que debes estar. —Chester intentaba aparentar toda la serenidad posible, aunque por dentro estaba tan agitado como su padre.

Pero también sabía que Drake era la única persona que podía ayudar y que no le podía fallar de ningún modo.

—Tenemos que irnos. Métete aquí a la derecha para que te pueda enseñar el almacén. Después, cuando hayas terminado, tienes que venir al apartamento y quedarte en él, donde te encontrarás a salvo. Necesitarás esto —dijo Chester, pasándole las llaves a su padre.

—Tenemos ante nosotros todo un fenómeno —le comentaba uno de los científicos al otro. Estaban uno a cada lado de la mesa de examen en que habían colocado a la señora Burrows. Ambos llevaban la bata normativa de color escarlata, ribeteada en negro, y tenían unos números en el bolsillo pectoral, que eran los que utilizaban para referirse el uno al otro.

Uno-seis-cuatro, el científico que había hablado, era un hombre encorvado, de rostro alargado y sonrosado y maneras lúgubres.

—Esta mujer de la Superficie es un pequeño milagro. La frieron de lo lindo con toda una fila de Luces Oscuras, y aquí sigue, con el corazón latiendo... y respirando... Es asombroso.

Se recolocó las gafas y miró a su colega por encima del cuerpo de la señora Burrows. Dos-Tres-Ocho, que tenía unos veinte años menos, era un hombre más bajo y de disposición mucho más alegre. Cada vez que hablaba, lo hacía como por arranques, como si articulara sus pensamientos en el mismo momento en que surgían. Y era, por lo que decían todos, la joven promesa del laboratorio.

—Sorprendente —corroboró Dos-Tres-Ocho, escrutando a la señora Burrows con sus ojillos pequeños, a los que apenas se les escapaba nada.

Le habían quitado la ropa y la habían tapado con una sábana gris. Dos-Tres-Ocho se agachó un poco para examinarle el brazo, después bajó hasta la pantorrilla, tarareando animadamente con la boca cerrada mientras le apretaba y masajeaba la carne con sus dedos gordezuelos con tanta fuerza que le dejaba marcas rojas en la piel.

—Para tratarse de alguien que ha permanecido en estado cataléptico todo el tiempo que dicen, presenta un gasto mínimo de tejido muscular. Sería de esperar un grado mucho mayor de atrofia muscular de acuerdo con el estado en que se halla, ¿no le parece? —comentó Dos-Tres-Ocho sin hacer siquiera una pausa para respirar. Cuando por fin tomó aire, levantó la mirada hacia Uno-Seis-Cuatro, arrugando de manera desagradable su porcina nariz, como si no le gustara lo que veía—. Supongo que los colonos que la recogieron la han estado sometiendo a algún tipo de manipulación o tratamiento, porque yo diría que es necesaria la administración de algún tipo de fisioterapia para que ella se encuentre en estas condiciones...

Uno-Seis-Cuatro dio un paso atrás, preguntándose si habría terminado la ráfaga verbal de su compañero, o si quedaba más todavía en el tintero. Dos-Tres-Ocho volvía a tararear con la boca cerrada, así que tomó aquello como señal de que ya había dicho todo cuanto quería decir, al menos de momento.

—Lo dudo mucho —respondió Uno-Seis-Cuatro con voz poco fluida—. Al fin y al cabo, no son más que vulgares colonos; un policía del Barrio y su familia... ¿Qué podrían saber de estas cosas?

—Cierto, muy cierto —concedió Dos-Tres-Ocho tan aprisa que pareció un estornudo—. La explicación tal vez sea que ella estuviera en plena forma física cuando la trajeron los styx y que por eso su deterioro ha sido menos pronunciado que el que habría sufrido un sujeto normal.

Uno-Seis-Cuatro se frotó la frente como si le estuviera entrando dolor de cabeza.

—¡Desista! Toda esa conjetura me está haciendo perder el tiempo —le soltó a Dos-Tres-Ocho, cansándose de aquel joven que parecía olvidar su posición. No le competía a Dos-Tres-Ocho especular sobre tales cosas: aún faltaban años para que terminara su aprendizaje—. Como sabe, le abriremos el cráneo por la mañana, para emprender una investigación en múltiples cortes del tejido cerebral. Será muy interesante ver qué zonas de su cerebro quedaron destruidas o deterioradas por la intensidad de semejante exposición a la Luz Oscura.

—Apostaría todo mi dinero a que los lóbulos posteriores están convertidos en papilla —dijo alegremente Dos-Tres-Ocho—. En cuanto hagamos la primera incisión, su cerebro empezará a gotear y desparramarse por toda la mesa de examen, así que necesitaremos algún tipo de bandeja para recogerlo, si no queremos pisar materia gris por todo el suelo, o que se nos vaya por el sumidero antes de que la hayamos analizado completamente.

Eso fue el colmo: Dos-Tres-Ocho acababa de pasarse de la raya; la neurofisiología y la aplicación de tecnología de interrogatorio era el área de especialización de Uno-Seis-Cuatro y no le hacía gracia que un mocoso lenguaraz intentara quitarle su autoridad. Y menos si podía tener razón.

—Basta ya, prepárela para la disección —le ordenó con frialdad Uno-Seis-Cuatro—. Aféitele la cabeza y conéctela a un gotero. No quiero que estire la pata antes de mañana, porque me gusta diseccionar sujetos frescos con el corazón palpitante.

Escarmentado, Dos-Tres-Ocho asintió de manera adecuadamente servil y se fue hacia los armarios del instrumental que cubrían la pared. No le importaba mucho la prepotencia con que lo trataba Uno-Seis-Cuatro; estaba preparado para aguardar el momento oportuno. Llegaría un día en que la cosa sería diferente. Tendría su propia área de especialización, sus propios aprendices a los que maltratar y sus propios cuerpos para cortarlos a pedazos.

La señora Burrows era perfectamente consciente de dónde se encontraba. Había emergido del oscuro refugio del interior del cerebro justo lo suficiente para escuchar la conversación que mantenían los dos científicos. Aunque no tenía medio de saber cuál era su aspecto, por algún motivo se imaginó a un par de doctores Burrows que estaban allí hablando sobre ella como si no fuera más que un trozo de carne que estuvieran a punto de trinchar. Aquellas ratas de laboratorio estaban tan absortas en su tema que le recordaban muchísimo a su marido, con toda su pasión egoísta y devoradora por la bendita arqueología.

Sintió cómo Dos-Tres-Ocho le cortaba el cabello desordenadamente con un par de tijeras, sin tener ningún cuidado al hacerlo. A continuación le arrojó un cuenco de agua por encima del cuero cabelludo, puso algo de jabón y comenzó a pasarle una navaja barbera. Una nueva ignominia, perder todo el pelo, pero todavía no iba a hacer nada. Todavía no.

Drake bajaba la escalera espiral detrás de Eddie a toda velocidad. Sudaba tan copiosamente bajo el grueso traje Noddy que los cristales de los ojos se le empañaban. La máscara de gas le dificultaba la respiración y no facilitaba precisamente las cosas. Así pues, cuando el styx se detuvo sin previo aviso, Drake casi choca con él.

—¿Qué pasa? —preguntó por el laringófono, haciendo un esfuerzo por ver qué había delante.

—Puedes verlo por ti mismo —respondió Eddie, apartando la vegetación. Podría haberse tratado de hiedra, pero las numerosas hojas lobuladas que había en cada tallo brillaban con un verdor misterioso e inquietante—: Te presento el antiguo reino de los brutianos —anunció el styx—. El pueblo más temido de toda Eurasia en el siglo doce antes de Cristo.

Drake se puso a su lado, apartando la vegetación al tiempo que regulaba su respiración para desempañar los cristales de los ojos.

—¡Santo Dios! —exclamó, observando el lugar en que se hallaban.

Estaban mirando a través de una abertura que había en la pared vertical de una caverna, una abertura situada a unos cien metros por encima del nivel del suelo. Al primer vistazo era difícil asimilar el enorme tamaño de la caverna. A Drake le pareció algo semejante a contemplar Londres desde uno de sus edificios más altos al anochecer o al amanecer de un neblinoso día de verano. Acercándose un poco más, pudo ver aquellos pilares de roca increíblemente grandes y retorcidos que, como columnas borrachas, se elevaban desde el suelo y se extendían hacia la bóveda superior.

La vegetación, que tenía que mantener apartada hacia un lado para poder ver, lo inundaba todo. No sólo cubría las paredes de la caverna, sino que invadía también la llanura de barro que rodeaba la ciudad. Por todas partes emitía su suave resplandor luminoso, cuya intensidad en conjunto era tal que se dio cuenta de que no necesitaban las linternas que llevaban.

Y en el medio de aquel colosal halo de luz, se erguía la masa oscura de la Ciudad Eterna. Drake utilizaba otras rutas para entrar y salir de la Colonia, por lo que no había necesitado investigar nuevos caminos que pasaran por aquella ciudad desierta. Así que hasta aquel momento no la había visto nunca con sus propios ojos. Y aunque Will se la había descrito con gran lujo de detalles, a juzgar por lo que veía incluso desde aquella distancia, la Ciudad Eterna parecía superar cualquier descripción.

Con deseos de ver más, Drake levantó su rifle y utilizó la mira para recorrer la ciudad de un lado a otro, contemplando por todas partes edificios fantásticos e imponentes.

—¡Alucinante! —susurró.

Adonde quiera que miraba veía gigantescos templos con columnas y edificios con torres que parecían de cuento de hadas, un cuento de hadas que pondría los pelos de punta a cualquier niño. Veía filas de estatuas, y también ríos que serpenteaban por la ciudad como perezosas serpientes negras. Y entre los edificios había amplias avenidas, que era justamente hacia donde Eddie enfocaba con su rifle.

—No distingo ninguna patrulla de la División, pero eso no significa que no estén ahí —dijo—. Están casi todo el tiempo haciendo labores de rutina, comprobando las brechas de la cerca, pero muy a menudo acom...

—Acompañan a algún grupo de científicos que han salido a coger especímenes —concluyó Drake, recordando lo que Eddie le había dicho anteriormente—. Por la Colonia circulaba el rumor de que los tuyos planeaban recolocar aquí a todo el mundo —añadió—. Parece que la gente se lo creía, pero ¿hay algo de verdad en ello?

—La Panoplia nunca ha descartado completamente la idea: siempre es una opción, si tiene lugar el Descubrimiento.

—¿Te refieres al fatídico día en que la Colonia sea descubierta por la gente de la Superficie? —preguntó Drake.

Eddie asintió con la cabeza.

—Eso ocurrirá antes o después. Pero la verdad es que la Colonia no cuenta con los recursos necesarios para hacer habitable esta caverna. —Bajó el rifle y miró al techo, que estaba situado a varios miles de metros de altura—. Esa bóveda está constituida por una placa de granito excepcionalmente densa, por eso vuestros geólogos de la Superficie no han detectado nunca esta cavidad. También significa que un movimiento sísmico importante podría provocar un día la ruptura y el desplome de esa placa, cosa que sería desastrosa tanto para la Ciudad Eterna... como para el Londres de la Superficie.

—Mejor no pensar en eso —dijo Drake, bajando la vista y viendo a sus pies un grueso aro de metal oxidado que había clavado en la roca. Aunque estaba casi completamente cubierto por el luminoso follaje, vio que había una pesada cadena que salía del aro y que pasaba al otro lado de la abertura y bajaba por la pared de la caverna, a sus pies. Se arrodilló para tirar de la cadena, pero no pudo moverla ni un milímetro y la mano enguantada se le deslizó por los gruesos eslabones.

—La cadena está inservible, por eso hemos traído esto —dijo Eddie. Se sacó del hombro la cuerda enrollada y, atando un cabo al aro de hierro, arrojó el resto por la abertura—. Iré yo primero —dijo, preparándose para bajar en rápel.

Drake aguardó hasta que la cuerda dejó de estar tensa, y entonces descendió él. En cuanto llegó al suelo, notó una llovizna que caía de lo alto. El agua no caía de modo constante y las ocasionales ráfagas de viento hacían oscilar aquellas leves cascadas de un lado a otro. Se tomó un instante para orientarse y vio estructuras rectangulares en el suelo, a su alrededor, envueltas por la luminosa vegetación y por otra hierba más oscura y no luminosa. Se dirigió hacia una de aquellas estructuras, que no estaba completamente cubierta por el follaje. Se elevaba del suelo sobre cuatro columnitas de piedra; el objeto en sí mismo tenía aproximadamente el tamaño de un buzón, pero caído. Al pasar la mano por la superficie mate de su lado más largo, creyó distinguir una leve luz que venía de él, o bien lo atravesaba.

La voz de Eddie crepitó en su auricular:

—Es una losa de mica —dijo.

Drake oyó a su lado un ruido de chapoteo en el barro, y apareció Eddie como surgido de la nada. Se asustó tanto que automáticamente levantó el rifle.

—Tranquilo —dijo el styx.

—Lo siento —respondió Drake—. Pero será mejor que no aparezcas así, de repente.

—No he aparecido de ninguna manera.

Drake comprendió entonces que Eddie no había pretendido asustarlo: allí el styx estaba en su elemento. Lo habían entrenado para operar en lugares como aquél, y el extremo sigilo era algo que había asimilado como natural.

—Decías algo de la mica —le recordó Drake.

—Sí, es un mineral traslúcido —explicó Eddie—. Esto son tumbas. Los brutianos enterraban a sus guerreros muertos bajo lo más parecido que tenían al cristal, seguramente para que sus apenados parientes pudieran venir y ver corromperse los cuerpos.

—Curiosa idea..., algo así como *La muerte en directo* —dijo Drake, mirando aquellas tumbas que le recordaron una exposición de televisiones de pantalla grande, colocadas en distintas direcciones. Se rió—. Desde luego, es mucho mejor que *Gran Hermano,* pero no creo que vaya a tener éxito. Aunque al menos la audiencia participa más. —Miró la ciudad—. Ahora centrémonos en lo que hemos venido a hacer: ¿hay algún indicio de que la División ande por ahí?

—Nada. Parece despejado —respondió Eddie, agachándose a coger un puñado de hierbas oscuras de una pequeña hondonada llena de barro—. Frótate bien con esto para tapar tu olor. Eso ayudará a despistar a los perros de presa.

—Vale —respondió Drake, siguiendo su ejemplo. Cuando terminó, sacó del bolsillo un par de pequeños objetos que parecían relojes de pulsera—. Aquí tenemos los localizadores, para podernos encontrar —dijo, activando los aparatos antes de entregarle uno a Eddie, que se lo abrochó.

Drake examinó la pequeña pantalla del suyo.

—Recibo tu señal.

—Sí, yo también la tuya —confirmó Eddie.

—Bien, los usaremos para asegurarnos de que nos vemos en el punto de encuentro, al otro lado de la ciudad —dijo Drake—. Como dijimos, haz lo que puedas por plantar las latas a intervalos regulares por el camino, aunque tampoco importará demasiado si no lo hacemos con regularidad y se amontonan un poco. —Limpiando los cristales de los ojos, observó las ráfagas de agua que se desplazaban por encima de ellos—. Aquí las corrientes de aire son más fuertes de lo que suponía, así que dispersarán muy bien el pesticida. —Miró a Eddie, que estaba allí de pie, en su traje de duende—. Y si no funcionara y algunos caracoles contaminados tuvieran la suerte de sobrevivir, siempre podremos intentar otra cosa.

—Funcionará —dijo Eddie con confianza—. Buena suerte, Drake. Nos vemos al otro lado.

—Sí, y espero que no se cuele en la fiesta ninguno de tus antiguos compañeros —dijo Drake riéndose.

Entonces, haciendo un gesto de despedida con la mano, emprendieron camino en sentido opuesto por el borde de la ciudad.

28

Chester y su padre llevaban un baúl entre los dos cuando entraron en el callejón que daba al Patio del Cura.

—Buenas —dijo el conserje, poniéndose en medio del camino.

—Buenos días tenga usted también —respondió el señor Rawls con alegría forzada—. Sólo voy a dejar a mi hijo en el colegio. Me temo que nuestro vuelo chárter desde Suiza sufrió problemas en un motor y tuvimos que desviarnos a París-Orly para una reparación de urgencia. En consecuencia, no hemos aterrizado hasta hace una hora, y mi hijo llega tremendamente tarde al colegio, ¿verdad, Rupert?

—Sí, papá —respondió Chester, intentando hablar como si tuviera la boca llena de canicas.

—Tremendamente tarde —repitió el conserje. Dirigió la mirada al señor Rawls y después a Chester, fijándose en la camisa de rayas de rugby y los vaqueros que llevaba el muchacho. No parecía convencido.

El señor Rawls tosió y levantó la cabeza hacia el patio, en gesto de impaciencia.

—¿Puedo preguntarle el apellido, señor? —dijo el conserje.

—Prentiss —respondió el señor Rawls.

Viendo las iniciales RP que estaban pintadas en el baúl,

aquella información bastó para despejar las sospechas del conserje.

—Claro, señores, tienen que estar agotados. Vengan, por favor —dijo—. ¿Puedo echarles una mano con eso? Parece que pesa...

—No —respondió el señor Rawls un poco demasiado rápido, y después continuó, más despacio—: Gracias, es muy amable por su parte, pero nos las apañamos bien.

—Muy bien, señor —dijo el conserje, haciéndose a un lado para dejarles pasar. Cuando Chester y su padre entraron en el patio, donde no le oían, el conserje murmuró—: Vuelos privados, París-Gorlí... Qué finodos —dijo en voz muy baja—. Malditos pijos. Hay que ver qué bien viven algunos, mientras yo me paso aquí toda la noche con un frío que pela...

Llevando la parte de delante del baúl, Chester miró a su padre por encima del hombro.

—Lo has hecho muy bien, papá, pero ¿Rupert? ¿Por qué has elegido ese nombre, Rupert? —le susurró.

—Tenía que empezar por erre y, de todos modos, ése es el nombre que yo quería ponerte cuando naciste. Siempre me pareció que Rupert Rawls sonaba muy bien —respondió el señor Rawls, antes de negar con la cabeza—. Pero tu madre no quiso ni oír hablar de ello.

—Me alegro mucho de que no te dejara. Bendita mamá —dijo Chester, lleno de preocupación al pensar en ella—. Espero que esté bien.

El chico no tuvo problemas para reconocer la puerta que le había descrito Drake y metieron dentro el baúl. Se fueron directamente a la segunda puerta, que daba al sótano.

—¿No necesitaremos una llave para abrir la puerta? —preguntó el señor Rawls al ver la cerradura.

—No, Drake dijo que ya se había encargado él —respondió Chester, poniendo la mano en la vieja puerta de madera y empujando. Cuando se abrió hacia dentro, el muchacho observó el agujero del marco de la puerta en que debería haber entrado el cerrojo—. A veces las soluciones más sencillas son las mejores —susurró Chester, recordando las palabras que había empleado Drake al ponerle al corriente del plan. Arrancó la pequeña cuña de metal que Drake había insertado en el agujero y se la guardó en el bolsillo.

El señor Rawls asintió con la cabeza.

—¿No habrá estado él antes aquí y habrá metido algo para que no se cerrara?

Chester le guiñó un ojo a su padre.

—Asegúrate de que no se cierra, porque entonces no saldrás nunca de aquí —le advirtió.

Bajaron el baúl por la escalera hasta el final de la bodega, donde lo ocultaron de la vista, metiéndolo tras las cajas de embalaje. Chester se volvió a su padre.

—Ya ves, papá. Drake no quiere que sepas nada, por si acaso...

—Sí, lo sé, lo sé... Por si acaso me vuelven a secuestrar —adivinó el señor Rawls. Le dirigió a su hijo una mirada de desolación—. Chester, yo no estoy hecho para esto. Me he pasado la mayor parte de la vida detrás de una mesa, redactando informes de autos procesales. Y estoy tan preocupado por tu madre que apenas puedo pensar en nada más. —Suspiró con tristeza—. Sé que nunca valdré para estos misterios de película en que estamos envueltos. No sé cómo tú eres capaz.

—Vale, papá. ¿Podemos seguir hablando de esto en otro momento? —preguntó Chester, sintiéndose muy mal por no dejar hablar a su padre—. Ahora hay que continuar con el plan.

—Sí, claro —respondió el señor Rawls con resignación—. ¿Estás completamente seguro de que no puedo hacer nada más por ti? Me siento como si fuera la quinta rueda.

—Ya has hecho más que suficiente, papá. Y será una gran ayuda que vuelvas al almacén y nos esperes allí —dijo Chester—. En cuanto vea a Drake, le contaré lo de mamá.

—De acuerdo, hijo —farfulló el señor Rawls.

El chico observó a su padre saliendo del sótano y caminando entre las cajas con la cabeza caída de tristeza. Parecía tan frágil y tan vulnerable que se dio cuenta de que le hacía sentirse protector. Era como si la relación padre-hijo se hubiera invertido completamente, y ahora fuera Chester el que tenía que cuidarlo a él y decirle lo que debía hacer.

Pese a lo mucho que deseaba aliviar la tristeza de su padre, no podía hacer nada y tampoco podía permitir que lo sucedido con su madre les hiciera perder el norte. De ninguna manera.

Abrió el baúl y sacó de la parte de arriba el rifle y el cinturón del que colgaba el equipo. A continuación levantó por las correas las dos pesadas mochilas, y las dejó a un lado.

«Pesan una tonelada... Me pregunto qué tendrá Drake en ellas —pensó, y a continuación negó con la cabeza, refunfuñando—. Cuanto menos sepa cada uno, mejor», se repitió varias veces.

—Nunca me gustó el traje Noddy —anunció al sótano vacío, agachándose para sacar el traje NBQ que descansaba en el fondo del baúl.

A Drake y a Eddie les llevó dos horas bien cumplidas recorrer su camino por las márgenes de la ciudad cubiertas de hierba. Cuando acabaron de colocar todas las latas, se volvieron a encontrar tal como habían previsto.

—Ahí tenemos la entrada —dijo Eddie por el laringófono, mientras se acercaban al grueso muro que circundaba la ciudad. Drake vio la entrada a la que se refería su compañero: al derrumbarse unos enormes bloques de piedra, habían dejado una abertura a través de la cual se veía un edificio sin ventanas del tamaño de un hangar de aviación. Drake habría tenido sus reservas respecto a la idea de atajar por la Ciudad Eterna si no hubiera tenido a Eddie como guía, pero el styx conocía la ciudad y aquélla era la ruta más directa para regresar al lugar por el que habían accedido a la caverna.

Al atravesar la abertura, cayeron en una fosa llena de agua. Cuando comenzaron a moverse por ella, Drake miró el muro del edificio que tenían al lado. Con sus buenos tres pisos de altura, toda su superficie estaba tallada con el enorme relieve de una comitiva de hombres barbudos de aspecto feroz. Llevaban taparrabos, portaban lanzas y el viento mecía hacia atrás sus largos cabellos, como culebras rebeldes.

—Me alegro de que no tengamos que vérnoslas con ésos —le comentó a Eddie al salir del agua negra. Drake aminoró la marcha cuando el styx se acercó sigilosamente a la esquina del edificio, donde se agachó para examinar el camino con el rifle.

—Despejado —dijo, y salieron a una de las amplias avenidas que Drake sólo había atisbado desde la distancia. Pero ahora que se hallaba realmente dentro de la ciudad, se quedó sin respiración al ver lo que tenían ante ellos:

—¡Dios mío! ¡Estamos en *Tierra de gigantes*! —exclamó. No podía ni creerse la impresionante grandiosidad del lugar. Las puertas de los edificios tenían seis veces la altura de un hombre normal. Todos los templos y palacios parecían haber sido construidos por una raza de seres fenomenalmente altos. En las zonas cubiertas de los bordes de la avenida, donde no penetraba el viento, se desplazaban por el suelo jirones de vaho, arrastrándose como si fueran los viejos fantasmas de los antiguos habitantes de la ciudad.

Drake y Eddie recorrieron varias avenidas, quedándose en los lados, donde se veían obligados a pasar por encima de montones de piedras desplomadas de los edificios. De vez en cuando, Eddie le hacía pararse mientras comprobaba el terreno delante de ellos. En una de aquellas ocasiones, Drake vislumbró algo en un claro, a varios cientos de metros de distancia.

—¿Eso es la plataforma de los presos de la que me habló Will? —preguntó, señalando una estructura elevada sobre múltiples montones de piedras. Encima había unas formas vagamente humanas, todas ellas en diversas posturas contorsionadas, que parecían esculpidas en una roca de color claro—. Me dijo que eran personas reales, que de algún modo habían llegado a fosilizarse —añadió Drake, empleando la mira telescópica para examinar los cuerpos petrificados y los restos de los grilletes y cadenas oxidadas que seguían apresándolos. Eddie no respondió; se limitó a hacerle una seña para que le siguiera. Entraron en un edificio con suelo de mármol en el que resonaban las pisadas y subieron por la escalera hasta que no pudieron seguir, porque el camino estaba bloqueado. Entonces el styx guió a Drake por un pasillo que daba a una terraza.

—Éste es uno de los puestos de observación favoritos de la División. A menudo apuestan aquí a un par de hombres. Echa un vistazo —le ofreció.

—Ya veo por qué —dijo Drake. Desde aquel puesto podía dominar toda la ciudad, que volvió a impresionarle por sus dimensiones. Observó atentamente el enorme edificio dotado de una cúpula que Will le había mencionado: realmente parecía la catedral de San Pablo de Londres, aunque había sido construido varios siglos antes que la versión de la Superficie que él conocía.

—¿Puedo...? —preguntó Eddie, y Drake se retiró para permitir al styx escudriñar las avenidas que tenían a sus pies. Cuando se aseguró de que no veía a nadie, volvieron por donde habían ido, bajando la escalera, y salieron de nuevo a la calle, donde Eddie llevó a Drake hasta un paso subterráneo inundado—. Cuidado aquí —advirtió, sacando su lámpara styx.

Drake no preguntó por qué, pero encendió su linterna y la mantuvo en alto, junto al rifle. Echó en falta una de sus lentes que intensificaban la luz, aunque, de todos modos, no hubiera podido utilizarla bajo la máscara de gas. Habían recorrido varios cientos de metros cuando algo rodó hacia ellos por el agua y les salpicó. Eddie reaccionó con la velocidad del rayo, dando un salto atrás. Al acercarse más, el styx pisó aquel extraño ser, que se convirtió en un amasijo de carne, igual que si hubiera aplastado una babosa del tamaño de una calabaza. Por el desgarrón de la gruesa piel negra, aparecieron sus órganos vitales, que supuraban un líquido morado oscuro que se mezclaba con el agua estancada.

—¡Buaj! ¿Qué demonios es eso? —preguntó Drake.

Eddie le dio vuelta con la bota, para que quedaran visibles sus terribles dientes.

—Los científicos piensan que es una especie única de hongo que ha evolucionado en esta ciudad. Es carnívoro y es capaz de moverse.

—No hace falta que lo jures —dijo Drake casi sin voz—. ¿Hay algo más que debiera conocer? ¿Champiñones voladores, por ejemplo?

—No, volar no pueden —respondió Eddie en tono normal, como si creyera que la pregunta de Drake iba en serio.

Reemprendieron el camino y llegaron finalmente a la muralla de la ciudad, donde Drake hizo pararse a Eddie.

—Creo que éste es un punto tan bueno como cualquier otro. Ha llegado el momento de ver si mi detonador inalámbrico es capaz de hacer lo que esperamos. —Desenganchando del cinto una bolsa, sacó de ella un pequeño objeto cuya antena extendió a continuación. Levantó la tapa para dejar al descubierto los botones y apretó uno de ellos. Apareció una lucecita verde—. Listo. Te cedo el honor... —dijo, pasándoselo a Eddie—. Se supone que hay que darle al botón grande rojo.

El styx se lo puso delante y a continuación apretó el botón.

Al tiempo que se oían unas sordas detonaciones, se vieron luces por todo el perímetro de la caverna. Un penacho de vapor se elevó de cada una de las treinta latas, iluminado un instante por el destello del explosivo, que se apagó con la misma rapidez.

Drake se encogió de hombros, volviéndose hacia Eddie.

—No ha sido demasiado espectacular. Te engañaron al venderte los petardos.

—Lo importante es que funcione —repuso el styx—. Ahora tenemos que irnos. Si hay alguien de la División por aquí, querrá saber quién ha sido el responsable.

—No me cabe la menor duda —dijo Drake, y empezaron a atravesar con rapidez un arco de la muralla para salir a la explanada y correr hacia donde habían dejado la cuerda.

Cuando llegaron al cementerio de las lápidas transparentes, sonó un disparo.

—¡Nos han descubierto! —gritó Drake.

Pasando justo entre los dos, la bala pegó en un lateral de una de las tumbas y la losa de mica se resquebrajó. Casi al instante, se partió en mil trocitos diminutos, revelando algo oscuro y podrido en el interior. Drake y Eddie se lanzaron cada uno en direcciones opuestas, colocándose detrás de las tumbas para ponerse a cubierto.

—¿De dónde venía la bala? —preguntó Drake por el laringófono.

Oyó la voz de Eddie, que no mostraba emoción alguna.

—Según miras a la ciudad, hay una patrulla de cuatro hombres en la dirección de las dos en punto. Yo...

La voz del styx se cortó de repente, y Drake no pudo verlo

por ninguna parte con la mira de visión nocturna de su rifle. Dedicó un instante a limpiar los cristales de los ojos de la máscara. No se las estaba viendo con aficionados, así que necesitaba todos sus sentidos. El problema era que la capucha del traje Noddy le dificultaba oír, así que corrió el riesgo de quitársela: al fin y al cabo, la máscara de gas seguiría protegiéndolo de cualquier agente patógeno que hubiera en el aire.

Escuchó y vigiló con atención. Los segundos se volvían horas en aquella tensión por descubrir cualquier diminuta señal, pero no percibió más que el viento y el constante goteo del agua a su alrededor. Entonces distinguió un ruido. Apenas se oyó, pero había sido el sonido de algo o alguien que tomaba aire.

Se giró justo a tiempo de ver un enorme perro de presa que se le echaba encima. Sus ojos casi cerrados reflejaban aquella inquietante luz verde.

Drake retrocedió, estuvo a punto de resbalar en las viscosas hierbas y disparó su rifle desde la altura de la cadera. El dardo sedante fue a alojarse en la ijada del animal. El enorme perro se detuvo, deslizándose hacia un lado y arañando las hierbas con las zarpas. Pero no parecía que fuera el sedante lo que lo había detenido, sino más bien la sorpresa del impacto del dardo. Drake comprendió que no estaba a salvo al oír el bramido del perro y verlo mover la enorme cabeza como un toro en la plaza. Retorciendo su pesado cuerpo, volvió a arremeter.

Con un gruñido, aquel cancerbero de más de cien kilos surcó el aire en dirección a Drake. Pero él estaba preparado: volvió a disparar y le dio en un ojo. Esta vez el sedante hizo más efecto y el perro de presa relajó su cuerpo al instante. Pero el impulso del can era tal que impactó contra Drake, que cayó con fuerza al suelo empapado de agua, como un bolo derribado. El golpe fue tan fuerte que se le vaciaron los pulmones. Aunque no estaba herido, permaneció en el suelo, buscando refugio bajo la más cercana de aquellas tumbas cubiertas de hierbas.

—Un perro abatido —resopló en el laringófono en cuanto pudo recuperar el aliento.

Pese a que estaba puesto el silenciador, el rifle, al ser disparado, hizo un sonido semejante al de un balón de fútbol al reventar, y a Drake le inquietó la posibilidad de que aquel ruido hubiera bastado para que los soldados styx lo descubrieran. Tenía que cambiar de posición, y rápido. Miró desde el otro lado de la tumba, y como el terreno parecía despejado, salió con cuidado a campo abierto. Se dio cuenta de la enorme suerte que habían tenido Eddie y él: al menos la patrulla de la División no había tenido tiempo de montar una emboscada en condiciones. Al menos la situación seguía siendo incierta.

Al escudriñar el área cercana a través de la mirilla de visión nocturna, percibió a no más de quince metros de distancia un breve movimiento, algo parecido al paso de una sombra. Comprobó rápidamente el localizador que llevaba en la muñeca: no quería darle a Eddie por error. Viendo que no se encontraba cerca, Drake susurró al laringófono:

—Creo que tengo un blanco. En posición de las siete en punto mirando a la ciudad —dijo—. Está detrás de nosotros, intentando cerrarnos la salida.

Miró hacia donde había percibido el movimiento. Pasaban los segundos.

El soldado styx salió al descubierto desde detrás de una tumba y Drake reaccionó al instante. El dardo le dio al soldado en la parte superior del brazo. El styx se lo arrancó y avanzó unos pasos tambaleándose, pero después se desplomó. Drake se acercó a él y le propinó una patada a su rifle para que no lo pudiera alcanzar.

El soldado llevaba un gabán largo, y Drake reconoció

de inmediato el camuflaje verde y grís característico de la División. Llevaba unas grandes gafas circulares y una máscara respiratoria styx que le cubría la mitad inferior del rostro.

—Vas a quedarte dormidito un buen rato —susurró, y le disparó otro dardo a la pierna a bocajarro. No quería arriesgarse a que el soldado no hubiera recibido una dosis completa de sedante—. Un soldado de la División abatido —informó por el laringófono, extrañándose de que aún no hubiera obtenido respuesta de Eddie.

Drake volvió a ponerse en movimiento y corrió agachado hacia la pared por la que Eddie y él habían entrado en la caverna, donde esperaba que siguiera colgada la cuerda. El plan dependía de que siguiera allí.

—Comprobando el área entre las seis y las nueve en punto —le informó a Eddie por el laringófono. Al mirar el localizador, se sorprendió de que la señal del styx estuviera casi encima de la suya.

—Ya me he encargado yo de los demás —dijo Eddie, presentándose a su lado y depositando en el suelo, a sus pies, tres largos rifles de styx—. Pero el...

Sonó un disparo y ambos se agacharon.

—Ese disparo ha venido de arriba —observó Eddie, buscando por la parte superior de la pared de la caverna.

Pero Eddie no perdió tiempo buscando, pues ambos vieron a alguien que se encontraba a no más de veinte metros de distancia. Había estado esperándolos, al acecho, cerca de donde colgaba la cuerda. Agarrándose el hombro, cayó de rodillas y después de cara contra el suelo.

—Es un limitador. Guárdame la espalda —dijo Eddie, mientras ambos se acercaban a él, que estaba tendido boca abajo.

Al darle la vuelta, Drake comprobó que Eddie tenía razón. Su gabán era completamente distinto a los de la División:

éste tenía un dibujo de camuflaje formado por manchas de diferentes tonos de marrón. Tenía el pecho manchado de sangre, que le caía desde la herida del hombro.

—Le han disparado con una bala de verdad, esto no lo ha hecho un dardo sedante. Y a este hombre lo conozco: es un oficial limitador. —Eddie le lanzó una mirada a Drake—. No es normal que acompañen aquí a las patrullas de la División.

—Tú sí lo hacías —repuso Drake.

Pero Eddie no escuchaba, estaba tratando de tomarle el pulso en el cuello.

—Sigue vivo —dijo, e inmediatamente apuntó con el rifle a la abertura de la que colgaba la cuerda—. Pero ¿quién está ahí?

Antes de que el styx se diera cuenta, Drake se encontraba a su espalda, rodeándole el cuello con el brazo.

Eddie forcejeó, intentando darle en la cara con el codo.

—¡No lo hagas! —gruñó Drake, apretando más la tráquea de Eddie de modo que apenas le dejaba respirar y, al mismo tiempo, le retorcía el cuello casi hasta rompérselo—. De ésta no te escapas. Suelta el rifle o te mato —le dijo de manera que no dejaba lugar a dudas de que hablaba muy en serio—. ¡Y después levanta las manos, para que yo pueda verlas!

Eddie sabía que no tenía elección, así que obedeció.

—¿Por qué? ¿Qué pasa? —dijo casi sin voz.

Drake le susurró al oído:

—Has cometido dos errores: el primero fue que nadie, y me refiero a nadie en absoluto, sabía que Fiona estaba embarazada. Era demasiado pronto para que ella se lo contara a nadie. Así que ¿cómo es que lo sabías tú? Te podría haber dado el beneficio de la duda y aceptado que te hubieras enterado de ello en tus labores de vigilancia en la Superficie, pero entonces cometiste otro error: te referiste a mi amigo de la universidad como «Lukey». —Eddie intentó hablar,

y Drake le apretó aún más fuerte—: ¡No, calla y escucha!
—dijo furioso—: Sólo Fiona le llamaba Lukey, era el apodo
que le había puesto. Y yo sólo me enteré de eso porque se
lo oí pronunciar un par de veces en su habitación. —Preso
de la rabia, la voz de Drake sonaba baja y fría—: Pero tú lo
conocías porque ella lo dijo cuando la estaban torturando,
¿verdad? Lo dijo cuando la interrogaban. Eso te coloca justo allí, cuando le estaban aplicando la Luz Oscura y murió
de una hemorragia interna. Ese apodo es el tipo de detalle
insignificante que ningún styx se molestaría en contarle a
otro.

Drake soltó el aire contenido y se quedó callado por un
instante, como si tratara de recuperar el control.

—Realmente es curioso: aunque en otro tiempo fueras
mi enemigo, creí que había encontrado a alguien en quien
confiar.

Eddie se quejó cuando Drake aumentó la presión sobre
su tráquea.

—Creí que había encontrado a alguien con quien podía
trabajar, a un amigo.

Eddie perdió el conocimiento y Drake lo dejó tendido en
el suelo.

Se puso derecho, cogió la unidad de radio que llevaba en
el cinto y cambió la frecuencia.

—¿Me oyes, Chester?

—Sí —confirmó el chico desde la abertura en la pared
de la caverna, donde había estado observando a Drake a través de la mira del rifle. El muchacho estaba evidentemente
nervioso después de haber disparado al limitador y habló
tan deprisa que Drake apenas le entendía—. ¿He hecho lo
correcto? Ese limitador estaba a punto de dispararos... No
podía permitirlo. ¿Y qué ha pasado con Eddie? He visto lo
que le has hecho...

—Tranquilo, hiciste bien; todo está bajo control. —Drake

consultó la hora—. Tenemos que atravesar el Laberinto y llegar a la Caverna Meridional antes de que despierten. Quiero encontrar la Colonia dormida. —Empleó la mira del rifle para localizar la cabeza de Chester, que lo miraba por entre la vegetación que cubría la abertura—. Échame primero las armas —dijo— y después las mochilas. Y, sobre todo, ten mucho cuidado con ellas.

—Vale —respondió Chester, y a continuación echó un vistazo a las dos mochilas bien cargadas que descansaban en el suelo, a su lado. No había tenido más remedio que bajar dos veces desde el sótano, porque no había manera de llevar las dos mochilas al mismo tiempo, puesto que eran demasiado pesadas.

Drake miró a Eddie tendido a sus pies.

—Me estoy ablandando..., te dejaré con vida —susurró, apuntándole con el rifle y disparándole un dardo en el brazo—. Pero lo que es seguro es que tú no me permitirías hacer lo que me propongo —le dijo al hombre inconsciente.

Mientras recorrían a toda prisa el camino alrededor de la Ciudad Eterna, Chester le contó a Drake que su madre había desaparecido del hotel. Drake le aseguró que había hecho bien al pedirle a su padre que esperara en el almacén. Pero poco le podía ayudar en lo referente a su madre, se limitó a decirle que se encargaría de ello en cuanto regresara a la Superficie. Por otra parte, como sentía reparos de contar lo que había ocurrido con Eddie, lo único que le explicó fue que el styx era un obstáculo para la segunda fase de la operación y que había tenido que quitarlo de en medio.

Al final de la caverna se metieron en un trecho lleno de barro y Chester sintió un escalofrío.

—Cuánto me alegro de no haber tenido que atravesar por

allí. Es un lugar espeluznante —dijo. Se encontraban en un punto algo elevado, de forma que el chico pudo distinguir la Ciudad Eterna por encima de la muralla. Volvió a estremecerse y profirió un gemido de terror al mirarla. Aunque supiera que sus habitantes se habían marchado hacía mucho tiempo, los edificios irradiaban tal aura de fuerza y resultaban tan amenazadores que le hacían sentirse muy incómodo. Chester se dio cuenta de repente de que había estado tan preocupado por la desaparición de su madre que no se había percatado de su propia situación. Drake no quería decirle qué era lo que planeaba hacer en la Colonia, pero seguro que era peligroso, así que ni siquiera podía estar seguro de llegar al día siguiente y ver a su padre.

—¡Vamos, muchacho! ¡Sal de ahí de una vez! ¿En qué estás pensando? —chisporroteó en su oído la voz de Drake—. Te estaba hablando a ti.

—Lo siento —dijo Chester, volviéndose para ver a su amigo, que le esperaba a la entrada de una cueva.

Drake señaló la cueva con un amplio gesto de la mano, como si fuera un actor invitando a pasar a los espectadores al interior del teatro.

—Pasen y vean, señores. Están a punto de entrar en uno de los laberintos más complejos del mundo desconocido.

—¿De verdad? —Chester tragó saliva y se dio prisa por acudir donde estaba él—. Pero ¿cómo conoces el camino?

—Por tu compañero Will, él me dio el plano que le había dibujado su tío Tam. Ese plano, combinado con varios mapas de limitador sumamente útiles que había en el sótano de Eddie, ha dado como resultado esta obra de... —Drake le señaló algo con un nuevo gesto teatral— ultimísima tecnología.

Chester vio la lucecita que salía de la pantalla del iPod.

—¿Qué...? ¿Vamos a ver vídeos musicales ahora? —preguntó riéndose, ya más animado.

—No, no hasta que todo esto haya acabado. Fíjate, las brújulas no sirven de nada en el laberinto debido a los depósitos de hierro y, claro está, un GPS tampoco serviría de nada, así que he tenido que ser creativo. Junté aquí todos los mapas, y luego lo conecté a un podómetro. Incluso me transmitirá instrucciones al auricular, así que debería ser pan comido llegar al otro lado, pero tendremos que movernos como el rayo. Espero que te hayas traído las zapatillas de deporte para correr.

—Estupendo —se lamentó Chester en broma, ajustándose la mochila a la espalda—. No sé por qué, ya sabía yo que no iba a ser fácil.

Y corrieron, pasando como el rayo por aquellos túneles de piedra de color rojo cereza, y girando a derecha e izquierda tantas veces que no era el ejercicio lo único que le empezaba a marear a Chester. Y no facilitaba las cosas el hecho de que estuvieran subiendo una ligera pendiente, y los pies hicieran sonar la fina arena una hora tras otra. Drake notó que el muchacho empezaba a desfallecer.

—¡Ánimo! —dijo a través del laringófono—. Bueno, puedes quitarte la máscara. A estas alturas tenemos que encontrarnos ya a una distancia prudencial.

Recordando lo enfermo que se había puesto Will, Chester no estaba tan seguro, pero como Drake no mostró ningún titubeo a la hora de desprenderse de su máscara de gas, siguió su ejemplo. Tenía todo el pelo empapado en sudor.

—Bebe algo o empezarás a tener calambres —le aconsejó Drake.

Chester desprendió la cantimplora del cinturón y bebió varios tragos antes de lanzar un suspiro y exclamar:

—¡Y después hablan del entrenamiento de rugby!

Tras pasar otra hora corriendo, ahora de manera más cómoda, puesto que podían respirar con más facilidad, Drake volvió a pararse.

—¿Eso es una puerta? ¿Hemos llegado ya? —logró preguntar Chester, dejándose caer en el suelo, resoplando y totalmente exhausto.

Drake, sin embargo, apenas estaba cansado.

—Casi, pero esta puerta está soldada —dijo antes de desprenderse de la mochila. De uno de los bolsillos laterales sacó lo que parecía una sarta de salchichas, por lo menos a los ojos bastante nublados de Chester.

—¿Qué es eso, comida? —preguntó.

—No exactamente. —Drake aguantó «las salchichas» delante del pecho—. Es un collar bomba. En estos chismes la explosión va dirigida hacia un lado, así que la fuerza resulta maximizada, en tanto que el ruido de la explosión debería ser mínimo. —Empezó a pegarlo por la parte inferior de la puerta, más o menos en un cuadrado y a continuación se levantó—. Es el momento de alejarse —le advirtió a Chester—. Voy a detonar las salchichas.

—Ya veo de dónde le viene a Elliott la costumbre de hacerlo explotar todo —comentó el chico.

Se pusieron a resguardo detrás de una curva del túnel, donde Drake empleó un detonador inalámbrico. Más que una explosión normal, lo que se oyó fue un ruido apagado, seguido por el estruendo del hierro al chocar contra la roca.

—Ya estamos —anunció Drake—. Prepara el arma por si acaso alguien lo ha oído.

Se metieron por el hueco aún humeante de la puerta y salieron a un túnel que daba a una pequeña gruta circular.

—¡Ajj...! ¿Qué es ese olor? —preguntó Chester, poniendo mala cara al pisar el suelo cubierto por una capa de un material semejante a la paja.

Drake apuntó hacia unos cobertizos de poca altura.

—Son pocilgas de la Colonia.

El chico oyó los gruñidos que llegaban de los cobertizos de hierro al caminar por la zona. Iban a mitad de los cobertizos cuando un cerdito esmirriado asomó el hocico por entre un montón de paja para mirar a Chester. Debió de pegarse el susto de su vida, pues gruñó lastimeramente y echó a correr hacia uno de los cobertizos.

El muchacho también se asustó con el chillido del cerdo, tanto que dio un respingo.

—¡Calla! —le dijo con furia, y entonces empezó a caminar sobre un gran montón de estiércol de cerdo que hacía un ruido desagradable bajo sus botas—. ¡Qué asco! —susurró, mientras Drake pasaba por encima de una valla. Chester lo siguió y a continuación ambos se metieron por un breve túnel que iba a dar a otro mucho más ancho.

—Éste es el recorrido principal. Tú debes de haber venido por aquí cuando te trajeron del Barrio. Mira los surcos de la roca —dijo Drake—. Los han formado los carruajes que han estado pasando por aquí durante siglos. Resulta extraño, ¿verdad?

Chester se quedó mirando fijamente los surcos paralelos que habían desgastado el suelo de roca.

—He regresado a la Colonia, por increíble que parezca —dijo, aspirando hondo.

—Sí, la Puerta de la Calavera queda por ahí delante —le informó Drake al tiempo que señalaba a la derecha.

Chester no le escuchaba. Repentinamente, lo acometió el hedor del aire reciclado una y otra vez. Aquel aire era la esencia de los miles de personas que vivían en la Colonia.

—No creí que volviera a oler este olor. Prefiero la mierda de los cerdos, la verdad —rezongó. Un estremecimiento repentino le recorrió el cuerpo. Conocía demasiado bien aquel olor del Barrio, en cuyo calabozo había pasado meses encerrado. Evocó vívidos recuerdos de uno de los periodos de su vida más sórdidos y tristes. Las cosas habían sido tan horribles entonces que se había preparado para la muerte, que era una posibilidad muy real.

Pero nunca le había fallado a Will. Había implorado una y otra vez que viniera a rescatarlo, y cuando por un milagro había aparecido su amigo para liberarlo de la cárcel, el destino se había mostrado cruel. Su intento de escapar había sido frustrado y los styx habían vuelto a capturarlo y lo habían vuelto a meter en el Calabozo. Todas sus esperanzas se habían cumplido y después frustrado. Y eso era peor que si no se hubiera presentado nunca la oportunidad de escapar. Aunque no hacía tanto tiempo que había ocurrido aquello, de algún modo había conseguido no recordarlo hasta aquel momento.

—¿Te encuentras bien? —preguntó Drake, viendo lo callado que se había quedado el muchacho.

—Creo que sí —respondió Chester—. ¿Podríamos acabar con esto y regresar a casa lo antes posible?

—Ésa es la idea —dijo Drake—. Próxima parada: las estaciones de ventilación.

29

Sin la señora Burrows en casa, Eliza y su madre movían los muebles para dejar la sala de estar tal como estaba antes de la llegada de la intrusa. Con muchos esfuerzos, gruñidos y forcejeos, Eliza había logrado arrastrar la cama hasta el primer peldaño de la escalera, pero allí había desistido, derrotada por el peso del mueble. Sencillamente, no tenía fuerzas suficientes. Y no se podía esperar que le ayudara su madre, con su corazón delicado, como no le paraba de recordar a Eliza. Ésta se indignaba más a cada instante por que su hermano no estuviera allí para echar una mano.

—Te imaginas adónde ha ido, ¿no? —gruñó al apretujarse para pasar al otro lado de la cama y ponerse al inicio de la escalera.

—Dijo que se iba un momento para tomarse una cerveza en la taberna.

—¡Ya! Eso no me lo creo. Nunca se lleva a *Colly* con él cuando se va a Tabards —observó Eliza.

La anciana la siguió al interior de la sala de estar.

—Entonces, ¿adónde ha ido? —preguntó.

—Está claro, ¿no? Se ha ido a darle un cariñoso adiós a su querido despojo. ¿No te diste cuenta de que se iba a toda prisa y con el uniforme puesto? ¿A que nunca va a la taberna con el uniforme?

—¡Cómo no se me habrá...! —dijo la anciana al pensar en ello—. Es el cuento de nunca acabar, esa locura suya.

—Ya no le va a durar mucho —comentó Eliza, riéndose con satisfacción, de manera nada agradable, mientras trasladaba una mesita auxiliar a un rincón de la sala. Entonces, secándose el sudor de la frente, contempló el aparador—: Supongo que podremos conseguirlo entre las dos, ¿no? Sólo tenemos que correrlo unos metros por la pared para poder colocar la alfombra tal como estaba antes.

Se pusieron cada una en un extremo del aparador.

—Primero sepáralo un poco de la pared, hay que tener cuidado de no raspar el papel pintado —dijo Eliza—. A la una, a las dos, a las tres...

Las patas del mueble arañaron la madera del suelo con el movimiento del aparador.

De pronto, se produjo un estrépito. Eliza creyó que se había roto una de las patas del destartalado aparador cuando la anciana dejó escapar un chillido desgarrador:

—¡Ay, mi pie! ¡No sé qué me ha caído encima!

Eliza se fue corriendo hacia su madre, que avanzaba a saltitos sobre el otro pie. Al aparador no le había pasado absolutamente nada, pero entonces vio la brillante pala de Will, caída en el suelo. Se agachó para cogerla y miró la marca del fabricante, que figuraba en el mango.

—Esto tiene que venir de la Superficie. —Negó con la cabeza, con expresión de desconcierto—. ¿Qué demonios hacía esta pala ahí? Estaba escondida entre la pared y el aparador.

—¡Ay mi pie, ay mi pie! —seguía gritando la anciana, sin dejar de dar saltitos.

Eliza no dejaba de mirar la pala.

—Pero ¿cómo pudo llegar ahí? Como no fuera que el imbécil de mi hermano quisiera esconderla por algún motivo...

—¡Me da igual cómo llegó ahí! No te preocupes por esa

maldita azada, sino por mi pie herido —le gritó la anciana, indignada.

—No es necesario ponerse así —le reprochó Eliza—. Además, no es una azada. Mira la forma que tiene... —dijo, enseñándosela a su madre—. Es una pala.

—¡Me importa un pito lo que sea eso, idiota! —rezongó la madre, dirigiéndose a la cocina entre saltitos y pasos cojos y lanzando maldiciones por el camino.

⚜ 💀 ⚜

—Ahí es adonde vamos. Ahí arriba —susurró Drake cuando Chester y él se introdujeron en un lateral del túnel—. A la sala principal de las estaciones de ventilación.

El muchacho estiró el cuello y vio la escalera de hierro colado sujeta en zigzag a la pared que semejaba la salida antiincendios de un viejo edificio. Entonces atisbó unos cincuenta metros más arriba, en lo más alto de la caverna, que estaba cubierta de espesas nubes. Al ver las incesantes olas de polvoriento humo gris tuvo la impresión de contemplar una especie de mar invertido. También vio las estructuras en forma de embudo del techo de la caverna, lamidas por las olas. En el interior de cada una de aquellas estructuras había algo que daba vueltas.

—¿Eso son los ventiladores? —adivinó.

Drake asintió con la cabeza.

—¿Oyes ese rumor bajo? Esas cosas de ahí arriba son como extractores gigantes. Ésta es una de las diversas localizaciones donde el aire estancado se extrae de la Caverna Meridional y se expulsa a la superficie por medio de conductos disimulados.

—O sea que nosotros nos tragamos todo este humo asqueroso, en vez de ellos. Eso no está bien —sentenció Chester, frunciendo el ceño—. Creí que Eddie estaba completamente

392

en contra de la contaminación. ¿Recuerdas todo lo que me dijo?

—Olvídalo, estaba jugando contigo un juego psicológico. Nunca te creas nada que te diga un cuello blanco —repuso Drake. Levantó la mano haciendo «chisss»—. Como un reloj: el cambio tiene lugar exactamente a la hora en punto —susurró—. Quédate detrás de mí y asegúrate de que no te ve.

Chester permaneció pegado a la pared, detrás de Drake, y vislumbró a un colono bajo y fornido que aparecía en el camino. Se dirigieron a la escalera, sin dejarse ver. Entonces el colono empezó a subir a la sala de control.

—¿Vamos ahora? —preguntó Chester.

—Todavía no —dijo Drake.

Entonces el chico vio que otro hombre bajaba la escalera. Se detuvo abajo para encender una pipa de boquilla larga antes de irse.

—Bien, acaba de empezar el nuevo turno, así que podemos ir —anunció Drake. Seguido de cerca por Chester, corrió hacia la escalera y empezó a subir los peldaños de dos en dos, con la pistola de dardos tranquilizadores preparada en la mano. Se detuvieron al llegar a la puerta que había arriba del todo.

—Siempre hay alguien en la sala de control. Ese colono está aquí dentro, y podría haber más, así que abre bien los ojos.

La vieja puerta de hierro no estaba cerrada con llave, así que Drake la abrió suavemente para poder pasar. Se encontraron en una larga galería, con una fila de ventanas con marco de madera a lo largo de una de las paredes. Guardaba cierto parecido con un vagón de tren de otro tiempo, aunque era más ancho y más largo que ningún vagón. Al otro lado, la pared estaba formada por una increíble maraña de antiquísimos tubos, todos de latón muy lustroso y fijados a paneles de oscuro roble. En aquellos tubos no sólo había numerosas palancas y válvulas, sino distintos tipos de indicadores que se movían y sonaban a la vez.

El ruido que Chester había oído abajo sonaba allí mucho más fuerte: eran golpes regulares y muy bajos que parecían resonarle en pleno cráneo. La impresión de que se hallaba en el interior de una bestia gigantesca le recordó su historia bíblica favorita, la de Jonás y la ballena. Sin embargo, aquello era diferente: no era como entrar en el estómago de un animal, sino más bien en sus pulmones.

Drake avanzó por la galería lenta y sigilosamente. Entonces, escondido en un hueco entre todos los tubos, vieron al colono.

Profiriendo un grito, el hombre se levantó de la mesa de un salto y un mazo de cartas que tenía en las manos voló por los aires. El colono estaba vestido con un mono gris oscuro, tenía el pelo blanco e hirsuto y llevaba una bufanda roja atada en torno al cuello. Volvió a gritar y cogió de un lado de la mesa una llave inglesa tan grande que resultaba ridícula.

—Lo siento —dijo Drake antes de disparar la pistola para meterle en el cuerpo uno de sus dardos sedantes. El colono cayó inconsciente hacia delante, sobre la mesa, que se astilló bajo su peso nada insignificante. Drake le dio la vuelta para asegurarse de que no se había herido al caer. El dardo seguía alojado en su enorme pecho.

—Colonos —susurró Chester haciendo una mueca de disgusto con la boca. Tenía la esperanza de no volver a ver nunca en la vida a ninguno de estos tarados.

—Este hombre no es tu enemigo —dijo Drake, viendo que las manos del muchacho apretaban con fuerza el rifle—. Sólo hace su trabajo.

—Ya..., como aquel cerdo del Calabozo —repuso Chester frunciendo el ceño—, aquel al que llamaban el segundo agente. También él estaba haciendo su trabajo.

Drake se sacó un papel doblado de dentro de la chaqueta, lo agitó para desplegarlo y se lo pasó al chico, que seguía observando al hombre inconsciente.

—Esto es importante. Tienes que concentrarte —le ordenó—. Observa este dibujo.

—¿Qué es? —preguntó Chester, aflojando las manos que aferraban el rifle y centrando su atención en el dibujo lineal. Mostraba un panel con cinco grandes indicadores y una serie de tubos por debajo.

—Esto mide la presión del aire que entra en la caverna. —Drake se volvió hacia la pared de los tubos—. Empezaremos cada uno por un lado e iremos hacia el centro hasta que lo encontremos —dijo.

Sólo pasaron unos minutos hasta que Chester lo localizó. Entonces llamó a Drake.

—Bueno, aquí está. Bien, quítate la mochila y pósala aquí —dijo señalando el suelo próximo al panel. Entonces abrió la mochila y, con extremo cuidado, levantó un par de objetos recubiertos con fundas de una tela muy gruesa.

—¿Son bombonas de gas? —preguntó Chester.

Drake asintió mientras enroscaba unos tubos de plástico transparente en las válvulas de la parte superior de las bombonas, que tenían unos treinta centímetros de altura. Colocó las bombonas bajo el panel y se paró, pensando en algo.

—Deberías quedarte con esto..., sólo por si acaso —dijo sacándose del cinturón un par de pequeños tubos de color verde caqui y entregándoselos.

Chester examinó lo que ponía en un lado de los tubos, pero no comprendió lo que quería decir.

—Atro... atrop...

—Son inyecciones de atropina. Si algo va mal y quedas expuesto a lo que hay dentro de las bombonas, tienes que quitarle el protector a una de esas agujas de uso militar y clavártela en el muslo. Te daré una dosis de compuesto de atropina para contener los efectos del gas nervioso.

—¿Gas nervioso...? —preguntó Chester, observando las bombonas con inquietud—. ¿He estado llevando gas nervioso a la espalda?

—Sí, y además sometido a una presión monstruosa —respondió Drake, viendo la expresión de horror del chico—. Pero lo que iba en la otra mochila que llevaste a la Ciudad Eterna es mucho peor: explosivo plástico suficiente para vaporizar cada molécula de tu cuerpo. Si hubiera estallado, no habría quedado nada de ti que pudiera enterrarse —añadió con una sonrisa sardónica.

Chester negaba con la cabeza mientras Drake cogía una caja de la mochila y abría la tapa. El muchacho vio que contenía abrazaderas. Drake se agachó, se metió bajo el panel y comenzó a poner las abrazaderas en los tubos de latón, atornillando cada una de ellas para fijarla en su sitio.

—Ahora voy a cortar los tubos de aire. Echa un vistazo a la puerta por si se le ocurre aparecer a alguien —dijo Drake con voz apagada mientras trabajaba bajo el panel.

Le llevó varios minutos colocar las abrazaderas y asegurarse de que estaban bien puestas, y entonces encajó en ellas los tubos transparentes de las dos bombonas.

—Hay que volver a ponerse las máscaras de gas, Chester —dijo al salir de debajo del panel—. Y no nos las podemos quitar por nada del mundo.

En cuanto se pusieron las máscaras, abrieron las válvulas de las bombonas del gas nervioso. Al hacerlo, empezó a sonar un pequeño silbido, pero nada más, mientras proseguía el golpeteo de la maquinaria de la galería.

—¿Ya está? —preguntó Chester, aguardando.

—Sí, ya está —confirmó Drake—. He conectado el gas nervioso directamente al aire que va a la Caverna Meridional. Circulará por todas partes, salvo por la Fortaleza de los styx y el Cuartel, que tienen suministro aparte. Bastará con unas millonésimas de esta cosa en la atmósfera. Y no huele, así que nadie sabrá que está ahí.

—Pero ¿qué les va a ocurrir a los colonos? —preguntó Chester—. ¿Producirá daños?

—No, nada serio, salvo náuseas y vómitos en algunos casos. Dentro de menos de media hora, los colonos se estarán despertando con síntomas de fiebre, los ojos muy llorosos y con moquillo, y les durará el resto del día. Lo principal es que no podrán ver gran cosa, y desde luego no se encontrarán en condiciones para detener a un par de Seres de la Superficie que entran en su territorio. —Drake comprobó su pistola—: No obstante, si nos tropezamos con alguien, siempre podemos utilizar nuestros rifles y pistolas con dardos sedantes —le dijo a Chester—. No hemos venido a hacer daño a los colonos. —Se echó la mochila a la espalda—. ¡Vamos, amigo Chester, empieza la diversión!

—¿Qué demonios haces por aquí tan tarde? —le preguntó el guardia de la garita poniéndose en pie. Miró al segundo agente frunciendo el ceño y después vio a *Colly*, que iba a su lado—. Ah, ya lo entiendo. Sacaste a tu cazadora a dar un paseo y te alejaste demasiado de casa... ¡Te has perdido!

Se movieron los anchos hombros del guardia, pero sus carcajadas no produjeron apenas ningún sonido. La idea de que alguien que había pasado toda su vida en aquellas cavernas subterráneas se pudiera perder le parecía muy divertida, aunque también había cierta preocupación en sus ojos al mirar al segundo agente.

—Llevo un buen rato caminando, eso es verdad —admitió el segundo agente, rascándose la barba blanca de varios días. Apartó los ojos del guardia como si le diera vergüenza lo que iba a decir—: Amigo, quiero pedirte un favor —comenzó en voz baja.

—¿De qué se trata?

El segundo agente levantó la cabeza para mirar hacia el otro lado de la cancela, donde estaban los Laboratorios, un par de edificios rectangulares casi idénticos conectados por una pasarela. Ambos tenían un par de pisos y estaban construidos en granito gris de aspecto sucio. La principal diferencia entre ellos era que detrás del edificio que había a mano derecha, conocido como el Bloque Sur, salía un largo conducto de chimenea de ladrillo rojo que subía por la pared de la caverna. Por la manera en que sobresalía arrogantemente de la lisa pared recordaba una vena hinchada.

Se contaba que por allí subían hasta la Superficie los humos de un incinerador que había en el sótano. Un incinerador donde los científicos quemaban el resultado de los experimentos fracasados. Y a personas. Y, según los rumores que corrían por la Colonia, a veces también una combinación de ambas cosas.

Sin embargo, los rumores no eran completamente descabellados, puesto que en el Bloque Sur era donde los científicos practicaban la eugenesia y la manipulación genética, en concreto el diseño de styx y la modificación de su genoma para la mejora de la raza.

—Necesito que me dejes pasar —se atrevió a decir el segundo agente, mirando por fin al guardia a los ojos—. Tengo que entrar en el Bloque Norte.

El guardia lanzó un resoplido.

—¿Dejarte pasar? ¿Dejarte pasar? ¿Y por qué tendría que jugarme el puesto de trabajo, y la vida, para dejarte pasar? —preguntó.

—Pues porque tengo esto. —El segundo agente se desabotonó un bolsillo de la guerrera y sacó su tarjeta del cuerpo de policía—. Por lo que a ti respecta, estoy aquí de servicio, y si hay problemas, la culpa será mía.

—Bueno, en tal caso, supongo que sí que puedo hacerlo... —sopesó el guardia, antes de mover la cabeza en señal de negación—. Mira, no pienses que te estoy juzgando, pero sé por qué quieres entrar. Vi que metían a esa mujer de la Superficie. —Salió de la garita y se acercó al segundo agente—. Pero déjame decirte algo. —Le puso la mano en el brazo a su amigo—. Maeve y yo estuvimos hablando de ti este fin de semana. Ya sé que en tu trabajo has visto y oído mucho de lo que pasa, igual que lo he hecho yo en esta enorme carnicería. Pero no puedes dejar que eso te desborde. Todavía estás a tiempo de encontrar una mujer, una mujer agradable de *debajo de la hierba*, y asentarte, y tener hijos. Eso es lo que tú necesitas, algo bueno que compense tantas cosas malas. No deberías desperdiciar tu vida de ese modo, compadeciéndote de las causas perdidas y de mujeres de la Superficie medio muertas.

El segundo agente dio unos golpecitos en la mano de su amigo antes de retirar el brazo.

—Gracias. —Entonces se metió en el bolsillo la tarjeta del cuerpo de policía—. Si alguien pregunta, dile solamente que he venido para recoger la ropa de mi hermana. —Lanzó una mirada a *Colly*—. Y tal vez debería dejarte aquí a este viejo gato con botas.

El guardia esbozó una leve sonrisa.

—Mejor será. Es tarde y en este momento no hay nadie en el Bloque Norte, pero si lo hubiera y se encontrara con una cazadora por ahí suelta, seguramente la echaría a la mesa y la cortaría en trozos sólo para reírse. A eso es a lo que se dedican aquí.

Dio la impresión de que el segundo agente no se sentía bien al oír aquello.

—¿Estás bien? —le preguntó el guardia.

—Se me pasará con el tiempo... tal vez —respondió el segundo agente dirigiéndose hacia el siniestro edificio.

Una vez dentro, subió por la escalera que llevaba al segundo piso. Ya había estado muchas veces en el Bloque Norte, cada vez que le asignaban la tarea de llevar allí a Seres de la Superficie, la mayor parte de los cuales habían sido secuestrados por los styx. Como norma, se les dejaba en el Calabozo durante unas semanas, mientras perdían fuerzas y se les aplicaba la Luz Oscura, para conseguir que estuvieran más «dispuestos» (como decían los styx) a prestar sus habilidades en beneficio de la Colonia. A menudo se encontraba transportando científicos de la Superficie, porque ésa era la gente que disponía de los recursos que los styx querían explotar, pero el viaje era casi siempre sólo de ida, pues muy raramente regresaban después a la Superficie, si es que eso ocurría alguna vez.

Recorrió el ancho pasillo, mirando por las ventanillas de las puertas que había a cada lado. No parecía haber nadie en las salas de la derecha, donde normalmente encerraban a los Seres de la Superficie secuestrados para obligarles a trabajar en proyectos styx. Durante los últimos seis meses, desde el incidente en que habían escapado de la cárcel el hijo de la señora Burrows y su hermano menor, los styx habían cerrado los accesos y no había tanto ir y venir entre la Colonia y la Superficie. Aunque él apenas se había dado cuenta, realmente.

Entonces llegó a las salas donde pensaba que podrían haber llevado a la señora Burrows, las salas de operaciones que había al final del todo. Y, efectivamente, al levantar el pomo de la puerta y entrar en la primera de todas, la vio allí tendida, en la mesa, en medio de la sala. Al acercarse a ella, sus botas resonaban en el suelo de baldosas blancas.

Tenía una gran variedad de tubos metidos en los brazos. El segundo agente contuvo un grito al descubrir que le habían rapado el pelo y que le habían pintado en el cuero cabelludo unas líneas de puntos negros que señalaban por dónde iban a seccionar el cráneo.

—Lo siento —susurró tocándole la cara.

No podía hacer absolutamente nada por aquella mujer que había conocido durante tan poco tiempo y que le había causado tan fuerte impresión.

30

Con la ventaja del descenso, Chester y Drake fueron corriendo hasta donde se nivelaba el suelo y empezaban los edificios. No hicieron ningún esfuerzo para ocultarse al recorrer las calles desiertas, todas ellas abarrotadas de casas. Chester nunca había pensado que la Colonia funcionara con tiempos distintos a los de Londres. Según sus cálculos, en la Superficie debían de ser las siete o las ocho, pero aparentemente en la Caverna Meridional todo seguía inmerso en la calma de la madrugada.

Contempló una fila de extrañas farolas: consistían en un mástil de hierro coronado por una esfera luminosa del tamaño de un balón de fútbol, sujeta con garras de metal.

—¿Sabes, Drake...? En el Barrio vi esas luces y algunos de los edificios, pero en realidad no había visto la Colonia hasta ahora —intentó explicar mientras corrían—. Me pusieron una capucha... para llevarme... a la Estación de los Mineros —dijo resoplando.

—Conmigo no se preocuparon de vendarme los ojos —repuso Drake—. Tal vez porque en cuanto me sacaron todo lo que querían, yo era ya hombre muerto.

Chester se fijó en aquel momento, mientras seguían corriendo los dos, en las filas de casas de piedra. Eran todas bastante sencillas, pero bien construidas. Le recordaban a las que había en los barrios viejos de Londres, al igual que éstas, daba la sensación de que cada superficie, incluso cada ladrillo o cada piedra, habían sido cuidadosamente trabajados para resistir los estragos del tiempo. Y aún más: aquellas casas habían sido cuidadas, reparadas y limpiadas siglo tras siglo, mientras las distintas generaciones de gente pasaban su vida en ellas. Gente que nunca había experimentado el calor del sol.

—Esto es como un sueño extraño —le dijo a Drake. Justo entonces, un hombre que empujaba una carretilla de dos ruedas giró la esquina y se metió en la calle, justo por delante de ellos. Llevaba una gorra de lana con visera y una de esas chaquetas impermeables que vestían los colonos. No vio de inmediato a Chester ni a Drake, porque llevaba la cabeza gacha y lanzaba potentes estornudos.

—El gas nervioso. Ya le está irritando las membranas nasales —observó Drake.

El hombre levantó la mirada, secándose los ojos. Evidentemente, había logrado aclararse la vista lo suficiente para ver que caminaban hacia él dos hombres, ambos con máscara de gas y bien armados. Se quedó boquiabierto, y parecía a punto de gritar cuando Drake le disparó un dardo sedante. Sin pararse siquiera a comprobar su estado, siguieron andando.

—Esto mola —dijo Chester. Con la ayuda que suponía que las mochilas, libres ya del peso de las bombonas de gas, fueran tan ligeras, y recobrando sus energías, le resultaba más fácil mantener el ritmo que llevaba Drake—. Esto es como un videojuego. ¿Me dejas encargarme del siguiente? ¿Por favor? —imploró.

—Claro. Elimínalos tú mismo —accedió Drake.

No tuvo que esperar mucho. Dos hombres con sombrero hongo y delantal azul oscuro salieron de un túnel delante de ellos. Iban frotándose los ojos y dando traspiés.

Y no tuvieron ni idea de qué era lo que les impactaba

cuando Chester les disparó un dardo a cada uno en rápida sucesión.

—Buen trabajo —elogió Drake.

El chico se rió para sí, viendo caer a los colonos uno contra el otro para formar sobre la acera un montón de miembros desordenados.

—Si seguimos así, voy a tener la puntuación máxima —anunció, haciendo dar vueltas en la mano a la pistola como en las películas de vaqueros—. Todos eliminados.

—A veces, estas jóvenes generaciones me preocupan —rezongó Drake en voz baja.

Entraron en el dormitorio a hurtadillas y, pisando con cuidado sobre la gruesa alfombra, se quedaron de pie al lado de la cama. Estaba oscuro, las ventanas permanecían cerradas para no dejar pasar la sempiterna luz del sol. En la cama de matrimonio dormía una pareja. El hombre roncaba suavemente.

Se encendió de repente una luz intensa.

La mujer despertó al instante. Un limitador la agarró y le tapó la boca con la mano para que no pudiera hacer ningún ruido.

—Se ve que tiene la conciencia tranquila... Míralo, duerme como un bebé —susurró Rebecca Uno, observando al Canciller.

—Como un bebé muy malcriado —comentó su hermana, examinando el extravagante mobiliario de la habitación—. Esto parece un palacio.

Rebecca Uno palpó las sábanas de seda que cubrían al corpulento Canciller.

—Ya lo creo. Pero ¿qué es lo que lleva en la cara? ¿Una especie de antifaz? —Lo olfateó—. Huele a fruta..., a mango.

—¡No, no puede ser un antifaz con mascarilla de mango! ¡Nuestro gordo Canciller quiere conservar su belleza juvenil! —dijo Rebecca Dos, intentando no reírse, pero sin conseguirlo.

—Es la hora de un duro despertar —decidió Rebecca Uno. Agarró el antifaz, tiró de él todo lo que daba la goma y entonces lo soltó. El antifaz regresó a su lugar pegándole en los ojos y haciendo ¡plaf!

El Canciller soltó un grito y se incorporó en la cama, muy tieso.

—*Gott im Himmel!* —gritó, quitándose el antifaz y entrecerrando los ojos, pues no podía soportar la intensa luz que le llegaba directamente.

Entonces distinguió al lado de su cama a las gemelas, que miraban con regocijo su pijama de satén color limón con la letra ka bordada en el bolsillo del pecho.

—*Was machen...* ¿Qué estáis haciendo aquí? —Volvió la cabeza hacia su mujer, a la que sujetaba el limitador, y luego se giró de nuevo hacia las gemelas, respirando con dificultad a causa tanto de la ira como del miedo—. ¿Os habéis vuelto locas? ¿Qué hacéis en mi casa? —preguntó—. ¡Cómo os atrevéis!

Rebecca Uno se sentó en la cama, junto a él.

—Hemos decidido que te vamos a ayudar y que tú y tu perdida nación vais a ayudarnos a nosotros. «Cooperación» es el nombre de este juego.

El Canciller se limpió de los ojos un poco de zumo de mango y bramó:

—¡Fuera de mi dormitorio! ¡Y decidle a vuestro soldado que quite las *Hände...* las manos de mi mujer! ¡No pienso ayudaros! ¡Jamás!

—¡Ah, claro que sí! —dijo con tranquilidad Rebecca Dos, haciendo una seña con la mano.

Desde un rincón de la habitación avanzó un limitador que

colocó una caja grande de metal a los pies de la cama. Abrió las presillas y levantó la parte de arriba de la maleta.

—¿Qué es eso? —inquirió el Canciller, observando el aparato de color plomo con indicadores—. ¿Qué estáis haciendo? —preguntó con pánico creciente en la voz, sin dejar de mirar mientras el limitador enderezaba el mástil flexible que salía de la parte de atrás del aparato. Al final del mástil había una pantalla que cobijaba una bombilla de color morado oscuro.

—Se llama Luz Oscura. Es nuestro último modelo, portátil y mucho más potente que sus predecesores —respondió Rebecca Uno con voz débil, como si anunciara un nuevo producto en la teletienda. Entonces su voz se volvió fría como el hielo—: Si te relajas, será más fácil para ti... y obrará maravillas en tu cutis de bebé.

—Pero si intentas resistirte, no lo contarás —intervino Rebecca Dos—. En realidad, no nos haces falta. Si no te matamos, es porque nos haces gracia.

—¡Sea lo que sea, no vais a utilizar eso conmigo! —gritó el Canciller, deslizándose en las brillantes sábanas para poder apoyarse en el cabecero tapizado en capitoné de satén morado—. ¿Y cómo habéis entrado en mi casa? ¿Cómo supisteis encontrar...?

—Ah, eso ha sido gracias a nuestros mejores amigos, el capitán Franz y sus hombres —dijo Rebecca Dos. Chasqueó los dedos y entraron en la habitación él y otros tres soldados de Nueva Germania—. De hecho, ya tenemos de nuestro lado a uno de tus regimientos; el resto de tu ejército no tardará en apoyarnos.

—*Was machen Sie da?* —gritó el Canciller al capitán Franz.

El joven soldado permaneció en silencio, como sometido a Rebecca Dos.

—El capitán Franz ya no está a tus órdenes —dijo Rebecca Dos—. Él ya ha visto la luz.

Tardaron muy poco en ver los Laboratorios, y cuando lo hicieron, Drake hizo parar a Chester al otro lado de la carretera que salía de los dos edificios mientras examinaba la zona. El muchacho seguía sin saber qué hacían allí (Drake se había negado a contarle nada por si acaso los capturaban los styx), aunque la mochila cargada de explosivos le proporcionaba una pista importante.

—El guardia nocturno sigue en su puesto —susurró Drake, señalando al colono que merodeaba alrededor de su garita. El gas nervioso había empezado a hacerle efecto y el hombre tosía y resoplaba; sin embargo seguía decidido a terminarse su puro, como si el humo del tabaco fuera a aliviarle los síntomas.

—Eso no es normal; aunque está de guardia, tiene una cazadora con él —dijo Drake, observando que el tipo se acercaba a *Colly* y le acariciaba la cabeza.

—Se parece un montón a *Bartleby* —susurró Chester en respuesta.

Entonces el guardia se sacó un pañuelo para secarse los ojos, antes de volverse para echar un vistazo al Bloque Norte.

—Nosotros a lo nuestro —declaró Drake saliendo al descubierto, seguido de cerca por Chester—. Dispárale.

El guardia sólo los vio en el último instante. Escupió el puro de la boca y levantó la mano, alarmado. Se mostró completamente desconcertado al ver aparecer ante él aquellas dos siluetas extrañamente vestidas y armadas con rifle y pistola.

Tal vez Chester hubiera querido lucirse, o tal vez fuera que había apuntado mal, pero el caso es que el dardo dio en el centro de la palma de la mano que el hombre había levantado. Cayó al suelo como un árbol talado.

—Deja de fardar —le previno Drake—. Apunta al tronco, de ese modo será más difícil que yerres el tiro.

—Vale, lo siento —accedió Chester al tiempo que detenían un poco la marcha delante de *Colly*, que no se había movido de donde estaba sentada. Ladeó la cabeza, observándolos con curiosidad.

—Lindo gatito —dijo Chester.

—Guarda las distancias, estos animales son imprevisibles, y quizás acabas de disparar a su dueño —le advirtió Drake.

También *Colly* parecía afectada por el gas, e intentaba frotarse sus enormes ojos con las patas, mientras se le formaban burbujas de mocos en el hocico. Evitándola, Chester observó:

—Es más pequeño que *Bartleby*. Y más bonito.

—Es porque es hembra —dijo Drake.

—¿Hembra? ¿Cómo lo sabes? —preguntó el chico, mirando hacia atrás a *Colly*, mientras se acercaban a la escalera del Bloque Norte.

—Chester —respondió Drake un poco exasperado—, los cazadores no tienen pelo, se les ve todo. ¿De verdad no has notado que le falta algo, algo que tiene *Bartleby*?

—Eh, no... La verdad es que no —farfulló Chester con algo de vergüenza, mientras entraban en el edificio y giraban a la izquierda.

Pasaron velozmente por un pasillo y atravesaron un par de puertas de vaivén. Se encontraron en una enorme sala que tenía las paredes alicatadas con azulejo blanco y un suelo de linóleo tan encerado que parecía de cristal oscuro. La sala estaba muy iluminada, no por las acostumbradas esferas luminosas, sino por una versión alargada de ellas, semejante a tubos fluorescentes, que estaban colocadas por el techo en varias filas. En uno de los lados había unos cubículos con el frente de cristal, cada uno de ellos lo bastante grande para alojar un banco, un par de sillas y estantes con tubos de ensayo y placas de Petri.

—Gabinetes de aislamiento —explicó Drake al ver hacia dónde miraba Chester—. Se pueden ver los aparatos de extracción de aire que hay encima... Ahí es donde manejan los agentes infecciosos y preparan cultivos. Y ésos son los frigoríficos en los que guardan todos sus especímenes —añadió volviéndose hacia la pared del fondo. Había tres puertas de acero muy fuertes, alrededor de las cuales surgía un leve vaho.

—Entonces, ¿qué pasa en este sitio? —preguntó Chester.

—Es el principal laboratorio patológico. Hay otro más pequeño en el piso de arriba, pero aquí es donde modifican los virus y las bacterias para desarrollar agentes patógenos que sirvan como armas, como el Dominion.

Drake se había despojado de su mochila y la había colocado sobre un banco. De su interior extrajo una serie de paquetes del tamaño de una guía de teléfonos. Estaban completamente envueltos en cinta negra y cada uno tenía un pequeño teclado en el que empezó a introducir una serie de dígitos.

—Estoy poniendo el temporizador de los explosivos —le informó a Chester. Cuando terminó con el último, cogió tres de ellos y se dirigió al frigorífico más cercano. Al abrir la puerta se vio envuelto en una nube de vapor helado, pero colocó el explosivo en el suelo cubierto de escarcha. Entonces cerró la puerta, y estaba a punto de dirigirse al siguiente cuando se detuvo un instante—. Chester, haz algo útil, ¿quieres? Pon uno de ésos en cada esquina de la sala.

Cuando estuvieron colocados todos los explosivos, ambos regresaron a la entrada principal.

—Vale, tenemos unos veinte minutos antes de que este lugar quede convertido en grava. Vigila por si viene alguien mientras distribuyo por aquí algunos explosivos. —Drake echó un vistazo a otro par de puertas, que llevaban al lado opuesto del edificio—. Después haremos un rápido reco-

nocimiento por el piso de arriba y todo habrá terminado
—dijo—. ¡Habrá que largarse!

—Genial —respondió Chester.

El segundo agente había cogido un taburete y se había sentado al lado de la señora Burrows. No sabiendo qué más hacer,
y consciente de que realmente no podía hacer nada más,
había juntado las manos y había empezado a rezar. El *Libro
de las catástrofes,* que versaba principalmente sobre el castigo
y la venganza, no ofrecía mucha inspiración en lo referente a
la compasión. Sin embargo, como la mayoría de los colonos,
el segundo agente se sabía casi todo el libro de memoria y
pudo arañar algún pasaje que farfulló con la esperanza de
que sirviera para algo. Pero por mucho que lo intentara, no
podía dejar de derramar lágrimas pensando en la gran injus-
ticia de la situación de la señora Burrows.

Después de un rato, empezó a toser y los ojos se le enroje-
cieron e hincharon. Sabía que eso no se debía a su angustia,
así que supuso que la causa sería alguno de los productos
químicos utilizados por los científicos. Sin embargo, decidió
quedarse allí un poco más. Y siguió rezando.

Cuando terminaron de subir la escalera, Drake se fue hacia
la izquierda.

—Miraré aquí. Tú ocúpate del otro lado. —Empezó a
andar, pero dudó—. Ah, Chester, y si resulta que te tro-
piezas con algún tipo con pinta de empollón y bata roja,
puedes emplear munición de verdad. Seguro que es un
científico.

—¿Sí...? Pero ¿no son colonos también? —preguntó el

chico, dirigiéndole una mirada inquisitiva—. ¿Y cómo es que conoces tan bien la distribución de este edificio?

Pese a que el rostro de Drake estaba prácticamente oculto tras la máscara de gas, Chester vio cerrarse sus ojos de furia.

—Estuviste aquí —comprendió el muchacho, recordando lo que les había contado a Will y a él en las Profundidades—. Los científicos te hicieron trabajar para ellos en este lugar...

Drake permaneció un instante en silencio y entonces asintió con la cabeza.

—Y si te encuentras algún pobre diablo en las salas de la derecha, dímelo. Ahí es donde los styx torturan a los Seres de la Superficie hasta que acceden a trabajar en sus armas de destrucción selectiva. Durante un año entero, todo lo que conocí fue una de esas salas deprimentes.

—Entonces sacaremos de ellas a cualquiera antes de que el edificio vuele por los aires —sugirió Chester.

—Lo has entendido —dijo Drake, y se alejó de allí.

Chester traspasó las puertas de vaivén. Vio que todas las salas a las que se refería Drake estaban abiertas. Sin embargo, echó a cada una de ellas un rápido vistazo para asegurarse completamente de que estaban vacías. Viendo que en ellas sólo había instrumental de laboratorio, continuó por el pasillo. Fue entonces cuando oyó una voz.

Por un instante dudó si ir a buscar a Drake, pero decidió finalmente investigar por sí mismo. Con la pistola de dardos sedantes preparada, se acercó sigilosamente al lugar del que salía la voz. Parecía provenir de cierta sala que se hallaba casi al final del corredor. Abrió ligeramente la pesada puerta de acero para atisbar dentro.

Y lo que vio fue algo muy curioso.

Era una especie de quirófano. En el medio de la sala había una mujer sobre una mesa de observación. Lo primero que pensó Chester es que estaba muerta, pero cambió de opinión al ver la cantidad de bolsas con líquidos que había a su lado, colgando de una percha de hospital. Las bolsas suministraban el líquido a unos tubos que tenía insertados en los brazos.

La escena trajo consigo para Chester recuerdos nada gratos de la visita que le había hecho a su hermana en la unidad de cuidados intensivos después de su accidente de coche. Fue la última vez que la vio. Así que no se demoró mucho en la mujer, sino que pasó su atención al hombre corpulento que permanecía sentado a su lado, sobre un taburete de aluminio. El tipo tenía los codos apoyados en la mesa y la cabeza en las manos. Llevaba puesto un uniforme azul oscuro y, por algún motivo, a Chester le resultó vagamente familiar.

El hombre, que evidentemente era un colono y no un styx, se frotaba los ojos sin parar. Al observarlo más detenidamente, el chico vio que le temblaban los hombros. No sabía si sería debido al gas nervioso o si estaría alterado y llorando. Ciertamente, parecía estar profiriendo leves sollozos, interrumpidos de vez en cuando al sorberse o al emitir algún gruñido ininteligible.

Oyó que el hombre volvía a hablar. No sabía qué era lo que decía exactamente, pero sonaba como si estuviera recitando algún pasaje de la Biblia. Como si estuviera rezando.

Chester tensó la mano en la pistola de dardos. Por la descripción de Drake, aquél no era un científico, así que ni él ni la persona que estaba sobre la mesa merecían perecer en la explosión.

Sin dejar de apuntar al hombre, abrió más la puerta y entró con sigilo en la sala. El hombre debió de oírle, pues se giró un poco para mirar. Tenía la cara enrojecida y ciertamente parecía que hubiera estado llorando.

Y en aquel instante, Chester lo reconoció.

—¿Usted...? —dijo casi sin voz.

El segundo agente se puso en pie de inmediato y el taburete cayó al suelo detrás de él.

—¡Tú! —le gritó él a Chester—. ¡Conozco esa maldita voz!

Se lanzó contra el muchacho, que logró disparar, pero, debido a la sorpresa del encuentro, falló completamente: el dardo rompió el cristal de un armario de acero que había detrás del segundo agente, que se movía con toda la animosidad de un toro que embiste.

Chester no tuvo oportunidad de disparar por segunda vez, pues fue derribado al suelo y la pistola salió despedida de su mano. El segundo agente cayó encima de él con tal fuerza que pensó que le iba a partir la caja torácica.

Los dos se retorcieron en el suelo, el segundo agente intentando aferrar la garganta de Chester, y en el forcejeo le desprendió la máscara de gas. Por primera vez el chico supo cómo era inhalar gas nervioso.

—¡Le voy a matar, hijo de... achís! —farfulló Chester al tiempo que estornudaba. Y realmente deseaba matarlo. Con la mole del segundo agente encima, no podía alcanzar sus rifles ni su pistola, pero sí el cuchillo. Logró sacarlo de la vaina que colgaba del cinto. No tenía ningún reparo en herir al hombre que había sido cómplice, según creía él, de aquella horrible experiencia vivida durante los meses pasados en el Calabozo.

Chester colocó el cuchillo en una posición en que pudiera clavárselo al segundo agente entre las costillas, y ambos estaban gritando, insultándose y forcejeando uno con el otro, cuando cortó el aire una voz de mujer:

—¡Parad! ¡Parad los dos! —ordenó la señora Burrows, sentándose en la mesa.

Drake había oído algo de lo ocurrido y corría todo lo rápido que podían llevarlo las piernas. Pasó la escalera del centro, y acababa de entrar en la parte del edificio en que estaba Chester cuando vio que alguien hacía girar la barra de una gran puerta de acero inoxidable para dejarla cerrada.

Entonces apareció en medio del pasillo la última persona que esperaba encontrarse.

—¿Eddie? —dijo Drake, y las zapatillas de deporte le chirriaron antes de conseguir detenerse en el suelo encerado.

Con total tranquilidad, el styx se colocó delante de Drake. Aún vestido con su traje Noddy, Eddie tenía un rifle styx colgado al hombro, pero no llevaba más armas; tenía las manos vacías. Drake se dio cuenta de que tampoco llevaba máscara, pese a lo cual no parecía afectado por el gas nervioso.

Y tal vez fuera que Drake no podía dar crédito a sus ojos, pero se arrancó la suya al tiempo que sacaba la pistola para apuntarle. No era la pistola de dardos, sino una Beretta, cargada con munición de verdad.

—Yo no haría eso si fuera tú —dijo Eddie, viendo que Drake se desprendía la máscara.

—¿El gas...? —preguntó Drake—. ¿Por qué tú no...?

—No eres el único que tiene acceso a la atropina —le interrumpió Eddie.

—Pero..., pero ¿qué estás haciendo aquí? —preguntó Drake.

—Pensé en venir a ver qué tal te iba —respondió Eddie con toda tranquilidad—. Ya sé que crees que está justificado dar por terminada nuestra alianza por lo que le ocurrió a Fiona, pero esta vez has conseguido que me enfade de verdad. Y no soy de los que ponen la otra mejilla.

A Drake empezaban a escocerle los ojos a causa del gas nervioso.

—Pareces muy confiado —dijo— para tener un arma apuntándote. —Sin bajar la pistola, Drake buscó a tientas en el bolsillo una jeringuilla de atropina. Le quitó la protección con el pulgar antes de clavársela en el muslo—. Y está claro que tomaste algo para anular el efecto de mi sedante, por si acaso te disparaba un dardo.

Eddie asintió con la cabeza.

Drake parpadeó para contener las lágrimas, sintiendo ya que la atropina contrarrestaba los primeros síntomas del gas nervioso.

—Pero no te levantarás si te disparo con balas de verdad —dijo.

Eddie negó con la cabeza.

—Tú no harás eso.

Drake apretó un poco el gatillo.

—¿De verdad? Estás en mi camino y no tenemos mucho tiempo antes de que el primer piso de este edificio vuele por los aires, bajo nuestros pies. No pretendo quedarme aquí hasta que eso suceda.

Chester y el segundo agente dejaron de pelear al instante.

—¿Señora Bu...? —preguntó Chester, mirando con los ojos como platos a la mujer calva que se estaba quitando los tubos de los brazos y después movía las piernas para quedar sentada en el borde de la mesa—. ¿De verdad es usted, señora Burrows?

—¿Celia? —dijo casi sin voz el segundo agente, sin soltar las manos del cuello de Chester—. ¿Puedes hablar y moverte...? ¿Vuelves a estar bien? ¿Qué ha ocurrido? Es un milagro... ¡El *Libro de las catástrofes* ha funcionado, Dios mío!

La señora Burrows parecía completamente tranquila y como de otro mundo al envolverse el cuerpo con la sábana gris.

—Tal vez sea un milagro, pero tu *Libro de las catástrofes* no ha tenido nada que ver —dijo ella—. La verdad es que me recobré hace algún tiempo, gracias a la manera en que me has cuidado... Eres tú él que me ha devuelto la vida.

—¿Te has recuperado... de verdad? —balbuceó el segundo agente, completamente confuso.

—Sí. Y sabía que se me agotaba el tiempo cuando me trajeron aquí. Estaba a punto de intentar escapar cuando apareciste tú. —Se quedó callada de pronto, echando atrás la cabeza para olfatear el aire—. Hay un styx —anunció.

—¿Qué quiere decir? —preguntó Chester, volviendo raudo la cabeza hacia la puerta—. ¿Dónde?

—Está muy cerca, pero no puedo decir dónde exactamente, porque hay algo en el aire que entorpece mis sentidos. —Se volvió hacia el muchacho, pero sus ojos no lo miraban cuando lentamente se pasó una mano por delante de la cara, como si viera algo que Chester y el segundo agente no podían ver—. ¿Sabéis qué es? No estaba aquí hace unas horas.

El chico echó una mirada al segundo agente, sin saber si debía hablar delante de él, pero decidió que no importaba ya mucho.

—Es gas nervioso; lo hemos metido en el sistema de ventilación de la Colonia.

—Si yo lo permitiera, ese gas vuestro estaría haciendo estragos ahora mismo en mis ojos y fosas nasales —dijo la señora Burrows.

—¿Si lo permitieras...? —bramó el segundo agente al comprender las implicaciones de lo que acababa de decir Chester.

—Y todo este edificio va a volar por los aires —le dijo Chester con deleite al segundo agente—. Así que será mejor que salgamos lo más aprisa que podamos, si no queremos convertirnos en humo.

El segundo agente seguía encima cuando empezó a resoplar de rabia. De repente Chester comprendió lo mucho que pesaba el colono.

—¡Levanta de aquí, bola de grasa! —le soltó.

Sin decir una palabra, el segundo agente se giró para dejarlo salir. Al hacerlo, vio el cuchillo en la mano de Chester.

—No pensabas usar eso contra mí, ¿eh, mocoso?

—Mejor será que... —respondió Chester, volviendo a enfurecerse.

—El styx está aquí —anunció la señora Burrows.

Ése fue el instante en que la puerta se cerró y Eddie pasó la barra para atrancarla.

—No quisiera tener que herirte, Eddie —dijo Drake—. Pero si intentas detenerme, te derribaré y te dejaré aquí para que mueras.

El styx descruzó los brazos al ver que Drake tensaba el dedo en el gatillo.

Dijo algo en voz muy baja.

—¿Qué ha sido eso? —preguntó Drake, avanzando un paso hacia él.

De manera muy clara esta vez, Eddie pronunció unas palabras en lengua styx.

Drake se quedó completamente rígido, como si le hubiera dado un espasmo. Al hacerlo, la pistola se le disparó, pero Eddie ya estaba preparado para eso y se había echado ágilmente a un lado para evitar la bala.

Tieso como una tabla y balanceándose ligeramente sin moverse del sitio, Drake empezó a caerse hacia delante. Eddie se dio prisa para cogerlo.

—Todavía me oyes, ¿no? Y entiendes por qué te has quedado paralizado, ¿verdad? —preguntó Eddie—. Te preparé unas sesiones de Luz Oscura de mi propia cosecha, cuando aún eras nuestro invitado aquí. Implanté en ti ciertos patrones de comportamiento que pensé que algún día podrían resultar útiles.

Eddie le abrió los dedos que aferraban la pistola, se la quitó de la mano y la tiró al suelo del pasillo. Entonces hizo que se sentara en el suelo. La cabeza de Drake cayó hacia delante y quedó con la barbilla descansando en el pecho, aunque sus ojos seguían abiertos.

—Ya ves que trabajo a largo plazo. Ahora que ya no importa, te puedo decir que yo fui el responsable de la prematura muerte de Tam Macauley y del padre de Sarah Jerome. Reconocí en los hermanos la propensión a causar problemas. Quería que ellos y el resto de las liebres que yo había echado a correr se convirtieran en rebeldes y agitaran a la población de la Colonia para sacarla de su letargo. —Asintió para sí—. Ya ves, los styx nos habíamos vuelto muy cómodos y satisfechos en nuestro feudo subterráneo. Necesitábamos algo que nos despertara y nos hiciera mirar de nuevo hacia fuera, hacia la Superficie, y hacer lo que el *Libro* decreta que es nuestro deber.

Aporrearon la puerta, y Eddie miró con indiferencia a Chester y al segundo agente, que se empujaban el uno al otro tratando de ver algo a través de la ventanilla de la puerta. A continuación, el styx simplemente apartó la mirada de ellos y se encogió de hombros ante Drake.

—Aunque mi trabajo puede haber servido para algo, soy el primero en admitir que me equivoqué al juzgar cómo se desarrollarían los acontecimientos. Tal vez haya servido para impulsar a la acción a la principal familia styx, pero al mismo tiempo los han vuelto extremistas, y ése no es el camino que deberíamos seguir. —Lanzó un suspiro—. Me equivoqué.

Dio unos pasos, como si estuviera a punto de marcharse, pero entonces Eddie se dio cuenta de algo y se detuvo. Sin mirar a Drake, le puso una mano encima de la cabeza.

—Pero en cuanto esa familia insensata, esas gemelas Rebecca, como vosotros las llamáis, y su abuelo, el anciano styx, hayan quedado como los idiotas que son, una vez que hayan sido derrotados por gente como tú y Will Burrows, que no es más que un niño, entonces perderán el poder que tienen firmemente agarrado y yo volveré a la Colonia para coger el timón. Tengo paciencia, estoy dispuesto a esperar ese día. —Se metió las manos en los bolsillos y caminó a grandes zancadas hacia la escalera—. El tiempo que haga falta, Drake.

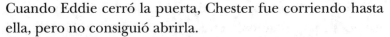

Cuando Eddie cerró la puerta, Chester fue corriendo hasta ella, pero no consiguió abrirla.

—¡Estamos encerrados! ¿Dónde está Drake? —Intentó utilizar el laringófono para hablar con él, pero la transmisión había quedado dañada en la lucha y no funcionaba—. Todo este lugar va a volar por los aires en unos mi... —Pero no terminó la frase, pues se interrumpió al ver algo por la ventanilla de la puerta—. ¡Qué...! —exclamó antes de secarse los empapados ojos para volver a mirar. Vio a Eddie en el pasillo y a Drake que se le acercaba con una pistola—. ¡No! ¡Es él de nuevo! —gritó Chester—. Señora Burrows, tiene usted razón: hay un styx.

Tras quitarse la guerrera y ponérsela sobre los hombros a la señora Burrows, el segundo agente fue donde estaba el chico. Vio a Eddie al otro lado de la puerta y empezó a golpearla para llamar su atención.

—¡Ja! No siempre te puedes salir con la tuya —le dijo a Chester—. El styx se encargará de ti y de tu amigo y a mí me sacará de aquí.

—De eso nada —repuso Chester, apartando al segundo agente con el codo para echar otro vistazo a Eddie—. Ése era nuestro styx. Ya no está de vuestro lado.

—O sea que está en el vuestro —dijo el segundo agente,

sorprendido. Chester negó con la cabeza—. Bueno, entonces, ¿de qué lado está? —preguntó el segundo agente, con la confusión plasmada en el rostro.

—La verdad es que no lo sé —admitió el chico.

No podían oír lo que hablaban Drake y Eddie, pero Chester tragó saliva al ver que su amigo se quedaba como una estatua y que la pistola se le disparaba sin querer. Y volvió a tragar cuando Eddie se fue hacia él, le arrancó el arma de la mano y después le hizo agacharse y quedarse donde no lo podían ver a través de la ventanilla.

—Eso es la Luz Oscura... Le han aplicado a Drake la luz oscura —susurró, comprendiendo lo que acababa de ver—. Ahora sí que estamos metidos en un buen problema. ¡No disponemos más que de unos minutos antes de que estallen los explosivos!

—¿Pero...? —dijo el segundo agente, apuntando con el dedo a Eddie.

—¿Por qué no me escucha usted? Le digo que ese styx no va a querer ayudarnos. No después de lo que le hicimos —dijo Chester—. ¡Estamos en un buen apuro!

—Entonces tendremos que pensar en algo —declaró la señora Burrows. Al ponerse en pie, la guerrera del policía le sentaba casi como un abrigo.

Chester y el segundo agente unieron fuerzas, haciendo todo lo posible por derribar la puerta, pero era demasiado fuerte. El chico tosía ya tanto como el segundo agente, y los ojos se le habían irritado de tal manera que apenas veía.

—Podríamos romper esto —sugirió Chester, dando unas palmadas en la ventanilla circular de la puerta. Sabía que era una posibilidad muy remota, puesto que la ventanilla tenía menos de diez centímetros de diámetro y estaba puesta demasiado alta para que luego pudieran alcanzar a través de ella el pomo de la puerta, pero había que intentarlo.

—Quítate de ahí —dijo el segundo agente.

Chester se echó atrás mientras el tipo agarraba el taburete de aluminio y golpeaba con él el cristal de la ventanilla. Pero el taburete se hizo pedazos tras varios intentos y el cristal ni siquiera había quedado rayado.

—A ver qué más hay por aquí —le dijo Chester al segundo agente, escarbando en la mochila en busca de algo que pudieran utilizar para salir de allí—. No tengo explosivos, pero... esto podría valer —dijo agarrando uno de los rifles del suelo—. ¡Agachad la cabeza, voy a usar balas de verdad! —advirtió. Amartilló el arma e intentó apuntar a la ventanilla, pero veía tan mal que tuvo que desistir—. Así no hay manera —rezongó. Entonces recordó las jeringuillas de atropina que le había dado Drake y las sacó rápidamente del bolsillo. Le lanzó una al segundo agente—. Esto le ayudará a ver de nuevo. ¡Úsela así! —le dijo al colono, mientras posaba el rifle y, quitando la protección de la jeringuilla, se la clavaba en el muslo. Se agachó para recoger el rifle y se volvió a poner de pie—. ¡Vaya! Ahora estoy realmente mareado —dijo. Pero después de respirar profundamente varias veces, la cabeza se le despejó lo suficiente para apuntar a la ventanilla y disparar. El ruido atronó en la sala. Aunque el primer disparo hizo poco daño en la ventana, al borde del cristal apareció una pequeña grieta—. ¡Debe de ser cristal blindado o algo así! ¡Maldita sea! —soltó Chester, y a continuación disparó dos veces, una detrás de otra. Por fin, al tercer intento, el cristal se hizo añicos.

El segundo agente se acercó a la puerta inmediatamente y golpeó con una de las patas del taburete para desprender los cristales que quedaban.

—El styx se ha ido —comentó antes de meter la mano por la ventanilla ya sin cristales—. El pomo... No llego, está demasiado abajo —gruñó.

—Déjeme intentarlo, yo soy más delgado —dijo Chester, apartándolo.

Pero tampoco sirvió de nada: incluso metiendo el brazo entero, la mano de Chester se quedaba a veinte centímetros de distancia del pomo, y además hubiera sido necesario agarrar firmemente la barra para abrirla. Mientras el segundo agente registraba los armarios que había en las paredes para ver si encontraba algo que sirviera para alcanzar el pomo, Chester intentaba despertar a Drake, gritando y chillándole, aunque a través de la ventanilla no podía verle más que los pies. Seguía gritando cuando la señora Burrows se presentó a su lado.

—No sé qué le habrá hecho Eddie... Tal vez hasta lo haya matado —dijo Chester, con la voz ronca de pura desesperación.

La señora Burrows aspiró profundamente.

—No, no huelo sangre —dijo.

Chester comprendió entonces lo que le pasaba.

—¡Está usted ciega! ¡Esos cerdos la han dejado ciega! —prorrumpió.

—Dime lo que ves ahí fuera —le apremió ella.

Él se lo estaba explicando cuando regresó el segundo agente con un tubo de goma quirúrgico y se lo entregó a Chester. El chico lo cogió y lo estiró, y a continuación negó con la cabeza.

—Esto no sirve, ¿verdad? —gritó.

—Calma, Chester —le dijo la señora Burrows—. Lo primero que tenemos que hacer es despertar a Drake. ¿Cómo podemos hacerlo?

El segundo agente regresó trastabillando con lo que parecían unos fórceps largos.

—Por poco no van a llegar —dijo Chester, volviéndose otra vez hacia la señora Burrows—. Bueno —empezó, haciendo un esfuerzo por pensar—, a mi padre le aplicaron Luz Oscura y Drake lo recuperó... Le estuvo golpeando y...

—Sí, eso es, hay que utilizar el dolor para hacerlo volver

en sí —le cortó la señora Burrows—. Eso podría funcionar.

—Pero ¿cómo? ¿Le disparo? ¿Le lanzo un dardo sedante? —propuso Chester sin respirar—. ¿Serviría de algo?

La señora Burrows se giró hacia el segundo agente, que seguía repasando los armarios, lanzando al suelo todo lo que contenían.

—¡*Colly*! —dijo. El segundo agente dejó de tirar cosas. Tu cazadora está por ahí cerca, ¿no? —le preguntó.

—Se quedó fuera con mi amigo —respondió—. ¿Cómo sabí...?

La señora Burrows le interrumpió llevándose dos dedos a la boca y lanzó un silbido penetrante a través de la ventanilla.

—Eso no servirá de nada. *Colly* es muy desobediente —rezongó el segundo agente.

Pero al cabo de unos segundos se oyó un maullido a través de la puerta.

—¡*Colly*, buena chica! —dijo la señora Burrows—. Ahora escúchame. ¿Ves ese hombre ahí fuera? Tienes que morderle.

Como la señora Burrows se había adueñado de la ventanilla, Chester no tenía ni idea de lo que sucedía en el pasillo. Pero se oyó otro maullido, que parecía llevar puestos dos signos de interrogación.

—Sí, te estoy diciendo que le muerdas. ¡Hazlo! —le insistió la señora Burrows.

En el pasillo, *Colly* dio varias vueltas en torno a Drake. No iba con su carácter hacerle daño a un ser humano y no le hacía ninguna gracia la orden que acababa de recibir. Pero sabía, por el tono de voz de la señora Burrows, que se trataba de algo de vital importancia. La cazadora se acercó a Drake y le dio un rápido mordisco en el muslo, justo por encima de la rodilla.

La señora Burrows aspiró con fuerza.

—No, tiene que ser más fuerte, ¡muerde con ganas! —le gritó.

—Dios mío, no creo que nos quede mucho —comentó Chester, al darse cuenta de la cantidad de tiempo que había transcurrido—. No lo vamos a conseguir. —Él y el segundo agente se miraron a los ojos. El chico comprendió lo absurdo que resultaba que estuviera trabajando codo con codo con alguien a quien hacía sólo unos minutos había deseado matar. Pero ahora, si no funcionaba la idea de la señora Burrows, los dos iban a morir.

—Vamos, ¡Muérdele! —gritó.

Colly volvió hacia Drake, dando un coletazo de inquietud al bajar el morro. Entonces cerró las mandíbulas en la pantorrilla y apretó con fuerza.

—¡Más fuerte! —chilló la señora Burrows.

Sin soltar la pierna de Drake, *Colly* movió la cabeza hacia los lados, igual que si estuviera despachando una rata.

Drake levantó la cabeza profiriendo un bramido. *Colly* se quedó tan sorprendida con su reacción que empezaron a resbalarle las patas en el suelo encerado al tratar de salir corriendo.

Drake se puso en pie con dificultad.

—¡Chester! —gritó. Vio la puerta cerrada y corrió hacia ella.

Al levantar la barra y abrir la puerta, vio las caras de alegría de la señora Burrows, del segundo agente y de Chester.

Sólo entonces consultó el reloj.

—No hay tiempo para cortesías —dijo—. Tenemos un minuto para salir de aquí.

Sin dudar un instante, el segundo agente agarró a la señora Burrows y se la echó al hombro. Drake le dirigió un gesto afirmativo con la cabeza. Al ver al colono no había sabido qué esperar, pero parecía que el hombre no sería un problema. Entonces vio la mochila de Chester y los rifles en el suelo.

—Coge tus cosas... ¡y no te olvides de la máscara! —le gritó al muchacho.

Entonces corrieron por el pasillo, bajaron la escalera y salieron a la calle. Cuando llegaron a la garita del guardia y el segundo agente vio a su amigo tendido en el suelo, Drake le dijo:

—Yo me llevaré de aquí a Celia. Usted encárguese de él. Pesa demasiado para que yo pueda moverlo.

El segundo agente hizo lo que se le decía. Cuando acababan de cruzar la carretera y se dirigían a la calle más próxima, detonó el primero de los explosivos. No estallaron simultáneamente, sino uno detrás de otro, como un castillo de fuegos artificiales en la noche de Guy Fawkes. El sonido de las explosiones retumbó a su alrededor al tiempo que la repentina onda de aire les hacía tambalearse. Cuando en la caverna resonó el último bombazo, se detuvieron para contemplar el edificio que se desplomaba en una nube de polvo.

El segundo agente había posado a su amigo y en aquel instante se acercaba a Drake como para saldar cuentas con él.

—Para cumplir con mi deber, ahora mismo tendría que arrestarle.

Chester estaba preparado para aquel momento, con la pistola de dardos a la espalda.

—Pero si dejar escapar a dos Seres de la Superficie implica la seguridad de Celia, entonces lo haré —prosiguió el segundo agente.

—¿Por qué no vienes con nosotros? —preguntó la señora Burrows—. Aquí no tienes nada.

—Aquí están mi madre y mi hermana —dijo encogiéndose de hombros—. No podría dejarlas solas. —Levantó los ojos hacia el humo que salía de los restos del edificio—. Simplemente, tengo que pensar en algo convincente que contarles a los styx, para protegerme.

Drake observó con expresión de preocupación las calles que los rodeaban.

—Tenemos que largarnos —dijo—. Tendríamos que habernos ido mucho antes de las explosiones. Los styx ya nos estarán buscando.

—¡Dios mío...! —rezongó Chester.

Pero la señora Burrows no parecía muy preocupada.

—Gracias por salvarme —le dijo al segundo agente, y se inclinó para darle un beso—. Eres un hombre bueno, un hombre verdaderamente bueno.

Él se llevó una mano a la mejilla, donde ella le había dado el beso y Chester habría jurado que estaba enrojeciendo.

Cuando Drake y la señora Burrows comenzaron a andar, el chico se demoró un instante.

—Sí, tal vez no sea usted tan malo... para ser un completo carnicero —le dijo al colono.

—¡Fuera de aquí, Ser de la Superficie! —dijo el segundo agente, fingiendo que le arreaba un cachete al muchacho, y sonriendo—. Y ¿dónde estará esa condenada cazadora? Espero que no quedara herida con la explosión —añadió. Su sonrisa se desvaneció al empezar a buscarla.

La señora Burrows rehusó cualquier ayuda, y no tuvo problemas en mantener el ritmo de los otros cuando corrían por las calles en dirección a las estaciones de ventilación.

Pese a los temores que albergaba Drake con respecto a los styx, no se dejaban ver muchos todavía, y aquellos que patrullaban ya las calles podían ser fácilmente burlados gracias al sentido de la señora Burrows.

—Por ahí no —dijo ella—. Con todo ese gas, no tengo el sentido muy fino, pero yo diría que hay algún styx.

Drake echó un vistazo desde la esquina y se retiró rápidamente. Le hizo a Chester un gesto afirmativo con la cabeza.

—¿Cómo lo haces? —le preguntó a la señora Burrows mientras los tres se volvían inmediatamente por donde habían ido.

—Es obra de las Luces Oscuras. Creo que me renovaron todas las conexiones del cerebro —le dijo, y se echó a reír—. Estaré ciega y no podré volver a ver la tele nunca más, pero de todas maneras no tenía intención de hacerlo.

No hubo tiempo de más conversación, pues accedieron a una calle llena de gente bastante adormecida que pululaba como un rebaño despistado. Chester lo encontraba casi divertido: con los hombres en sus ridículos camisones y gorras de dormir y las mujeres en sus batas floridas, parecía una de esas fiestas de pijama, pero que hubiera salido mal. Era evidente que los habían despertado las múltiples explosiones; hubiera sido imposible no oírlas dentro de los límites de la gigantesca caverna.

Ni una vez tuvieron que emplear sus armas de dardos sedantes. Los colonos estaban tan afectados por el gas nervioso que no suponían ninguna amenaza. Y Drake aprovechó la ocasión para robarle un par de zapatillas a una mujer bastante voluminosa, que se puso a chillar. Sólo cuando, un poco después, se las dio a la señora Burrows, se dio cuenta Chester de que hasta aquel momento había andado descalza.

Se vieron obligados a volver a desviarse cuando la señora Burrows advirtió de nuevo de la presencia de styx. Entonces, antes de que Chester se diera cuenta, se encontraron en el camino que tenía los surcos hechos por el tiempo y pronto pudieron ver el túnel donde se encontraba la pocilga.

—No creí que me alegraría tanto de volver a oler la mierda de los cerdos —comentó el muchacho.

Al entrar en el Laberinto, Drake sacó el iPod para orientarse. La señora Burrows iba agarrada a la mochila de Chester para no desviarse. Pero después de una hora de camino Drake notó que ella iba a rastras. Supuso que le estaría pasando factura la terrible experiencia vivida en la Colonia.

—Deberíamos hacer un descanso —dijo. Se sentaron sobre la arena roja y bebieron agua de sus cantimploras.

—Háblame de Will, dime cómo está mi hijo —pidió de repente la señora Burrows.

Drake miró a Chester, induciéndole a responder.

—Eh.... estaba bien. perfectamente... cuando... se fue. Ya ve, se marchó detrás del doctor Burrows, hacia el interior de la Tierra —explicó el chico, pensando que aquél no era el momento más adecuado para hacerle saber que ambos habían saltado de cabeza por Jean la Fumadora, un abismo colosal, y que no tenía ni idea de si habrían sobrevivido o no a la caída. Chester no se había visto nunca en una situación en que tuviera que informar a alguien de que su marido y su hijo podían haber muerto.

La señora Burrows no pareció satisfecha con la respuesta. Volvió sus ojos ciegos hacia el muchacho y las aletas de la nariz se le ensancharon de manera casi imperceptible.

—No me lo estás contando todo, ¿verdad? —dijo con amabilidad.

—Tal vez deberíamos dejarlo para más adelante —intervino Drake—. Ahora andamos un poco mal de tiempo.

Chester notó que Drake parecía preocupado, y se encogió de hombros ligeramente.

—Podría haber una complicación —dijo Drake finalmente, haciendo una mueca mientras jugaba con su máscara de gas.

Después de todas las emociones, Chester se sentía agotado y sólo quería regresar a la Superficie.

—¿Qué quieres decir? —preguntó, y entonces vio lo que Drake tenía en la mano—. ¡Las máscaras de gas! ¡No tenemos suficientes para atravesar la Ciudad Eterna!

—No, no es eso. Hay una de repuesto en mi mochila —respondió Drake con voz apagada—. Es Eddie. Estaba dispuesto a dejarnos morir a todos allí, y si, como sospecho, ha regresado a la Superf...

—¡El almacén! —prorrumpió Chester, poniéndose en pie de un salto—. ¡Mi padre! Está allí. ¡Si Eddie llega antes...!

—Sí, por eso tenemos que darnos prisa —dijo Drake.

—Si os preocupáis por mí —dijo la señora Burrows—, yo no os retrasaré. He ido despacio porque estaba esperando que alguien nos alcanzara.

Chester y Drake se limitaron a mirarla.

—Ya ha llegado, pero como la asustaste, Drake, te está guardando las distancias —explicó la señora Burrows, volviéndose hacia el lado del túnel que acababan de dejar atrás—. ¡Venga, ya puedes salir! —llamó a la cazadora.

—¿Por qué será que no me sorprende? —dijo Drake lanzando un suspiro, pero sonreía. Chester no sabía de quién hablaban.

—Bueno, ¿cómo iba a dejarla allí, en esa casa con esas dos mujeres horribles? —dijo la señora Burrows, y volvió a gritar—: ¡Ven con nosotros, *Colly*!

La gata salió sigilosamente de la oscuridad. Tenía aspecto de una pantera negra al mirar a Drake con sus ojos cautelosos y ambarinos.

—Lo que nos hacía falta... ¡para cuando volvamos a salir en Westminster! —comentó Drake con una risita.

31

Will y Elliott saltaron juntos otro de aquellos anchos barrancos. Al caer en el otro lado, sus pies resbalaron un trecho en el limo. Elliott dio unos pasos tambaleándose y miró a Will.

—¿Habrá muchos más de éstos? —preguntó, mientras *Bartleby*, decidiendo que era el momento de saltar, se lanzaba desde el otro lado del barranco. Por desgracia, calculó mal el punto de caída y chocó con las piernas de Will, empujándolo hacia delante.

—¡Eh, ten cuidado, bicho! —reprendió al gato, que se acercó con andar desgarbado a la sima para curiosear.

—Bueno, ¿habrá más? —volvió a preguntar Elliott, sin mover apenas los labios, como si los tuviera entumecidos.

Will la miró y se dio cuenta de que estaba agotada. Los efectos del cansancio llegan por rachas: durante la mayor parte del tiempo se siente indiferencia hacia todo lo que le rodea a uno, pero de vez en cuando se entra en una montaña rusa de angustias y desesperaciones, donde hasta la tarea más nimia parece una empresa hercúlea y donde no asoma ni la más leve luz al final del túnel. Sospechó que Elliott se hallaba en aquel preciso instante en uno de aquellos momentos.

—No, éste es el último gran salto que hay que dar. Y menos mal que la gravedad es baja —comentó, intentando parecer lo más optimista posible—. Si no, no sé cómo nos las apañaríamos.

Elliott bostezó.

—Estoy muy cansada —dijo arrastrando las palabras—. Y tengo tanta hambre que me comería una vaca de cueva..., dos vacas de cueva.

—Sí, yo también, pero no hace falta ponerse a cazar. Espera que lleguemos al refugio antiatómico; allí hay camas limpias y blanditas y también montones de comida —dijo Will, a quien el estómago le retumbaba ante la perspectiva de la carne de buey envasada extendida sobre galletas secas, que en aquel momento le parecía un festín enviado desde el cielo.

En menos de un kilómetro llegaron al final de la sima y se metieron por un estrecho túnel que salía de allí. Antes de retorcerse para pasar por entre las ásperas paredes de roca, Will apagó el receptor y se lo guardó en el bolsillo: por aquel túnel era imposible perderse. Pero se le hacía extraño no contar con aquellos repentinos chasquidos para puntuar el lento y cansino ritmo de las botas hollando el suelo. Pasó una hora hasta que Will y Elliott volvieron a hablar.

—Ya falta poco —anunció él.

—Menos mal —respondió ella con un suspiro.

Dándose cuenta de que Elliott aún parecía bastante triste, Will hizo un esfuerzo por elevarle la moral.

—Sí, realmente está cerca. ¿No has visto las señales encima de nosotros? —preguntó. Dejó de andar y levantó su esfera luminosa para que la luz iluminara la parte superior de la pared—. ¿Ves...? Casi hemos llegado.

Elliott se apoyó en la otra pared y dirigió hacia arriba la luz de la lámpara.

—Un triángulo rojo —comentó al ver la pintura medio desprendida de uno de los símbolos, revelada por el círculo de luz.

—Aparecen a intervalos de quinientos metros —dijo Will, volviendo a ponerse en marcha. Pero en cuanto dijo esas palabras, empezaron a resonarle en la cabeza, como un diapasón puesto en funcionamiento.

Continuó caminando maquinalmente, seguido por Elliott. Sin darse cuenta, iba silbando distraídamente a través de los dientes, tal como había hecho su padre al pasar por aquel mismo túnel tan sólo unos meses antes. El doctor Burrows había sido el primero en descubrir las señales y se las había mostrado a Will.

El chico dejó de silbar.

—Aparecen a intervalos de quinientos metros —repitió de modo apenas audible, pero en su propia cabeza oía la voz de su padre tan clara como si se hallara a su lado. Qué tiempos —pensó.

Will empezó a caminar más despacio, al recordar que su padre se había visto obligado a convencerle de que siguieran por allí. Entonces él estaba lleno de remordimientos por no haber hecho más esfuerzos por encontrar a Chester y Elliott, y poderse reagrupar tras la explosión del submarino. Se había enfadado y había arremetido contra su padre, dando rienda suelta a toda su frustración y sus resentimientos contra él, cuando en realidad con quien estaba furioso era consigo mismo. Furioso y extremadamente confuso sobre lo que debían hacer.

Se detuvo de repente y obligó a Elliott, detrás de él, a hacer lo mismo.

—¿Qué sucede? —preguntó ella.

—Yo...

Antes de que Will se diera cuenta de lo que iba a ocurrirle, se estaba deshaciendo en torrentes de lágrimas. No podía dejar de llorar, y lo hacía con tantas ganas que apenas podía respirar.

—¡Mi padre, mi padre...! —gimió, y se dio la vuelta rápidamente para ocultarse de Elliott y refugiarse contra la pared. Le daba mucha vergüenza que ella le viera perder el control de sus emociones.

Bartleby retrocedió para averiguar por qué no le seguían, y miró a Will con sus grandes ojos cobrizos, sin comprender qué pasaba. Intentó meter el morro entre el chico y la pared para que le hicieran caso. Pero como Will no se movió y le dejó que se quedara allí, se sentó a su lado, ladeando la cabeza mientras maullaba muy bajito, en solidaridad con el sollozante muchacho.

—Qué idiota soy —susurró Will mientras Elliott se acercaba a él.

—No, no lo eres —repuso ella suavemente. Le pasó un brazo alrededor y después apoyó la cabeza en su hombro.

—No sé qué me ha... por qué ahora... —dijo entre sollozos rápidos e intensos, incapaz de recuperar el control de sí mismo.

Siguieron así un rato. Elliott lo sujetaba.

—¡Menudo blandengue! —logró decir, respirando agitadamente.

—No pasa nada. Sólo te encuentras mal ahora —dijo ella, dándole un apretón—. No te contengas. ¿Te acuerdas de lo que le dije a Cal en la isla, que las experiencias terribles nos hacen más fuertes y más capaces de sobrevivir?

Will farfulló un «sí».

—Pues no es cierto realmente. Sólo el tiempo nos hace mejores —admitió ella.

Cuando Will se calmó, Elliott levantó la cabeza. Estaba a punto de darle un beso en la mejilla cuando él se separó de la pared y de ella.

Sin saber lo que ella había estado a punto de hacer, el chico clavó la mirada en el suelo. Tenía la voz tensa y ronca al intentar expresarse.

—Yo me enfadaba mucho con mi padre. Estaba tan seguro de mí mismo, tan absolutamente seguro de que yo tenía razón... «Viejo chocho», pensaba para mí. Menudo carca tonto, todo lo estropeaba, todo lo echaba a perder —dijo Will, secándose la cara con la manga—. A veces me portaba con él horriblemente, y ya no puedo decirle que el equivocado era yo y que lo siento mucho. —Will intentó sonreír mientras empleaba el pulgar para secarse las lágrimas de los ojos, pero no resultó una sonrisa muy alegre—. Bueno, decirle que a veces yo me equivocaba —añadió. Empezó a lanzar hondos suspiros, que se convirtieron en un hipo tan fuerte que *Bartleby* erizó las orejas.

—¿Quieres agua? —ofreció Elliott—. Podemos quedarnos aquí un rato, si quieres.

—No..., ya estoy bien —dijo Will—. Gracias. —Reemprendió la marcha por el túnel, delante de Elliott, aspirando de vez en cuando demasiado fuerte y sin dejar de pensar en su padre.

—¡Hemos llegado! —le dijo Will a Elliott, saliendo del túnel con tanta prisa que casi se cae en la plataforma de hormigón. Levantó ante sí la esfera luminosa, y estaba a punto de irse hacia la derecha cuando *Bartleby* salió disparado del túnel, corriendo a toda velocidad.

—¡Nooooo! —le advirtió Will con un grito, pero ya era demasiado tarde.

Bartleby salpicó una tremenda cantidad de agua al caer desde la plataforma de hormigón al agua del puerto.

Cuando llegó Elliott, ella y Will observaron al cazador. Tenía las orejas gachas y pegadas a la cabeza y sacaba del agua el ancho hocico, nadando hacia la orilla al estilo perro.

—No tenía ni idea de que supiera nadar. Y parece que le gusta. ¡No parece en absoluto un gato!, ¿tú crees que lo es? —dijo Will. Cuando *Bartleby* se aproximó, se arrodilló para ayudarlo a salir del agua. Entonces el gato se sacudió y empapó tanto a Will como a Elliott. Ésta dirigió el haz de luz de su lámpara a la laguna de agua clara y después a la pared de la izquierda de la caverna.

—¿O sea que es esto? —dijo.

—No has visto ni la mitad todavía. Tenemos que dar las luces —respondió secándose las manos en la pechera—. Vamos, es por aquí.

Se fueron por la plataforma, subieron por un montón de escombros y después volvieron a la izquierda, siguiendo el muelle. No tardaron nada en llegar al edificio bajo, con sus ventanas polvorientas. Will se acercó a la pesada puerta de color gris azulado.

—¡Ya está abierta! —exclamó.

Elliott cogió el rifle que llevaba al hombro y lo amartilló.

—¿Hay alguien ahí? —preguntó.

Will agarró la rueda de cierre y tiró de la puerta unos centímetros hacia él.

—Esto estaba cerrado cuando nos fuimos nosotros —dijo. Se volvió hacia Elliott frunciendo el ceño—. Y no me cabe la menor duda: mi padre me dijo que me asegurara de que quedaba cerrado.

Elliott se agachó, con el dedo en el gatillo.

—No, no creo que haya de qué preocuparse, no en este lugar. No serán styx —le dijo Will—. Pero lo que esto significa, supongo..., es que Chester volvió aquí, con Martha. —Sonrió—. Así que estará bien. —Movió la cabeza hacia los lados, en señal de negación—. Ya sabes que, con tantas cosas en la cabeza, no me he acordado mucho de él últimamente. Simplemente pensé que habría llegado a la Superficie con esa chiflada y que estaría en algún lugar bajo el sol.

Pero al observar a *Bartleby*, Elliott no se sentía tan tranquila sobre su situación presente.

—El cazador nota algo. Baja la voz —le susurró a Will—. Y tira un poco más de la puerta para que yo pueda ver dentro.

Él hizo lo que le decía, y después de que ella comprobara el interior con la mira del rifle, entraron los dos. Sin perder tiempo, Will se dirigió al panel de los interruptores.

—Éste es el panel principal de las luces. ¿Las enciendo...? ¿Será buena idea? —le preguntó a Elliott, que asintió en respuesta.

—No me gusta cómo se comporta *Bartleby* —declaró en voz baja. El gato avanzaba sigilosamente, con cautela.

Recordando que el primer interruptor no había producido efecto cuando lo accionó su padre, Will eligió el siguiente y le dio para abajo. Los contactos echaron chispas y por un instante la sala recibió un destello de luz azul, pero a continuación revivieron los focos de las paredes.

—¡Ah! —exclamó Will—. Se me había olvidado lo brillante que era. —Pero pese a la fuerza de la luz, bajó también la fila de interruptores que encendían las luces del puerto—. Mi padre decía que todo este lugar recibe alimentación de las turbinas del río —informó a Elliott.

—Cuidado —dijo ella, indicando un rincón de la sala con un gesto de la cabeza.

Will miró de reojo la puerta a prueba de explosiones de un metro de grosor.

—También la han dejado abierta —observó, dirigiéndose hacia ella.

—Espera —susurró Elliott—. Eso está mojado.

Will miró hacia donde ella le indicaba. En el camino hacia la puerta había algo pequeño, de aspecto mugriento, que había dejado manchas grises en el suelo de hormigón, a su alrededor.

Bartleby se acercó muy despacio, pero Will no podía entender por qué parecía tan nervioso.

—Desde luego, mi padre y yo no dejamos nada ahí —le dijo a Elliott en susurros—. Pero no es más que un trapo sucio, ¿no?

Mientras la muchacha apuntaba a la puerta con su rifle, Will se acercó y movió el objeto con la puntera de la bota.

—Sí, un trapo —dijo antes de darle una patada—. No, mira... Esto es peligroso, ¡muy peligroso! —dijo incapaz de contener la risa—. Mira, ven, no es un trapo..., ¡son unos calzoncillos realmente sucios! ¡Se le deben de haber caído a Chester!

Al acercarse, Elliott vio que se trataba sin lugar a dudas de unos calzoncillos de bragueta, sucios y bastante viejos.

Entonces los tres, Will, Elliott y *Bartleby*, atravesaron de puntillas la puerta a prueba de explosiones y entraron en el pasillo que había al otro lado. Tenía unos quince metros de altura y estaba intensamente iluminado por los tubos fluorescentes que había en mitad del techo. Will echó un vistazo a la cabina del operador de radio para asegurarse de que seguía allí. Tenía intención de hacerle después una visita detenida.

Indicó la siguiente cabina.

—Te encantará lo que vas a ver aquí —dijo, sin hacer ningún esfuerzo por bajar la voz—. Es el arsenal. Es...

—*Bartleby* sigue moviéndose de modo raro. Y hay un olor extraño —advirtió Elliott de repente.

Will aspiró varias veces.

—Detergente, no es más que eso —decidió—. Tal vez esto —añadió, frotando el pie en un rastro húmedo que recorría el linóleo del pasillo, que por lo demás estaba impoluto—. Chester o Martha deben de haber arrastrado algo por aquí.

Pero Elliott tenía razón: *Bartleby* mostraba un comportamiento muy extraño al avanzar con ellos, aunque Will lo atribuía todo a que no estaba familiarizado con el lugar, que por otro lado rebosaba de olores nuevos.

Junto a la última puerta del pasillo había algunos paquetes de comida que estaban cortados en tiras.

—«Deja siempre cualquier lugar tal como te gustaría encontrarlo» —dijo Will en tono de reproche, citando la máxima del doctor Burrows.

—¿De tu padre? —preguntó Elliott, reconociendo que las palabras de Will no sonaban como suyas.

—De mi padre —confirmó él—. Pero me sorprende que Martha y Chester armaran todo este estropicio.

—Aquí hay algo más —susurró Elliott, arrugando la nariz—. Hay un olor que...

—No, no pasa nada —insistió él—. No te preocupes tanto. Te lo estoy diciendo, nadie puede bajar hasta aquí. Hay un camino demasiado largo ya sea desde la Colonia o desde las Profundidades. Estamos a muchos kilómetros de cualquier sitio.

—Pero ¿no crees que los cuellos blancos tendrán un poquito de interés en saber cómo llegasteis a Highfield el doctor y tú? ¿Y si hubieran atrapado a Chester o a Martha y les hubieran aplicado la Luz Oscura? En tal caso, se enterarían de todo, incluso de la existencia de este lugar —razonó Elliott—. ¿Y qué me dices de tu madre? ¿Y si los styx le han aplicado la Luz Oscura?

—No, mi madre no podría decirles nada. Drake se aseguró de que ni mi padre ni yo dijéramos gran cosa delante de ella, y menos del río que pasaba por debajo del campo de aviación —repuso Will—. Pero supongo que tienes algo de razón.

Entraron en la zona principal, que estaba llena de filas de literas. Era del tamaño de un campo de fútbol, y de las paredes salían más habitaciones. Con todas las luces encendidas, pudieron ver enseguida que allí no había nadie.

—¿Qué te dije? —le preguntó Will a Elliott—. No hay nadie en casita. Nadie. Ven conmigo. —Echó a correr por entre las literas. Elliott lo siguió con cautela, con el rifle aún en el hombro. Cuando lo alcanzó, al otro lado de los dormitorios, él le señaló una puerta de color azul claro que tenía un número pintado con plantilla—. Aquí están las duchas —le informó. Entonces, al llegar a la siguiente puerta, gritó de alegría—: ¡Y aquí está lo que andábamos buscando! ¡La cocina! —anunció.

Tiró de la puerta y entró.

La habitación entera parecía moverse.

Entonces se paró.

Cientos de ojitos estaban puestos en él.

Y había bigotes en movimiento.

Entonces todos empezaron a moverse.

Una negra y palpitante multitud de ratas.

—¡Dios mío! —gritó Will cuando, como un chorro de aceite, el grupo entero echó a correr por la puerta. Atrapado en la entrada, se agarraba a las jambas de la puerta. Cerró los ojos, preparándose para el torrente de alimañas que le pasaban por los lados e incluso entre las piernas.

Oyó el rifle de Elliott cuando le disparó a una rata y después a otra, pero eso no era nada comparado con *Bartleby*, que se lo estaba pasando como nunca en su vida. Al moverse parecía un peligroso tornado, saltando y agarrando con los dientes una rata tras otra. No las mataba de un mordisco, sino que las agarraba por el pescuezo y, con un hábil movimiento de la cabeza, despachaba a cada una rompiéndole el cuello.

—¡Diiiiiiiiiiiooosssss! —berreaba Will, retrocediendo y tambaleándose. Sólo entonces abrió los ojos y vio el rastro de cadáveres que seguía hasta la puerta principal. Ratas muertas y sangrantes alfombraban el camino, pero a *Bartleby* ni se le veía.

Elliott se retorcía de risa.

—¡Tendrías que haberte visto! —exclamó.

Will no lo encontraba nada divertido.

—¡Qué asco! —exclamó casi sin voz.

—No son más que ratas... y ahora ya tenemos algo que comer —logró decir Elliott, sin parar de reírse.

Will se mostró muy poco entusiasmado al volver a entrar en la cocina y ver el caos que habían dejado las ratas: paquetes de comida deshechos, bolsitas de té desgarradas...; todo aquello en lo que hubieran podido hincar los dientes estaba abierto y desgarrado. Vio una botella de lavavajillas que de algún modo habían tirado al suelo desde los fregaderos. Eso explicaba por qué se lo encontraban por todas partes.

Volvió su atención a los estantes, donde estaban las latas.

—¡Al menos no se han comido mi carne de buey! —dijo Will intentando consolarse, aunque ya no tenía tanta hambre.

—Quítate el equipo y déjalo en el baúl con las armas —le dijo Drake a Chester—. Ya volveremos más tarde a por él.

La señora Burrows y *Colly* aguardaban en el sótano mientras Chester se quitaba la mochila y después el cinturón y los colocaba en el baúl abierto. Entonces el chico miró la pistola con pocas ganas de separarse de ella.

—¿No necesitaremos las armas cuando lleguemos al almacén? —preguntó.

—Es mediodía. Habrá gente por todas partes. Y policía. No queremos que nos cojan con nada que pueda acusarnos. No vale la pena correr el riesgo —repuso Drake—. Y yo tengo algunas armas en mi Range Rover, no lejos del almacén de Eddie. Haremos una parada allí.

—Vale —aceptó Chester.

Drake cortó un trozo de cuerda e hizo con él una correa casera para la gata. *Colly* parecía tenerle ya menos miedo cuando le puso el lazo alrededor del cuello y le entregó el extremo a la señora Burrows.

—Hay que guardar las apariencias —dijo.

Tras dejar caer la tapa del baúl y cerrar las presillas, colocó encima un par de cajas de libros viejos para esconderlo.

—Hora de ponerse en marcha —anunció.

Subió por la escalera hasta la puerta del sótano e intentó abrirla. Tal como esperaba, estaba cerrada.

—Esto hará un poco de ruido, pero no pasa nada —dijo.

Retrocedió unos pasos para lanzarle una patada a la cerradura. Se produjo algo de estruendo al astillarse la madera, y entonces Drake abrió la puerta y la traspasó, seguido por la señora Burrows y su cazadora. Chester iba detrás de todos.

Al salir, el patio estaba lleno de gente. Había unos treinta alumnos de la escuela, algunos de los cuales jugaban a la pelota sobre el césped de la parte central, mientras otros estaban sentados en pequeños grupos. Además, al entrecerrar los ojos ante la intensa luz del día, vio algunos turistas con sus cámaras de fotos y un par de ancianos vestidos de sacerdotes. Respiró hondo y se pegó a la señora Burrows. En el patio se hizo el silencio cuando la gente los vio.

La calma inicial dio lugar a una cascada de murmuraciones. Los que jugaban a la pelota pararon de hacerlo, pues los niños perdieron interés en el juego. Todo el mundo observaba a aquel extraño grupo que caminaba por un lado del patio. Chester comprendió que si él y Drake, con sus trajes Noddy, verdes y embarrados, no eran suficiente para atraer la atención, una mujer con la cabeza rapada y líneas de puntos en el cuero cabelludo, vestida con una guerrera azul y zapatillas rojo rubí, recibiría sin lugar a dudas algo más que una mirada casual. Y al olfatearlos de modo inquisitivo, *Colly*, tan calva como la mujer y del tamaño de un gran danés, era la guinda del pastel para los paralizados espectadores.

A la salida del patio, el conserje los observaba con curiosidad hostil. No era el mismo que el del turno de noche que Drake había encontrado en dos ocasiones anteriores, pero evidentemente tenía igual sentido del deber. Sabiendo que aquel trío de aspecto tan sospechoso tendría que pasar con su mascota por delante de él para dejar el patio, aguardó, dando pataditas en el suelo.

—Buenas —le dijo a Drake, ajustando su peso sobre los pulpejos de los pies, como si se preparara para un enfrentamiento.

—Hace buena tarde —le dijo Drake con entusiasmo. Tenía los ojos medio cerrados al mirar al brillante cielo azul. Y antes de que el conserje dijera otra palabra, proclamó—: Por si se lo está preguntando, somos de un grupo de teatro.

—¡Ah, artistas! —dijo el conserje. Reduciendo su nivel de alerta personal, volvió a apoyarse sobre los talones y asintió, como si no necesitara más explicaciones.

Recorrieron el callejón y salieron a la calle, donde Drake se acercó al borde de la acera para parar un taxi. Pero la gente allí era aún más numerosa que en el patio y se paraban para mirar al extraño cuarteto con la boca abierta. Una pareja de jóvenes punkis japoneses que iban vestidos los dos igual, con enormes y exageradas crestas de color azul eléctrico, pasaron al lado de la señora Burrows:

—De alucine, hermana —dijo el chico, mirándola con una admiración sin límites.

—Geniaaaaaaal, señora —gritó la chica.

—Gracias —respondió la señora Burrows. Había estado hablando con *Colly*, intentando que conservara la calma en aquel entorno nuevo para ella. La combinación del alboroto de toda la gente con el tráfico que pasaba por Victoria Street la alteraba, y tan pronto lanzaba la cabeza hacia un lado como hacia el otro, intentando asimilarlo todo.

—El gato también mola mazo —le dijo el chico a la chica, señalando a *Colly* con expresión de sorpresa. La cazadora lo olfateó con curiosidad.

La joven dio una palmada de alegría y empezó a saltar.

—¡Sí! ¡Es Doraemon, la del manga!

—Sí, una gata robot de verdad —añadió el muchacho. Le hizo una foto a la cazadora, y habló con su novia en japonés. Después continuaron su camino.

Quizá *Colly* se encontrara en un estado de profunda confusión, pero la señora Burrows tampoco es que lo llevara muy bien. Cuando por fin Drake consiguió un taxi, ella se mostró muy agradecida de poder hundirse en el asiento de atrás.

—¿Le ocurre algo, señora Burrows? —preguntó Chester.

—Sobrecarga sensorial —se limitó a responder ella, y a continuación pidió que cerraran la ventanilla.

Al detenerse ante un semáforo, el taxista miró por encima del hombro a *Colly*, que se había acurrucado en el suelo.

—¿Eso es un perro lazarillo? Nunca había visto uno como ése —dijo—.

—Por supuesto que lo es. Bueno, tenemos un poco de prisa, así que si pudiera pisar el acelerador... —le pidió Drake.

Al llegar junto al Range Rover, Drake le dio a Chester dinero para pagar el viaje y ayudó a la señora Burrows y a *Colly* a bajar del taxi y meterse en su coche.

—¿No quieres que vaya yo también? —se ofreció la señora Burrows—. Podría ser útil.

—Estás cansada, Celia, y creo que podremos arreglárnoslas esta vez sin tu sistema de radar. Si conozco a Eddie, habrá ahuecado el ala —respondió Drake, y después fue a la parte trasera del coche y abrió el maletero para coger una bolsa—. Ten una Beretta —le dijo a Chester, pasándole una pistola antes de meterse otra dentro del cinto.

Sin hablar, Drake y Chester dejaron atrás varias calles hasta llegar al almacén, y una vez allí caminaron pegados a la pared para eludir las cámaras de seguridad.

—No bajes la guardia —dijo Drake, abriendo la puerta tan sólo unos centímetros por si había alguna trampa bomba. Entonces entraron y sacaron las pistolas—. Si está aquí, nos habrá visto en los monitores —le advirtió a Chester en susurros—. Sabrá que estamos aquí.

Se dieron treinta segundos para adaptarse a la oscuridad del almacén, y entonces Drake subió el primero por la escalera, sin dejar de observar las viejas máquinas del suelo por si Eddie se hubiera escondido entre ellas. Al llegar arriba, vieron que la puerta del apartamento estaba abierta de par en par.

—Despacio y con cuidado —susurró Drake al cruzar el umbral.

Lo primero que descubrieron fue que la moqueta había sido retirada de la entrada, dejando el hormigón desnudo. Al avanzar un poco más, con las pistolas delante de ellos, vieron que el suelo de la sala principal estaba igual que el de la entrada.

—Se ha largado y se lo ha llevado todo —dijo Drake en voz baja. No quedaba ni la mesa con la escena de la batalla de Waterloo, ni la fila de monitores, ni un mueble, ni siquiera el papel de la pared.

Pero algo seguía en el suelo desnudo, en medio de la habitación, y los ojos de Drake y Chester no lo perdieron de vista al acercarse.

Aquello se movió.

—¡Papá! ¡Es mi padre! —gritó el chico. Corrió hacia allí y le quitó la mordaza de la boca. Estaba atado.

—¡Chester! Menos mal que eres tú —farfulló el señor Rawls—. ¡No sé lo que ha sucedido! He despertado así.

—No te preocupes, papá —dijo Chester, examinando a su padre en busca de heridas al soltarle las ataduras—. Está bien. Eddie no le ha hecho daño —le dijo en voz alta a Drake, que había ido al final de la sala para mirar los dormitorios.

Drake sólo tardó unos segundos en volver.

—Nada, no ha dejado nada. —Levantó las cejas—. Hay que admitirlo: es impresionante que haya podido llevárselo todo en tan poco tiempo.

—Pero ¿cómo se las ha apañado? —preguntó Chester al tiempo que deshacía la última cuerda que rodeaba los tobillos de su padre y le ayudaba a ponerse en pie.

—Tal vez tenga un ejército de enanitos que lo han sacado todo por él... Quién sabe. —Drake se rió entre dientes—. Me alivia ver que Jeff no ha sufrido daños. —Al mirar al señor Rawls, notó algo—. Espera un segundo —dijo. Alargó la mano hacia el bolsillo de la camisa del padre de Chester, y sacó una nota que tenía metida dentro. Entonces la desplegó—. «Un gesto de buena voluntad para el futuro. Tu amigo» —leyó en voz alta.

Chester frunció el ceño.

—Parece que va dirigido a ti, Drake. ¿Quiere eso decir que esperaba que salieras vivo de la Colonia?

Drake parecía encontrarlo divertido.

—Tal vez. Tal vez no sea todo tan negro o blanco como yo creía. Al fin y al cabo, estaba dispuesto a dejar morir a aquel colono policía con el resto de nosotros en la explosión, y sin embargo se ha dignado perdonarle la vida a Jeff.

—¿Explosión? ¿Policía? ¿Qué demonios habéis estado haciendo? —preguntó el señor Rawls, pasando los ojos de Drake a su hijo.

—¿Qué tal si te lo llevas al coche y allí le pones al día? —le sugirió Drake a Chester—. Os dejaré en algún sitio y después iré al hotel a ver si ha aparecido tu madre. —Esperó un segundo—. Pero antes tengo que ver algo.

Dejó el piso para bajar la escalera. Al atravesar el almacén, vio algo en el suelo. Le dio suavemente con el pie. Era una especie de grumo de un material gris, no muy diferente a una papilla vieja. No había ni asomo de las motos, pero tampoco esperaba verlas, puesto que él y Eddie las habían dejado en Westminster.

Los andamios envueltos con las gruesas láminas de polietileno seguían en un rincón del almacén. En su camino hacia allí, no se olvidó de apretar el botón rojo del panel del torno para desconectar los explosivos. Tenía ya una cierta idea de lo que iba a encontrarse.

Hizo a un lado las láminas y vio que aunque aún estaba allí el hormigón del suelo, la portezuela de metal ya no estaba. Seguían viéndose tres o cuatro peldaños de la escalera, pero toda la abertura estaba llena de un compuesto gris, la misma sustancia que se había caído en el suelo de la fábrica. Drake anduvo buscando a su alrededor hasta que encontró un palo que clavó en aquella papilla seca. Cuando lo sacó, tocó el material que había quedado en el palo y se lo pasó entre los dedos.

—Cemento rápido —dijo, y bajó la mirada a la abertura cerrada asintiendo para sí—. O sea que todo el sótano está lleno de esto... Muy inteligente. Desde luego, te has asegurado de que nadie iba a volver a bajar ahí, pero apuesto a que te llevaste contigo todo ese equipo styx. ¿No, Eddie?

QUINTA PARTE

Reunión

32

Will le iba enseñando el puerto a Elliott cuando se encontraron con *Bartleby*, que se había aposentado en el muelle de hormigón con una de sus últimas víctimas entre las patas. Masticaba ruidosamente no se sabía si la cabeza o la cola; los restos se hallaban ya en tal estado que eran irreconocibles. Como le hubiera pasado a cualquier otro gato, el cazador se hallaba completamente absorto en su presa y no se fijaba en nada más. Ni siquiera se molestó en levantar la cabeza para echar un vistazo de reojo a Elliott cuando ésta pasó por el muelle inspeccionando en el fondo del agua clara los restos de las embarcaciones hundidas.

Will había estado mirando distraídamente al otro lado de la laguna, donde la vieja barcaza se mecía libremente, cuando vio qué era lo que atraía la atención de Elliott. Se dio una palmada en la frente.

—¡La lancha! ¡Pero qué idiota! ¿Cómo no lo he pensado antes? —prorrumpió, y volvió corriendo por el embarcadero. Una vez en el muelle, salvó corriendo la corta distancia que lo separaba del edificio del generador.

—¡Claro, no está...! Chester se ha llevado la lancha con el motor fueraborda que dejamos aquí mi padre y yo —dijo, fijándose bien en el lateral del edificio.

—O sea que no hay duda de que llegaron a la Superficie. Pero ¿y nosotros? —preguntó Elliott, acercándose a Will.

—Tal vez pueda poner en funcionamiento otro fueraborda, y en esos depósitos de ahí hay combustible de sobra, pero
el problema es... —dijo Will, rascándose la barbilla—, el problema es la lancha —dijo lanzando una mirada al edificio bajo
que albergaba las embarcaciones—. No queda ninguna.

—No hay barcas... —dijo Elliott.

—Bueno, hay, pero la fibra de vidrio está realmente es-
tropeada. Lo sé porque les eché un vistazo muy detenido a
todas ellas. Volví a comprobarlas después de que mi padre
eligiera una. Si lo hubiera dejado en sus manos, seguramente yo no estaría aquí ahora.

—Bueno, pero estás, y parece que vamos a seguir estando aquí siempre, ¿no? Nos hemos quedado atrapados —dijo
Elliott con tristeza, empezando a caminar por la orilla del
muelle.

«¿Será eso tan terrible?», pensó Will antes de darse cuenta.
Los gestos de Elliott al alejarse por el muelle con desánimo,
sin prestar mucho interés a cuanto la rodeaba, no le pasaron
desapercibidos. «Tal vez ella no soporta estar aquí conmigo.
Tal vez lo único que quiere es estar con Chester.» Cerró los
ojos con fuerza. «Y tal vez yo estoy haciendo el capullo. ¿Qué
me importa a mí? ¿Por qué me preocupo tanto?», se preguntó, encogiéndose de hombros.

—Pero me preocupo —se respondió con sinceridad, diciéndolo en voz alta al tiempo que volvía a abrir los ojos. En
ese instante Elliott aminoró el paso y Will se preguntó si le
habría oído. Esperaba que no; se hallaba lo bastante lejos
para que el ruido del río subterráneo hubiera ahogado su
voz. Al menos, eso esperaba.

Se puso colorado, dio media vuelta y corrió hacia el refugio antiatómico, entró en él y se fue directamente a la cabina
del operador de radio.

—El negro, no el rojo —dijo recordando las instrucciones
que él mismo le había dado a Chester al explicarle que los

teléfonos de pared seguían, milagrosamente, funcionando. Pensó en su amigo y en la última vez que lo había visto. Había sido justo antes de lanzarse al abismo de Jean la Fumadora en un salto a lo desconocido.

De eso hacía pocos meses, pero parecía mucho más tiempo, porque desde entonces habían ocurrido muchas cosas. Will ya no tenía padre, había perdido a otra persona clave en su vida. Y, seguramente, también había perdido a su madre. Eran muchos los que habían muerto. Si la cosa seguía así, pensó, sólo quedaría él, completamente solo: un huérfano amargado, sin amigos, huyendo siempre de los styx. Y eso si él mismo sobrevivía.

Dejándose caer en una de las sillas de respaldo de lona, Will recordó que estaba sentado justo allí cuando su padre lo había sorprendido con galletas secas y un cazo lleno de un té tan azucarado que daba náuseas.

Recordando aquel momento, comprendió lo feliz que había sido entonces con su padre, pese a lo incierto del futuro que tenían por delante. Y aunque su padre estaba dispuesto a sacrificarlo todo, incluida la relación con su esposa y su hijo, a aquel ciego y tenaz afán de conocimiento, tenía por otro lado un cierto amor y consideración por él. Tal vez ese lado estuviera escondido durante mucho tiempo en lo más profundo del doctor Burrows, como uno de sus preciados tesoros bien enterrados, pero sin embargo Will había podido vislumbrarlo de vez en cuando.

—Papá. Mi querido padre —rezongó con tristeza, enchufando la vieja radio del banco que tenía delante y viendo que empezaban a encenderse las válvulas de la parte de arriba. Ni siquiera sabía si era necesario enchufar la radio para que funcionara el teléfono, aunque lo hizo por no tentar la suerte, pensando que de ese modo no se equivocaría. Al cabo de un minuto, cuando las válvulas emitieron una luz entre naranja y rosa, se levantó de la silla y alargó la mano hacia el teléfono negro. Ni siquiera tenía que esforzarse para recordar el número de emergencia de Drake, pues desde las fiebres de Elliott, cuando ella lo había repetido una y otra vez, había quedado grabado para siempre en su memoria.

Aunque no sabía si Drake seguiría vivo, o si alguien más podría oír los mensajes, Will marcó y dejó varios para Drake en el servidor. Intentó explicar sucintamente que él y Elliott habían llegado al refugio y que no tenían medio de subir a la Superficie. Igual que la última vez que había usado el teléfono, oyó un chisporroteo en la línea, pero por lo demás no había ninguna señal que indicara que se había realizado la conexión.

Pese a lo que habían dicho las gemelas en la cima de la pirámide, Will probó a continuación con el móvil de su madre. Aunque no sabía si seguía conectado, le dejó un mensaje breve.

—Hecho —anunció al terminar y posar el auricular. Tal vez fuera una completa pérdida de tiempo, pero en aquel instante no andaba sobrado de posibilidades. Por supuesto, Elliott y él podían volver a la sima, pero entonces terminarían en territorio de relámpagos, ¿y después qué? Después sólo les quedaría dirigirse a la cabaña de Martha y pasarse el resto de sus días comiendo carne de araña.

—Tal vez debería construir una barca —pensó Will. Y al darle vueltas a la idea en la cabeza, ya no le parecía algo tan imposible. Por allí había material suficiente para hacer el trabajo, y hasta un taller completo en uno de los anexos del muelle—. Sí, podría construir una barca —decidió Will. Cuando salió de la cabina del operador de radio, vio que había dejado abierta la puerta a prueba de explosiones. Se fue hacia ella y la empujó; después del incidente de las ratas, no quería correr riesgos.

Se dirigió al dormitorio principal y a la mesa, en medio de las literas, donde su padre y él habían colocado todos los documentos y papeles que habían encontrado por allí. Encontró extendido, el detallado plano del refugio antiatómico y sus alrededores que había dejado su padre. Y encima de él había una pila de manuales de instrucciones y un libro de bolsillo sobado y con las esquinas dobladas.

Will lo cogió para leer el título.

—«Estación polar Cebra» —leyó.

Entonces examinó la foto a color de la cubierta, que parecía sacada de una película. En ella aparecía un submarino asomando entre un banco de hielos.

—El submarino que encontramos nosotros era real —farfulló Will, acercándose el libro para ver los hombres vestidos con parkas que estaban alrededor de la torreta del submarino con armas de fuego en las manos. Los hombres tenían aspecto de héroes seguros de sí mismos. Profirió un gruñido de contrariedad y volvió a dejar el libro en la mesa. Ya no tenía ni idea de qué era un héroe, y desde luego no tenía ninguna necesidad de leer nada sobre héroes ficticios.

Aunque no era propio de él (de hecho, ni una vez se había ofrecido a ayudar en ninguna tarea de limpieza en los días pasados en Highfield), se puso a trabajar entonces en la cocina. Recogió todos los paquetes destrozados y la comida dejada por las ratas y, con un par de guantes de goma que había cogido del almacén de la intendencia, lo echó todo en un cubo de basura, que después arrastró hasta el edificio del generador.

Al mirar lo que había en la cocina, vio que las ratas habían roído agujeros para entrar en la mayoría de las cajas apiladas contra la pared y se habían zampado todo su contenido. Pero había algunas, en la parte de arriba, que no habían alcanzado, y se entusiasmó al ver que contenían una gran cantidad de galletas saladas en paquetes verdes de papel de aluminio y también cajas de raciones, cada una de ellas con una barra de chocolate dentro. La mayoría de esas barras no resultaban comestibles, pero al repasar las cajas, encontró alguna cuyo chocolate no estaba cubierto con la consabida capa de polvo blanco y que olía y sabía bien. Y en cuanto al plato favorito de Will en su anterior visita, la piña en almíbar, también se había librado de los hambrientos roedores gracias a que estaba enlatada.

—Tengo carne de buey en lata con galletas de plato principal, y de postre, trozos de piña y chocolate. Al fin y al cabo, la vida no está tan mal —dijo con un suspiro, intentando convencerse a sí mismo.

Pero mientras cogía una de las latas rectangulares de carne de buey y buscaba señales de corrosión en el cierre, su mente estaba en otra parte. Estaba tratando de oír a Elliott, preguntándose cuándo entraría en el refugio.

Y preguntándose si realmente ella estaba tan amargada como parecía por haberse quedado atrapada allí con él.

En el asiento trasero del Range Rover, al lado de la señora Burrows, Chester estaba tan agotado que cayó en un profundo sueño casi en cuanto Drake arrancó el motor. La señora Burrows tenía los ojos cerrados, pero parecía que seguía despierta. Tenía el brazo puesto sobre el respaldo del asiento, y acariciaba a *Colly*. Tendida en la parte de atrás del coche, la cazadora ronroneaba de manera continua, y tan fuerte que se oía pese al ruido del motor.

Estaban saliendo del centro de Londres cuando el señor Rawls, que iba en el asiento de delante, habló por fin:

—¿Qué posibilidades crees que tiene mi mujer? —preguntó—. Dime la verdad.

—Vale, Jeff, pero no va a ser fácil para ti —dijo Drake antes de cambiar la marcha—. Para los styx, ella tiene un valor estratégico menor, debido a su conexión con Chester y por ende con el resto de nosotros. Así que espero que la utilicen como cebo y que esté ya en vuestra casa de Highfield.

—¿De verdad? —dijo el señor Rawls con evidente optimismo.

—Pero no te hagas ilusiones. Hay dos opciones: la primera es que yo intente sacarla de nuevo de allí. Pero si fracaso y me cogen vivo, entonces todos estaréis en peligro, de manera que no sólo perderíamos a Emily, sino que tú y tu hijo también caeríais en sus manos.

—Vale, ¿y la segunda opción? —preguntó el señor Rawls con voz ahogada.

Al pararse en un cruce, un pequeño terrier que iba por la acera se puso a ladrar con ladridos agudos y estridentes. Drake miró por el espejo retrovisor.

—¡La gata! —exclamó. La cabeza de *Colly* se había erguido como impulsada por un muelle. Taladraba al perro con los ojos y gruñía por lo bajo, levantando el labio superior para mostrar los brillantes incisivos—. ¡Quitad a esa gata de la vista! —ordenó Drake.

—Tranquila, muchacha —dijo la señora Burrows, y la gata obedeció al instante, volviendo a tumbarse.

—Estabas diciendo... —le insistió a Drake el señor Rawls—. La segunda opción...

—Sí. Hice todo lo que pude por desprogramar a tu mujer, pero es evidente que ella es muy sensible a la Luz Oscura. Podría serles de utilidad en el futuro a los styx, como uno de sus «trabajadores» o «agentes en la reserva», o como prefieras llamarlos. Yo diría que la conservarán de momento.

El señor Rawls pensó en ello por un instante.

—Así que, realmente, deberíamos dejarla. ¿Y no hay absolutamente nadie más a quien podamos pedirle que nos la devuelva... y que haga algo contra los styx?

—Me temo que no, a menos que haya otro grupo autónomo por ahí del que yo no tenga noticia, que no sería imposible. Pero, bien pensado, si son realmente buenos, no podré seguirles la pista.

—Entiendo —dijo el señor Rawls, mirando a Drake fijamente—. ¿O sea que no vas a intentar salvar a Emily por el riesgo que implica?

—Mira, no he dicho que no vaya a hacerlo. En cuanto os deje, iré directo a Highfield. Echaré un vistazo desde lejos, pero tengo que decirte, Jeff, que creo que deberíamos dejar que las cosas sigan su curso, al menos durante los próximos quince días o algo así —dijo Drake.

—Sí, comprendo que es lógico —comentó el señor Rawls—. La vida y la muerte..., los tejemanejes de mi nueva existencia —añadió en voz baja—. ¿Cómo puedes vivir de este modo, Drake? —preguntó.

—Es que hace ya tiempo que los styx no me han dado alternativa —respondió Drake.

Drake detuvo el coche delante de una fila de garajes, en medio de unos anónimos edificios que eran todos iguales. Cuando se bajaron todos del Range Rover, levantó la puerta de uno de los garajes justo lo suficiente para que entraran todos. Estaba lleno de cajas, de entre las cuales Drake sacó un par de sillas plegables, una pequeña cama también plegable y unos sacos de dormir. Les encomendó a todos que no salieran por nada del mundo, y entonces salió él, cerró la puerta del garaje y se marchó en el coche.

Dejó el coche en los alrededores de Highfield y siguió a pie el resto del camino, sin salirse de las callejuelas. Tras ponerse unas gafas de sol, salió por fin a High Street. Echó una mirada al museo donde había trabajado en otro tiempo el doctor Burrows y siguió por la calle, aflojando un poco el paso al ver la antigua tienda de ultramarinos de los Clarke, en el otro lado de la calle, que se había convertido en una cafetería. No era una de esas franquicias, sino una empresa local y modesta que proclamaba curiosamente que era «EL CAFÉ DEL PUEBLO», y ofrecía «Acceso a Internet ahora más barato», según los carteles pegados en el escaparate.

Giró sobre los talones para entrar en el puesto de prensa, se quitó las gafas de sol y fingió que ojeaba las revistas.

El tendero le lanzaba miradas furtivas mientras repasaba una lista que tenía delante de él en el mostrador. Llegó a ensimismarse en su tarea y olvidarse de Drake, y entonces comenzó a canturrear sin darse cuenta una canción religiosa.

Drake se dirigió al expositor central de la tienda, donde había artículos de papelería y juguetes baratos. Hizo como que miraba un sobre acolchado, pero aprovechó para palpar el lado de abajo de uno de los estantes del expositor. Cogió una nota que estaba allí pegada y la escondió.

De repente, el tendero dejó de cantar.

—¿Le puedo ayudar en algo? —se ofreció—. ¿Busca algo en concreto?

Drake se fue hacia él con el sobre.

—Gracias, ya he encontrado lo que quería. Me llevo éste.

Al salir de la tienda, se puso otra vez las gafas de sol, dudó por un momento y después cruzó la calle para entrar en la cafetería, donde se pidió un capuchino y media hora de acceso a Internet. No tenía intención de internarse más en Highfield: no era necesario.

—Ya vuelve —dijo el señor Rawls, al oír la llave en la cerradura y que levantaba la puerta del garaje. Drake entró y cerró de nuevo.

Llevaba dos bolsas de la compra. Le entregó una a la señora Burrows.

—Ropa nueva para ti, Celia, para que no tengas que ir por ahí con esa guerrera de policía. Y también te he comprado un sombrero para que no llames tanto la atención.

—¿La has visto? —preguntó Chester con impaciencia.

Drake le entregó la otra bolsa al señor Rawls, que estaba de pie, mirándolo expectante.

—Café y pasteles —anunció Drake.

—¿Estaba allí mi madre? —volvió a preguntar Chester.

Drake asintió, serio.

—Ha vuelto a casa, pero no pude acercarme. Todo indica que la están vigilando. Lo siento; por el momento no voy a intentar nada. Es demasiado peligroso para todos nosotros.

Aguardó a que hubieran asimilado la información y prosiguió:

—Pero también tengo una buena noticia: Will y Elliott están bien. Han regresado desde... —Drake frunció el ceño antes de continuar—: desde otro mundo, en el centro del planeta.

—¿Qué? —farfulló el señor Rawls.

—Eso es lo que ha dicho Will en los mensajes que acabo de escuchar. Se han quedado atrapados en el refugio antiatómico, sin medios para hacer el viaje río arriba.

A pesar de las noticias sobre su madre, Chester sonrió de oreja a oreja.

—¡Will! ¡Elliott! ¡Es fabuloso! —exclamó.

—Gracias a Dios —dijo la señora Burrows, y se sentó de repente, como si aquella noticia fuera más de lo que podía esperar—. ¿Y mi marido? —preguntó en voz baja.

—Había dos mensajes, y la calidad del sonido no era muy buena. Tal vez me haya perdido algo, pero no oí que Will mencionara al doctor, sólo que con ellos iba *Bartleby*.

La señora Burrows asintió con la cabeza. Drake dio una palmada y dijo:

—Bueno, podéis tomaros el café por el camino, nos vamos a Norfolk.

Cuando salieron en tropel, se asombraron de encontrar un abollado microbús blanco en vez del Range Rover.

—¿Has hecho un trueque con tu amigo del taller? —le preguntó Chester, observando el vehículo—. No parece de tu estilo, ¿a que no?

—No hables antes de tiempo —respondió Drake pensando en el lugar al que iba a llevarlos.

Veinte kilómetros antes del abandonado campo de aviación de Norfolk, Drake se salió de repente de la carretera y metió el microbús en un campo yermo y embarrado. Por sus bordes había una colección de autocaravanas y casas transportables de aspecto variopinto, con tiendas de lona muy remendadas e incluso lo que parecían tipis de fabricación artesanal. Un gran fuego ardía en el centro del campo y a su alrededor corrían numerosos perros y niños harapientos.

—¿Una hoguera? —preguntó el señor Rawls—. ¿Por qué nos paramos aquí?

—No es una hoguera, es un coche al que han prendido fuego.

Chester observó incómodo.

—Aquí es donde os vais a quedar mientras yo bajo al refugio —dijo Drake—. Estoy seguro de que no es lo que esperabais, pero el viaje de ida y vuelta al refugio lleva al menos un par de días, y difícilmente os puedo instalar en una casa rural, ¿verdad? Y menos con la cazadora.

—Eh, no, yo voy contigo —dijo Chester, observando con disgusto las diversas viviendas—. Además, necesitarás ayuda con la lancha, y yo conozco la ruta porque la he hecho antes. Soy la persona adecuada —añadió el muchacho.

—No necesito ninguna ayuda, y no es práctico que vengas. Aparte del hecho de que llevaré latas de combustible de repuesto para el viaje de vuelta, no sé cuántos pasajeros tendré que traer. Aunque sólo sean Will y Elliott, no quedará mucho sitio de sobra a bordo, ¿lo comprendes?

—Supongo que tienes razón —admitió Chester.

—Y tienes que ser más abierto —dijo Drake, dirigiéndole una dura mirada—. Sólo porque ellos hayan elegido una manera de vivir diferente y nadie los quiera a la puerta de su casa, no significa que no sean buena gente. Yo he tenido tratos con ellos en el pasado y nunca me han fallado. Si puedo negociar un precio para que os alojen a todos en una de sus viviendas, os cuidarán bien. Os lo garantizo. —Drake miró con atención el espectáculo que tenían ante sus ojos—. Y aquí estaréis seguros. Evitan a la policía como a la peste, y eso es una ventaja adicional, pero lo mejor de todo es que es improbable que se infiltren aquí los styx. ¿Para qué se iban a molestar? Los cuellos blancos no tienen nada que sacar de aquí.

Chester asintió con la cabeza.

—Pero, por favor, procurad que *Colly* no se junte con los perros —añadió Drake, cayendo de repente en la cuenta—. No les gustaría que ella se cargara a uno de sus valiosos galgos.

Un grito se alzó sobre el ruido del viento. En la rampa que bajaba al Poro, se habían levantado un grupo de cabañas elementales y en aquel momento tres oficiales limitadores salían apresuradamente de una de ellas. Se detuvieron un poco para observar el lugar en que tenían atadas sus monturas. Los caballos se agitaron y relincharon cuando una vaca de cueva, uno de los enormes insectos autóctonos de las Profundidades, se zampó parte de la avena del comedero. La vaca de cueva no era más que una cría, semejante a aquella de la que se había hecho amigo el doctor Burrows, pero aun así tenía el tamaño de un pequeño coche. De los tres pares de patas articuladas que tenía, las de delante se hundían en el grano del comedero mientras los órganos de la boca despachaban la comida con chasquidos. El alimento era escaso en aquellas tierras de noche perpetua y la vaquita de cueva no pensaba perder aquella oportunidad de atiborrarse.

El más alto de los tres oficiales limitadores levantó el rifle hacia la gran bóveda de su caparazón y utilizó la mira para buscar la cabeza, que era relativamente pequeña. Sin sospechar el peligro en que se hallaba, la vaca de cueva seguía con su furor alimenticio y sus antenas de aspecto de palillos chinos se movían tan rápido que apenas se las veía.

—Déjala, no les hará nada a los caballos —le dijo uno de sus compañeros—. Ya nos encargaremos después de ella.

La constante caída de agua de lo alto se volvió más intensa cuando el trío se acercó al borde del Poro para recorrer a continuación toda la longitud de la plataforma de madera, que se adentraba hasta unos treinta metros en el gigantesco abismo. Al final de la plataforma, dos de sus subordinados manejaban unos telescopios de largo alcance dotados con visión nocturna para rastrear la oscuridad por debajo de ellos.

Los tres oficiales se dirigieron a ellos.

—Han llamado. ¿Es que han encontrado algo?

El limitador que estaba en uno de los telescopios levantó la vista.

—Sí, hemos visto una bengala.

—¿Están seguros?

—Sí —dijo el otro, sin separarse de su telescopio—. Estamos esperando a ver si vemos otra.

Pasaron varios segundos hasta que apareció la siguiente.

Aunque no se notó en sus rostros fantasmales, una fuerte sensación de alivio emanó de los tres oficiales, que formaron un corrillo.

—Dos bengalas. O sea que alguien ha conseguido regresar. Tenemos que transmitir estas noticias a la cadena de mando —dijo el alto—. De inmediato.

—Y tal vez necesitemos más globos, porque ya hemos perdido cuatro en accidentes —comentó su compañero.

—Sí, y si tenemos que recuperar a nuestros hombres de esta manera, pasando de un globo a otro, nos va a llevar mucho tiempo —dijo el tercer oficial—. La disposición actual está lejos de resultar ideal. Me revienta depender de una tecnología tan anticuada.

Acercándose a la barandilla de madera, los tres oficiales observaron con atención la perfecta oscuridad del abismo. Pero no tenían esperanza de ver el globo de aire caliente que se encontraba a miles de metros por debajo de ellos, ni los otros que estaban más abajo aún, en una cadena que se alargaba durante todo el descenso del Poro, durante cientos de miles de metros.

—No podemos hacer más que rezar para que ahí abajo, en algún lugar, uno de nuestros hombres haya recuperado el virus del Dominion —dijo el más alto de los tres, expresando la preocupación que todos compartían.

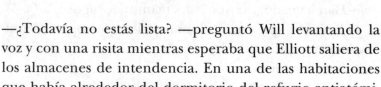

—¿Todavía no estás lista? —preguntó Will levantando la voz y con una risita mientras esperaba que Elliott saliera de los almacenes de intendencia. En una de las habitaciones que había alrededor del dormitorio del refugio antiatómico, había un auténtico tesoro de uniformes y equipamiento militar.

Will había pasado horas enfrascado en un libro que había encontrado sobre embarcaciones de fibra de vidrio. Tras terminar de leer el capítulo sobre reparación del casco, le anunció a Elliott que creía que podría arreglar la lancha que se encontraba menos deteriorada de todas las que había en el edificio anexo. Al oírlo, Elliott se había alegrado mucho y le había sugerido que se tomara un descanso mientras ella se probaba algunas de las cosas militares que había en los estantes y armarios.

Y en aquel momento, mientras Elliott seguía sin hacer su gran aparición, Will se arreglaba la ropa. Él había hecho lo mismo antes, y ahora lucía un conjunto tropical beis claro ridículamente amplio, que se completaba con un salacot.

—¿No encuentras nada? —gritó el chico, preguntándose por qué las chicas tardaban siempre tanto tiempo cuando se trataba de vestirse.

—¡Lista! —exclamó ella, y salió por la puerta pavoneándose. Llevaba en la cabeza un pañuelo de malla, atado como una bandana, unos pantalones cortos de color verde oscuro, una camiseta deportiva blanca y una increíble cazadora de suave cuero negro de la Fuerza Aérea de Estados Unidos. El único toque cómico era un par de botas militares que le sobraban varios números, con las que intentaba andar a duras penas.

La piel de Elliott seguía bronceada por el tiempo pasado en el mundo interior, y tenía el pelo largo y brillante. A los ojos de Will, estaba sencillamente deslumbrante con su modelito.

—¡Ahí va! —exclamó casi sin voz.

—¿Qué quiere decir «ahí va»? —preguntó ella, riéndose mientras daba dos pasos de astronauta y casi tropezaba—. ¿Es que no estoy graciosa?

—Bueno, no realmente. Pienso que estás magnífica —dijo.

Ella dejó de intentar andar y le sonrió.

—¡Habéis dejado abierta la puerta de la calle! —anunció una voz.

Acompañado por *Bartleby*, que meneaba la cola como

loco, apareció alguien ante una de las literas. Estaba empapado y dejaba a su paso charquitos de agua.

—¡Drake! —chilló Elliott. Y se lanzó hacia él tan aprisa que tropezó.

—¡Uf! —soltó él cuando ella se le tiró encima.

Ella lo abrazó con fuerza, llorando lágrimas de alegría.

—Las gemelas dijeron... Pensé que habías muerto —dijo casi sin voz—. Pero no me lo acababa de creer.

—Bueno, pues todavía estoy vivito —dijo Drake con una risita. Alargó una mano hacia Will—. Nunca os había visto con tan buena pinta. Ese lugar en el que habéis estado, ese «mundo secreto», se ve que os ha sentado bien. —Cuando Elliott se separó de él, Drake le dio un abrazo al muchacho, y después lo separó a la distancia del brazo para contemplar su modelito. Sonriendo, negó con la cabeza—. No sé si me convence esa vestimenta. No es tu estilo, ¿verdad? —Volvió a mirar a Elliott—. Sin embargo, esa cazadora me mola. Espero que haya una de mi talla. —Dejó de sonreír y se volvió hacia Will—. ¿Y el doctor...? ¿Está...?

—No —le interrumpió Will—. Una de las gemelas le disparó. Por la espalda.

—¡Maldita sea! —dijo Drake sin levantar la voz, inclinando la cabeza por un momento—. Me imaginaba que podría haber sucedido algo... por tu mensaje. —Se secó la humedad del rostro y levantó la mirada—. Quiero que me lo contéis tomando una taza de té. Porque espero que tengáis té aquí... Necesito algo caliente después de esta excursión por el río.

Tenemos un montón de rata fresca en los frigoríficos, si te apetece —le ofreció Elliott con entusiasmo.

Drake dudó, mirando a Will a los ojos.

—No, será mejor que te prepare algo —terció Will rápidamente. Se quitó el salacot, lo lanzó a través de la puerta de la intendencia y entraron todos en la cocina.

Will y Elliott pusieron a Drake al corriente de todo lo ocurrido en la pirámide.

—Espero haber hecho lo correcto —dijo Elliott, refiriéndose al virus del Dominion y al trueque que se había visto forzada a hacer con las gemelas.

Drake asintió con la cabeza.

—Tenemos la vacuna, lo que significa que el virus les resultará inútil —respondió—. Los dos hicisteis bien. —Respiró hondo—. Vale, ahora es mi turno —anunció, y empezó a hablarle a Elliott sobre su padre.

Ella se quedó estupefacta.

—Entonces, ¿qué hace, está intentando derribar el régimen? ¿Un styx contra los styx?

—Sí, está jugando su propio juego —dijo Drake. Entonces siguió contándoles su incursión en la Colonia con Chester y cómo se habían llevado con ellos a la señora Burrows.

Will se atragantó con su té.

—Pero ¿está ciega?

—Creo que ahora es mucho más que eso —respondió Drake—. No he explorado sus nuevas cualidades, pero parece que ha recibido un increíble don. Un sentido nuevo y poderoso.

Cuando Will abrió la boca para hacer más preguntas, Drake negó con la cabeza.

—Mira, en vez de seguir aquí dándole a la lengua, ¿por qué no vamos a la Superficie y le preguntas tú mismo?

Will y Elliott se mostraron enseguida de acuerdo.

—Pero, después de la malograda operación en los terrenos comunales de Highfield, no he encontrado tiempo para bajar aquí y echar un vistazo —dijo Drake—. Así que, antes de que nos vayamos, me gustaría que me enseñarais este sitio.

En cuanto Will y Elliott le hubieron mostrado a Drake los dormitorios y las habitaciones adyacentes, lo condujeron al arsenal. Parecía un niño en una tienda de caramelos al elegir qué llevarse consigo.

—«Operador de radio» —leyó Drake en la puerta de la siguiente cabina, al regresar al pasillo—. Aquí tiene que ser donde están los aparatos de comunicación y el teléfono del que me habéis llamado...

—Efectivamente —respondió Will, abriendo la puerta.

Drake entró y le echó un vistazo al cubículo. De pronto, se quedó pasmado.

—¿Qué es eso? —preguntó.

—¿El qué? —Sorprendido de que Drake acabara de sacar la pistola, Will se adelantó para ver a qué se refería.

Drake tenía los ojos clavados en el banco. Delante de la radio principal había un soldado en miniatura, de poco más de un centímetro de alto.

—¿Sabíais que estaba eso ahí? —preguntó enseguida.

—En absoluto —respondió Will—. No sé de dónde puede haber salido.

Drake se acercó a la figurita.

—¿Y tú, Elliott? —preguntó—. ¿Sabes algo de esto?

—Yo no —respondió.

Will alargó la mano hacia el soldado.

—¡No! ¡No lo toques! —advirtió Drake, agachándose para echar un vistazo por debajo del banco. Cuando se cercioró, volvió a enderezarse y comprobó la zona que rodeaba a la figurita—. Ni cables ni bombas —dijo en voz muy baja, y entonces, con cuidado, la cogió él mismo.

La levantó a la luz, y en ese momento Will vio que no se trataba de un soldado moderno, sino que procedía de una campaña antigua. Llevaba una especie de sombrero de almirante y le colgaba un sable del cinturón. Parecía que estaba escribiendo en un mapa, tal vez en el plano de una batalla.

Pero lo más extraño es que la casaca y los pantalones de la figurita habían sido pintados para que recordaran el uniforme de camuflaje de un limitador. Y era una copia perfecta de su engañoso diseño, consistente en rectángulos de color marrón claro y oscuro.

Will frunció el ceño, sin comprender. Tal vez sólo fuera un soldadito en miniatura, pero resultaba ciertamente amenazante.

—Parece un limitador, pero es d... —comenzó a decir.

—Es el Duque de Hierro. La batalla de Waterloo es su gran pasión —le cortó Drake—. Es el duque de Wellington, pero al estilo Eddie.

Elliott respiró hondo antes de preguntar:

—¿No es así como has llamado a mi padre?

—No comprendo. ¿Es que Wellington era un styx? —preguntó Will.

Drake se volvió hacia él.

—No, no lo creo. Sólo un brillante estratega, y Eddie le admira por eso y por el modo en que hizo trizas a Napoleón. Pero, decidme: necesito saber cuándo fue la última vez que entrasteis aquí.

—Hace más de dos días..., cuando te llamé —respondió el muchacho, intentando recordar—. Pero, no... espera... He entrado después.

—¿Cuándo exactamente? Es importante —preguntó Drake.

—Tal vez haga diez o doce horas. Y estoy completamente seguro de que el soldado no estaba ahí entonces —respondió Will.

—O sea que mi padre ha estado aquí mientras dormíamos... y ha colocado esto —razonó Elliott, y entonces frunció el ceño—. ¿Y *Bartleby* no lo oyó?

Drake le pasó la miniatura.

—Es un limitador, ¿no? —dijo como explicación—. Bueno, coged un arma cada uno... —dijo antes de callarse de pronto—. Elliott, me tienes que decir si te sientes mal en esta situación. No estoy en muy buenas relaciones con tu padre, y si me cruzo con él aquí, usaré toda la fuerza. Dispararé a matar.

Elliott no dudó en responder:

—Claro, la máxima fuerza. No significa nada para mí —confirmó.

—Bien —dijo Drake con una breve sonrisa, aunque su mirada resultaba tremendamente seria—. Ahora vamos a peinar cada centímetro de este lugar.

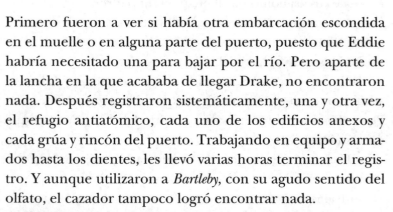

Primero fueron a ver si había otra embarcación escondida en el muelle o en alguna parte del puerto, puesto que Eddie habría necesitado una para bajar por el río. Pero aparte de la lancha en la que acababa de llegar Drake, no encontraron nada. Después registraron sistemáticamente, una y otra vez, el refugio antiatómico, cada uno de los edificios anexos y cada grúa y rincón del puerto. Trabajando en equipo y armados hasta los dientes, les llevó varias horas terminar el registro. Y aunque utilizaron a *Bartleby*, con su agudo sentido del olfato, el cazador tampoco logró encontrar nada.

De regreso al refugio, Drake miraba con inquietud a su alrededor.

—Que no lo encontremos no significa que no esté —dijo—. Propongo que liemos el petate y nos larguemos de aquí.

—¡Pero ya! —respondieron a la vez Will y Elliott.

33

En uno de los pisos superiores de la Fortaleza, el pasillo que daba a los aposentos del anciano styx estaba abarrotado por una larga cola de aquellos a los que habían mandado llamar para que le presentaran informes. Aquél era el piso más importante de todo el edificio, donde se orquestaban todas las grandes operaciones de los styx. Pese a ello, no había modo de distinguirlo del resto de la Fortaleza: con sus muros blancos, despojados de adornos, y sus suelos de losa pobremente iluminados con alguna esfera luminosa, tenía un aire conventual.

Y mientras los styx aguardaban en fila en el pasillo, podían oír los gritos de furia que llegaban del otro lado de la puerta. Finalmente, salió por ella un joven oficial de la División. La sangre le caía por la pálida piel del rostro desde un corte que tenía a la altura de la sien, pero miraba resueltamente al frente al marchar por el pasillo.

El viejo styx seguía en plena racha, incluso en aquel momento, en que estaba solo.

—¡No toleraré el fracaso a esta escala! —rabiaba, cuando oyó un sonido agudo y después un chasquido metálico procedente de los tubos de bronce brillante que estaban en la pared, a su espalda. Saltó de la silla y se dirigió hacia uno de los tubos. Abrió en él una puertecilla para sacar un cilindro en forma de bala. Desenroscó la tapa y extrajo un rollo de papel amarillento que se apresuró a desplegar.

Era de los científicos, y lo que iba escrito en él sólo consiguió enfurecerlo más.

—¡No! —Lanzó el portamensajes al otro lado de la estancia, sólo que en aquella ocasión no había nadie allí para recibirlo—. ¡No! —volvió a gritar, tirando al suelo todo lo que había en su mesa—. ¡No! ¡No! ¡No!

Su joven ayudante apareció en la puerta, aclarándose la garganta para anunciar su presencia. El anciano styx le daba la espalda mientras gritaba.

—Hemos perdido la mitad de nuestras instalaciones de laboratorio en un solo ataque... Y ahora se cumplen mis peores pesadillas: ¡ese endemoniado Drake además ha fumigado y barrido la fuente de cualquier nuevo virus de la Ciudad Eterna! ¿Cómo es posible que no podamos encontrarlo y matarlo? ¿Por qué no me dan nunca buenas noticias?

—Creo que podríamos hacer algo al respecto —dijo Rebecca Dos al entrar en la estancia con su hermana. El anciano styx se dio la vuelta. No sonrió, ni apareció en su rostro nada que se pareciera a un gesto de alivio al ver que sus dos nietas seguían vivas, pero sí un brillo de impaciencia en sus ojos.

—¿Qué quieres primero, nuestras buenas noticas o nuestras noticias aún mejores? —preguntó Rebecca Uno, sentándose en la silla del otro lado de la mesa—. Empezaremos por las noticias buenas —dijo como sin darle importancia, al sacar la ampolla del virus del Dominion y colocarla ante él encima de la mesa vacía.

El anciano styx asintió con la cabeza.

—¿Y las noticias aún mejores? —preguntó.

—Tenemos un ejército nuevecito a nuestra disposición. Se llaman neogermanos, han recibido sesiones de Luz Oscura, y están listos para desplegarse —respondió Rebecca Dos—. Aquí hay uno que he preparado. —Chasqueó los dedos y entonces el capitán Franz entró en la estancia y se quedó en posición de firme—. Hay cantidad de ellos..., miles, de hecho. Y también controlamos su fuerza aérea, su flota naval y toda la maquinaria necesaria para organizar una guerra en gran escala. Algunas cosas están anticuadas, pero en buen estado.

Habló entonces Rebecca Uno:

—Sólo nos queda averiguar cómo podemos subirlo todo hasta aquí. Se encuentra en el centro del planeta, donde existe otro mundo —explicó.

El anciano styx asintió con la cabeza, como si nada de cuanto oía, ni siquiera sobre la existencia de otro mundo, fuera una revelación para él. Respiró hondo.

—Lo primero es lo primero —dijo—. Veo el virus en mi mesa, pero no veo la segunda ampolla. ¿Dónde está la vacuna?

Rebecca Uno hizo una mueca al tiempo que levantaba el pulgar y el índice y los mantenía separados por un pelo.

—Bueno, también traemos un pedacito de malas noticias, pero no queríamos caer en el tópico de «una noticia buena y otra mala».

—No —dijo Rebecca Dos, dando un par de pasos por la habitación y girando después con delicadeza para encararse con el anciano styx—: La ampolla de la vacuna se supone que se rompió y su contenido se ha perdido. Pero cuando pensamos en ello después, comprendimos que Elliott o Will, o ambos, podrían habérselo tragado. Más probablemente Elliott, puesto que ella no estaba por allí cuando llegamos al lugar.

—Sin embargo, no estamos completamente seguras de eso —añadió Rebecca Uno—. Pero si la mestiza o ese idiota tienen la vacuna y de algún modo consiguen ponerla en las manos adecuadas, digamos en las de Drake, enton...

—Sabemos con exactitud qué intentará hacer Drake, así que deberíamos pensar algo por adelantado —interrumpió el anciano styx, haciéndole un gesto a su joven ayudante para que se le acercara.

—Ah, y nos hemos cargado al doctor Burrows, así que hay uno menos del que preocuparnos —dijo Rebecca Dos, como si acabara de acordarse.

—Bien —respondió el anciano styx con frialdad, escribiendo algo en un papel y pasándoselo a su ayudante, que salió de la estancia—. Y ahora volvamos al principio. Quiero que me contéis con todo lujo de detalles lo de ese nuevo ejército vuestro.

La ascensión del río subterráneo transcurrió sin contratiempos. La mayor parte del camino, Will se hizo cargo del motor fueraborda, mientras Elliott actuaba como piloto en la proa de la lancha, para permitirle a Drake descansar un poco. Cada vez que paraban en las estaciones que había por el camino, se preparaban algo de comida caliente antes de dormir una o dos horas.

Al cabo de día y medio llegaron a su destino, el largo muelle, y desde allí se dirigieron al abandonado campo de aviación.

A las tres de la tarde subieron por el hueco vertical y, bajo un sol plomizo, Elliott dio sus primeros pasos sobre la superficie del planeta. Después del tiempo que había pasado en la bien conservada selva del mundo interior, quedó poco impresionada al ponerse la mano sobre los ojos para contemplar los edificios abandonados. Entonces levantó la cabeza para encarar, con los ojos semicerrados, el apagado círculo del sol.

—¿O sea que ésta es tu tierra? —preguntó.

—Sí —respondió Will—. Ésta es, sí.

Drake los llevó en el coche al campamento de los nómadas y, se detuvo ante una de las autocaravanas. Salieron todos salvo *Bartleby*, que siguió encerrado en el vehículo, con el morro pegado a la ventanilla. Al ver tantos perros sueltos por el campo, unos hilos de baba se le empezaron a caer de la boca, al tiempo que emitía gemidos lastimeros.

Will y Elliott se quedaron allí, sin saber qué hacer. Drake se dirigió a la puerta de la autocaravana, pero se dio cuenta de que Will no lo seguía.

—Tu madre está aquí —dijo, dando dos golpes en la puerta.

El chico no respondió, y entonces Elliott, que parecía muy insegura, se acercó a él.

—¿Es así el sitio en que vivías? —le preguntó. Ella había visto los pueblos por los que habían pasado hasta llegar allí, y ahora miraba aquel sitio con el ceño fruncido. Un fuego (una verdadera hoguera esta vez) había sido encendido junto a los restos del coche quemado y a su alrededor seguía habiendo un grupo de personas. Del grupo llegaban retazos de una canción: una mujer cantaba algo que sonaba como una balada, mientras alguien rasgueaba una guitarra de acompañamiento.

—No, no se parece en nada —respondió él—. Yo vivía en una gran ciudad. Esto es muy distinto. Demasiado barro —añadió, intentando reírse.

Moviendo la cabeza en gesto afirmativo, Elliott se le acercó otro paso. Will se mordía el labio. No sabía si comprendía correctamente la situación, pero sentía que ella quería decir algo más, o tal vez quería que él dijera algo más. Y, efectivamente, él quería decir algo. Terminaba aquel pequeño capítulo de su vida en el que sólo se habían tenido el uno al otro, y Will sentía que había que decir algo como conclusión. Pero no sabía ni por asomo qué decir, y si lo hubiera sabido, no habría sabido cómo hacerlo. Era como si no estuviera preparado para manejar aquella situación. Y el momento era poco adecuado, especialmente estando Drake presente.

Pero el momento terminó cuando del interior de la autocaravana salió una voz de mujer. Drake estaba a punto de abrir la puerta cuando Elliott giró de golpe la cabeza al ver algo.

—¡Chester! —exclamó con evidente emoción—. ¿No es Chester, el que está junto al fuego?

—Sí, está con su padre, Jeff —dijo Drake.

Elliott miró a Will.

—Yo... eh... ¡Hasta ahora! —farfulló, alejándose a grandes zancadas.

—Sí, hasta ahora —respondió el chico en voz baja.

—Aquí dentro, Will —dijo Drake, y abrió la puerta para hacer pasar al muchacho, aunque él no entró. Cuando la puerta se cerró tras él, le costó esfuerzo distinguir algo en la oscuridad, porque todas las cortinas estaban corridas.

—Will —dijo una voz—, sabía que eras tú.

—¡Mamá! —exclamó Will, corriendo hacia donde estaba sentada su madre, en una repisa acolchada bajo la ventana.

La señora Burrows abrazó a su hijo. Le caían lágrimas de sus ojos ciegos.

—Lo has conseguido —dijo.

—Lo hemos conseguido ambos —dijo con voz entrecortada por la emoción y se echó para atrás para ver el rostro de su madre en aquella oscuridad casi total—. Drake me ha contado lo que te hicieron.

Ella le cogió las manos entre las suyas y se las apretó.

—Eso no fue nada. Roger pagó un precio más alto.

—Fue horrible, mamá, él... —empezó a decir Will, y entonces se calló—. Pero ¿cómo lo sabes? ¿Cómo sabes que no ha venido con nosotros y está ahora esperando ahí fuera?

—Porque sé quién está ahí fuera —respondió ella.

—¿De verdad? ¿Ahora? —preguntó Will.

Lanzó un suspiro.

—Y pude notar la tristeza dentro de ti en cuanto bajaste del microbús.

En aquel momento regresó Drake, llevando a *Bartleby* de la correa. El cazador sacaba las garras y tenía los ojos desorbitados. Tan pronto como Drake le quitó la correa, se fue hacia la puerta y embistió contra ella de cabeza, como si quisiera atravesarla.

—Los perros lo han desquiciado. Tal vez sea mejor que lo meta en el dormitorio con *Colly* —dijo Drake.

—No, ¿por qué no la traes aquí a ella? —propuso la señora Burrows—. *Colly* lleva demasiado tiempo encerrada y tiene que conocer a *Bartleby* antes o después.

Para entonces *Bartleby* ya había olfateado la presencia de la cazadora. Empezó enseguida a corretear en círculos, olfateando la alfombra raída de la autocaravana.

Cuando Drake abrió la puerta del dormitorio, *Colly* salió a toda velocidad. Los dos cazadores se miraron el uno al otro, olfateándose inquisitivamente, pero guardándose las distancias. Entonces se acercaron de un bandazo y se tocaron con el hocico, al tiempo que *Bartleby* toqueteaba la alfombra. Lanzando un gruñido sordo, el gato enseñó los colmillos. Sin previo aviso, *Colly* le propinó un buen mordisco a un lado de la cabeza. Él soltó un aullido de indignación.

Pero, lejos de responder, *Bartleby* le lamió cariñosamente la oreja.

La señora Burrows lanzó una risita.

—Sólo le está enseñando quién es la que manda.

—Sabe cómo se siente él —farfulló Will.

—Bueno, yo me esfumo para que podáis contaros vuestras cosas —dijo Drake, dejando a Will y a su madre juntos en la autocaravana.

Will salió finalmente al aire libre. Se encaminó hacia el fuego, donde cantaba un hombre. Chester y su padre estaban sentados sobre una paca de heno, escuchando la canción, pero no había rastro ni de Drake ni de Elliott. Will supuso que se la habría llevado para que le extrajeran unas muestras de sangre. Había mencionado algo de llevarlas a unos cuantos hospitales de Londres para que al menos tuvieran la vacuna lista para producirla si los styx decidían soltar el virus del Dominion.

Will se acercó a su amigo por detrás, sigilosamente, y le echó las manos al cuello.

—¡Uuuh! —exclamó.

—¡No! —gritó Chester, saltando de la paca en la que estaba repantigado.

Siguió aterrorizado hasta que vio quién era.

—¡Tú! —se rió, dándole a Will un empujón nada agresivo—. Tienes que tener cuidado. Por aquí somos todos un poco asustadizos —le dijo en voz baja.

—¿Pasa algo? —le gritó a Chester uno de los niños mayores, con cara de preocupación.

Entonces Will se dio cuenta de que el cantante se había callado y que algunos de aquellos nómadas y sus hijos se habían puesto en pie y le dirigían miradas muy poco amistosas.

—No, no pasa nada. Conozco a este payaso —respondió Chester, y se volvió hacia Will—: Éste es mi padre —añadió, señalando al hombre que estaba a su lado.

Parecía muy formal y fuera de lugar, pero Will y el señor

Rawls se estrecharon la mano y se saludaron cortésmente. Chester se inclinó hacia su smigo.

—Éste es el sitio más guay que te puedas imaginar. Hacía meses que no me sentía tan seguro.

Cuando el cantante volvió a cantar, Will observó a la gente que había alrededor del fuego. Era una colección tal de personajes inverosímiles que de pronto recordó la pandilla de amigos del tío Tam, a los que había conocido en la taberna de la Colonia. Will no estaba seguro de qué era lo que había invocado aquel recuerdo, pero pensó que tal vez fuera uno de los hombres del corro, que era la viva imagen de Imago Freebone.

Negando con la cabeza, Will le dirigió una sonrisa a su amigo.

—Míranos, en torno a la hoguera, en un campamento de gitanos. ¡Si nos vieran ahora nuestros profesores! —le dijo.

—¡Uuuf! —respondió Chester.

Entonces se rieron los dos, encantados de volver a estar juntos.

Cuando llegó el momento de dejar el campamento, Drake abrió la puerta del microbús deslizándola hacia un lado. Ahora que estaban más interesados el uno en el otro que en los perros que corrían por el campo, Drake no tuvo problemas para meter a los cazadores dentro del coche. Se aseguró de que pasaran a la parte de atrás del vehículo, en la que *Colly* saltó al asiento. De ese modo, no le dejó a *Bartleby* más sitio que el suelo, donde Drake había colocado una manta vieja. Pero ambos parecían muy contentos mientras se estiraban y se ponían cómodos.

—Celia —le dijo Drake a la señora Burrows—, ¿por qué no os ponéis Jeff y tú en la siguiente fila? —Hizo ademán de coger a la señora Burrows por el brazo para guiarla, pero ella se retiró.

—No necesito ayuda —le dijo, con firmeza pero con amabilidad—. ¿Y por qué no dejas que los otros entren primero?

—Bueno. Elliott, tú ahora, entonces —propuso Drake.

Will había estado esperando pacientemente al final de la fila, con Chester, pero para su sorpresa su amigo se adelantó de repente y siguió a Elliott para sentarse junto a ella. Y una vez dentro, Chester se quitó la mochila y la puso a su lado, de manera que no quedaba espacio para nadie más en aquel asiento.

Cuando subieron la señora Burrows y el señor Rawls y se colocaron en la siguiente fila, Drake y Will se miraron brevemente.

—Me parece que nos toca a los dos delante, compañero —le dijo.

Drake arrancó el microbús y puso rumbo a Londres. Los dos cazadores se durmieron profundamente, en contraste con Elliott y Chester, que no paraban de hablar y de intercambiar historias. Aunque Will respondía cada vez que le decían algo, se sentía completamente apartado.

El señor Rawls y la señora Burrows no dijeron nada, pero como si percibiera el estado de ánimo de Will, su madre se inclinó hacia delante y le apretó el brazo para confortarlo.

—Ahora estamos seguros, Will —dijo—. Eso es lo principal.

Drake bajó un poco la ventanilla y encendió la radio del vehículo, que no era ninguna maravilla.

—Me estoy adormilando. Necesito algo que me despierte —le confió a Will.

El chico escuchaba con agrado las canciones, pero se puso tenso cuando empezó una nueva: «*You are my sunshine, my only sunshine*», cantaba suavemente la cantante.

—¿Te importa si cambio de emisora? —le preguntó a Drake, haciendo una mueca.

Al comienzo de la autopista Drake paró en una estación de servicio y se volvió en el asiento para hablarles a todos.

—Bueno, ya basta de cháchara. Quiero que cerréis un poco los ojos y me temo que necesito que os pongáis esto. —Alcanzó el hueco que había delante de las piernas de Will y cogió una bolsa, de la que sacó unas capuchas.

—¿Para que no podamos ver a dónde nos llevas? —preguntó Will, observando la capucha que Drake le había entregado—. ¿Por qué es necesario?

—Está claro que los cazadores nos lo van a poner difícil si no queremos llamar la atención en Londres —explicó Drake—. Y no puedo esperar que permanezcan todo el tiempo encerrados. Además, somos demasiados para quedarnos en uno de mis pisos francos. Así que he hablado con alguien que nos puede alojar a todos, pero con la condición de que no le expongamos a ningún peligro.

—Así, si no sabemos dónde estamos, no podremos indicárselo a los styx si nos someten a la Luz Oscura —razonó Will.

—«Cuanto menos sepa cada uno, mejor» —soltó Chester. Drake asintió con la cabeza.

—Así que vamos a entrar en el tren de la bruja —dijo en tono juguetón la señora Burrows, empezando a ponerse la capucha en la cabeza.

Drake se rió.

—Eh, Celia, espera un momento... Eso no te va a servir de nada a ti, ¿verdad?

—No realmente —admitió—. Yo puedo ir cogiendo pistas por el camino.

—Eso me imaginé —dijo Drake, sacando un pequeño frasco de Vicks del bolsillo—. Así que a ti te he traído esto, y quiero que te lo untes debajo de la nariz. No tengo ni idea de lo potente que es ese nuevo sentido tuyo, pero espero que funcione.

—Parece que estás en todo —comentó ella.

34

Drake llevó el coche durante muchas horas, y al final dejó la carretera principal para meterse por una serie de carreteras de un solo carril. Los cruces que pasaba carecían de indicaciones, pero él se conocía tan bien la ruta que no le hacían falta. Al final se detuvo ante un par de cancelas de metal puestas entre dos robustas columnas de piedra. Sobre esas dos columnas había unos grifos, mezcla de águila y león, desgastados por el tiempo. Tenían un gesto feroz, como retando al que se atreviera a entrar.

—Gog y Magog —les dijo Drake, como si saludara a dos amigos a los que hacía tiempo que no veía, y entonces echó un vistazo a los pasajeros que abarrotaban el microbús, que con sus capuchas puestas se habían pasado la mayor parte del camino durmiendo. Las cancelas se abrieron lentamente y entonces entró y siguió camino. Los ondulantes pastos que tenía a izquierda y derecha estaban salpicados de retorcidos robles y hayas azotadas por el viento.

Cuando las cancelas habían quedado ya fuera de la vista, dijo en voz alta:

—¡En pie y espabilaos, todo el mundo! ¡Capuchas fuera! ¡Hemos llegado!

Comenzaron a rebullir y despertar de su sueño, y se quitaban las capuchas mientras la señora Burrows se limpiaba el ungüento de debajo de la nariz.

—Tardaré tiempo en recuperarme de ese olor —rezongó.

Los ojos de Will tardaron un rato en adaptarse a la luz y permitirle ver con claridad cuanto le rodeaba.

—¡Estamos en el campo! —dijo.

Como si se lo hubieran mandado, el sol salió en aquel instante de detrás de las nubes para bañar el paisaje con su brillo suave, otorgando a los pastos una luz dorada y suntuosa. Drake aceleró al bajar una cuesta muy pronunciada del camino y traspasó una rejilla en el suelo que servía para impedir el paso del ganado. Entonces apareció ante ellos un pequeño puente peraltado, pero Drake no hizo intento de moderar la velocidad al atravesarlo. Parecía que el microbús fuera a despegar, y eso hizo: aterrizó con un golpazo que les sacudió los huesos.

—¡Ahí va mi estómago! —dijo Chester riéndose, mientras él y sus compañeros de viaje tenían que agarrarse para no salir despedidos.

—¡Eh, un lago! —exclamó Will al ver a la izquierda del camino una extensión de agua, cuyas orillas estaban cuajadas de juncos. En una pequeña isla en medio del lago, colocada entre un bosquecillo de sicomoros, había una falsa pagoda. La combinación de aquella pagoda con el puente peraltado que aparecía a poca distancia de la isla producía la impresión de que alguien había intentado recrear el diseño encontrado en una fuente de porcelana.

Entonces el microbús empezó a ascender hasta la cima de una colina, y al llegar arriba apareció ante ellos una grandiosa casa de piedra clara.

—¿Nos vamos a quedar aquí? —preguntó el señor Rawls, diciendo en voz alta lo que todos estaban preguntándose para sus adentros—. Parece un palacio.

—Lo es —dijo Drake, manejando con esfuerzo el volante al pasar a toda velocidad en torno a una fuente de piedra, en el centro de una glorieta. Entonces pisó a fondo el freno y el microbús derrapó en la grava antes de detenerse.

Todo el mundo se apeó en sobrecogido silencio, dando gracias de poder estirar las piernas después de un viaje tan largo. Cuando Drake logró despertarlos, los dos cazadores salieron del vehículo lo más aprisa que podían. Casi lo derriban al suelo al salir lanzados por la puerta para dirigirse derechos hacia las laderas de hierba y bajar a toda velocidad al lago, como dos potros retozones.

—Por aquí —anunció Drake, señalando la casa con un gesto de la mano. Subió de dos en dos los peldaños de la escalinata que daba a la puerta principal, y no se entretuvo haciendo sonar la campana, sino que la abrió de golpe, como si fuera el dueño del lugar.

—¡Hola! ¡Estamos aquí! —exclamó al entrar. Su voz retumbó en el interior de la mansión.

Sin saber qué esperar, Will y los demás habían entrado tras él. Pisaban con vacilación por el suelo ajedrezado de mármol blanco y negro, que en el centro exhibía un escudo de armas.

Ninguno de ellos dijo nada mientras contemplaba las paredes de madera oscura y la enorme escalinata que subía al primer piso. Sobre sus cabezas, una complicadísima araña colgaba del techo, que estaba adornado con molduras. En los muros había gran cantidad de cuadros.

—Esto es sobrecogedor —murmuró Will. Ante él había una gran chimenea de mármol, flanqueada por un par de armaduras idénticas que sostenían unas mazas muy decoradas, cruzadas sobre el peto. Chester las admiró junto con su amigo.

—¡Es increíble, igual que la mansión del capitán Haddock! —añadió—. Pero ¿quién vive aquí? ¿Algún noble?

Drake negó con la cabeza.

—No —dijo, como si lo que había dicho Chester no pudiera estar más lejos de la realidad. Se dirigió a una puerta cerrada que había a un lado del vestíbulo—. Éstas son las reglas de la casa. El estudio se halla al otro lado de esta puerta —dijo, golpeándola con tanta fuerza que la hizo temblar—. Por ningún motivo podéis entrar aquí, porque podríais ver algo que os permitiera identificar este lugar. ¿Comprendido?

Observó al grupo, fijando la mirada en cada uno de ellos hasta que todos fueron asintiendo con la cabeza.

—Con el resto de la casa no hay problema, podéis ir adonde queráis. Pero no os salgáis de la propiedad, o...

—¿De la propiedad? —interrumpió Will—. ¿Cómo es de grande este lugar?

—Bastante grande —respondió Drake sin aclarar nada—. De hecho, tal vez sea mejor que ninguno vaya donde se deje de ver la casa. Puede haber gente en las casas de los empleados, que se encuentran a casi dos kilómetros en esa dirección. —Señaló con el pulgar la parte de atrás del vestíbulo—. Si andan por ahí, no van a querer conoceros, de todas formas. No son el tipo de gente que se deja ver.

—Suena misterioso —comentó el señor Rawls.

Drake negó con la cabeza; su expresión era tremendamente seria.

—No intentéis entablar relación con ellos —dijo. Entonces se le alegró la cara—. Sin embargo, seguramente os encontraréis con el viejo Wilkie, el jardinero, que vive en la casa del guarda. Lleva años trabajando para la familia, pero si habláis con él, sólo podéis decirle que os ha invitado el dueño. Nada más, ni nombres ni nada personal. Otra cosa: no podéis ni tocar el teléfono de la casa. Y tampoco podéis usar móviles ni ningún aparato electrónico, por nada del mundo. No quiero que nos localicen. —Dio unos pasos hacia la parte de atrás del vestíbulo, desde la que echó un vistazo al pasillo—. ¿Dónde se habrá metido? —se preguntó, antes de volver a gritar bien alto—: ¡Hola, estamos aquí!

—No hace falta gritar —respondió la voz de cascarrabias de un hombre que salía en aquel momento de otro pasillo—. No estoy sordo todavía y sé perfectamente que estás aquí. Yo te he abierto la cancela, ¿no?

El hombre llevaba una chaqueta de *tweed* sobre un chaleco marrón claro y rodilleras de cuero en los pantalones. No era fácil calcular si tendría sesenta y tantos o setenta y tantos, pero sus pies eran ligeros, pese al hecho de que llevaba bastón. Tenía el rostro curtido, una barba grande de color gris y un pelo sorprendentemente largo, aunque se estaba quedando calvo por arriba. Sus ojos eran vivos, y brillaron al acercarse a Drake. Se paró delante de él, mirándolo de arriba abajo. Resopló por entre los labios, como si estuviera algo molesto, y entonces empezó a mirar a los demás. Los evaluó de un modo que delataba una larga experiencia, como si no hubiera nada en el mundo que pudiera sorprenderlo. Se demoró ante la señora Burrows, la única del grupo que no lo miró a los ojos.

Viendo que Will no dejaba de mirar de reojo el retrato de cuerpo entero de un hombre en uniforme militar que había sobre la chimenea, se dirigió al muchacho.

—Ése era mi padre. Un tipo apuesto, ¿eh? —dijo.

Will asintió con la cabeza, fijándose en la falda escocesa y la boina beis que llevaba el retratado, y también en el hecho de que, totalmente en contra lo que era usual en aquel tipo de retratos, el fondo no consistía en una estancia oscura ni en la típica campiña inglesa, con sus pequeñas lomas, sino en un desierto bañado por el sol que se completaba con un oasis rodeado de palmeras.

—¿Eso es un Land Rover? —preguntó Will, indicando el vehículo aparcado junto al oasis.

—Sí. Se los llamaba Panteras Rosas desde antes de que existieran los dibujos animados. Fueron equipados para los trabajos de reconocimiento a larga distancia en el desierto.

Mi padre colaboró en el diseño de los vehículos. Fue uno de los primeros reclutas de David Stirling, de su viejo equipo en el Comando número ocho, cuando fundó el Regimiento, en 1941.

Will frunció el ceño.

—¿El Regimiento?

El hombre asintió con la cabeza.

—Sí, y apuesto a que no te tengo que contar lo que significa esa daga con alas en la boina de mi padre, ¿eh, muchacho? —dijo señalando el retrato con su bastón.

—Eh..., ¿el SAS? —respondió Will.

—Sí, efectivamente: las siglas en inglés del Servicio Especial Aéreo. Fue también mi regimiento. Y se le llama el Regimiento, porque es el mejor regimiento del demonio que hay en el mundo, incluso en estos tiempos de ñoñería.

El anciano había dejado de mirar el retrato y ahora tenía la mirada perdida en la limpísima rejilla de la chimenea.

—Stirling solía traer aquí a sus hombres para entrenar en secreto antes de dejarlos caer tras las líneas enemigas en misiones de sabotaje —dijo, y se rió—. Para que los ejercicios fueran más realistas, todos los empleados de la propiedad en aquel entonces tenían que hacer de soldados alemanes. Ya verás que al viejo Wilkie, el único miembro del personal que continúa conmigo, se le sigue dando bien el alemán. —El hombre se aclaró la garganta con un gruñido, comprendiendo que estaba hablando demasiado, y blandió el bastón por el aire sin ningún cuidado—. Pero supongo que estaréis todos con ganas de comer y beber algo después del viaje. Si vais al comedor, os llevaré té y sándwiches —dijo.

—¿Sigues haciendo tú la comida y lavando la ropa? —preguntó Drake, sonriendo—. ¿Por qué no te buscas un ama de llaves? No compr...

—¡Tonterías! —bramó el hombre—. Eso es tirar el dinero. Cuando llegue el día en que necesite a alguna vieja arpía rondando por aquí y envenenándome con su pitanza, espero estar muerto y enterrado. —Le dio la espalda a Drake y se dirigió a Will y el resto del grupo—. Por cierto, podéis llamarme Parry, porque ése es mi nombre real, a difrerencia de otros que hay por aquí. —Se volvió otra vez hacia Drake, y levantó una ceja como si se le acabara de ocurrir algo absurdo—. ¿Y qué demonios se te pasó por la cabeza para ponerte ese nombre de pato?

Antes de que nadie se diera cuenta de lo que iba a hacer, se había encorvado como un boxeador y le pegó a Drake en el estómago con todo el puño. Will, Chester y Elliott hicieron ademán de acercarse, por si necesitaba ayuda, pero no llegaron allí porque el hombre se retiró.

Drake estaba encogido, intentando recuperar la respiración.

Pero, para sorpresa de todos, cuando volvió a enderezarse, se reía al tiempo que jadeaba.

—¡Pegas como una chica, matón de geriátrico! —dijo casi sin aliento.

—¡Eh, ten cuidado con lo que dices! —repuso Elliott—. ¡O te enseñaré cómo pega esta chica!

—¡Por favor! —dijo Drake, levantando la mano como para rechazar su ataque, pero sin dejar de reírse—. Los dos a la vez no. —Se volvió hacia Parry—. ¿Se puede saber a qué ha venido eso?

—Eso —bramó el hombre— ha venido por no enviarme ni una maldita tarjeta de cumpleaños en cinco años, y llamarme ayer de repente para pedirme ayuda, bastardo desagradecido. ¿Sabes que al no saber nada de ti puse a algunos de mis antiguos soldados a preguntar y averiguar en qué andabas metido? —Parry se miró la mano que había empleado para golpear a Drake, flexionando los dedos—. Me dijeron que no encontraban ni rastro de ti y que seguramente te habrían matado —dijo.

Drake había recuperado el aliento, pero no parecía tomarse a mal el puñetazo. Por el contrario, a Will le pareció que estaba más contento que nunca. Drake negó con la cabeza.

—Lo siento, es que entre unas cosas y otras, he andado algo liado —dijo—. Pero me voy a portar mejor, papá.

35

—¡Una comida de domingo! —exclamó Chester, mirando a su padre desde el otro lado de la mesa—. No esperaba volver a sentarme nunca ante una comida de domingo.

—Yo ya no sé qué esperar —repuso el señor Rawls, con desconsuelo.

Hubo un instante de silencio hasta que Drake intervino:

—Sí, a propósito de eso, quisiera que levantarais vuestra copa conmigo. —Se puso de pie y cogió la copa de vino de la mesa, mientras todos los demás seguían su ejemplo—. Quiero que brindemos por todos lo que no están aquí hoy con nosotros: el doctor, la señora Rawls, Sarah Jerome, Tam Macaulay, Cal, Leatherman... Por nuestros ausentes y valerosos... amigos.

Todos bebieron con él y volvieron a sentarse.

—Y Chester, tengo algo para ti —dijo Drake. Cogió un paquete de un lado de su silla y se lo pasó por encima de la mesa.

—¿Qué es? —preguntó el chico, rasgando el papel para abrirlo—. ¡Un monopatín! Drake, ¡te has acordado de que no llegaron a regalármelo por Navidad! ¡Es increíble!

Drake sonrió.

—Puedes probarlo en las pistas de tenis. La superficie no está muy bien, porque hace años que no las usa nadie, pero debería valer para usar el monopatín. Mira en el fondo de la bolsa, hay unas espinilleras. No quiero que te lastimes.

—Mientras Will y Elliott admiraban los colores chillones del monopatín, Drake echó un vistazo a su reloj—. ¿Dónde se ha metido mi padre con la comida? Esa mula testaruda no me ha dejado que le echara una mano.

En la cocina, Parry dejó el bastón apoyado contra un lateral de la estufa mientras se calzaba un par de guantes para abrir la puerta del horno. Sobre la bandeja crepitaban dos trozos de rosbif, que sacó para examinarlos.

—¡Perfecto! —dijo.

De repente, *Bartleby* y *Colly* se presentaron uno a cada lado de él. Arremetieron contra los trozos de carne, los cogieron con los dientes y echaron a correr con sus trofeos por la puerta de atrás y a través del campo.

—¡Malditos ladrones! —gritó Parry, blandiendo el bastón ante los cuartos traseros de los dos cazadores en fuga—. ¡La próxima vez usaré la escopeta!

En la mesa del comedor, los reunidos no habían oído nada, pues la cocina estaba a varios pasillos de distancia.

—Voy a ver qué hace —decidió Drake—. Seguro que se le ha quemado la comida.

—Yo de ti no me molestaría —dijo la señora Burrows cuando vio entrar a Parry por la puerta con cara de furia—. Nuestro plato principal se aleja en estos momentos por el campo de detrás de la casa, y a bastante velocidad —añadió antes de que Parry pudiera decir nada.

—¿Cómo lo has hecho? —preguntó Parry—. ¿Cómo es posible que sepas lo que ha pasado?

La señora Burrows se tocó una aleta de la nariz con el dedo índice.

—SPO —dijo ella, como si le pusiera al corriente de un gran secreto.

—¿SPO? —repitió Parry, dejándose caer en su silla, en la cabecera de la mesa, y bebiéndose su vino de un trago.

—Superpoderes olfativos —dijo la señora Burrows riéndose y poniéndose en pie—. Vamos, Drake, Jeff, podéis ayudarme a preparar otra cosa para comer.

—Eh..., ¿puedo decir algo? —empezó Chester, y la señora Burrows volvió a sentarse.

Drake asintió con la cabeza en un gesto dirigido a Chester, para que siguiera hablando.

—Bueno, es que lo que acaba de decir la señora Burrows sobre sus superpoderes me ha dado una idea. Estamos aquí a causa de los styx y hemos conseguido cosas increíbles, ¿no? —Miró a Drake—. Hemos acabado con la fuente de esos virus y hemos destruido su laboratorio. —Entonces miró a Will y a Elliott—. Y también hemos conseguido la vacuna del virus del Dominion. O sea que somos buenos en lo que hacemos, somos un equipo especial, y juntos podemos enfrentarnos a los styx, ¿no? Como esos equipos de superhéroes que luchan contra el crimen en los cómics y las películas. Y si somos tan buenos, ¿no deberíamos tener un nombre? Algo así como los X-Men o los Cuatro Fantásticos...

—Bonito discurso, Chester —le felicitó Drake.

—¿Y estabas pensando en algún nombre en concreto? —preguntó la señora Burrows—. ¿Algo del estilo de Alianza Rebelde, pero con más gancho?

—¿Mutantes Ninja de la Superficie? —propuso Will.

El señor Rawls contó rápidamente cuántos eran en la mesa.

—¿O Los Siete de Drake? —dijo con una risita.

En este punto, Drake puso los ojos en blanco.

—Bueno, decidid vosotros. Buscad un nombre mientras yo hago una redada en la cocina —propuso.

La señora Rawls se puso cómoda para ver las noticias de la noche. Acababa de terminar una larga conversación telefónica con su hermana. Era una de esas llamadas de pariente preocupado en las que la otra persona no. tiene absolutamente nada que decir, pero se toma muchísimo tiempo para decirlo. Y lo peor de todo era que su hermana la amenazaba con hacerle una visita para «cuidarla».

A su hermana no le gustaba que la señora Rawls estuviera sola en la casa, y ya llevaba bastante así, desde que su marido, Jeff, había decidido salir a un largo viaje por el extranjero. A la señora Rawls no le hacía ni pizca de gracia mentir a su propia familia, ni a nadie más en realidad, pero hay que decir que cuando explicaba la ausencia de su esposo contándole aquello a la gente, nadie parecía sorprenderse mucho. Todos sabían cuánto estrés habían acumulado ella y el señor Rawls desde la desaparición de Chester, y aquellas personas cargadas de buenos deseos invariablemente farfullaban los conocidos «Seguramente necesita algo de tiempo para sí mismo» y «Volverá pronto, ya lo verás».

Por supuesto, la señora Rawls tenía otra opinión. A decir verdad, no sabía dónde se encontraban en aquellos momentos ni su esposo ni su hijo, pero estaba completamente segura de que ninguno de los dos se había marchado al extranjero.

Se repantigó en la butaca, intentando hacer todo lo posible por concentrarse en la televisión, pero su mente se empeñaba en escaparse por ahí.

Le había dicho a Drake que no podía mantenerse al margen mientras su hijo, y últimamente también su marido, ponían su grano de arena en la lucha contra los styx. Por el teléfono móvil que le había dado Drake y que su marido no sabía que tenía, había hablado largo y tendido sobre su responsabilidad y cómo se estaba volviendo loca en el hotel, hasta que Drake capituló y le ofreció algo que hacer.

Y el plan consistía en que ella actuara como si siguiera sometida a la programación de Luz Oscura y volviera simplemente a su casa de Highfield. Desde allí, ella le había informado a Drake de cada contacto con los styx o sus agentes utilizando el procedimiento del buzón secreto. Eso suponía dejar notas para él en el puesto de prensa del vecindario cuando se dejaba caer por allí cada mañana para comprar el periódico.

Por supuesto, el plan no era infalible.

Los styx podían simplemente hacerla desaparecer, como decía Drake. O podían decidir darle un refuerzo de Luz Oscura, con lo que volvería a estar bajo su control.

Pero, por otro lado, su información sería muy valiosa si los styx pensaban que ella seguía completamente programada y les podía ser útil, ya como medio de llegar a Chester y por tanto a Drake, o ya haciéndole cumplir algún papel. Y la información, tal como le había explicado Drake, no era fácil de conseguir cuando se trataba de los styx.

Cuando terminaron las noticias y empezó el parte del tiempo en la televisión, la señora Rawls oyó un ruido detrás de ella.

El sonido de alguien que se desplazaba por la alfombra.

El corazón le dio un vuelco.

«¿Serán ellos?», pensó. Desde donde estaba sentada, de espaldas a la puerta, no tenía medio de ver quién estaba allí. Resistió el impulso de darse la vuelta y no movió un músculo. Intentó conservar la calma, porque tenía que comportarse como si siguiera bajo la influencia de la Luz Oscura.

Una voz le habló al oído. Era una voz baja, entrecortada. Tenía acento, tal vez de los barrios bajos de Londres.

—Hay algo que queremos que hag... —retumbó la voz, pero no llegó a terminar la frase, y en su lugar se oyó un ruido sordo.

Se volvió a tiempo de ver caer al suelo a un hombre robusto. Al hacerlo, sus gafas oscuras salieron de su rostro dando vueltas. Llevaba un chaquetón impermeable y sobre la cabeza una gorra de visera. En las manos había portado una caja, que ahora estaba en el suelo, a su lado.

Sobre él se hallaba otro hombre de complexión mucho más ligera, alguien que se parecía a la descripción que Drake le había hecho de los styx. Pero aquel hombre llevaba chaqueta deportiva y pantalones de franela, y aunque su rostro era de una delgadez cadavérica y sus ojos eran intensos, la impresión de conjunto era que no podía tratarse de uno de aquellos asesinos procedentes de la ciudad subterránea de los que le habían hablado.

—Señora Rawls, Emily... —dijo él, ofreciéndole la mano, un gesto que resultaba algo curioso teniendo en cuenta que acababa de tumbar a un hombre en la sala de estar de su casa.

—Sí —respondió ella, estrechándosela.

El desconocido se acercó y se sentó en el brazo del sofá, junto a ella.

—Me envía Drake. No sé si me recuerda, pero yo le acompañé aquí una vez.

Ella frunció el ceño.

—Eso fue cuando usted y su marido no pudieron reconocer a Chester porque estaban bajo los efectos de la Luz Oscura. Por cierto, ¿ha superado usted completamente la programación?

Él no aguardó una respuesta por su parte, sino que pronunció unas palabras en una lengua extraña y estridente que ni por asomo entendió la señora Rawls, que se encogió de hombros.

—Parece que sí —concluyó el hombre. Se puso en pie—. Ahora tiene que venir conmigo. El plan de Drake no ha salido bien. —Miró de reojo al hombre tendido sobre la moqueta—. Éste es un colono y había venido para activarla a usted.

La señora Rawls se puso de pie, observando al hombre inconsciente.

—¿Activarme? ¿Para qué? Y ¿qué hay en esa caja? —preguntó señalando la caja gris cuadrada, que tenía unos veinte centímetros de lado.

—No sé qué pensarían hacer con usted, pero la caja contiene seguramente algo peligroso. Tal vez no sea un arma biológica, pero podría ser una bomba —dijo, cogiéndola y metiéndosela bajo el brazo—. En cualquier caso, es demasiado peligroso que permanezca usted aquí por más tiempo. Tiene que venir conmigo, señora Rawls.

—Sí, eh, señor... —dijo ella, frunciendo el ceño porque no sabía cómo llamar a aquel hombre que había aparecido de repente en su casa para salvarla.

—Perdone, no me he presentado. Me llamo Edward Green —le dijo el hombre—. Pero, por favor, llámeme como todo el mundo: Eddie.

36

Will, Chester y Elliott estaban al borde del lago cuando Will oyó que lo llamaban.

—Me parece que Drake quiere que vayas —dijo Elliott, viendo que le hacía señas al chico.

Will subió la pendiente que llevaba a la casa. El hombre lo esperaba en la terraza, donde había una mesa y varias sillas.

—¿Ya estás de vuelta? —le preguntó Will. Solía ausentarse cada poco durante dos o tres días, pero nunca contaba lo que hacía.

Drake asintió. El muchacho vio que no se había quitado del hombro la bolsa de viaje. Por algún motivo se imaginó que Drake le había traído algún regalo, igual que le había llevado el monopatín a Chester.

—¿Traes algo para mí? —preguntó con impaciencia, señalando su bolsa.

Pero Drake no respondió, y Will vio que estaba muy dubitativo para lo que acostumbraba, así que comprendió que se había equivocado y se asustó de pronto—. ¿Algo va mal? —preguntó, pero Drake tampoco le respondió esta vez. Tan sólo se quitó la bolsa de viaje del hombro y la colocó sobre la mesa. Abrió la cremallera y hurgó en el interior.

—No sé muy bien cómo decirte esto, Will —dijo Drake, sacando una bolsa blanca de la compra que, sin embargo,

496

no entregó al chico—. Será mejor que nos sentemos, ¿te parece?

Will cogió una de las sillas de debajo de la mesa y se sentó en ella, esperando que Drake prosiguiera.

—Me pediste que entregara el diario de tu padre al Museo Británico. Querías que llegara a las manos de alguien que estuviera cualificado para apreciarlo, alguien que pudiera presentar al mundo los increíbles descubrimientos de tu padre...

—Sí —murmuró Will, a quien no le daba buena espina el tono con que lo decía Drake.

—No necesito explicarte que el gran problema es que no hay pruebas físicas que respalden lo que dice el diario. Quiero decir que sería diferente si hubieras traído contigo algún objeto o espécimen en apoyo de lo que cuenta tu padre.

A estas alturas, Will estaba a punto de estallar. Tenía que saber qué había ocurrido.

—Cuéntamelo, Drake. No importa que sean malas noticias, estoy preparado. —Miró de reojo la bolsa blanca de la compra—. ¿Qué tienes ahí?

Drake levantó la mano para decir:

—Por favor, déjame terminar.

—Vale —aceptó Will haciendo una mueca.

—Por lo visto, el diario de tu padre ha sido examinado por varios especialistas de los diversos departamentos de antigüedades del museo, y después no sé cómo se lo han pasado al profesor White, de la Universidad de Londres.

—El profesor White —farfulló varias veces Will, hasta que de repente se puso en pie de un salto—. ¡Ese nombre lo conozco! —exclamó—. ¡No! Es el cerdo que se llevó toda la gloria por la villa romana que mi padre encontró en Highfield. Le robó el descubrimiento a mi padre. ¡No, él no!

—Siéntate, Will —dijo Drake con firmeza—. Todavía no he terminado.

El muchacho enrojeció y la indignación le impidió respirar bien. Sin embargo, volvió a sentarse mientras su amigo seguía hablando.

—Resulta que al profesor White le ha gustado bastante lo que ha leído, y se lo ha pasado a dos alumnos suyos. Y ellos han escrito un libro.

—¿Qué clase de libro? —preguntó Will.

Drake abrió la bolsa de la compra y echó un vistazo a su interior.

—Es la primera novela que publican esos dos. Tú sabes mejor que nadie que lo que sobrevivió del primer diario del doctor Burrows sigue seguramente en la cabaña de Martha, donde tú lo dejaste. Y al comienzo de su segundo diario, el que trajiste contigo, el doctor Burrows intentaba reconstruir un testimonio día a día de todo lo ocurrido hasta el descubrimiento de la Colonia y de todo lo que pasó después. —Drake tomó aire—. En cualquier caso, a esos dos estudiantes les inspiró tanto lo que leyeron que crearon toda una historia basada en el diario.

—¿Que hicieron qué? —dijo Will, aunque apenas podía hablar, de tan tenso como estaba—. Entonces, ¿no es un libro académico?

—No exactamente —respondió Drake, sacando el libro de la bolsa y pasándoselo a Will, que lo cogió para examinar la cubierta.*

—«*El topo de Highfield*» —leyó Will—. ¿*El topo de Highfield*? —repitió varias veces. Le dio la vuelta al libro para ver lo que decía la contracubierta.

---

* Ver fotografía página 510. El libro al que alude de este modo tan cervantino es un libro real publicado en 2005 por los autores: la primera versión de *Túneles*. (*N. del T.*)

—Como ves, es un libro juvenil —le dijo Drake—. Han convertido el diario de tu padre en una novela de aventuras para jóvenes lectores.

Aunque seguían a la orilla del lago, Chester y Elliott oyeron el grito de Will, procedente de lo alto de la loma:

—¡Noooooooooooo!

Epílogo

La voz de Parry retumbaba en toda la casa convocando a la gente. Parecía que se trataba de algo urgente.

—¿A qué vendrá ese pánico? —preguntó Will, cuando Chester se juntó con él en el pasillo que daba a sus dormitorios.

—No lo sé —contestó el chico encogiéndose de hombros, al tiempo que veía que su amigo llevaba un nuevo libro con él—. ¿Lo estás leyendo...? ¿Me lo dejarás cuando lo termines? ¿Está bien? —preguntó.

Will puso mala cara.

—Es como un sueño muy extraño. Por supuesto que te lo dejaré cuando lo termine —dijo.

Cuando acababan de subir la escalinata, Elliot salió como una bala de su dormitorio. Llevaba puesto un albornoz y una toalla enrollada en la cabeza. Después de pasarse la vida sin contar más que con las cosas más básicas, ahora había decidido que su lugar favorito era el cuarto de baño. Como cualquier chica adolescente, se pasaba las horas encerrada en él, relajándose en el baño o arreglándose el pelo en el espejo.

En aquel momento, al entrar en tropel en el salón, vieron a Drake y Parry delante de la televisión, paralizados por lo que veían. Chester echó un vistazo al vestíbulo para ver si se acercaba su padre, pero no había ni rastro de él. En aquel instante entró la señora Burrows.

—¿A qué viene tanto jaleo? —preguntó, deteniéndose junto a Will.

—A mi padre le acaba de llegar un soplo de un contacto que tiene en los servicios de seguridad. Algo está ocurriendo en Londres —respondió Drake, subiendo el volumen de la televisión con el mando a distancia—. Algo gordo.

«... entre esas iniciativas se encuentra la orden del cierre inmediato de los tres departamentos epidemiológicos y la transferencia de su personal clave a una sola "unidad principal" en el Hospital Clínico Universitario —decía el presentador del telediario—. La orden ha llegado de lo más alto, del propio Primer Ministro, según fuentes cercanas al número diez de Downing Street.»

Entonces apareció en pantalla el Primer Ministro, en una atiborrada conferencia de prensa:

«Somos conscientes, en estos tiempos de dificultades económicas, de la acuciante necesidad de recortes del gasto público —decía—. Como resultado de nuestra profunda revisión del presupuesto de la Sanidad Pública, hemos identificado una serie de áreas en nuestros hospitales que se beneficiarán de la centralización y racionalización. Eso producirá unos ahorros sustanciales para la nación, sin reducción de los altísimos niveles de atención y tratamiento a los pacientes que ha alcanzado nuestro país».

Volvió a oírse la voz del presentador del telediario acompañando las imágenes del Primer Ministro, que entraba en el asiento trasero de su coche con rostro demacrado.

«El anuncio hecho hoy de que se ha decidido el cierre de unos departamentos tan importantes ha sido una total sorpresa, incluso para algunos de los altos cargos del Ministerio de Sanidad. Esta misma mañana la Asociación Médica Británica ha presentado una protesta formal por no haber sido consultada por el Gobierno en su decisión de cerrar, en particular, las unidades de respuesta epidemiológica...

—Siguieron unas escenas de hombres sacando recipientes sellados de un hospital y cargándolos en un camión—. Y por la urgencia con la que se están llevando a cabo los cierres.»

—No me lo puedo creer; eso es Saint Edmund's —comprendió Drake. A continuación la televisión mostró imágenes de otros dos hospitales, cuyas puertas principales aparecieron en la pantalla en rápida sucesión—: Bueno, ya lo veis; ahí está el Saint Thomas y el London Hospital. ¡Menuda coincidencia! —añadió, volviéndose hacia Elliott y los muchachos—. Vaya, justo cuando existen temores tan extendidos sobre el posible estallido de una epidemia seria, ¡el Gobierno decide cortar toda posibilidad de combatirla! ¿Cómo es posible?

—Pero ¿qué significa eso exactamente? —preguntó Chester.

—Significa styx —respondió Will.

—Eso tiene que ser —dijo Drake—. Es demasiada coincidencia que esto haya sucedido precisamente en los tres hospitales a los que llevé muestras de la sangre de Elliott para que las guardaran en sus bancos de vacunas. Los styx están moviendo pieza, robando la vacuna del Dominion. No me cabe duda de que esos especímenes desaparecerán misteriosamente en el camino hacia la nueva «unidad principal».

—Pero todavía tenemos nuestro espécimen aquí, ¿no? —dijo Will, dándole a su amiga una palmadita en el hombro.

—Eso te convierte en alguien muy importante —añadió Chester, observando a Elliott en su albornoz.

—Creía que ya lo era antes —se quejó ella.

Drake no escuchaba a ninguno de los tres, sino que pensaba en las consecuencias de todo aquello.

—Por supuesto, al anular nuestros servicios en la Superficie, el terreno de juego queda despejado para los styx. Apuesto a que tienen más sorpresas guardadas en la manga, más enfermedades terribles que esparcir, porque eso es exactamente lo que llevan siglos haciendo.

Pero si el Primer Ministro ha impuesto esta decisión, ¿crees que eso quiere decir que está bajo los efectos de la Luz Oscura? —preguntó la señora Burrows. Pero su pregunta no llegó a tener respuesta, pues en aquel momento Parry blandió su bastón apuntando a la televisión con él.

—¡Aquí lo tenemos! —anunció cuando interrumpieron la noticia de los hospitales y en la parte superior de la pantalla apareció el letrero de «ÚLTIMAS NOTICIAS».

Will frunció el ceño.

—¿Quieres decir que no nos habéis llamado por la noticia sobre los hospitales? —preguntó.

Drake negó con la cabeza.

—De ésa nos hemos enterado al mismo tiempo que vosotros.

—¡Callaos todos! —bramó Parry—. Ahora lo dicen.

Will y Chester se miraron perplejos y a continuación miraron la pantalla de la televisión. La imagen se disolvió durante un instante antes de que apareciera la reportera. Era evidente que no se hallaba en el estudio y que el incidente estaba siendo cubierto por una unidad móvil preparada apresuradamente.

La reportera se hallaba en una calle de altos edificios de cristal, mientras detrás de ella corría en todas direcciones gente que parecía aterrorizada. La mayoría eran oficinistas, pero también había algunos policías armados. La reportera se aturullaba al hablar, como si no le hubiera dado tiempo a preparar lo que tenía que decir:

«Estamos... estamos aquí, en la City de Londres, el corazón del distrito financiero, y a no más de medio kilómetro de distancia se encuentra el Banco de Inglaterra, donde está teniendo lugar un tiroteo. —Le habló alguien desde fuera de la pantalla—. En este mismo instante me comunican que tenemos imágenes obtenidas por una persona del público con su teléfono móvil.»

Dieron paso a una filmación temblorosa y de pobre calidad que mostraba una calle bloqueada por coches de la policía. Se oyeron disparos de arma automática y los policías se apresuraron a parapetarse tras sus vehículos. Entonces la cámara hizo zum más allá de esos vehículos, enfocando el cruce normalmente lleno de tráfico que se encuentra en el mismísimo centro de la City, donde tenía su sede el Banco de Inglaterra, en un edificio llamado The Royal Mint*. Repentinamente, acompañada por el ruido de más disparos, hubo una enorme explosión y volaron por los aires las ventanas del edificio. La reportera empezó a hablar sobre el resto de las imágenes, que mostraban una nube de humo que se inflaba en la calle desierta:

«Estas imágenes, tomadas hace menos de veinte minutos, muestran un ataque al Banco de Inglaterra a manos de una banda de pistoleros. —La reportera volvió a aparecer en la pantalla—. Nos han comunicado además que se están produciendo altercados en otras partes de la City y que...»

Se oyó otra explosión y la periodista se agachó. Entonces la pantalla se llenó de interferencias antes de quedarse en blanco. Un segundo después, volvió a aparecer en pantalla el presentador de las noticias, en el estudio.

«Acabamos de perder la conexión con nuestra unidad móvil. Esperamos que Jenny esté bien —dijo frunciendo el ceño. Aclarándose la garganta, fingió que echaba un vistazo a sus papeles para recuperarse y entonces levantó la mirada—. Para los espectadores que acaban de conectar con esta cadena, estamos recibiendo numerosos informes de ataques armados al Banco de Inglaterra y a varios puntos próximos; ha habido por lo menos dos explosiones importantes. —Se

* Es decir, la Real Casa de la Moneda. *(N. del T.)*

llevó la mano al auricular—. Me informan ahora mismo de que en el momento en que empezó el ataque tenía lugar en el banco una reunión entre el gobernador del Banco de Inglaterra y su comité de asesores... y que se teme que haya numerosos heridos, entre los que podría encontrarse el propio gobernador. Aunque debemos subrayar que por el momento esto no está confirmado.

Drake negó con la cabeza.

—O sea que ya han empezado. Los styx intentan desestabilizar el país atacando a las instituciones más importantes del centro financiero —dijo en voz baja—. Esto podría sumergirnos en otra endiablada recesión, peor que ninguna que hayamos visto hasta ahora.

El presentador del telediario prosiguió:

«Les vamos a ofrecer a continuación algunos fotogramas captados por cámaras de seguridad que nos ha remitido la policía. Las imágenes muestran a los ocupantes de dos diferentes vehículos que entraron en la City justo antes de los incidentes. La policía pide que cualquiera que pueda facilitar información sobre esos hombres se dirija a...»

—¡El coronel Bismarck! —soltó Elliott—. ¡Mira, Will, es el coronel!

Adelantándose un poco, Will miró las imágenes algo borrosas de dos rostros tomadas a través de los parabrisas del vehículo. Uno de los hombres no le sonaba de nada, aunque por su pelo claro y su mandíbula robusta podía tratarse ciertamente de un soldado de Nueva Germania. Sin embargo, la otra cara le resultaba familiar: era un hombre de más edad que el anterior y tenía un bigote muy peculiar.

—Podría ser él —dijo—. Pero no está muy claro, y además yo no me fijé mucho en su cara después de la muerte de mi padre.

—Es él —insistió Elliott—. Estoy segura.

—O sea que ahora emplean soldados del mundo interior para hacer el trabajo sucio —comentó la señora Burrows.

—Lo que quiere decir que podrían tener a su disposición toda la maquinaria bélica de Nueva Germania —razonó Drake—. Todo su maldito ejército.

—Y las gemelas podrían estar de vuelta aquí —añadió Will con gravedad.

Pero todos se quedaron mudos de asombro al ver la fotografía que pusieron a continuación.

—¡Drake! ¡Eres tú! —exclamó Elliott casi sin voz.

Drake dio un paso atrás.

«Este individuo —dijo el presentador del telediario—, podría estar detrás del grupo que ha organizado los ataques. La policía llega al extremo de considerarlo como el cerebro de la organización. Se piensa que continúa en el país bajo el ficticio nombre de Drake. Las fuerzas policiales han iniciado su búsqueda por todo el territorio nacional.»

—Una maniobra clásica... Era de esperar —comentó Parry con brusquedad—. Los styx te ponen difícil el moverte por ahí.

Drake asintió con la cabeza.

—Supongo que a partir de ahora no seré yo el que vaya a hacer la compra.

El señor Rawls eligió aquel momento para hacer su aparición. Con los ojos empañados, reprimió un bostezo, como si se acabara de despertar de la siesta.

—¿No ha terminado el partido? —preguntó, rascándose la cabeza—. ¿Cómo van?

—No estoy seguro, papá —respondió Chester—, pero me temo que los styx nos están dando una paliza.

Agradecimientos

Estoy en deuda...

Con el gran Barry Cunningham, el editor que prendió la mecha. Aunque en estas historias no haya actos de magia, está claro que él puede realizarla en el mundo real.

Con el equipo de Chicken House: Rachel Hickman, Elinor Bagenal, Imogen Cooper, Mary Byrne, Claire Skuse, Nicki Marshall y Steve Wells por su estupendo trabajo en el diseño de los libros. Y Siobhan McGowan, de Scholastic Inc.

Con mi amiga y agente literaria Catherine Pellegrino de Rogers, Coleridge & White.

Con Simon Wilkie, Karen Everitt, Craig Turner y Charles Landau, que lo hicieron todo posible.

Con Sophie, George y Frankie, por soportarme.

Y con Hanif, que me advirtió que no sería fácil. Tenía razón: no lo es.

«The Secret Sits» de Robert Frost procede de *Quantula,* en *Robert Frost: Selected Poems* (The Penguin Poets, 1955); Andy McCluskey & Paul Humphries, letra de *I Betray My Friends,* de Orchestral Manoeuvres in the Dark (1980), que aparece en *Navigations: The OMD B-Sides Compilation* (2001); Johann Beuys & Andras Warhola, autores de la versión del siglo XVII del *Libro alemán de las catástrofes,* en *Tradiciones folclóricas de la antigua Alemania,* volumen sexto (Lehmbruck & Ernst, 1909).

Se han hecho todos los esfuerzos posibles para contactar con los titulares de los derechos de autor. Los editores tendrán mucho gusto en rectificar a la primera oportunidad cualquier error y omisión que hayan podido cometer.